Jane apaixonada

Rachel Givney

Jane apaixonada

E se Jane Austen pudesse viajar no tempo e se apaixonar?

TRADUÇÃO: Lígia Azevedo

Copyright © 2022 Rachel Givney

Publicado mediante acordo com a Penguin Random House Australia Pty Ltd.

Título original: *Jane in Love*

Todos os direitos reservados pela Editora Gutenberg. Nenhuma parte desta publicação poderá ser reproduzida, seja por meios mecânicos, eletrônicos, seja via cópia xerográfica, sem a autorização prévia da Editora.

EDITORA RESPONSÁVEL
Flavia Lago

EDITORAS ASSISTENTES
Natália Chagas Máximo
Samira Vilela

PREPARAÇÃO DE TEXTO
Natália Chagas Máximo

REVISÃO
Claudia Vilas Gomes

CAPA
Alberto Bittencourt

DIAGRAMAÇÃO
Waldênia Alvarenga

Dados Internacionais de Catalogação na Publicação (CIP)
Câmara Brasileira do Livro, SP, Brasil

Givney, Rachel
  Jane apaixonada / Rachel Givney ; tradução Lígia Azevedo. -- São Paulo : Gutenberg, 2022.

  Título original: *Jane in Love*

  ISBN 978-85-8235-649-4

  1. Ficção australiana I. Título.

22-106208   CDD-A823

Índices para catálogo sistemático:
1. Ficção : Literatura australiana A823

Cibele Maria Dias - Bibliotecária - CRB-8/9427

A **GUTENBERG** É UMA EDITORA DO **GRUPO AUTÊNTICA** ©

São Paulo
Av. Paulista, 2.073 . Conjunto Nacional
Horsa I . Sala 309 . Cerqueira César
01311-940 . São Paulo . SP
Tel.: (55 11) 3034 4468

Belo Horizonte
Rua Carlos Turner, 420
Silveira . 31140-520
Belo Horizonte . MG
Tel.: (55 31) 3465 4500

www.editoragutenberg.com.br
SAC: atendimentoleitor@grupoautentica.com.br

*Todos os gênios que nascem mulheres
estão perdidos para o bem público.*
Stendhal

Parte 1

Parte 1

1

JANE PASSOU POR CIMA DE UMA SEBE e aterrissou em uma poça de lama, um pouco da qual espirrou e pousou sobre suas botas, seu vestido e seu rosto. Ela parou por um momento, para ponderar se aquele tipo de comportamento podia ser o motivo pelo qual tinha dificuldades em encontrar um marido.

Não era apenas por atravessar a plantação de nabos de algum fazendeiro às 8 horas da manhã que Jane considerava sua inelegibilidade para o matrimônio seu maior talento. Enquanto pulava uma cerca de pedra e adentrava outro campo – na verdade, menos um campo do que um charco (por que sempre acabava nos piores terrenos da Inglaterra? Seria atraída pela lama?) –, fez uma lista de todas as maneiras que a levavam a ser tida como alguém inadequada para o casamento.

Ela preferia ler um bom livro a frequentar um baile e gostava de passar horas caminhando sozinha pelo campo. Os vizinhos julgavam que eram características muito suspeitas em uma mulher. Jane arruinava penteados e vestidos na mesma medida. Seus cachos castanhos, que naquela manhã haviam sido presos em um coque grego no alto da cabeça por sua mãe, agora estavam abaixo da orelha esquerda, em um amontoado decepcionante. Só aquilo já a afastaria da disputa por qualquer marido em potencial.

No entanto, além da afetação escandalosa da leitura, das longas caminhadas e do assassinato de penteados, Jane guardava um pecadilho que se sobrepunha a todos os outros como empecilho ao casamento.

Ela escrevia.

Não cartas ou poemas, embora tivesse talento para ambos. Romances eram seus preferidos. O germe de uma história lhe ocorria, em meio às árvores ou durante um baile, e ela trabalhava e trabalhava até separar as sementes da vagem. Dava voltas ensimesmada, incapaz de se concentrar em qualquer outra tarefa até ter tudo por escrito, até irmãs se reencontrarem, vilões serem derrotados e casais apaixonados terminarem juntos. Quando terminava, ela deixava a pena de lado e pegava no sono com a cabeça vazia, sua voz tendo sido acrescentada ao sonho do mundo. Então, Jane acordava na manhã seguinte incomodada por outra ideia, e a labuta recomeçava, parecendo-lhe tão importante quanto respirar.

Enquanto prenda, escrever não se equiparava a bordar ou pintar aquarelas, mas pelo menos ela desenvolvera uma bela caligrafia. Isso a pusera nas boas graças da família. Jane contava histórias cruéis e divertidas, que todos aprovavam e que ofereciam uma maneira agradável de passar o tempo entre a igreja e o almoço no domingo. No entanto, conforme os anos passavam e ela permanecia sem se casar, o hábito começou a ser visto menos como uma extravagância inofensiva e mais como o culpado por seu fracasso na vida. Afinal, damas não escreviam livros.

Ninguém publicava o trabalho de Jane. Quando ela estava com 19 anos, seu pai, cheio de orgulho, enviou um dos romances dela ao editor Thomas Cadell, em Londres, oferecendo-se inclusive para cobrir os custos da impressão. A família aguardou em alegre expectativa diante da possibilidade de ver o nome Austen impresso. Depois de muitas semanas, a resposta chegou, com Cadell devolvendo o manuscrito pelo correio. A escrita de Jane não era digna nem mesmo de uma rejeição por escrito. George Austen nunca mais abordou outro editor, e Jane escondeu o manuscrito sob as tábuas do piso.

Apesar da recusa e da declaração de que não tinha talento, Jane não conseguia parar de escrever. Existiam escritoras, mas eram mulheres excêntricas, excluídas e degeneradas. Ann Radcliffe, que Jane idolatrava, publicara cinco romances, só que era mais conhecida por não poder ter filhos. Com histórias como aquela insinuando como o futuro de Jane poderia ser, sua mãe declarou em uma terça-feira à tarde que botaria fogo em qualquer coisa que a pegasse escrevendo e que não fosse uma lista de compras.

Depois daquele dia, Jane começou a escrever às escondidas. Manteve seu passatempo, mas o escondeu do mundo. Rabiscava seus pensamentos em pedaços de papel quando estava fora e reunia tudo depois, certificando-se de que a mãe não estivesse em casa.

◆

Jane caminhara por entre os bosques e os pomares ao norte de Bath desde o amanhecer, ruminando aquele assunto por um motivo específico: o sr. Charles Withers, um jovem cavalheiro, chegaria em menos de uma hora para visitá-la, acompanhado de seu pai.

Ela nunca havia visto o sr. Withers, mas tinha consciência da importância da visita. Houvera uma época em que um cavalheiro diferente aparecia a cada duas semanas para visitá-la. Isso quando Jane tinha 20 anos. Agora, aos 28, fazia sete meses que nenhum homem a visitava. Ela tinha se resignado à possibilidade de que aquilo poderia não acontecer nunca mais.

Jane precisava de um marido por dois motivos. Primeiro: se não conseguisse um, ia envelhecer como uma solteira, do que era lembrada pela mãe diariamente. Jane era detentora do título de segunda mulher mais velha não casada de todo o sudoeste da Inglaterra. A primeira era sua irmã Cassandra, que não tinha se casado apenas porque seu noivo havia falecido. Jane não tinha nenhuma desculpa. Quanto mais velha ficava, mais olhares de pena recebia de amigos e familiares, e a pena motivava muito poucos homens ao casamento. Se chegasse aos 30 anos sem se casar, estaria tudo perdido.

O segundo motivo para se casar estava relacionado com suas finanças. Quando seus pais se fossem, os escassos bens do reverendo Austen passariam ao filho mais velho, James, e Jane ficaria à mercê dos irmãos, fossem os ricos que não se importavam com ela ou os pobres que se importavam. A alternativa era ter renda própria como vendendo flores, lavando roupas ou passando à pirataria.

Havia um terceiro motivo para Jane querer um marido: um desejo indolente, um sentimento tão tolo que ela não ousava mencioná-lo a ninguém.

Amor.

No entanto, como Jane se lembrava diariamente, amor era um luxo para uma mulher em sua posição. Sempre que esse terceiro motivo lhe vinha à mente – sendo persistente e irritante como era –, ela procurava afastá-lo. Ficar remoendo aquele desejo não faria bem a ninguém.

Ela voltou a afastar essa ideia, enquanto pulava uma cerca viva e adentrava outro terreno. A lama chegava até a sua cintura, um pouco de grama entrara em seu olho e seu cabelo tinha resquícios de sebe. Jane parecia um ovo sarapintado. Medidas precisavam ser tomadas para aumentar as probabilidades de que o sr. Withers viesse a se tornar seu marido. Nada podia ser feito quanto à sua pobreza ou idade, mas, se pudesse esconder sua verdadeira natureza por pelo menos uma hora, talvez tivesse uma pequena chance.

Jane tirou uma pena e um pedaço de papel do bolso e fez uma lista.

O silêncio parecia ser uma excelente tática. Disfarçaria sua inteligência. Se fosse forçada a se comunicar, ia se restringir a comentários sobre o clima ou melhor ainda: fazer ruidinhos femininos na direção dele.

Sorrir também era uma virtude importante. Quando Jane refletia, tendia a fazer careta. Ah. Ela acrescentou "Não pensar em nada" à lista.

Com as diretrizes definidas, ela guardou o pedaço de papel no bolso e deixou os campos de Somerset. Vislumbrou os pináculos da St. Swithin's e voltou aos limites de Bath, já atrasada.

Avançando pelos paralelepípedos, Jane notou um homem de cabelos brancos, de costas para ela.

– O que está fazendo nesta parte da cidade, papai? – perguntou, enfiando o papel ainda mais fundo no bolso.

Ele se virou, com os olhos azuis brilhando.

– Estava desfrutando do bom ar de Somerset – respondeu-lhe o pai. – Devo ter me perdido. Quer acompanhar um velho de volta para casa?

– Com prazer – ela concordou, pegando o braço do pai e dando alguns tapinhas nele.

Anos pregando em igrejas congelantes haviam acabado com a coluna de George Austen, que se tornara incapaz de andar mais de cinquenta metros sem praguejar, de modo que Jane sabia que não podia ter saído para passear. Ele saíra com a intenção de procurá-la, para se certificar de que não se perdesse nos campos.

O pai não a apressou, tampouco fez qualquer comentário sobre a proximidade da visita do sr. Withers. Já tinha mais de 70 anos, mas permanecia tão bonito quanto em seu retrato como jovem pároco. Seu cabelo branco e comprido estava preso por uma fita azul que Jane lhe havia comprado em uma viagem a Kent. O pai raramente a usava, alegando que era bonita demais para gastar no dia a dia, o que magoava Jane mais do que ela demonstrava. Mas agora ele a estava usando. Jane achou que fazia aquilo para lhe agradar, com sucesso.

No caminho para casa, Jane e o pai passaram pela Pump Room, na Stall Street. Colunas gigantes de pedra amarelada se erguiam na entrada grandiosa da construção, dando as boas-vindas a todos, como se entrassem em um templo grego. Uma mulher usando uma capa de peliça esmeralda parou diante deles e virou a cabeça para a fachada do prédio, reverente, como se estivesse fazendo uma prece. Jane franziu a testa. Aquele tipo de coisa era comum em Bath, uma vez que o lugar também contava com uma igreja e, portanto, era alvo de devoção. Além de todo o chá, da ingestão de água sagrada e das intrigas que ocorriam ali, alguns dos contratos de casamento mais espetaculares da Inglaterra haviam sido firmados em seu salão de reuniões. Jane nunca entrava. Como uma mulher solteira que envelhecia rapidamente, as pessoas a receberiam com a mesma boa vontade que demonstrariam a alguém com lepra.

Jane odiava a cidade em que morava. Seus pais haviam se mudado para lá depois que o pai se aposentara, deixando para trás uma vida confortável em uma residência paroquial em Hampshire. Com a mudança para Somerset, houve uma importante mudança na vida de Jane: os campos verdejantes e silenciosos que preenchiam seus dias tinham dado lugar a neblina e fofoca. Os pais alegavam que a mudança para oeste se devera aos benefícios à saúde de George Austen – os vizinhos e os jornais não paravam de exaltar as propriedades curativas das águas termais de Bath –, mas Jane desconfiava que o motivo era outro. George e Cassandra Austen tinham se conhecido em Bath e, com duas filhas se aproximando rapidamente da solteirice, haviam decidido realocar a família inteira não para melhorar a digestão do reverendo Austen, mas como uma última tentativa de casá-las. Onde mais aqueles eventos felizes poderiam ocorrer senão em Bath, a capital casamenteira da Inglaterra, o lugar em que seus próprios pais haviam se casado?

No entanto, dois anos haviam se passado e tanto Jane quanto Cassandra continuavam solteiras. Ninguém havia pedido a mão de qualquer uma das duas, apesar da miríade de casamentos que ocorria nas casas de chá e nos salões de baile na região. Três vizinhas haviam ficado noivas apenas no mês anterior, e os homens que tinham feito o pedido conheciam as irmãs Austen de passagem, mas nunca as visitaram.

Jane contornou a mulher da capa verde, que continuava a rezar diante da casa de chá Pump Room, evitando seu olhar. Pelo menos não era tão estranha quanto ela – ou era o que esperava.

2

O LUGAR ONDE RESIDIAM era o que mais agradava a Jane em Bath. Uma variedade de pessoas bondosas vivia em Sydney House, todas sempre prontas a relatar os infortúnios dos outros. Uma dessas pessoas, Lady Johnstone, cumprimentou Jane e o pai à entrada.

– Estão esperando o sr. Withers de Kent e o filho esta manhã – a mulher disse. Usava uma peliça comprida e drapeada. Se a intenção era anunciar a riqueza do marido através da quantidade de tecido necessária para cobri-la, tinha conseguido. Lady Johnstone segurava uma bolsinha de seda francesa, a um ângulo que refletia a luz. – O sr. Withers está usando um casaco azul. Os botões são menores do que eu esperava. Receio que estejam tão atrasados que o cavalheiro pode ter notado – a mulher comentou, com toda a bondade. Ela ainda passava pó no cabelo, embora aquilo tivesse saído de moda vinte anos antes, e um pouco caiu no braço de Jane enquanto falava.

– Obrigado, Lady Johnstone – disse o reverendo. – É muito bondosa conosco. Que bela bolsa. É nova?

Jane abriu a boca para fazer um comentário menos diplomático, mas, antes que pudesse, o pai a guiou escada acima. Eles entraram em sua habitação, onde Jane trocou rapidamente o vestido e lavou o rosto antes de se deparar com a mãe, que arrastou ambos para a antessala.

– O sr. Withers e o filho já chegaram – ela silvou, como tinha o hábito de fazer quando havia homens desejáveis por perto. – Estão esperando na sala de visitas.

Uma brisa soprou pelo corredor, entreabrindo a porta da sala de visitas. Jane se esgueirou para a frente e deu uma olhada. Respirou fundo.

– O que acha, Jane? – perguntou o pai.

Jane Withers, ela pensou. Mal podia acreditar no homem que se encontrava na sala de visitas, do outro lado do corredor. O último pretendente de Jane que batera à porta lembrava um ovo cozido. De onde a casamenteira havia tirado aquela estátua cinzelada? A altura do sr. Withers exigia que se agachasse para espiar pela janela. Seus ombros tinham duas vezes a largura dos ombros de outros homens. Ele sorriu ao olhar lá para fora e sorriu de novo ao falar com o pai, que se encontrava ao seu lado. Pelo que Jane podia notar, era um homem sorridente.

Quando o sr. Withers se virou para apontar algo na rua, um singular feixe da luz solar inglesa refletiu em seu cabelo castanho deixando-o dourado. Jane arfou. O anjo Gabriel havia descido de sua nuvem e entrado na casa deles.

Ela procurou controlar a animação e substituí-la pelo sentimento mais apropriado de preocupação. A casamenteira havia errado de novo. Se antes enviara homens inferiores, como imbecis e gritadores, daquela vez mandara um superior. Jane estimou o valor combinado da beleza, da solvência financeira e da posição de seu pretendente em comparação a ela e concluiu que a conta não fechava. Aquele belo Adônis, que podia escolher qualquer mulher, não ia se apaixonar por uma escritora de romances que envelhecia rapidamente e não tinha dote.

Jane viu seu próprio reflexo no espelho do corredor. Havia trocado as botas enlameadas e a peliça suja de grama por sapatinhos de seda e seu melhor vestido, mas ambos pareciam trapos em comparação à fina lá do casaco do sr. Withers. Ela arfou ao se lembrar da pior parte de sua figura.

– Meu cabelo!

Havia um ninho de pássaros no lugar do penteado que a mãe fizera.

– Talvez você possa empurrar esse calombo da esquerda um pouco para cima – sugeriu o reverendo, tentando ser prestativo. Jane obedeceu.

– Piorou – disse a sra. Austen, afastando as mãos de Jane. Ela pegou a cabeça da filha, tirou um resquício de sebe do cabelo e o prendeu para trás, em um penteado dolorido, mas passável. – Me deixa olhar para você.

A mãe deu um passo atrás e avaliou a aparência geral de Jane. Ela pigarreou, fazendo careta.

A sra. Austen vinha de uma família mais abastada que a do sr. Austen, com parentes distantes detentores de títulos de nobreza e distinções importantes. Tais relações tinham se abalado quando ela se casara com um pároco. Conforme os anos se passaram na paróquia tranquila no interior, sua renda e sua posição decaíram, até que lhe restasse apenas um vestígio de sua antiga vida: uma corrente com um medalhão de ouro maciço que envergonhava as bugigangas de latão que havia adquirido com o casamento. Sua bisavó, uma baronesa, havia comprado o colar no século XVII por uma soma magnífica, e seu valor só aumentara desde então. A sra. Austen o exibia orgulhosamente no pescoço e o polia todos os domingos, com um pedaço de seda.

Ela pegou a filha pelos ombros.

– Ouça, Jane. Diga apenas coisas sedutoras e coquetes para esse homem. Não fale sobre livros, política ou qualquer outra coisa que o faça se sentir um tolo. Ninguém quer se casar com uma espertinha.

Jane se irritou. Teria retrucado se não houvesse refletido sobre aquilo na mesma manhã.

– Sim, mamãe – ela disse. – Prometo ser tão tola quanto possível.

O pai tocou a mão dela.

– Ficará tudo bem, Jane.

Ela assentiu. Com a seriedade que a situação exigia, tendo franzido a testa e se preocupado o suficiente, os três respiraram fundo e seguiram para a sala de visitas.

O reverendo Austen foi o primeiro a entrar e cumprimentar o sr. Withers e o filho, Charles. Apresentações foram feitas, com um controle surpreendente por parte dos Austen. Até mesmo a sra. Austen se ateve à propriedade diante da beleza do pretendente. Ela esperou sete minutos inteiros antes de fornecer uma lista das casas de seu filho Edward, preenchendo o silêncio com uma conversa educada e desprovida de conteúdo, para o que tinha talento.

Jane suspirou, uma vez na vida grata pela tagarelice da mãe, que desviava o foco dela. Preocupou-se em não olhar nos olhos de Charles Withers. Assim que permitisse que o jovem desse uma boa olhada em seu rosto, ele provavelmente sairia correndo. Ela contou as tábuas do piso. Quando afinal deu uma olhada na direção dele, para sua grande surpresa, reparou que Charles Withers sorria para ela.

– Acredito que seja um naturalista, sr. Withers – a sra. Austen disse para o pai de Charles Withers.

– De fato – o sr. Withers respondeu. – Embora não seja um botânico profissional. É apenas um passatempo.

– Há uma roseira no jardim que não consigo identificar – a sra. Austen disse. – Pode me ajudar a classificá-la?

O sr. Withers concordou, e o quinteto saiu para explorar o jardim. Jane sabia que as rosas a que a mãe se referia eram do tipo Rainha Maria, as mais comuns no solo calcário de Bath. A mãe também sabia daquilo.

– Se puder dar uma olhada, sr. Withers, estou vendo um botão próximo ao muro – a sra. Austen disse, quando já estavam lá fora.

– Não estou vendo nenhum botão, sra. Austen – o sr. Withers respondeu. – Pode ser difícil, uma vez que estamos em março.

O jardim consistia em terra e gravetos, chegando a lembrar um cemitério, mas a mãe de Jane persistia em sua armação.

– Talvez o senhor esteja certo – a sra. Austen disse. – Eu gostaria de olhar mais de perto, no entanto. Poderia me acompanhar? Assim resolveremos a questão.

A sra. Austen seguiu com ele e com o marido, deixando a filha e seu pretendente a sós. Jane ficou aterrorizada. A situação a forçaria a dizer alguma coisa, e ela acabaria estragando tudo.

Enquanto caminhavam em silêncio, Jane tentava pensar em um comentário ameno que pudesse fazer. Sobre o clima? Parecia que a chuva havia passado. Ela considerou as maneiras mais coquetes de falar sobre a chuva. Estava à beira do desespero quando Charles Withers virou a cabeça para ela e sorriu.

– Já tomou a água, srta. Jane? – ele perguntou.

Jane refletiu se não haveria uma maneira de responder sem fala.

– Não, senhor – ela finalmente respondeu, levada à verbalização. Ele se referia às famosas águas termais que borbulhavam no centro da Terra e se acumulavam em uma piscina no centro de Bath. O rei Jorge havia bebido daquela água e se curado da gota. Depois daquele milagre, as pessoas vinham de longe para ingerir o líquido mágico. John Baldwin construíra uma casa de chá grandiosa adjacente ao local, a Pump Room, para que se pudesse beber daquela água em grande estilo. A única pessoa que Jane sabia que havia entrado ali era Margaret, a criada da família. Depois de muita insistência, Margaret confessara ter pagado o salário de uma semana para beber uma colher de chá de água calcária, que ela cuspira assim que suas amigas lhe viraram as costas. Margaret garantira a Jane que lhe fizera bem, apesar do pouco tempo que ficara em sua boca.

— Sabe como isso se dá exatamente? – Charles Withers perguntou.

— Estou nas redondezas de Bath há três dias fingindo que sei. Tendo sustentado isso por tanto tempo, fico com medo de perguntar agora.

Ele ajustou um botão do casaco.

Jane parou. Aquele belo homem tinha feito uma piada? Ela resolveu confirmar.

— Como assim, sr. Withers?

— Imagino alguém entrando na Pump Room sob a proteção da noite, colocando o máximo possível de água nos bolsos e saindo correndo.

Ele sorriu.

Jane engoliu em seco.

— Está sendo modesto ao professar sua ignorância, sr. Withers, porque é exatamente assim que acontece.

— Posso tomar água da banheira, ou de uma poça generosa, ou é apenas a água da torneira da Pump Room que tem propriedades mágicas? – ele perguntou.

— Receio que a magia esteja limitada à água pela qual se paga.

— Ah, mas eu pretendia roubá-la.

— Claro.

Jane não teve como conter um sorrisinho.

— Precisarei de uma cúmplice. Se me der a honra...

Fazia tanto tempo que um homem não requisitava a companhia de Jane que ela quase não percebeu que se tratava de um convite.

— Com prazer – Jane disse, sorrindo de novo, depois decidiu parar de sorrir, pois dois sorrisos eram o bastante. Se sorrisse mais, poderia ser acusada de estar se divertindo.

– Tenho negócios em Bristol amanhã, mas talvez no dia seguinte – ele disse.

Para seu horror, na sequência da conversa ele revelou que admirava *Cecilia*, o livro preferido de Jane. Deixava-a preocupada que agora desfrutasse da companhia daquele homem, que também escarnecia de Bath, além de respeitar sua opinião. Seu maior defeito era os botões de seu casaco serem pequenos demais, de modo que Jane não teve escolha a não ser gostar de Charles Withers.

Eles se reuniram com os pais e voltaram para o interior da casa. Jane e a mãe concordaram em ir à Pump Room dois dias depois. Charles Withers e o pai foram embora felizes e dispostos. Enquanto a família se despedia, a sra. Austen aproveitou a oportunidade para acenar também para Lady Johnstone, que espiava pela cortina de sua sala de visitas.

3

NA MANHÃ SEGUINTE, Jane recebeu uma carta de Cassandra. *Minha querida Jane*, dizia. *Parece que faz muito tempo que não nos falamos. Imagino ter perdido muito durante minha ausência, e que Bath sinta minha falta tanto quanto sinto a dela.*

Cassandra costumava fazer aquela piada com frequência. A vida delas em Bath era mais tediosa que os sermões dominicais de James, irmão delas. Um desfile de vapores e nadas preenchia o tempo. Elas conheciam pessoas tolas que voltavam para casa depois de uma semana e em quem nunca mais pensavam depois de deixar a Stall Street. No entanto, naquele dia, Jane tinha novidades. Queria que Cassandra estivesse com ela, mas a irmã havia viajado para o leste doze dias antes, para ajudar a esposa de Edward no parto de seu oitavo filho. Cassandra relutara em deixar Jane e chegara a comentar que a irmã poderia mergulhar em uma de suas fases nebulosas, como acontecia de tempos em tempos. Fora Jane quem insistira para que ela partisse, uma vez que as brigas com sua própria mente eram ridículas em comparação ao parto seguro de mais um herdeiro. A irmã ficaria encantada com a notícia que tinha para dar

Jane se sentou à mesinha próxima à janela da sala de visitas, onde Charles Withers estivera no dia anterior, e redigiu sua resposta. *Minha querida Cassandra*, escreveu no papel, com a pena do pai. *Prepare-se, minha cara irmã, pois tenho notícias de Bath.* Ela mergulhou a pena na tinta e formulou mentalmente algumas frases sobre Charles Withers, seu casaco e a sra. Johnstone, então se deu conta de que não conseguiria escrever nada daquilo. Uma gota de tinta escorreu da pena para a folha.

Ela se sentiu tola. À luz do novo dia, parecia tudo um voo da imaginação. Charles Withers havia sorrido para ela e a convidado para uma cerimônia pública. Em seu estado desesperado, sua mente havia reunido aquelas migalhas de consideração e transformado em amor verdadeiro. Era provável que ele a convidara para ir à Pump Room por caridade. Jane amaldiçoou seus devaneios e deixou a pena de lado.

– O que está escrevendo, Jane? – a mãe perguntou ao entrar. – Espero que não seja uma história.

Ela tirou o papel de Jane e o estudou.

– Não, mamãe – Jane respondeu.

A sra. Austen apertou os olhos para a folha.

– Mantenho minha posição de incinerar quaisquer romances que encontrar. Mesmo que agora tenha o sr. Withers.

– Não tenho o sr. Withers, mamãe.

A sra. Austen devolveu a folha à mesa.

– Vamos. Pode escrever à sua irmã depois. Temos que ir à cidade.

◆

Enquanto cruzavam a Pulteney Bridge em direção ao centro de Bath, Jane notou algo estranho. A maior parte dos moradores locais, em geral, a ignorava ou balançava a cabeça quando ela passava. Naquele dia, no entanto, uma mulher disse, com um sorriso amplo:

– Bom dia, Jane!

O cumprimento peculiar foi sucedido por uma dezena de outros tão entusiasmados quanto o precursor, conforme Jane e a mãe seguiam pelas ruas de paralelepípedos. Quando chegaram à esquina, toda esposa de comerciante e todo fiel da igreja na alameda haviam acenado ou sorrido para ela. A sra. Austen enlaçou o braço de Jane, satisfeita.

– Por que estão sendo tão simpáticos, mamãe? – Jane indagou. – Esses sorrisos todos estão me assustando.

– Sossegue – a sra. Austen disse. – Eles só estão felizes por nós.

Jane parou de andar e se virou para a mãe.

– Para quantas pessoas contou sobre o sr. Withers?

– Para quase ninguém! – a mãe exclamou, movimentando a mão como se estivesse espantando uma mosca. – E qual seria o problema, de qualquer forma? Quem esconderia uma notícia tão boa?

– Só fui convidada para ir a um lugar público.

– Você às vezes é tão incoerente...

A mãe a arrastou pela Stall Street e virou à esquerda, onde Jane deparou-se com os acenos e os sorrisos de metade da população de Bath.

A sra. Austen parou diante da Maison Du Bois, uma loja de vestidos no fim da Westgate. A princípio, Jane imaginou que fosse amarrar o cadarço da bota, mas então a mãe se virou para entrar.

– Perdeu o juízo? – Jane perguntou.

A Maison Du Bois vendia os vestidos mais caros de Bath, se não de toda a Inglaterra. Os locais nunca compravam ali: o público da loja era formado por londrinos ricos e nobres viajando. Todo o guarda-roupa da pequena princesa Carlota havia sido comprado ali, para desespero dos cofres públicos, com cada vestido, luva, touca e bota tendo sido importado com exclusividade de Paris.

A sra. Austen entrou na loja, puxando a filha consigo. Jane ficou surpresa que a porta ficasse desprotegida. Esperava encontrar um exército ali, bloqueando a entrada de pessoas sem título de nobreza, como ela e sua mãe, em suas botas sujas de fuligem, mas ambas passaram pelas portas livremente. Uma vez lá dentro, os olhos de Jane foram atacados pelo mais belo salão, com rosas brancas de gesso adornando o teto e cornijas polidas decoradas com latão abençoando cada gabinete. Nos fundos, uma escada gigantesca de carvalho levava sabia-se lá para onde – o céu, talvez. Armários de vidro continham lenços cor de creme feitos de seda e damasco, toucas cor de limão-siciliano, sapatinhos cor de pêssego leves como o ar, xales feitos de puro ouro. Havia vestidos pendurados em toda parte. Parecia mais uma confeitaria que uma loja de roupas.

– Que lugar assustador – Jane disse. – Isso não é apropriado.

– É assim que deve ser o além-vida – a sra. Austen sussurrou.

Um vendedor franziu a testa para elas, saído de trás de um gabinete.

– Estão perdidas?

Ele as avaliou da cabeça aos pés, fazendo pouco esforço para esconder sua opinião.

Jane assentiu.

– Vamos, mamãe.

Ela fez menção de seguir para a porta.

A mãe se virou para o homem, ignorando-a.

– Não vendem vestidos aqui, senhor?

– Vendemos, como pode ver – ele respondeu. – Vestidos caros.

– Excelente – ela disse, assentindo. – Gostaríamos de comprar um.

– Mamãe, não! – Jane disse.

– Fique quieta, ou levará um tapa – a sra. Austen ralhou.

– A madame sabe que esta loja já fez um chapéu para Maria Antonieta? – o vendedor perguntou, fungando para a sra. Austen.

– Antes que ela perdesse a cabeça, imagino – a sra. Austen retrucou, erguendo uma sobrancelha e inclinando a cabeça. O tom e as palavras aqueceram o coração de Jane. A mãe podia ser muito sagaz quando queria.

O homem arfou.

– Fazemos e importamos os melhores vestidos, sob as encomendas mais exclusivas.

– Fico feliz em saber disso. Quero que faça um para minha filha.

Ela cruzou os braços. Entraram em um impasse, com o vendedor se recusando a obedecer e a sra. Austen se recusando a ir embora. Finalmente, o homem foi sensato o bastante para se dar conta de que a sra. Austen era mais resistente e teimosa do que ele. Com um sorrisinho de desprezo, agachou-se para tirar as medidas de Jane.

Ele procedeu com bastante cerimônia, estalando a língua, expressando sua reprovação e resmungando baixo diante do comprimento do braço e do tamanho da cintura de Jane, como se cada medida o surpreendesse, apesar das belas proporções da jovem. Alguém mais objetivo diria que ela fazia uma boa figura, ou que era elegante. O homem soltou um longo suspiro, pegou um único vestido de um cabide de seda e declarou:

– É o único que temos do tamanho dela.

Jane arfou.

– Mamãe!

Apenas um mês inteiro de técnica e amor poderia ter dado vida àquele vestido. Uma seda cor de marfim cobria um vestido de musselina em tom de branco ósseo. A costureira havia bordado fileiras de rosas em faixas douradas que desciam pela peça. Jane podia distinguir as pétalas e folhas de cada flor. Pensou na mulher inclinada sobre a mesa por centenas de horas, em uma oficina fria na margem esquerda do rio, trabalhando com uma agulha minúscula e um fio delicado. Dez tranças de seda eram usadas como fechos, o que lhe dava a aparência de uma jaqueta militar, detalhe que mais agradava a Jane. Aquilo a lembrava do uniforme que seus irmãos Frank e Charles, que eram oficiais da Marinha, usavam ao navegar pela costa espanhola. Jane passou a mão pelo tecido diáfano.

– Que tom de branco! – ela comentou. – Vou sujá-lo em uma única caminhada matinal.

– Quanto mais branco o vestido, melhor – o vendedor comentou. – E não se anda em uma peça dessas: pega-se uma carruagem.

Ele fez menção de pegar o vestido de volta.

– Veja se serve em você – a sra. Austen disse, tirando o vestido do alcance dele e o oferecendo à filha.

Jane protestou, sentindo que o destruiria ao primeiro toque, mas cedeu quando a expressão da mãe voltou a se tornar violenta. Ela foi para trás de um biombo chinês e o provou.

– Minha nossa – a mãe disse quando Jane voltou.

– O que foi? – Jane perguntou. – Caiu mal?

– Jane. – A sra. Austen fez uma pausa. Tinha uma expressão que a filha nunca havia testemunhado em seu rosto. – Você está linda.

Jane riu. A mãe nunca havia dito algo do tipo a seu respeito. Ninguém havia. Quando se olhou no espelho, no entanto, ela ficou em silêncio. O tecido branco ósseo deixava seus olhos castanhos mais dourados. Suas bochechas estavam coradas. Ela nunca se vestia daquele jeito. Abriu os ombros, porque o vestido o exigia.

– Quanto custa? – a sra. Austen indagou.

– Vinte libras – o homem respondeu, com um sorriso triunfante. A sra. Austen agarrou a bolsinha.

– Vamos levar.

– Não, mamãe – Jane disse. Vinte libras podiam pagar seis meses de aluguel na Sydney House. A sra. Austen não podia ter aquele dinheiro. No entanto, ela tirou uma nota da bolsinha e ofereceu ao vendedor.

– Onde conseguiu isso? – Jane quis saber. Ela olhou para a mãe e notou algo de diferente: seu colo, antes sempre adornado pelo colar de ouro pesado, agora estava nu. – Mamãe! Onde está o colar da baronesa?

A pele branca do pescoço da mãe pareceu tremer, exposta à luz do dia. Jane nunca havia visto a mãe sem a estimada joia. Parecia modesta e despida sem ela.

A sra. Austen tocou o pescoço, depois recolheu a mão.

– Se minha filha vai à Pump Room, deve estar à altura dos olhares alheios.

Jane arfou e balançou a cabeça.

– Mamãe...

– Ouça-me, Jane. Isso facilitará as coisas, principalmente no que diz respeito ao pai. Confirmará que não somos pobres.

Ela ergueu o queixo.

– Mamãe, você adorava aquele colar.

A sra. Austen pareceu se encolher um pouco.

– A culpa é minha, Jane. Permiti que fizesse companhia a seu pai, lendo, quando deveria tê-la levado a bailes e festas. Deveria ter lhe ensinado a fazer chá.

– Sei fazer chá.

– Não um bom chá, Jane. Você deixa as folhas na água até que fique com gosto de lata. Se a tivéssemos repreendido e ajudado a tirar o melhor de sua aparência, já estaria casada. Falhei com você, Jane. Deixei que crescesse livre. Agora vou lhe comprar esse vestido.

Jane fez uma pausa, pensando na alegria que crescer livre havia lhe proporcionado. Então voltou a olhar para o pescoço nu da mãe, balançando a cabeça. Ela nunca a havia compreendido.

– Está bem.

A sra. Austen sorriu por um momento, então voltou a franzir a testa e fez um gesto para que a filha se trocasse. Quando Jane voltou, a mãe colocou a nota nas garras do vendedor. Ele sorriu e guardou o dinheiro antes de pegar o vestido de Jane para embrulhar. Ela foi embora com o vestido branco, a coisa mais linda que já havia tido na vida.

4

CONFORME SE APROXIMAVAM da Sydney House, avistaram um homem bonito de cerca de 30 anos, que fazia uma bela figura esperando diante da construção. Seu cabelo avermelhado estava preso por uma fita preta. Jane arfou, surpresa.

— Olá, Henry — ela cumprimentou o irmão.

— Olá, Jane — ele respondeu, com um sorriso.

Eliza, a esposa dele, segurava seu braço.

— *Bonjour*, Jane — ela disse.

— Achei que fossem ficar nos Dawson até quinta-feira — Jane comentou. O irmão e a esposa tinham ido visitar amigos na Cornualha e só eram esperados nos Austen dali a uma semana, quando já estivessem a caminho de Londres.

Henry balançou a cabeça.

— Mamãe nos escreveu pelo correio expresso e exigiu que alterássemos nossos planos. Acompanharemos vocês na Pump Room amanhã. Estamos todos muito felizes por você, Jane. É uma notícia maravilhosa.

— De fato — a sra. Austen disse, assentindo com orgulho. — Isso é mais importante que aquele tolo do Robert Dawson.

— Mamãe! — Jane exclamou, parecendo em pânico. Uma sensação catastrófica tomou conta dela. — Estamos nos adiantando. Só vi o homem uma vez.

— Ouça, Jane — Henry disse, com um sorriso. — Você foi convidada para ir à Pump Room. É o lugar onde os noivados são propostos. Ninguém vai lá por outro motivo que não seja esse ou para beber aquela água horrenda. — Ele riu, e seus dentes brancos refletiram o sol. — Além disso, você é Jane Austen, a mulher mais encantadora e inteligente que conheço. Será a melhor mãe e a melhor esposa do mundo. – Então, ele acrescentou, olhando para a esposa: – Desculpe, querida.

– Não precisa se desculpar – Eliza disse, tranquila, com seu sotaque francês. Ela nunca falava, só ronronava, e exalava um glamour exótico que Jane não conseguiria imitar sem parecer tola. – Concordo totalmente. – Eliza assentiu para o marido. – E, agora que tem seu vestido – ela acrescentou, com um sorriso –, nenhum homem poderá resistir.

Comeram todos juntos. A mãe fez piadas, e o pai abriu uma garrafa de vinho que um paroquiano rico havia lhe dado ainda em Hampshire.

– E como está Darcy? – Henry perguntou a Jane, no meio da refeição. Ele lhe ofereceu um sorriso atrevido enquanto enfiava um pedaço de cordeiro na boca e mastigava. Todos sabiam das ameaças da mãe de queimar os escritos de Jane. Henry, sempre rebelde, adorava provocá-la. Todos olharam para a sra. Austen e ficaram aguardando sua reação.

Se alguém esperava por um ataque, no entanto, acabou decepcionado. Em vez de gritar, a mulher sorriu.

– Não há nada que possa dizer que vá me irritar hoje, meu filho. Jane pode escrever o quanto quiser quando estiver casada.

Henry irrompeu em risos, aplaudindo. Os outros se juntaram a ele. Um estranho sentimento tomava conta da casa pela primeira vez em anos: felicidade. Henry fez todo mundo rir com as histórias dos estranhos personagens com quem precisava lidar no banco. Eliza tocou piano. O reverendo Austen, que normalmente era acometido pela timidez, até se juntou ao canto, para surpresa e alegria de Jane. Animação parecia irradiar do corpo da mãe, em leves arquejos e suspiros, nas bochechas coradas por causa do vinho.

Jane nunca havia se dado conta de como sua casa costumava ser enfadonha e triste. Fora ela quem causara aquela mudança, ou melhor, fora sua sorte no amor. Engoliu em seco, nervosa diante do peso de suas emoções e do quanto a tranquilidade de seus pais dependia de seu estado conjugal. Jane pediu licença. Henry a encontrou depois na escada.

Ele a abraçou.

– Estou verdadeiramente feliz por você, Jane – disse.

– É tudo muito repentino, Henry – ela protestou.

O irmão a interrompeu.

– Pare com isso, Jane. Conheço o velho Withers, já fiz negócios com ele. É um homem sensato. Sua hora chegou, irmã. Esse homem seria um tolo se a deixasse escapar. Receio que você será feliz. É melhor se acostumar com a ideia.

Ele abriu um sorriso gigantesco para a irmã. Era feliz por natureza, e estava sempre sorrindo.

Jane assentiu e se permitiu ficar em silêncio.

Quando a sra. Austen sugeriu uma caminhada, o que a família tinha o costume de fazer em Hampshire, todos concordaram, alegremente. Vestiram seus casacos e suas botas e saíram para o ar fresco do fim de tarde.

Henry e Eliza seguiam à frente, de braços dados. A sra. Austen saiu do lado do marido para se juntar a Jane, que andava sozinha. Enquanto se afastavam de casa, ela atacava a filha com aqueles que considerava os melhores cenários românticos para um pedido de casamento. Jane poderia cair no rio ou em uma armadilha para ursos, então Charles Withers a resgataria e depois se casaria com ela. Jane disse que não sabia de nenhuma armadilha para ursos em Somerset, o que não deteve sua mãe. Ela também sugeriu a Jane um roteiro de palavras doces para sussurrar no ouvido do homem e uma seleção de penteados impossíveis. Se Jane protestava de costume, agora só sorria e elogiava os planos da mãe, com a mente distante, absorvendo a conclusão a que Henry chegara.

– Ali está a srta. Harwood. Temos que cumprimentá-la – a sra. Austen disse, quando seguiam pela Cheap Street. Uma mulher diminuta e grisalha usando luvas remendadas acenava da porta da frente de casa.

– Por favor, mamãe, não – Jane disse, mas a sra. Austen já tinha se voltado para a mulher e lhe desejava uma boa noite.

– Não sabia que viriam – a srta. Harwood disse. – Estive ocupada a noite toda, mas imagino que poderia fazer um chá e providenciar um bolo.

Ela fez menção de entrar.

– Não há necessidade, srta. Harwood, obrigada – a mãe de Jane respondeu. – Temos que voltar para casa. Só viemos perguntar sobre seu estoque de carvão.

A srta. Harwood sorriu.

– Está tudo sob controle, sra. Austen. De qualquer maneira, não tenho necessidade de acender o fogo.

Ela apertou mais o xale em volta do corpo.

– Não anda acendendo o fogo? – a sra. Austen se surpreendeu. – O chão congelou ontem, e receio que o mesmo vá acontecer esta noite.

Henry e Eliza olharam de onde estavam, à ponte. A srta. Harwood baixou a voz e os olhos.

– Não gasto carvão quando estou sozinha em casa.

– Quanto carvão a senhorita tem?

– Três.

– Três sacos? Ora, é bastante.

– Não, três – ela disse.

– Como assim? Três... pedaços? – Jane disse.

– Seu irmão não veio na semana passada? – perguntou a sra. Austen.

– Samuel é um homem importante, sra. Austen. Ele tem muitos compromissos – a srta. Harwood disse, erguendo o queixo.

– Passe na Sydney House, e Margaret arranjará quatro sacos de carvão para a senhorita. – Então a sra. Austen acrescentou: – Vou querer uma pintura sua como pagamento.

– Já sei até como vai ser – a srta. Harwood exclamou, aliviada. – A paisagem da Pulteney Bridge.

A mãe de Jane elogiou a originalidade da mulher.

– Mas, por favor, não quero que esgote suas mãos – ela acrescentou.

A srta. Harwood virou-se para Jane, e seus olhos se encontraram. Jane desviou o rosto.

– Poderia inspecionar minha lareira, sra. Austen? – a srta. Harwood pediu. – Temo que a chaminé esteja bloqueada.

– Claro, srta. Harwood – a mãe de Jane disse, então se inclinou para passar pela porta em arco.

Assim que a sra. Austen desapareceu dentro da casa, a srta. Harwood pegou Jane pelo braço.

– Ouvi dizer que estará na Pump Room amanhã. Se não der certo, procure-me – ela sussurrou, puxando Jane para mais perto. Jane se afastou. As palavras estranhas a abalaram de tal maneira que ela achou ter ouvido mal.

– Perdão, mas do que está falando, srta. Harwood? – Jane perguntou. Ela olhou em volta, torcendo para que ninguém estivesse reparando nelas.

– Esse não é o único caminho.

A srta. Harwood sacudiu o braço de Jane com tanta força que, se não fosse mais ou menos do tamanho de um pardal, poderia ter arrancado o osso dela das juntas.

– Está me machucando, srta. Harwood.

– Você me considera uma mulher patética. Digna de pena, ridícula.

– Não é verdade – Jane mentiu.

– Mulheres como eu e você temos que nos unir.

Jane olhou no rosto da srta. Harwood, que era mais velha do que ela. Seus olhos iam de um lado a outro. Uma mecha de cabelo grisalho e rebelde escapou da touca. Ela a soprou para longe do rosto, espirrando um pouco de saliva.

– Prometa que virá me ver – a srta. Harwood exigiu. Jane concordou, e a estranheza da promessa ecoou dentro dela enquanto voltava para casa com a família, atravessando a ponte sobre o rio Avon que a srta. Harwood havia sugerido pintar em troca dos sacos de carvão.

5

NA MANHÃ SEGUINTE, Jane tinha descido a escada, e a família admirava seu vestido quando a campainha tocou, surpreendendo a todos.

– Quem pode ser? – perguntou a srta. Austen. – A esta hora crucial? Todos os nossos conhecidos foram informados de que vamos à Pump Room.

Margaret atendeu a porta e anunciou a visitante.

– Lady Johnstone, senhora.

Jane e sua família se entreolharam e deram de ombros, parecendo pensar a mesma coisa: por que a visita àquela hora?

A mulher jogou o casaco sobre Margaret e entrou. A sra. Austen se curvou para a vizinha.

– A que devemos o prazer de sua companhia, Lady Johnstone? – ela indagou.

– Não posso vir tomar chá com meus vizinhos mais próximos sem despertar suspeita? – a mulher respondeu, parecendo ultrajada. Viúva de um advogado de Putney que havia chegado a cavaleiro, Lady Johnstone nunca se dignara a tomar chá com os Austen desde que eles haviam chegado à Sydney House. Agora, escolhia o pior momento para ser condescendente com eles.

– Claro que sim – disse a sra. Austen. – No entanto, estão nos aguardando na cidade esta manhã, e não queremos que sua visita seja abreviada. Este é meu filho Henry e sua esposa Eliza. Henry é banqueiro em Londres.

Henry e Eliza se curvaram.

Lady Johnstone assentiu para eles, com os olhos estreitos.

– Ouvi falar de seu pequeno negócio – ela disse. – Talvez tenha conhecido meu falecido marido, Sir Johnstone de Putney.

– Eu o conhecia de nome, milady – Henry respondeu.

– Talvez possa retornar hoje à tarde, quando estaremos totalmente à disposição – a sra. Austen insistiu, parecendo apressada.

– Tolice – Lady Johnstone disse. – Bebo chá rapidamente e comerei apenas um pedaço de bolo. Não levarei nem dez minutos. – Lady Johnstone avançava pelo corredor enquanto falava. O pai de Jane deu uma olhada no relógio de piso e coçou a cabeça. – Fiquei muito satisfeita em conhecer o sr. Withers de Kent – Lady Johnstone comentou, indo para a sala de visitas.

– É um jovem muito agradável, certamente – a sra. Austen respondeu, enquanto seguiam a mulher.

– Sente-se, por favor – o pai de Jane disse, embora Lady Johnstone já tivesse se acomodado na poltrona dele. O reverendo se juntou a Jane e à esposa na espreguiçadeira, enquanto Henry e Eliza se apertavam na namoradeira. Todos pareciam um tanto tolos, sentados já de casaco e bota. Nem Jane nem a mãe estavam prestando atenção quando Lady Johnstone voltou a falar.

– Ficarei encantada em parabenizar o sr. Withers por seu noivado – disse a mulher.

Fez-se um momento de silêncio, enquanto todos pareciam digerir as palavras. Finalmente, a sra. Austen falou, levantando-se de seu assento como se tivesse acabado de compreender e apontando para Jane com alegria.

– Jane – a sra. Austen exclamou, em tom quase acusatório –, você não disse nada!

Os outros arfaram e sorriram, como se finalmente acompanhassem a sra. Austen em seu raciocínio.

Jane balançou a cabeça.

– Não fiquei sabendo de nada – ela disse. Seu coração batia forte dentro do peito.

– Houve uma terrível geada em Bristol ontem – Lady Johnstone explicou. – Deteve o correio e arruinou muitos planos de viagem.

– Não sabíamos disso, milady – disse a sra. Austen. – Muito obrigada. Prestou-nos um grande serviço.

O reverendo Austen pegou a mão de Jane, com os dedos quentes e macios.

– Em que sentido? – disse Lady Johnstone.

– Trazendo-nos a notícia do noivado da nossa filha – disse a sra. Austen, com uma risada.

– Perdão – disse Lady Johnstone, rindo também. – Ficarei feliz em parabenizar o sr. Withers por seu noivado com a srta. Clementine Woodger de Taunton. Eles acertaram tudo ontem, em Bristol.

O rosto da viúva do advogado se contorceu em um sorriso de escárnio.

Jane, a mãe e os outros Austen demoraram um momento para reagir à notícia. Jane não sabia o que se passava na cabeça da mãe, mas imaginava que ela se encontrava em meio a uma importante discussão consigo mesma, pois alisava sua melhor saia, dobrando e desdobrando cada prega de musselina azul. Jane não disse nada. Ficou olhando para o chão, com o coração despedaçado.

A mãe, ainda bem, rompeu o silêncio excruciante um momento depois.

– Também lhe daremos os parabéns – ela disse afinal, parecendo animada. Jane se levantou para atiçar o fogo e evitar os olhares dos outros. A sra. Austen seguiu com a conversa rapidamente. – A srta. Woodger tem uma grande fortuna?

– Sir Woodger, o pai dela, é um advogado – disse a sra. Johnstone. – Especializado em transferência de bens imóveis. Tem um escritório em Putney.

– Putney.

– Sim. Putney. Clementine, a noiva, não chega aos 20 anos de idade.

– Que jovem – a sra. Austen apontou.

– Nem um pouco. Quando se trata de casamento, aos 22 a mulher já está em declínio.

Jane atiçou mais o fogo.

– Bem, estou muito ocupada hoje – Lady Johnstone prosseguiu, levantando-se assim que Margaret entrou com a bandeja do chá. – Não se deem ao trabalho – ela acrescentou, apontando para o bule. Então, sorriu e foi embora.

◆

Jane se manteve sentada por um bom tempo.

A princípio, havia a esperança de que se tratava de uma piada cruel de Lady Johnstone. Então Margaret voltou do mercado com notícias da lavadeira da casa em que o sr. Withers estava hospedado. Ele tinha mesmo ficado noivo em Bristol.

A sra. Austen expressou sua descrença e confusão, alegando que forças sombrias agiam.

– Alguém ou alguma coisa o fez mudar de ideia – ela declarou. Jane assentiu, mas desconfiava que forças muito mais banais o haviam influenciado. O senso comum e provavelmente o pai haviam levado a melhor sobre Charles Withers. Rir diante da lareira nas noites de terça-feira pelo resto da vida tinha muito menos valor para ele do que ser o homem mais rico do cemitério de Gravesend. Charles Withers provavelmente não havia feito nada pior que tomar o caminho exigido por sua fortuna e seu berço.

– Sinto muito, Jane – Henry disse. O pai de Jane não falou nada. Uma sensação de horror e a náusea tomaram conta dela. Seu estômago se embrulhou em constrangimento. O nervosismo e a alegria da noite anterior e daquela manhã haviam evaporado. A sra. Austen enxugou uma lágrima.

– É melhor que volte para os Dawson, Henry – Jane disse, com frieza.

– Não, Jane. É claro que vamos ficar aqui com você.

– Bobagem. Insisto que voltem. Seria um desperdício de seu tempo de folga ficar aqui. – Ela se levantou. – Vou verificar se o cocheiro não pode levá-los agora.

Jane se virou para a porta.

Henry se levantou.

– Não faça isso, Jane. Eu mesmo vou.

Ele passou por ela e foi para a antessala.

– Sinto muito por ter estragado sua viagem, Eliza – Jane disse.

– Não sinta, *ma chérie* – Eliza disse, gentil. Todos ficaram olhando para o chão. Jane notou a carta que quase havia mandado para Cassandra, elogiando a beleza e a espirituosidade de Charles Withers, sobre a escrivaninha do pai e estremeceu.

Ela pediu licença para se retirar da sala de visitas e foi lá para cima. Eram 11 horas, de acordo com o relógio, mas Jane se deitou mesmo assim. Não desceu para almoçar nem jantar. Dispensou Margaret quando ela bateu à porta para avisar que Henry e Eliza estavam partindo. Jane não desceu para se despedir. Ouviu o irmão e a cunhada saírem pela porta da frente no meio da tarde. Ficou deitada a noite toda, mas só pegou no sono às 5 horas da manhã.

◆

Jane acordou uma hora depois, sobressaltada. Estava agitada, com a mente inundada por palavras. Afastou o travesseiro, à procura de algo. Sim, já tinha guardado ali, só que não restava mais nada. Jane andou de um lado para o outro. Um objeto reluziu no chão. Ela foi até ele. Havia uma haste curta e pálida entre duas tábuas do piso. Ela a pegou, com um sorriso. A mãe já havia encontrado dezenas na limpeza do cômodo, mas deixara aquela passar. Outros preferiam a carne escura e amanteigada, mas Jane considerava aquela haste branca e fina a melhor parte do ganso. Ela pegou a espinha dorsal entre o dedão e o indicador. Seus tendões a levaram à curva de sua mão, por puro instinto.

Jane abriu um baú de madeira ao pé da cama e revirou seu conteúdo. Encontrou um pote de vidro do tamanho de um damasco e o tirou. Estava vazio, de modo que ela o jogou em um canto do quarto e voltou a vasculhar o baú. Encontrou outro vidrinho, que também continha apenas pó. Ela o jogou por cima do ombro, para que se juntasse a seu irmão. Jane encontrou um carretel de renda, que deveria ser usada em um véu. Ela o tirou de seu caixão e o pôs no chão. Havia um terceiro vidro embaixo dele, com um pouquinho de um pó composto de tanino, vitríolo e goma de acácia. Jane o ergueu, como se fosse um troféu. Precisava de água.

Havia um vaso com flores amarronzadas e murchas no peitoril da janela. Jane tirou as flores que já fediam e olhou dentro do vaso.

Havia um dedo de água pútrida no fundo. Ela despejou o líquido fétido no vidro, tomando cuidado para não derramar. Os cristais de areia mosqueados se dissolveram no líquido.

Agora, ela precisava de papel. Mas não havia nada ali! Podia ir buscar na sala de visitas, dizendo que ia escrever para Cassandra de novo, mas a mãe certamente desconfiaria de suas verdadeiras intenções ao ver seu rosto. O pânico redobrou a presença na mente dela, conforme as frases e palavras começavam a deixá-la.

Seu corpo se enrijeceu. Havia, sim, papel naquele quarto. Ela enfiou as unhas na rachadura de uma tábua e a puxou até se soltar. Encontrou o buraco no chão. Havia seiscentas páginas preenchidas frente e verso com a caligrafia de Jane lá dentro. Ela começara aquele manuscrito em seu aniversário de 15 anos. Chamava-se *Primeiras impressões*. Fora enviado a Londres e voltara, depois de rejeitado pelo editor Thomas Cadell. Jane o mantivera escondido por nove anos, com medo de que sua mãe o encontrasse e incendiasse.

Jane ergueu as folhas e passou os dedos pelo papel amarelado. Cheirava a baunilha e madeira. Na última página, encontrou um espaço. Limpou a camada de poeira que se acumulara em sua mesa e mergulhou sua pena na tinta.

6

Isobel Thornton compreendia agora a sensação de querer algo que não podia ter.

Melbourne House tornou-se intolerável. A mãe se recolheu para o quarto, queixando-se de que, em toda a sua existência, nunca havia sito tão ludibriada. Quando tal ação não despertou atenção o suficiente dos outros, ela voltou para a antessala e começou a se lamentar. Com o pai de Isobel foi muito pior. Em vez de brincar com a filha sobre a última desventura romântica, ele se recolheu a seu gabinete para evitar qualquer conversa. Isobel achava que todos se sentiam como ela: haviam flertado com a lisonja ao acreditar que um homem como John Wilson poderia se interessar por uma mulher de sua posição e de sua idade.

Quando a criada expressou a necessidade de comprar uma fita, Isobel fez questão de executar a tarefa ela mesma, com o intuito de sair de casa. No entanto, quando deu bom-dia à sra. Turner, quem respondeu não foi a dona da loja, mas um cliente.

— Bom dia, srta. Thornton — disse John Wilson, o homem que era a causa de seu sofrimento atual, o homem que a havia rejeitado e em que esperava nunca voltar a botar os olhos. Ele engoliu em seco e desviou o rosto ainda enquanto falava, dedicando-se aos lenços com uma atenção exagerada.

Isobel estava determinada a continuar calma, a não demonstrar nenhum sinal de que a presença dele a perturbava. Ela se perguntou se o decoro exigia que permanecesse na loja por um tempo mínimo, de modo que sua partida não parecesse grosseira. Permitiu que três segundos passassem, torceu para que fosse o suficiente e se virou para a saída.

— Está indo embora? — ele perguntou.

Isobel suspirou, resignada ao fato de que precisariam conversar por um momento. Deu opiniões educadas sobre os eventos mais recentes na cidade e a última chuva. Quando tudo o que tinha a dizer sobre peças e o clima se esgotou, ela ficou chocada ao perceber que seu esforço para estabelecer uma conversa não havia sido retribuído pelo sr. Wilson. Um cavalheiro podia abordar muitos temas: as estradas úmidas, por exemplo, ou o preço do correio. Mas ele não disse nada, embora parecesse que as palavras não estivessem distantes de seus lábios. Ela o desprezou por sua falta de educação e desejou poder ir embora. A sra. Turner, que observava tudo do caixa, tinha fama de ser indiscreta, e Isobel imaginava que o relato de sua humilde interação chegaria a Ramsgate antes da hora do jantar.

Ela ficou furiosa. Abandonou suas pretensões iniciais de recato e optou pela ofensiva.

— Desejo-lhe toda a felicidade do mundo, sr. Wilson — ela provocou, olhando nos olhos dele.

— Obrigado, srta. Thornton — ele respondeu, embora seu rosto se contorcesse em confusão.

— Partirá para Kent em breve? Ou planeja viajar primeiro? — ela indagou, estremecendo, sentindo-se humilhada ao perguntar sobre os planos de lua de mel do homem que a havia desprezado.

— Pretendo ficar em Somerset por mais algumas semanas — ele respondeu, parecendo perplexo.

— A sra. Wilson tem intenção de participar dos próximos eventos? — Isobel insistiu, cada vez mais exasperada. — Teremos a estreia de uma peça de Cowper no mês que vem, se julgar que está à altura dela.

— Minha mãe permanecerá em Kent pelo momento, embora goste de Bath. Agradeço por sua preocupação com o prazer musical dela.

Isobel franziu a sobrancelha e estremeceu diante da indignidade de ser forçada a esclarecer aquele assunto que lhe era tão sensível.

— Perdão, mas me refiro à sra. John Wilson. Sua nova esposa.

O cavalheiro abandonou sua inspeção dos lenços e ergueu o rosto. Uma centelha de esperança pareceu dançar em sua expressão.

— Ah. Talvez esteja se referindo à sra. Francis Wilson. Minha cunhada.

Ele se aproximou de Isobel.

— A sra. Francis Wilson! — repetiu a sra. Turner, de trás do balcão.

John Wilson continuou atravessando a loja. Isobel lhe deu as costas, parecendo fascinada com certa renda, respirando pesadamente.

– Srta. Isobel, demorei-me em Bristol por causa da comemoração do noivado do meu irmão mais novo, Frank, com a srta. Bernadette Martin.

– Então não está noivo? – Isobel questionou.

– Não estou noivo. Caiu uma geada em Bristol, e precisei passar a noite lá. Mandei um aviso pelo correio expresso. Considerando o estado das estradas e do correio inglês, deve chegar na próxima semana. Enfrentei a neve para encontrá-la.

Isobel pareceu perder a capacidade de falar.

– Combinamos de visitar a Pump Room, srta. Thornton – ele disse, com um sorriso terno. – Isobel. Se me der a honra, podemos ir para lá imediatamente.

Ele ofereceu o braço, e Isobel o aceitou. Ela e John Wilson seguiram para a Stall Street. Seu rosto permanecia impassível, e Isobel não disse nada, mas permitiu que seu coração desse um pulinho no peito com o que alguém mais sentimental poderia chamar de alegria.

◆

Jane deixou a pena de lado e estalou os dedos. Leu o trecho. Melhoraria as frases depois, mas, naquele momento, a dor em seu peito tinha passado. A revelação de que quem fizera um pedido de casamento fora o irmão era uma saída brilhante. Era apenas um embrião da história, e ela ainda não sabia aonde chegaria, para onde as palavras e os personagens a conduziriam, mas aquela cena poderia ser o clímax e um bom encerramento de um romance. Uma falha de comunicação separava os amantes. A confusão era esclarecida, e os dois podiam ficar juntos. A relação de ambos era reparada e a felicidade, restaurada.

O esforço para tirar as palavras da folha de papel em branco era da mesma qualidade e consistência de uma tortura. Jane conhecia os horrores de pintar a si mesma no papel, e o êxtase de escapar sem deixar nenhuma mancha no chão. Ela sorriu diante da velocidade com que as palavras haviam penetrado em seu cérebro. Riu diante de sua passagem para o papel, quase se escrevendo sozinhas. Então se perguntou quantas outras aguardavam. A inspiração raras vezes vinha daquele jeito. Sua mente hesitou ao pensar em Charles Withers e no que poderia estar fazendo. Ela devolveu as folhas à mesinha e voltou para a cama.

◆

Jane acordou com alguém em sua cama.

– Vai estragar seu vestido dormindo nele – a sra. Austen disse.

Jane olhou para o vestido de vinte libras, fazendo uma careta. A seda delicada estava toda amassada, parte da fita dourada havia se soltado e a manta havia esmagado as pétalas do bordado de rosas.

– Que horas são? – Jane perguntou.

– Já passam das 3 horas – a sra. Austen respondeu. Ela não levantou os olhos. Continuou lendo o papel que tinha nas mãos.

Jane se sentou e esfregou os olhos.

– O que você está lendo? – ela questionou, embora já soubesse a resposta. – Dê-me isso.

As palavras mal lhe passaram pela garganta.

– Você me disse que não estava mais escrevendo – a sra. Austen falou.

– Sim. Isso é velho – Jane protestou.

A sra. Austen escrutinou as páginas.

– É o manuscrito que seu pai mandou para Londres. Foi cruel da parte dele colocar ideias na sua cabeça, dar falsas esperanças a você. Por que guardou? Para se torturar? – Ela virou a folha. – E quanto a isso? – A sra. Austen tinha nas mãos a última página do manuscrito, que continha a nova cena. Jane não respondeu. – Você é uma mulher crescida – a mãe prosseguiu. – Não concorda?

– Sim, mamãe – Jane assentiu. – Sou uma mulher crescida.

– Vim para ver se você estava bem. O que claramente está. – A mãe continuou lendo, batendo o indicador contra o papel. – Enquanto o restante de nós reconhece a seriedade dessa situação, o casamento continua sendo uma piada para você, que não faz ideia de como vai decair quando não estivermos mais aqui. Mas, enquanto ficamos com os nervos à flor da pele tentando ajudá-la, você acha graça.

– Não é verdade, mamãe. Por favor, me devolva essas folhas.

A sra. Austen reuniu os papéis em uma pilha e se levantou.

– Para onde está levando isso? – Jane perguntou, preocupada.

– É para seu próprio bem – a sra. Austen declarou, então jogou o romance na lareira.

Jane gritou. O fogo, que havia se apagado mais cedo, ganhou vida com o papel. Ela correu para a lareira. Quando era criança, gostava de pensar nas palavras que descreviam o fogo. Sua preferida era *incandescer*: pôr em brasa, tornar-se candente. Cassandra e o pai não se interessavam muito por velas e chamas, mas Jane adorava ver as coisas queimando, assim como a mãe. Ela enfiou o braço no fogo e conseguiu resgatar um pedacinho de papel, assim como a fita rosa e agora chamuscada com que as folhas tinham sido amarradas. As chamas devoraram as outras páginas, com um rugido alegre. Uma bola de calor inundou o quarto conforme as folhas secas pareciam explodir. A força fez Jane se afastar. Aquilo a deslumbrava. O quarto foi preenchido pelo aroma glorioso da fumaça defumada. Quando não havia mais nada para queimar, a sra. Austen se levantou e foi embora.

Com o fogo apagado e as cinzas de *Primeiras impressões* ardendo na lareira, Jane pegou o pedacinho de papel que recuperara da pilha. Ela o guardou no bolso e saiu de casa.

◆

A srta. Harwood já a aguardava na entrada. Ela abriu a porta para que Jane entrasse.

– A senhorita sabia o que ia acontecer – Jane disse, uma vez lá dentro.

– Sim, infelizmente – a srta. Harwood respondeu, então ofereceu uma cadeira a Jane, que se sentou.

– Qual é o meu problema?

– A senhorita é diferente – a srta. Harwood disse.

– Não quero ser – disse Jane.

– Não tema. – A mulher rabiscou algo em um pedaço de papel e o entregou a Jane. – Vá para Londres.

Jane se retraiu um pouco. A capital agitada e infestada de ratos?

– Londres fica a um dia de viagem.

– Tem uma opção melhor? – a srta. Harwood perguntou.

Jane deu de ombros.

– Neste momento, não tenho nada.

◆

No dia seguinte, enquanto viajava para Londres em uma carruagem de má reputação, Jane pensava em como iria se virar por lá sem ser descoberta. Tinha escolhido a carruagem postal mais dilapidada que pudera encontrar, a qual partia dos fundos do Black Prince Inn e garantia chegada na cidade através de estradas tranquilas. Um homem de colete esfarrapado e chapéu de almirante manchado era a única companhia de Jane no veículo público. Cheirava a rum e se recusava a olhar nos olhos dela, um nível de comunicação que agradava a ambos. Ele não fez nenhum comentário sobre o crime que era uma mulher solteira viajar sozinha, de modo que Jane imaginou que estava ainda mais encrencado do que ela. Qualquer que fosse a briga em que tivesse se metido ou a dívida que adquirira nas casas de carteado de Bath, parecia ávido a deixar o sudoeste da Inglaterra o mais rápido e discretamente possível, o que o tornava o companheiro de viagem perfeito para Jane. Ele tinha fechado os olhos antes mesmo de a carruagem sair.

7

AS AÇÕES DAQUELA MANHÃ superavam em muito todas as desonras que Jane havia infligido a seu sexo ao longo dos anos. Viajar sozinha pelo campo, negociar sua passagem, pagá-la e viajar na companhia de desconhecidos era algo reservado às prostitutas e às bruxas. Uma boa mulher, de uma família respeitável, nunca se corromperia a tal ponto.

Jane tinha se remoído de culpa ao sair de casa aquela manhã. Dissera a todos que ia caminhar, como costumava fazer. A mãe apenas assentira em concordância, sem olhar para a filha. No bolso, ela escondera três biscoitos da despensa (do tipo mais duro, pois ninguém sentiria falta) e quatro libras, que eram todo o dinheiro que possuía no mundo. Ela se envergonhava de mentir para o pai. Ele lhe desejara uma boa caminhada e inclusive se oferecera para acompanhá-la, sorrindo para a filha com os olhos encobertos. Jane detectara certa frieza entre os pais ao sair de casa. O reverendo e a sra. Austen costumavam se sentar juntos à janela enquanto ele lia o *Lloyd's Post* e ela remendava meias, ambos rindo e fazendo brincadeiras. Naquela manhã, no entanto, o reverendo fora se sentar à sua mesa, enquanto a sra. Austen ficara sozinha à janela. Jane imaginava que fosse a causa daquele desentendimento.

A carruagem deixou Bath às 9h30 da manhã, seguindo para o extremo leste da cidade. Do outro lado da janela, os paládios de pedra amarelada deram lugar para os chalés de pedra, depois às cabanas com chaminés fumegantes, depois ao verde de Somerset.

Os campos cercados do sudoeste da Inglaterra foram sucedidos pelas florestas de carvalhos de Berkshire. Eles pararam em Reading, para que os cavalos bebessem água. O cocheiro esticou as pernas, mas nem Jane nem seu acompanhante adormecido deixaram a segurança de sua jaula de madeira. Ela deu uma olhada pela janela da carruagem, para a praça de Reading, quase esperando que a mãe aparecesse e exigisse que voltasse para casa.

Uma carruagem postal viajando rumo a Bath parou do outro lado da estrada. O cocheiro fez o mesmo que o primeiro: deu água aos cavalos e bebeu um pouco ele mesmo. Jane olhou pela janela da outra carruagem e viu uma família rindo e conversando. A julgar pelas roupas coloridas que usavam e pelas malas que carregavam, ela imaginou que iam a Bath para descansar. Jane pensou em se juntar a eles. Havia um lugar vazio na carruagem. Podia voltar a Bath antes que o alarme soasse, sem causar nenhum dano. Ela levou uma mão à porta da carruagem, então o cocheiro reassumiu seu posto e agitou as rédeas. A carruagem saiu, e Jane se recostou no assento. Se tinha algum desejo de se agarrar aos resquícios de dignidade e reputação que lhe restavam, abandonou-o naquele momento. Não havia mais volta.

Nos arredores de Windsor, havia uma azinheira espetacular, com pelo menos quinze metros de altura, na estrada para Londres. Jane se esqueceu por um momento de sua humilhação e agitação interna e se virou para admirar os galhos gloriosos que se mantinham firmes apesar do clima e do passar dos anos. Nada mais se destacava na paisagem, que consistia em um campo verde após o outro. Quando o sacolejo da carruagem adquiriu certo ritmo, Jane pegou no sono.

Ela despertou quando passavam por Kensington. Os cheiros a atingiram antes da visão das belas construções. Mais do que o verde do Hyde Park e a grandiosidade do Palácio de Kensington, foram a fumaça de carvão e os fedores do esgoto e do estuário cheio de matéria em decomposição durante a maré baixa que a fizeram perder o fôlego. A capital fervilhava, exalando um perfume que era uma mistura de gente e construções, becos e sujeira. Enquanto a carruagem passava pelo dique, uma fábrica na margem sul despejava plumas de fumaça preta no ar e, através de um cano, restos de animais apodrecendo no Tâmisa. Jane lembrou-se de sua aversão à capital, com seus vendedores gritando, sua corte maquiavélica, sua fuligem e sua neblina. Ela preferia árvores e grama a mármore e gente. Mas tinha sido ali que Cowper havia escrito *Hinos de Olney*, na miséria do cais; que Frances Burney havia escrito *Evelina*, em meio à pompa da corte; que Shakespeare havia escrito *Hamlet*, sob os vapores de Southwark. Jane assentiu, com um respeito relutante pela cidade miserável que produzira tais gênios. Era a pressão que fazia o diamante, ela recordou. Era o atrito que fazia a pérola.

Jane desembarcou na última parada, Piccadilly. A srta. Harwood tinha lhe dado o endereço de uma casa no leste da cidade, a três quilômetros dali. Jane olhou para o alto. A cúpula de Sir Christopher Wren assomava a leste. Ela caminhou naquela direção, ao longo do dique, parando uma única vez para tampar o nariz diante do perfume do Tâmisa.

Quando Jane deixou a região da St. Paul's rumo ao leste, os personagens passaram de bispos, curas e párocos abastados àqueles que estes estavam encarregados de salvar: costureiras, floristas e lavadeiras de Cheapside. A arquitetura passou de colunas de mármore elegantes e cúpulas de bronze para madeira apodrecendo e tijolos se desfazendo. As alamedas, sujas de lama, eram pavimentadas com paralelepípedos denteados. Os bons sistemas de drenagem de Mayfair e Piccadilly eram substituídos por soluções caseiras, através do uso de baldes e da ação da gravidade. As construções de taipa eram cobertas por graxa e uma película de sujeira. Jane nunca havia estado em um lugar daqueles. Um homem com a gravata manchada de sopa mostrou a língua para ela, declarou que a amava e a seguiu pela viela. Jane se apressou e disse que seu pai era um guarda. Pareceu funcionar, porque o sujeito se sentou sobre uma pilha de repolhos podres e logo estava roncando.

Jane suspirou aliviada e recuperou o fôlego. Andou por mais três quarteirões até chegar à casa em questão, certificando-se de que estava no endereço certo. Ela estava. Jane coçou a cabeça. Era uma construção de dois andares em estilo Tudor, espremida entre duas outras, grandes e modernas. A estrutura de madeira preta cedia no centro. As paredes de argila branca estavam manchadas de amarelo. O teto de palha estava um pouco afundado. O lugar parecia prestes a desmoronar.

Jane bateu na porta de carvalho. Ninguém atendeu. As janelas de treliça estavam fechadas e bloqueadas. Jane bateu de novo, mais alto.

– Olá – ela disse.

Então olhou para cima. Não saía fumaça da chaminé.

– Quem é você? – uma voz perguntou. Era uma mulher que se aproximava, coxeando. Seu cabelo branco chegava ao umbigo. Sem qualquer grampo ou laço que o tirasse do rosto, ele caía livre à sua volta, em um grande volume bagunçado, que se parecia com fios de açúcar. Seu vestido preto tinha sido remendado com retalhos díspares: um tecido xadrez cobria um dos ombros, enquanto um marrom com losangos tampava um buraco gigante na saia. A mulher carregava repolhos sob o peito. Era difícil dizer exatamente quantos.

– Sou a srta. Austen – Jane respondeu. – É a sra. Sinclair?

– Depende – a mulher respondeu. Ela abriu a porta, entrou e a fechou atrás de si.

– A srta. Harwood me enviou aqui – Jane gritou através da porta pesada de carvalho, que se entreabriu em seguida. Ela entrou, apressada, em dúvida se não estaria caminhando para a própria morte. As janelas tampadas deixavam o lugar quase na completa escuridão.

– Não vai ajudar? Elas não vão se acender sozinhas – a sra. Sinclair disse, acendendo uma vela. Jane se atrapalhou um pouco, mas encontrou outra vela e a acendeu também. – Como está Emily? – a mulher indagou.

– Falta-lhe carvão – Jane respondeu, olhando em volta –, mas continua pintando. – A mulher acendeu mais algumas velas, iluminando o cômodo. Jane conseguiu avistar uma porta suja, uma lareira e duas cadeiras. – É uma casa modesta – ela comentou, assentindo. Perguntava-se por que a mulher se dava ao trabalho de acender as velas, uma vez que não havia nada que justificasse a iluminação. Ela apertou os olhos para a sra. Sinclair, cujo rosto parecia uma uva-passa.

A mulher acendeu o fogo.

– Sempre houve e sempre haverá alguém como eu neste lugar.

Jane ergueu uma sobrancelha.

– Não duvido.

Ela olhou em volta, para o cômodo sujo. Residências decrépitas como aquela se espalhavam por Cheapside.

– O que quer? – a sra. Sinclair perguntou, fazendo sinal para que Jane se sentasse.

– O que é que a senhora faz? – perguntou Jane, sentando-se em uma cadeira de balanço tão antiga que nem balançava mais.

– Sou casamenteira – disse a sra. Sinclair.

Jane se levantou.

– Que maravilha! – ela disse. – Viajei por meia Inglaterra, destruindo qualquer reputação que me restava, para visitar uma casamenteira. Em casa, havia três em cada esquina.

Jane se repreendeu por sua credulidade e por seu desespero. No caminho até Londres, ela não sabia bem o que esperar. Não havia pensado muito a respeito sobre o que encontraria por lá, pois estava focada em fugir de casa sem despertar qualquer desconfiança. O que quer que tivesse imaginado, não envolvia outra casamenteira inútil. Ela seguiu para a porta, muito irritada.

– Não sou esse tipo de casamenteira – disse a sra. Sinclair. Ela empurrou um pedaço de lenha com um atiçador escurecido, fazendo uma chama irromper.

– Que tipo de casamenteira é então? Em que difere das inúmeras que há em Bath?

– Obtenho resultados.

Jane riu. O fogo estalou e chuviscou. Ela pensou em seu manuscrito, que não passava de resquícios chamuscados, e voltou a se sentar.

– E será assim comigo? Preciso de um marido – Jane disse.

– Consiga um então.

– Essa é a questão – Jane disse. – Tudo indica que não tenho nenhum talento para conseguir maridos.

– E por que isso, na sua opinião?

– Porque sou velha e pobre – Jane respondeu.

– *Pff* – a sra. Sinclair replicou. – Os jovens falam de amor como se o tivessem inventado, achando que só existe quando estamos em nossa mais bela forma. O amor é revelado quando estamos em nossa pior forma. Já vi pessoas mais velhas e mais pobres se casarem. Mais feias também. Deve haver algo mais. Talvez não queira se casar.

– Não tenho nenhuma aversão ao casamento – Jane protestou. – Os homens que não me querem. E a senhora é ou não é uma casamenteira? Tenho dinheiro, posso pagar.

– Seu verdadeiro amor não está entre os homens daqui. Para encontrá-lo, precisará viajar – ela disse, em um tom solene.

– Já viajei. Foram sete horas em uma carruagem frágil, desde Bath, tendo como companhia apenas um homem que podia ou não ser um pirata.

– Faz piada de tudo. Isso não lhe faz nenhum favor – a sra. Sinclair comentou.

Jane ficou quieta.

– Não estou falando desse tipo de viagem. – A sra. Sinclair deixou um repolho de lado. – Posso ajudar. Se não quiser, é livre para ir embora.

Jane suspirou, pensando no quanto havia lhe custado chegar até ali.

– Imagino que queira ser paga – ela disse. – Por sua mágica, que superará os esforços das muitas mulheres que vieram antes da senhora.

– Sim. Quero algo que possui e que tem muito valor.

Jane colocou uma libra na mesa, o que lhe restava depois de comprar sua passagem para Londres.

– É tudo o que eu tenho.

Não era uma quantia elevada: qualquer outra casamenteira cobraria aquilo. Ela ficou feliz por não ter mais, porque tinha certeza de que a mulher a enganaria.

– Não quero dinheiro. Quero algo de valor – a sra. Sinclair disse.

Jane suspirou outra vez e se ajeitou na cadeira de balanço. Estava cansada daquilo. Ela fez um inventário mental dos itens que havia trazido e que podiam ter algum valor. O crucifixo em seu pescoço que Frank, seu irmão mais novo, havia lhe dado, declarando com orgulho e carinho que era de bronze, embora as manchas que deixava em seu colo indicassem que era de estanho pintado; seu casaco e suas luvas eram de boa qualidade, mas velhos, e em inúmeras tentativas ela demonstrara talento para destruir o tecido, além de cerzi-lo; ela não tinha anéis ou qualquer joia no cabelo. Não possuía nada de valor que pudesse tentar aquela mulher.

– Como estou certa de que pode ver, não sou uma mulher rica. A única coisa de valor que possuo já está nessa mesa. – Ela apontou para a cédula. – Além desse dinheiro, não tenho mais nada.

– Não está ouvindo – a sra. Sinclair disse, prendendo uma mecha de cabelo branco atrás da orelha. – Não quero dinheiro. Quero algo que lhe seja caro.

Jane jogou as mãos para o alto, frustrada, depois as enfiou nos bolsos. Sua mão roçou algo poroso e rígido. Ela o revirou nos dedos, então o retirou do bolso e o colocou sobre a mesa.

8

ERA UM PEDAÇO DE PAPEL QUEIMADO, não tinha nem meia página. O calor do fogo o havia deixado amarelado e com manchas marrons. Os cantos tinham sido chamuscados e estavam em formato de meia-lua, como se um monstro de lábios pretos os tivesse mordido. Tudo o que restava estava coberto pelas linhas perfeitas da caligrafia de Jane, com palavras escritas de lado e nas margens. Sua letra era miúda, já que papel era um luxo. Tratava-se de um trecho de um capítulo mais ou menos no meio de *Primeiras impressões*. Era tudo o que restava do trabalho da vida de Jane.

– Tenho certeza de que parece não ser nada – Jane lamentou, com uma risada, nervosa –, mas é o que tenho de mais valioso.

– É perfeito – a sra. Sinclair comentou, pegando o pedaço de papel queimado e olhando para ele.

Um minuto se passou sem que a sra. Sinclair produzisse qualquer som. Jane estava ansiosa.

– Algum problema? – ela quis saber.

– Xiu – a mulher ralhou. – Estou lendo.

Jane se recostou na cadeira de balanço.

– É muito bom – a sra. Sinclair disse, afinal.

– Bondade sua – Jane respondeu, sem emoção na voz, mas sorrindo consigo mesma.

– Está disposta a abrir mão disso em nome do amor?

A mulher mostrou o papel queimado a Jane, que deu de ombros.

– Claro. É só um pedaço de papel. – Ela havia memorizado aquelas palavras muito tempo atrás.

– O quanto deseja encontrar o amor? – a sra. Sinclair indagou.

Jane refletiu a respeito. Não fazia mais diferença, já que ele se casaria com outra mulher, mas ela e Charles Withers haviam tido um momento ao caminhar sob as árvores do jardim da Sydney House. Ele parara e ajeitara a abotoadura, então se virara para Jane. Seus olhos haviam se encontrado, e Charles sorrira para ela, que retribuíra o sorriso. Fora a mais breve interação, e fazia poucos minutos que se conheciam, mas, naquele momento, ela não se sentiu sozinha no mundo. Jane não se lembrava de uma sensação melhor.

Ela assentiu para a sra. Sinclair.

– Desejo encontrar o amor mais do que qualquer outra coisa – Jane disse.

A sra. Sinclair olhou para ela, então assentiu.

– Se tem certeza disso, vai encontrar. – A mulher afiou a pena. – Vamos escrever seu desejo. – Ela virou o pedaço de papel e anotou algo. – Vai funcionar apenas uma vez. É reversível, mas só uma vez também. Dê-me seu dedo.

Jane ofereceu o indicador, que a sra. Sinclair furou com a ponta da pena.

– Ai! – Jane protestou. Uma gota vermelha pingou no papel. – Que loucura é essa?

Ela tinha chegado ao limite de sua paciência.

A sra. Sinclair fechou os olhos e entoou um canto. Jane franziu a testa e chupou o dedo.

– Diga estas palavras – a sra. Sinclair pediu, já voltando a seus repolhos.

Jane riu.

– Perdão, mas é só isso?

– Queria mais? – a sra. Sinclair questionou.

– Para onde devo ir? A quem vai me apresentar? Por que homem paguei com meu sangue? Não compreendo.

– Não a apresentarei a ninguém. Vai encontrá-lo sozinha.

– Quem? – Jane perguntou. – Quem eu vou encontrar?

– Ele – a sra. Sinclair respondeu, entregando a Jane o pedaço de manuscrito chamuscado, sem dizer mais nada.

Jane aceitou o papel e ficou parada ali, impotente. Ficou claro que a sra. Sinclair não queria mais saber dela, pois começou a cortar um repolho. Jane se virou e suspirou.

– Imagino que deva ir... – ela disse.

A sra. Sinclair assentiu, mas não disse nada. Jane soltou um suspiro grandioso, fervilhando de frustração por dentro. Finalmente, foi embora, saindo da casa para a alameda de paralelepípedos. Uma criatura demoníaca desceu a via na direção dela, uma besta sobrenatural suja de fuligem da cabeça aos pés. Sorriu para Jane, revelando o brilho de seus dentes brancos em contraste com o rosto escuro. Jane arfou e saltou para trás, assustada.

– Boa noite, senhorita – a criatura disse, tocando o chapéu imundo. Não se tratava de um fantasma infernal: era um limpador de chaminés, carregando escovões compridos nos ombros, também pretos de fuligem, voltando para casa depois de um dia de trabalho.

Outro homem passou por eles, empurrando um carrinho fedorento de enguias dispostas em uma pilha viscosa.

– Sai da frente, idiota! – ele gritou para Jane. O amontoado de escamas cintilantes escorregava conforme o carrinho balançava sobre os paralelepípedos.

– Tenho negócios aqui, senhor – disse Jane.

– Tem nada. – O homem riu ao passar por ela. – É só outra garota atrás de amor. Elas acorrem a essa porta dia e noite.

– Para quê? – Jane perguntou.

– Para ser enganadas – ele disse. – Ela é uma charlatã, que se aproveita das cabeças-ocas e histéricas.

O homem riu de novo, balançando a cabeça, então seguiu com seu carrinho pela alameda.

Jane fechou os olhos. Era uma tola. A graça e a estranheza do dia evaporaram em meio ao ar cheio de fuligem de Cheapside, e a realidade se fez presente. Seu desespero e sua humilhação a haviam transformado em uma mulher crédula, disposta a viajar sozinha para Londres, e agora ela se encontrava sozinha em uma de suas regiões mais imundas e sórdidas. Jane ordenou que seu coração tolo parasse de bater, parasse de fazê-la passar vergonha.

Ela voltou para a região da St. Paul's, seguindo ao longo do dique, sem se preocupar em tampar o nariz por causa do Tâmisa. Embarcou em uma carruagem vazia em Piccadilly e começou a viagem de volta para casa.

◆

Jane deparou-se com uma multidão ao chegar. Todos os moradores da Sydney House, a maior parte da Sutton Street e até mesmo algumas pessoas da Great Pulteney Street estavam reunidas diante de sua casa. A julgar pelo modo como assentiam e pelos olhares de preocupação, um grande escândalo estava em andamento, daquele tipo que deixa todo mundo disposto a jantar mais tarde para acompanhar o caso. Jane se aproximou de um grupo para perguntar sobre o evento infeliz que havia ocorrido à família sem sorte, mas congelou e se escondeu atrás de uma sebe na esquina ao ver sua própria mãe sair, com as bochechas marcadas por lágrimas e acompanhada por um guarda. Ele assentia enquanto ela falava, fazendo anotações em um caderno. O cabelo da sra. Austen, em geral preso em cachos elegantes, caía solto e molhado da touca. Seu vestido azul preferido, sempre imaculado e engomado, estava sujo e enlameado, com a manga direita rasgada. Uma fina linha vermelha descia por sua bochecha macia, possivelmente um arranhão causado por um galho. Jane franziu a sobrancelha. Por que a mãe estava naquele estado? Nunca a tinha visto de cabelo molhado.

Jane estremeceu. Tinha passado o dia fora, depois de partir sem avisar para onde ia, sem qualquer plano prévio de visitar amigos ou viajar em grupo. A mãe devia ter saído para procurá-la.

Jane olhou mais de perto para os vizinhos reunidos. A sra. Johnstone estava à frente, encurralando os outros para conversar e perambulando em meio à multidão, muito animada. Iam se lembrar daquilo por anos: o grande escândalo dos Austen. A filha de um pároco só saía de casa sem aviso por um motivo, que não era nada casto. A ansiedade quanto aos novos crimes de Jane que logo seriam confirmados parecia tomar conta da multidão.

Ela olhou para a mãe, que não parecia compartilhar das emoções dos outros e mal prestava atenção neles. A sra. Austen se virou para o guarda, com seu caderninho. Tinha um retrato de Jane na mão, feito por Cassandra. A semelhança era pouca, pois a irmã trabalhara com pressa, mas parecia o bastante com Jane para ajudar. A mãe devia ter revirado a casa até encontrá-lo. Jane nem estava certa de que ela sabia de sua existência. Era um retratinho lamentável, mas a mulher o embalou e secou uma gota de água que havia caído do chapéu do homem. Jane nunca tinha visto a mãe com um retrato seu. Pensou em ir até ela, talvez tocar seu braço e sorrir. Podiam dizer uma à outra coisas que nunca haviam sido ditas. No entanto, o modo como a sra. Austen queimara seu manuscrito não lhe saía da cabeça, de modo que Jane se manteve à distância, testemunhando o sofrimento da mãe. Ela pensou em como as pessoas desfrutavam de punir aqueles que amavam. Ademais, não tinha forças para o espetáculo que se seguiria à reunião com a família diante de toda matrona, esposa de peixeiro, paroquiano e cidadão preocupado da cidade.

Jane correu para Fairy Wood, buscando abrigo no chalé abandonado do lenhador. Pretendia se esconder até a noite cair, quando as pessoas abandonariam qualquer esperança de vê-la retornar ao ver a fome se sobrepondo à sede por um escândalo. Só então ela voltaria para casa e lidaria com os pais. Jane se sentou dentro da cabana de pedra e aguardou.

Ela tirou o trecho de *Primeiras impressões* do bolso e o revirou na mão. A sra. Sinclair havia escrito uma única frase. Jane franziu a testa. A mulher não era apenas uma charlatã, mas ainda tinha uma letra indecifrável. Jane estava acostumada com caligrafias terríveis. Como a de seu irmão, Henry, com seus rabiscos entusiasmados que mais pareciam formigas bêbadas aferradas à página; ou a de seu outro irmão, Frank, que, quando escrevera para ela do mar, para agradecer por uma camisa nova, imprimira o oceano Atlântico à página como se quisesse lhe mostrar como era a vida nas águas. Mas os crimes deles contra a caligrafia eram como pequenos furtos em comparação com a alta traição da sra. Sinclair. Jane precisou de alguns minutos apenas para concluir que a frase não estava de cabeça para baixo. Não era como se a escrita fosse obscurecida por uma cursiva medieval ou outro tipo de caligrafia rebuscada. Não era ornamentada com curvas e hastes longas, que faziam um "s" parecer um "t", tal qual se via no cartaz de uma apresentação de *Sonho de uma noite de verão* no Globe Theatre. Não havia *glamour* em sua ilegibilidade. Era um borrifo desordenado de glóbulos pretos, intercalados por uma variedade de hastes também pretas. Ficaria mais claro se ela virasse o pote de tinta e derramasse o conteúdo sobre a página.

Jane ergueu o papel diante de si, tal qual a mãe fazia quando a vela queimava fracamente e sua vista estava cansada. Seus olhos foram para o início daquele rabisco demente. A primeira letra era certamente um "l". Seria a próxima um "e"? Sim.

– *Leve* – Jane leu em voz alta. Era assim que começava. Então ficou mais fácil. Eram só duas letras, uma diferente da outra o bastante para serem discerníveis. – *M-e. Me. Leve-me.*

Ela continuou lendo. A próxima palavra era "ao", e a seguinte "meu". A outra parecia um aglomerado de manchas. Jane era incapaz de decifrar as letras ou o significado. O meio estava mais fácil. Havia uma curva superior em uma letra. Podia ser "n", "q", "o", "p", "r"... Era "r"!

– *Verdadeiro* – Jane leu, então sorriu. Era como um cavaleiro destemido, enfrentando o ladrão da má caligrafia, uma letra por vez.

Ela identificou a última palavra com facilidade.

– *Leve-me ao meu verdadeiro amor* – Jane leu em voz alta. Então se recostou e sorriu, satisfeita por ter conseguido desvendar a série de manchas. Ela fez uma careta diante das palavras sentimentais. De repente, tudo escureceu e começou a nevar dentro do chalé, com os flocos caindo do teto. Ouviu-se um chio, seguido de um estrondo. Jane se dissolveu em partículas, e a brisa que entrava a levou embora.

Parte 2

9

SOFIA WENTWORTH ESTAVA nos bastidores do salão comunitário de Bath, soprando dentro de um saco de papel pardo.

Ela olhou para o figurino com cintura estilo império da época regencial inglesa e fez uma careta. Listras azuis e marrons afloravam em seu corpo, como flores insossas. Uma pena de avestruz despontava de sua cabeça e quase roçava no teto. No geral, Sofia parecia um pavão vingativo, daqueles bem desgrenhados, que se esconde em meio aos arbustos, ataca um grupo fazendo piquenique no parque e depois precisa ser sacrificado.

Sofia voltou a levar o saco de papel ao rosto e inspirou.

Um membro da equipe técnica entrou nos bastidores e abriu a porta que dava para a rua.

– Srta. Wentworth? Você está aqui? O ensaio vai começar – ele disse, parecendo apavorado

Sofia se escondeu atrás das cortinas. Acovardar-se daquele jeito talvez estivesse abaixo de uma das maiores estrelas de cinema do mundo, mas era a tática mais apropriada para o momento.

O técnico desistiu de procurar e deixou os bastidores.

Sofia voltou a inspirar do saco. Depois a expirar. Xingou a terapeuta, que havia sugerido com uma voz tranquilizadora que aquela podia ser uma solução para quaisquer ataques de pânico que a acometessem. Infelizmente, o saco de papel pardo não chegava a ser o bastante para sua presente situação. Um pouco de absinto e tranquilizantes provavelmente seriam mais efetivos.

Ela pegou o celular do bolso de seu figurino de época e ligou para Max Milson.

– Max, acho que não consigo seguir em frente com o filme – ela disse assim que seu agente atendeu.

– O que aconteceu? – ele perguntou.

– Não estou bem. Estou grávida.

Sofia só podia imaginar a cara dele do outro lado da linha.

– Parabéns! – Max disse automaticamente. – Pra quando é?

Sofia não tinha pensado naquilo.

– Sete de maio? – chutou.

– É... daqui a onze meses – Max respondeu.

Droga. Ela tinha se esquecido daquele detalhe.

– O que está acontecendo, Sofia?

Seu tom paternal, embora cansado, entregava os doze longos anos em que eles vinham trabalhando juntos.

Sofia baixou os olhos e fez uma careta.

– Meu figurino. É horrendo.

– Em que sentido?

– Não favorece o meu corpo.

– É um filme de época – Max disse. – O figurino é esse. O que achou que ia usar, um biquíni?

– Não. É que eu não esperava que o passado fosse tão... cômico.

– Você vai fazer a sra. Allen, Sofia. É uma personagem cômica.

Ele estava certo. O figurinista havia seguido o *briefing* e desenhado uma roupa que a deixava ridícula. Sofia sabia desde o começo que sua personagem era uma mulher ridícula e se xingou mentalmente por ter achado que ficaria tudo bem. Na verdade, interpretando as falas espirituosas de Jane Austen vestida daquela maneira absurda, ela provavelmente roubaria todas as cenas em que estivesse. Aos desavisados, aquilo pareceria ótimo. Mas, para Sofia, era um problema.

Estava acostumada a roubar a cena – tinha construído uma carreira fazendo aquilo –, mas o fazia garantindo que todos os homens héteros (e provavelmente algumas mulheres) do público a desejassem. E o fazia com tanta facilidade que aquilo se tornara seu cartão de visitas, o motivo pelo qual era contratada para atuar em filmes, a razão pela qual os estúdios alteravam as datas de produção para se adequar à disponibilidade dela. Daquele jeito, Sofia lotava os cinemas, atraía multidões, transformava fracassos em filmes lucrativos. Agora, roubaria a cena pelos motivos errados. Ririam de Sofia. O público nunca a tinha visto daquele jeito e não iria gostar. Queriam ser seduzidos por Sofia, que estava prestes a jogar um balde de água fria em seus sonhos. Todos lhe diriam que estava sendo tola, mas Sofia sabia que só servia para uma coisa naquele mercado: fazer boa figura. Sair dali com aquela aparência seria um erro.

Quinze anos haviam se passado desde que ela abalara o mundo com sua interpretação de Ofélia no Old Vic, recém-saída da Real Academia de Arte Dramática. Ela era "puro sexo", como um crítico babão havia declarado, o que a fizera passar de atriz a celebridade. Sofia havia assinado com um agente de Hollywood e em menos de cinco anos já era a Batgirl, a bela parceira do Batman, no filme mais lucrativo da franquia. Tornou-se a atriz britânica a ascender com mais rapidez do teatro para o cinema da história. Casara-se com um diretor, Jack Travers, depois que os dois haviam se apaixonado no *set* de filmagem. Dez anos atravessando o tapete vermelho, passando as férias na Riviera Francesa e rodando filmes de ação na Eslovênia tinham se passado como se não fossem nada.

Então, um dia após seu aniversário de 37 anos, a imprensa anunciou que planejavam filmar um novo *Batman*. Todo mundo se empolgou com a notícia, com exceção de Sofia, que havia descoberto que o papel da parceira animada de Batman, o papel da garota dos sonhos e que havia pertencido a ela durante toda uma geração de fãs, agora seria de Courtney Smith, uma nativa de Los Angeles de 23 anos que "revigorava" a personagem e "sempre soubera" que era a "verdadeira Batgirl". Desde então, ela não havia conseguido nenhum papel importante.

— Ele não vai ligar pra sua roupa, Sofia — seu agente disse, com cuidado.

— Vai, sim — ela respondeu.

— Você não pode se concentrar na atuação?

Sofia fez uma careta.

— Nunca mais me diga uma coisa dessas, Max.

Ele suspirou, do outro lado da linha.

– Achei que era uma má ideia desde o início – Max comentou. Sofia meio que concordava, mas não queria dizer aquilo. Fora ela quem insistira naquele papel. – Por que fazer isso consigo mesma, Sofia?

– Trabalhar com Jack Travers é uma honra – ela disse, com uma voz robótica, repetindo a frase pronta que oferecera a sete agências de notícias separadamente quando acertara sua participação naquele filme. – Ele é um dos melhores diretores do mundo. Como eu poderia deixar tal oportunidade passar?

– É uma honra para qualquer uma que não seja a ex dele.

– Ainda não estou divorciada, Max.

Sofia se sentou.

Aquele era o verdadeiro motivo dos ataques de pânico, de estar respirando dentro de um saco de papel e de ter se escondido. Ela e o marido tinham aceitado filmar Jane Austen quando ainda estavam juntos. Jack Travers queria fazer um filme de época e tinha uma ligação familiar com a autora: descendia de um dos irmãos dela. Mas Sofia sabia que o verdadeiro motivo era ele querer uma estatueta para colocar sobre a lareira. Depois de anos quebrando recordes de bilheteria com seu currículo cheio de violência, agora ele queria credibilidade.

Sofia tinha se juntado alegremente à empreitada, tanto porque adorava Jane Austen quanto porque aquilo lhe daria a chance de passar mais tempo com Jack. Na verdade, havia concordado achando que interpretaria a protagonista. Quando descobrira que faria a sra. Allen, a *dama de companhia* da protagonista, assentira com entusiasmo e fingira que sempre soubera daquilo. Ainda assim, passaria mais tempo com o marido, que era a parte que mais lhe interessava.

Alguns meses depois de assinar o contrato, Sofia ofereceu a Jack a omelete com três claras e espinafre que havia preparado com suas próprias mãos na cozinha de aço inoxidável deles em Hollywood Hills, e Jack anunciou que ia deixá-la, alegando que tinham se distanciado.

Todo mundo havia proferido palavras simpáticas para apoiá-la. A produtora a liberara de seu contrato, para que Sofia não precisasse trabalhar com ele. Mas ela, ao mesmo tempo em que sofria em silêncio, vingativa e secretamente esperançosa, insistia que, se alguém iria sair do filme, deveria ser Jack. Ele permanecera. Sofia tomara aquilo como um sinal e formulara um plano.

Rodar um filme inteiro demorava, e ela imaginou que, durante o longo período que passariam juntos, reconquistaria o marido. Afinal, já tinham se apaixonado durante uma filmagem turbulenta e podiam se apaixonar de novo. Infelizmente para Sofia, ela continuava amando Jack. Nada que já tivesse sentido se comparava a quando se apaixonou por ele, e isso só acontece uma vez na vida. Todo mundo tinha um verdadeiro amor, e Jack era o dela. Sofia planejava usar aquele filme para reconquistá-lo.

Tinha passado os últimos meses lidando de maneira admirável com o possível fim de seu casamento. Passara pelo tormento único da separação de uma figura pública. Sofia costumava ser uma daquelas pessoas cujos mínimos movimentos eram registrados em manchetes: "Sofia Wentworth sai de legging preta para passear com o cachorro" etc. Mas, nos últimos tempos, as manchetes a seu respeito haviam mudado. "Amigos se preocupam com a saúde mental de Sofia" tinha sido uma (ela não sabia quem eram aqueles amigos); "Sofia se esconde após separação" tinha sido outra. Desconhecidos a abordavam na rua, oferecendo conselhos matrimoniais como se a conhecessem – ou a controlassem –, o que, de certa forma, era verdade.

Apesar de tudo isso, ela mantivera um silêncio digno. Evitara afogar as mágoas em potes gigantes de sorvete que os bufês compravam para servir em casamentos. Não chorara no chão da cozinha. Tinha ido à academia e mantido a cintura fina como antes do término e a gloriosa juba ruiva perfeita como sempre. O marido era um esteta: adorava coisas lindas, valorizava o talento e a confiança.

Mas aquele figurino exagerado que a fazia parecer um pássaro incapaz de voar ia arruinar todo o seu árduo trabalho. Caso aparecesse diante do marido pela primeira vez desde a separação escondida sob aquelas camadas cômicas de tecido, faria papel de tola, e poderia ser difícil preservar o verniz irresistível de felicidade e a aparência de bem-estar que ela cultivava com cuidado. Sofia não era uma daquelas mulheres que se erguiam sozinhas, de maneira alegre e graciosa; não apareceria em *talk shows* vestida de frango ou de homem para tirar umas risadas do público, não se permitia ser alvo de piada. Ela usava roupas bonitas para que os outros a desejassem. E agora estava prestes a destruir tudo aquilo. Não mataria apenas o interesse dos fãs com aquele papel, mas o do marido também.

Sua confiança, antes inabalável, vacilava. Escondida atrás das cortinas, ela disse:

– Não sei se consigo fazer isso, Max.

Ele suspirou.

– Vou falar com o pessoal do figurino e ver o que posso fazer.

Ela soltou o ar devagar.

– Obrigado, Max.

– Pelo menos ele não está aí hoje.

Sofia se animou um pouco.

– Eu sei.

– Então pode voltar ao ensaio, por favor?

Ela assentiu.

– Tá.

– Pegue o limão e faça uma limonada, Sofia. Nunca se sabe. Pode ser bom pra você.

Max desligou.

Sofia desligou também. A pena gigantesca em sua cabeça se prendeu a uma corda do teatro e se cravou ainda mais fundo em seu crânio. Ela queria concordar com Max. Mas, enquanto respirava pela última vez dentro do saco de papel e se lembrava de que estava prestes a trair seu público e garantir que o amor de sua vida nunca mais a achasse atraente, tinha certeza de que fazer aquele filme de Jane Austen era o pior erro que cometeria na vida.

Aquilo pareceu ainda mais certo quando ela se virou e viu, atrás das cortinas à sua frente, a mesma que usara para se esconder momentos antes, alguém se materializar do nada.

10

JANE ABRIU OS OLHOS. Não estava mais sentada no chalé na floresta. Na verdade, repousava sobre o piso de um espaço amplo e escuro. Um mar de tecido cor de ébano parecia cercá-la por todos os lados. Cordas e mais tecido escuro pendiam do teto, na sua direção. Eram cortinas. Jane se sentou. Havia uma mulher à frente dela, encarando-a.

– Testemunhou o que aconteceu comigo? – Jane indagou à mulher.

– Você apareceu do nada – ela respondeu.

A mulher usava o mesmo tipo de roupa de Jane, mas o tecido cintilava de uma maneira incômoda. O material era tão brilhante que a jovem teve que apertar os olhos para enxergar melhor. Uma pena gigante de avestruz adornava a cabeça da mulher, que respirava dentro de uma bolsinha de papel marrom.

Jane ergueu uma sobrancelha.

– Onde estou?

A mulher de vestido cintilante franziu o nariz.

– Bath?

Jane suspirou, aliviada. Devia ter caído no sono no chalé e chegado àquele lugar devido a uma crise de sonambulismo. Era estranho, porque ela não sabia que era sonâmbula, mas havia uma primeira vez para tudo. Sua cabeça latejava forte. Esfregou os olhos e olhou em volta. Ela e a mulher de vestido cintilante se encontravam nos bastidores de um teatro. Jane ficou nervosa, mas também feliz por ter escapado viva. Em sua crise de sonambulismo, poderia ter caído no rio.

– Preciso de sua ajuda. Sou a srta. Jane Austen.

A mulher olhou feio para Jane.

– É uma pegadinha? – perguntou, inclinando a cabeça para o teto e voltando a respirar na bolsinha marrom. – Acham que vão me enganar? – ela perguntou olhando para o teto. – Não vou autorizar a transmissão disso!

A mulher começou a andar pelo corredor escuro.

– Volte, por favor – Jane a chamou, mas ela não parou.

Jane a seguiu e chegou à entrada de um salão amplo, cujas luzes a cegaram por um momento. Lá dentro, um baile era realizado. Homens e mulheres dançavam em duas fileiras. Música tocava, mas não se via a orquestra. Havia uma mulher mais velha usando calça masculina no outro extremo do salão, gritando instruções para os dançarinos, como se fossem crianças.

– Um, dois, pra frente, agora dois pra trás. Você, de branco, está totalmente fora – ela disse, olhando para Jane na segunda parte.

Jane apontou para o próprio peito e disse:

– Quem, eu? – Ela deu um pulo quando a mulher assentiu. – Não desejo dançar agora, obrigada – Jane gritou do outro lado do salão. Em geral, gostava de dançar, mas estava confusa demais com a situação para considerar aquilo seriamente.

A mulher de calça olhou feio para ela.

– Você não recebe pra ficar olhando – ela disse.

A outra mulher, que Jane vira nos bastidores, se juntara a uma fileira de dançarinos. Ela voltou a olhar para Jane e arqueou uma sobrancelha.

– E então? – a mulher de calça, muito intensa, perguntou.

Jane deu de ombros. Não sabia ao certo por que a mulher exigia que dançasse. Não reconheceu ninguém reunido ali e não conhecia nenhum salão em Bath que tivesse aquela aparência. Procurou uma desculpa.

– Desculpe, senhora, mas não conheço os passos – ela disse, torcendo para que aquilo a dispensasse de se juntar aos outros.

– Não me venha com essa de "senhora". É grimstock – a mulher de calça disse. – Passamos semanas ensaiando.

– Minha cara – Jane disse, com uma risada –, posso não ser a melhor dançarina do mundo, mas tenho certeza de que isso não é grimstock.

A música foi interrompida. Alguém arfou entre os dançarinos. As duas fileiras viraram a cabeça ao mesmo tempo. Todos olharam para

Jane. A mulher de calça irrompeu na direção da jovem, com passos deliberados, e ficou frente a frente com ela.

– Foi exatamente assim que dançaram grimstock na versão de *Orgulho e preconceito* de 95 – ela declarou. – Onde está seu par?

– Não tenho par – Jane respondeu.

A mulher de calça se virou.

– Fred – ela chamou, apontando para um homem sozinho a um canto. – Quer dançar em um filme?

O homem pulou à menção de seu nome, então se escondeu atrás de um pilar.

– Não, obrigado – ele disse, ainda escondido.

– Você pode ficar famoso que nem sua irmã! – a mulher de calça acrescentou, em uma voz animada.

– Prefiro que não seja o caso – ele disse, com uma risada.

– Mas você é tão bonito e escultural! Olha só pra essa estrutura óssea! Deveria vir pra frente das câmeras.

– Para com isso, Cheryl, estou ficando vermelho – ele falou.

Ela o perseguiu, dando a volta no pilar.

– Você está com o figurino, parado aí. Por favor, Fred. Pode fazer isso por mim?

A súplica pareceu ter pouco efeito sobre ele, que passou a contornar o pilar ainda mais rápido.

Jane acompanhou o estranho diálogo e balançou a cabeça. Não compreendia nada do que estava acontecendo.

– Sou um péssimo dançarino. – Ele deu outra volta no pilar. – De verdade, Cheryl. Seria pior pra você do que pra mim.

– Você vai se sair superbem – Cheryl disse, com uma voz ao mesmo tempo animada e agressiva. Ela o pegou pelo braço e o arrastou para junto de Jane. – Este é o Fred – apresentou, apressada.

Jane ficou branca diante da informalidade da apresentação.

– Perdão, senhora, mas posso perguntar o nome de família dele?

– Não pode – a mulher respondeu. – Fred, esta é... – Ela avaliou Jane e coçou a cabeça. – Acho que esqueci seu nome – disse, com um aceno de cabeça.

– Eu não disse qual era. Sou a srta. Jane Austen.

A mulher olhou feio para ela.

– Se eu gostasse de sarcasmo, mocinha, passaria mais tempo com minha filha. – Ela franziu a testa e se virou para o homem. – Fred, dance com... ela – concluiu, desdenhosa. Então empurrou Jane na direção do homem a quem chamava apenas de "Fred".

Jane corou ao trombar com o peito dele.

– Perdão, senhor – ela disse. Fred a ajudou a recuperar o equilíbrio. Jane sentiu as mãos fortes dele em seus cotovelos para pô-la de pé.

– Sem problema – ele respondeu, uma frase estranha e confiante que Jane compreendia, mas que nunca havia ouvido. Cheryl se afastou. O homem sorriu para Jane, meio sem jeito, e ela sorriu de volta.

Jane coçou a cabeça diante do inusitado de se encontrar prestes a dançar com um homem que não conhecia, em um salão que nunca havia visto. No entanto, por mais estranho que parecesse, seria rude recusar-se a dançar com Fred, portanto, ela se virou para ele e se preparou para o grimstock.

– Parece-me que realmente devemos dançar – ela comentou, com uma risada nervosa. Então abriu bem os ombros, pronta para começar.

Fred se inclinou na direção de Jane e concordou com a cabeça.

– Desculpa, mas não sei mesmo dançar. Eu nem deveria estar aqui. Se pedir para o terceiro assistente de direção, que é aquele ali, tão parecido com Danny DeVito que chega a ser perturbador, ela vai te arranjar alguém pra dançar. Tchau.

Ele acenou e foi embora.

Um momento se passou antes que Jane se desse conta de que estava sendo abandonada. Ela ficou indignada.

– O senhor não tem nenhuma decência? – ela perguntou, por puro instinto. Não queria dançar, e tudo aquilo a deixava confusa, mas não aceitaria aquela falta de cortesia tão fácil. – É desprezível! – Jane declarou, para completar.

Ele parou e se virou para ela.

– Oi? – Jane achou que ele reagiria com raiva, mas Fred só sorriu para ela. – Você acabou de me chamar de desprezível? Acho que nunca me chamaram disso antes, e já me chamaram de muitas coisas.

Ele voltou a sorrir, o que a deixou furiosa. A negativa dele era um ultraje. Jane não compreendia o que estava fazendo ali, mas, se estava ali, não permitiria que um salafrário que usava calças curtas demais para suas pernas se recusasse a dançar com ela.

– O senhor me ouviu perfeitamente bem. Como ousa concordar em dançar com uma mulher e depois voltar atrás em sua promessa?

Enquanto ela falava, Fred se aproximava devagar, mas Jane tentou não permitir que aquilo a distraísse.

– E não fique pensando que eu gostaria de dançar com o senhor. Meus sentimentos advêm apenas do fato de que houve um acordo, e agora o senhor quer voltar atrás. Os termos do contrato não eram ideais para nenhuma das partes, que fique claro, mas aqui estamos nós, independentemente disso. O senhor não ridiculariza apenas a mim, mas a todos, com sua recusa. – Fred continuava andando na direção dela, de modo que estavam quase frente a frente. Jane o ignorou, pigarreou e voltou a falar, cada vez mais rápido e mais agudo. – De fato, a primeira coisa a ruir é a própria sociedade quando uma pessoa se recusa a dançar com outra!

Jane ergueu a mão em punho para indicar seu ultraje, então se deu conta de que talvez fosse um exagero a ponto de estragar sua argumentação e a recolheu. Ela tossiu e olhou para o chão.

– Não me importa se me considera a mulher mais hedionda de toda a cristandade. O senhor disse que dançaria comigo – ela acrescentou, em uma voz mais suave, depois engoliu em seco. Não falava por si, claro, uma vez que nem queria dançar, mas pelas mulheres desprezadas em geral. Era o cúmulo da grosseria retirar um convite para dançar, e aquele homem tinha que ser educado.

– Não te acho hedionda.

Os olhos dos dois se encontraram.

Jane exalou, torcendo para que ele não notasse nada.

– Então qual é o problema? – ela perguntou, tossindo e desviando o rosto.

Fred deu de ombros.

– Não gosto de dançar.

– E? – Jane zombou.

– Não danço muito bem. Não faço nada muito bem, na verdade. Você vai ficar agradecida por eu não ter seguido em frente.

– Se não dança bem, eis uma oportunidade de treinar.

Ele sorriu para Jane.

– Você é ainda mais assustadora do que Cheryl – ele disse. – Faz isso com todos os seus pares?

– Só aqueles que me irritam – Jane respondeu.

– Todos então.

Jane sentiu que um canto de sua boca se erguia, como se ela fosse sorrir, então o forçou a baixar e retomar a linha reta. O diálogo a enfurecera, assim como a velocidade com que havia se envolvido em uma discussão com um desconhecido.

Fred abriu a boca e riu. Ela procurou esconder a surpresa diante dos dentes mais brancos que já havia visto. Uma fileira perfeitamente reta de dentes marfim brilhava à sua frente, sem qualquer mancha de tabaco ou comida, sem um único incisivo ou canino faltando.

– Suas calças de montaria estão curtas demais – ela disse, em tom acusador, apontando para os joelhos dele e depois desviando o rosto.

– Calças de montaria? É assim que chamam? Bom, era o que tinham. Sou meio que um figurante, na verdade. Estou só acompanhando minha irmã. Ela é a famosa, em algum lugar ali na frente – ele disse. – Não devia ter que dançar. Me mandaram ficar parado, repetindo a palavra "ruibarbo". Aparentemente, faz a pessoa se sair bem em qualquer tomada.

– Tomada? Do que está falando? – Jane perguntou, perplexa.

– Da filmagem – ele respondeu para ela.

Era a conversa mais estranha que Jane já havia tido com um parceiro de dança.

– E então? – Fred disse.

– E então o quê? – Jane disse.

– Vamos dançar ou não? – ele perguntou.

– Achei que não quisesse.

– E não queria, mas tenho medo de que vá me bater se eu recusar. Além do mais, se não dançarmos, a sociedade vai ruir – ele disse, com um sorriso seco.

Jane não aprovou aquilo, pois era a única que podia ser seca ao falar. Ele deu um sorriso afetado.

– Por que esse sorriso afetado? – ela perguntou, em um tom inflamado.

– Afetado? Nem sei o que é um sorriso afetado – ele respondeu.

– Sabe, sim. É o sorriso que tem no rosto agora. Parece ser muito bom nisso, como se sorrisse com afetação frequentemente. É melhor parar antes de arranjar problemas.

Jane percebeu que dois estados emocionais lutavam por supremacia dentro dela: a pura e simples confusão e a pura e simples irritação com o homem à sua frente, o qual parecia determinado a irritá-la o máximo possível.

– Música! – Cheryl gritou.

A música recomeçou, uma marcha lenta em tom delicado. As duas fileiras de dançarinos ficaram alertas e se dispuseram em ordem. Fred virou para Jane e deu de ombros, então ofereceu as duas mãos.

Jane olhou para ele. Estava furiosa, mas não podia recusar, então levou as mãos às dele, que eram grandes e quentes.

– É a nossa deixa – Fred disse.

A música cresceu. Ele segurou Jane e começou a conduzi-la. Ela se atrapalhou, tropeçou e quase caiu. Errou todos os passos e pisou nos pés dele uma ou duas vezes. Fred riu.

– Você é péssima nisso! – ele disse. – Depois de tanta discussão...

Cheryl foi correndo até eles, parecendo furiosa.

– Um, dois, pra frente, pra trás, gira, atrás do par – ela ordenou a Jane, em *staccato*, como se sua voz fosse um tambor. – Para alguém que se diz especialista em grimstock, você deixa muito a desejar. É a última vez que te corrijo!

Ela se afastou depressa.

Jane se virou para Fred, com a expressão angustiada.

– Estou perdida. Não sei qual é meu propósito aqui.

Ela sentiu lágrimas se acumulando em seus olhos.

– Bom, certamente não é dançar – ele disse, com uma risada. – Você é ainda pior do que eu.

Seus olhos pararam de lacrimejar. Ela ficou enlouquecida.

– Como ousa rir de mim quando me encontro tão perturbada? – ela disse. Depois acrescentou: – Não conheço os passos!

– Dá pra ver – ele falou.

Jane ficou olhando para ele, em choque. Nunca havia encontrado um par mais odioso. Já havia dançado com homens mais ultrajantes, claro, que pisavam nos seus pés, tinham hálito de rum ou molho ou eram péssimos na conversa, mas aquele homem reinaria sobre todos. Podia não pisar nos pés dela e ter um hálito fresco, talvez o mais fresco que ela já sentira, mas cometia um crime mais irritante do que todos os outros: era arrogante. Mantinha um sorriso seco, de quem estava muito satisfeito consigo mesmo, como se o mundo todo fosse uma piada para ele.

– Garanto ao senhor que sei dançar – ela afirmou. – Pare de rir.

– O que vai acontecer se eu não conseguir aprender os passos? Ainda não compreendi.

– Você vai ser demitida – ele explicou. – Cheryl é assustadora. Ela fez um dublê chorar.

Jane fez uma careta para ele. Mal compreendia o que o homem dizia, mas por seu tom de voz sabia que a estava provocando. Ficou furiosa. A mulher de calça que proferia ordens havia mencionado que Fred era bonito, mas Jane considerava o elogio pouco preciso. Ele não era nem um pouco bonito, de modo algum. Passava dos 30 anos. Uma barba curta e castanha cobria seu rosto, um bigode dourado acompanhava seus lábios e seu cabelo estava despenteado. Ele era detestável.

– Seu cabelo aponta para todos os lados – Jane disse, apontando para a cabeça de Fred. – Pergunto-me se já viu um pente.

– Primeiro você critica minha calça, agora meu cabelo. Já que entramos nesse assunto, tem mais alguma coisa em mim que te incomoda?

Jane o encarou.

– Não consigo pensar em nada agora, mas fique tranquilo que direi ao senhor. Agora me ensine os passos.

– Não sei se vai ajudar – ele disse, rindo.

– Meus parabéns – Jane disse, em uma voz descontrolada. – Você é a pessoa mais desagradável que já conheci. E isso inclui minha mãe.

– Sua mãe é desagradável? – Fred perguntou. – Deve ter puxado a ela então.

Jane olhou feio para ele.

– Se me der um mínimo de instrução que seja, se seu cérebro diminuto for capaz disso, garanto que conseguirei acompanhar – ela disse. – Sabe os passos dessa dança, não?

– Acho que sim – Fred disse, dando de ombros.

– Então me mostre, por favor – Jane pediu e ficou esperando.

Ele revirou os olhos, então fez algo surpreendente: pegou os braços dela e os colocou no lugar.

– Acho que é assim. Um, dois, pra frente, pra trás... – Fred começou a dizer, com suavidade. Ele levou uma mão à cintura dela, o que fez Jane ficar em silêncio. Ela permitiu que Fred se movesse para frente e para trás ao longo da fileira de dançarinos e através do salão. Ficava furiosa que ele a conduzisse, mas não disse nada. Concentrou-se em Fred, acompanhando-o, tentando não se distrair com o toque dele.

Fred ia sussurrando os passos no ouvido dela enquanto dançavam.

– Um, dois, boa, boa – ele dizia. Apesar de detestável, Fred era um professor paciente. Ele a guiava com delicadeza, reconhecendo seus progressos, aprovando seus acertos, ajudando quando Jane se atrapalhava. Quando chegaram ao fim da fileira, Jane exalou.

– E então? – ela perguntou.

– Nada mal – Fred elogiou. – Você melhorou, embora isso não fosse difícil também – ele acrescentou, abandonando o tom paciente de antes e voltando a ser desagradável.

Os dois voltaram a dançar. Os dedos de Fred pegaram a cintura dela. Jane enrijeceu, torcendo para que ele não notasse. O modo como Fred a segurava a desarmava. Parecia haver uma familiaridade no toque, embora não chegasse a ser lascivo. Ele apenas a segurava mais de perto do que ela estava acostumada.

– Desculpa. Você é meio pequena – Fred disse. – Espero não machucar você.

– Eu também – Jane disse.

Fred riu, o que a fez sorrir, satisfeita por ter causado algum efeito nele.

– Está pronta para o segundo *round*? – ele perguntou. – Vai dar conta? É só mais um e já acaba.

– Mal posso esperar pela conclusão – Jane respondeu.

A música deu a deixa. Cordas soaram, o ritmo acelerou e a melodia triste entrou em um crescendo. Eles dançaram uma segunda vez ao longo do corredor de pessoas.

Fred a puxava com delicadeza pela fileira, enquanto os corpos de ambos se moviam em sincronia. Agora que Jane sabia os passos, dançava bem. E havia algo mais, algo que ficaria com ela por um longo tempo. Sempre que movia o braço, Fred o pegava. Sempre que virava, Fred estava esperando para segurá-la de novo. Um corpo iniciava a frase, e o outro a concluía. Ela sentia o hálito dele em seu pescoço, distinguia a curva de seu colo através da camisa. Jane nunca havia dançado daquela maneira com ninguém. O que era irritante e a confundia.

Como aquele homem detestável podia causar tal efeito sobre ela, podia comandar seu corpo? Fred a segurava com ternura, o que a enfurecia. Apesar de suas alegações em contrário, ele era um bom dançarino, que se movia suavemente e nos momentos certos. Jane não revelaria aquele detalhe a ninguém, muito menos a Fred. Os dois chegaram ao fim da fileira mais uma vez. Os dançarinos comemoraram e aplaudiram. Contra sua própria vontade, Jane sorriu. Não tinha notado até então, mas o esforço a deixara ofegante. Fred fez uma reverência, de brincadeira, e ela o imitou. Ele não olhou para Jane, mas mantinha uma mão quente sobre a parte inferior das costas dela.

Cheryl assentiu para os dois.

– Já vi coisa pior – ela disse, relutante.

Jane adorava dançar. Quando tinha 19 anos, nunca lhe faltava um par. Ela se lançava pelos salões com seus companheiros tímidos em uma alegria agitada, apontando para pessoas usando chapéus tolos e cintos feios, flertando de maneira escandalosa. Atribuíam seus modos diretos ao charme da juventude. Quando chegou aos 20 e todas as outras moças se casavam, as ofertas para dançar minguaram. Aos 25 anos, tinha sorte quando surgia um par a cada dez músicas. Encostava-se à parede e inspirava fundo quando alguém se aproximava, só para sentir a decepção de vê-lo se dirigir a uma vizinha mais jovem. Às vezes, convidavam-na para duas danças, mas desistiam depois da primeira, tendo se dado conta de sua idade, Jane imaginava. Ela se despedia com um sorriso, não querendo demonstrar sua mágoa, enquanto via outros casais girarem pelo salão e determinava-se a controlar seu comportamento. Jane observava as mulheres que tinham par em todas as danças, as quais mantinham o colo exposto e a boca fechada, e tentava imitá-las.

Cassandra, de temperamento mais doce, aconselhava a irmã a sorrir mais, para encorajar os homens. Mas não adiantava. Quanto mais Jane tentava se manter calada, mais parecia estar franzindo a testa. Aos 28, ficava sentada a um canto do salão e brincava quanto ao fato de ser uma solteirona. Ia embora com um humor lúgubre, murmurando que havia decepcionado a sociedade, com o coração partido.

Jane olhou para Fred, que a encarava com uma expressão que ela foi incapaz de compreender. Estava acostumada a diferentes olhares dos homens. De confusão, certamente, quando ela falava de um filósofo que a interessava. De pena, claro, quando falava sobre como adorava caminhar sozinha pelos campos. Seu olhar preferido era o de escárnio, quando chegavam perto o bastante para ver as rugas em volta dos olhos dela e se davam conta de sua idade, que em conjunto com a pobreza dos Austen fazia com que se ofendessem por desperdiçar seu tempo em tal companhia. Mas aquele homem a olhava de um jeito diferente de todos os outros, Jane não conseguia decifrar. Era quase como se... sim, como se ele tentasse *não* olhar para ela. Como se daquele modo entregasse demais de si mesmo.

Jane percebeu que seu próprio rosto fazia algo peculiar. Tentava se aproximar de Fred, como se para ouvir o que aquele homem enfurecedor dizia ou escrutinar sua expressão, embora ele falasse com clareza e seu rosto estivesse totalmente à mostra. Talvez ela estivesse ávida a ouvir o que ele tinha a dizer, talvez quisesse se manter perto para poder retrucar quaisquer pensamentos fúteis que viesse a proferir. Sim, era aquilo. Ela obrigou seu rosto a parar, mas a ordem não teve efeito sobre os músculos do pescoço, que preferiram continuar agindo de acordo com sua própria vontade.

11

– OBRIGADA, MEUS QUERIDOS! Ensaio encerrado – Cheryl disse ao grupo. Os dançarinos aplaudiram e comemoraram, abraçando-se.

Fred deu de ombros.

– Olha só. Você sobreviveu – ele disse.

– Imagino que deveria agradecer por sua ajuda – ela comentou, não exatamente agradecendo.

Ele enfiou as mãos nos bolsos do casaco.

– Uma parte do pessoal vai naquele café da May Street depois do ensaio. Não sou ator, mas pensei em colocar uma boina e ficar sentado em um canto fumacento. Podemos tomar um *latte* e conversar sobre o "ofício".

Fred tossiu e desviou o rosto.

Foi a vez de Jane rir. Ela não sabia o que era uma boina ou um *latte*, mas sabia que tinha sido convidada para ir a algum lugar.

– Desculpe, mas está me convidando para acompanhá-lo? – Jane questionou.

Fred olhou para ela, depois balançou a cabeça, violentamente.

– Claro que não – ele disse. – Só estou dizendo que vou pra lá. Se você for também, talvez a gente se esbarre.

– Achei que eu fosse a pessoa mais desagradável que já conheceu, além de uma péssima dançarina – ela provocou.

– E é mesmo – Fred confirmou.

– Que seja – Jane disse, enraivecida. – Parece-me que está me convidando para ir a esse lugar, sim.

– Esquece o que eu disse – Fred falou.

– Eu aceito – ela disse depressa, sem nem pensar. – Não tenho um lugar melhor aonde ir.

Jane cruzou os braços.

– Tá. É melhor a gente ir junto então. Ou você sabe o caminho? – ele perguntou, com tanta falta de entusiasmo que ela se arrependeu de ter aceitado.

– Não conheço a casa de chá que mencionou. Vai ter que me acompanhar.

Jane voltou a olhar para o rosto de Fred. Ele respirava com certa dificuldade, embora estivesse em pé. Não parecia em nada com o sr. Withers – nem um pouco. O sr. Withers ria e conversava com facilidade e tranquilidade. Aquele homem a lembrava dela mesma: era desajeitado. Ela balançou a cabeça. Não queria ir a lugar nenhum com ele, queria ir a algum lugar com o sr. Withers. Estava se aproximando da pessoa errada! Mas já havia concordado e, depois de seu discurso grandioso sobre a importância de cumprir com o prometido, não tinha alternativa a não ser seguir em frente com aquele plano infernal.

Fred deu de ombros.

– Vou me trocar então – ele comentou. – Não vai também?

Jane olhou para suas roupas.

– Me trocar? Não tenho outro vestido.

Ele riu.

– Vai sair vestida assim?

– Sim. Minhas roupas ofendem o senhor?

– Não – Fred disse, com um suspiro resignado.

Jane franziu a testa para ele. Tratava-se de um homem estranho.

– Só um segundo – Fred disse, afastando-se depressa.

Quando Jane finalmente decifrou o significado daquela frase exagerada e imprecisa, ele já havia atravessado meio salão, indo em direção a suas roupas, e projetava uma sombra esguia no chão. As abas do casaco se movimentavam para frente e para trás conforme andava. Seu cabelo era castanho e curto, com algumas mechas chegando ao colarinho. Parecia um homem da Marinha, de uniforme. Jane se perguntou se ia para o mar, como os irmãos dela.

Fred entrou atrás das cortinas. Jane balançou a cabeça. Nunca o havia visto nas reuniões de Bath, embora a mãe a tivesse arrastado a muitas. Não reconhecia ninguém ali, na verdade, e concluiu que devia se tratar de um grupo de viajantes.

Ela olhou em volta mais uma vez. A confusão de ter despertado entre as cortinas já havia passado, mas certos objetos não pareciam adequados. Os convidados do baile eram de uma estranha variedade, incluindo seu par. Falavam de um jeito diferente, e ela não se referia ao sotaque, que era o que Jane conhecia, do sul da Inglaterra, Kent, Somerset e Londres, mas à escolha de palavras. Aquelas pessoas empregavam uma série de contrações e expressões que Jane conseguia decifrar com alguma reflexão, mas que nunca havia ouvido. Alguém comentou que Cheryl estava "possessa", o que tinha agradado a Jane, embora ela não compreendesse aquilo totalmente.

A decoração do salão também a alarmava. Por exemplo, um dos quadros nas paredes. Um homem sorria diante do que parecia ser a abadia de Bath. A pessoa que o havia pintado tinha representado a expressão do homem, a luz e a paisagem de forma tão real que lhe parecia que poderia se sentar ali e conversar com ele. Ela ainda não tinha entendido de onde a música vinha: não havia visto um violino, um violoncelo ou um piano, embora o som de cada um daqueles instrumentos ainda ressoasse em seus ouvidos. Considerando o volume alto da música momentos antes, só poderia vir daquele mesmo salão. O lugar cheirava a parafina ou algum agente desinfetante e letal. Aquele era o ar mais limpo que Jane já havia inspirado. Embora não houvesse lareira ou fumaça para maculá-lo, a temperatura do ar era agradável. Ela ergueu uma sobrancelha, confusa.

Um homem de ceroulas foi até Jane e lhe ofereceu um papel.

– Parabéns pelo trabalho. Esse é o programa de amanhã. Vamos ter outro ensaio com figurino.

Jane aceitou a folha e deu uma olhada nela. Tratava-se de uma lista com nomes, lugares e números, muito bem impressa. A data no topo da página era absurda, e só podia ter sido inventada.

– Não sei do que se trata – ela disse, devolvendo o papel ao homem. – Para que outro ensaio?

Ele se virou para ela, com a testa franzida.

– Qual é o seu nome?

Os olhos dele foram para a lista que tinha em mãos.

– Como disse aos outros, Jane Austen.

– Seu nome real, por favor.

Ela deu de ombros, sem dizer nada.

– De que agência você é? – o homem perguntou, olhando desconfiado para Jane.

– Não sei o que isso significa – ela disse, simpática.

O homem verificou uma folha. Balançou a cabeça.

– Você deveria mesmo estar aqui? Como foi que entrou?

– Pelos bastidores – Jane disse. – Mas não sei bem como entrei da rua.

Aquilo pareceu enfurecer o homem, que a agarrou pelo braço.

– Você é mais uma daquelas doidas por Jane Austen, né? Veio nos dizer que os figurinos estão errados? Não desperdice o tempo de quem tem mais o que fazer. É a produção mais ambiciosa em anos. Hora de ir embora.

– Tenho que esperar pelo meu par – ela disse, relutante. Certamente não seria grosseira a ponto de deixar Fred daquele jeito. Era uma mulher educada, e mesmo alguém tão desagradável quanto ele mereceria uma explicação.

– Não me interessa. Sorte a sua que hoje só temos coadjuvantes e figurantes. Se Jack Travers estivesse aqui, nunca conseguiria outro trabalho nesta cidade. Agora se manda, antes que eu chame o segurança.

O homem a empurrou para a porta.

Jane se encolheu. Nunca tinham se dirigido a ela daquela maneira, quanto mais posto as mãos nela!

– Por favor. Preciso falar com meu par – Jane disse, mas o homem a empurrou para fora. A porta se fechou atrás dela, e o barulho de um trinco ecoou na escuridão. Jane bateu, mas ninguém respondeu. Ela se virou para encarar o ar noturno e olhar em volta. Contornou a construção e encontrou outra porta na frente. Tentou abri-la, mas foi inútil. Ficou parada ali, esperando que Fred saísse, mas trinta minutos se passaram sem que algo acontecesse. Não havia qualquer barulho ou luzes acessas lá dentro. Todos pareciam ter ido embora.

Jane desejou esperar mais um pouco, mas perdeu a esperança. Fred claramente tinha partido para o próximo destino sem ela.

Além do mais, era noite avançada, e a mãe devia estar se descabelando. Jane suspirou e concluiu de que precisava desistir daquilo. Já estava na hora de voltar para casa e encarar o escândalo que esperava por ela. Caso encontrasse Fred mais uma vez em outra assembleia, Jane se esforçaria para que seu pedido de desculpas parecesse sincero.

Ela caminhou em direção ao centro, tentando se orientar. A torre escura da St. Swithin's se erguia à distância no céu. Jane foi para lá. Chegando aos degraus da igreja, olhou em volta. Uma via de paralelepípedos levava à Pulteney Bridge. Jane seguiu por ela, então virou à esquerda e atravessou a ponte. O rio Avon corria lá embaixo, suavemente. Ela pegou a Great Pulteney Street. Casas grandiosas assomavam, projetando sombras azuis e pretas. Jane chegou a Sydney Place, virou à esquerda mais uma vez e seguiu para casa. Suspirou aliviada. A multidão havia finalmente se dispersado. Não havia ninguém na rua.

Ela bateu à porta. Ninguém atendeu.

– Margaret! – Jane gritou para a janela. A criada não apareceu, mas um homem abriu outra janela.

– O que quer?! – ele gritou para Jane, assustando-a. Usava apenas roupas de baixo. A janela onde se encontrava era do quarto de Jane.

Ela coçou a cabeça.

– Sou Jane Austen. Moro aqui. Por favor, deixe-me entrar.

– Vá embora! – ele a ameaçou. – Já falei pra outras fãs malucas que vou chamar a polícia se aparecerem no meio da noite.

– Não compreendo – Jane disse. – Estou com frio. Pode me deixar entrar? Ou pelo menos chamar Margaret. Ela abrirá a porta para mim.

Jane sentiu que seu rosto se contraía em uma expressão desamparada.

O homem suspirou.

– Olha... Até aplaudo sua paixão por ela, e esse seu figurino é perfeito, aliás, mas estou tentando tocar um hotel aqui, e, se continuar gritando, vai acordar os hóspedes. – Ele fechou a janela e baixou a veneziana. Jane voltou a bater à porta. – Vou ligar pra polícia agora mesmo! – o homem gritou.

Jane voltou para a rua, balançando a cabeça. Sua mente era uma confusão. Ficou esperando do lado de fora da Sydney House. Uma hora passou, mas ninguém entrou nem saiu. Começou a chover, e a água gelada castigou sua pele. Jane tremia na escuridão. Precisava encontrar um abrigo, ou acabaria virando uma escultura de gelo. Desistiu da Sydney House e voltou pela Pulteney Bridge para a St. Swithin's, a igreja do pai. Escalou até as janelas dos fundos e entrou. Localizou uma pilha de almofadas de veludo vermelho para a genuflexão e as espalhou pelo chão. O mármore frio a fez tremer, mas, assim que pousou a cabeça, a energia nervosa do dia se dissipou e a exaustão tomou conta. Jane fechou os olhos e logo pegou no sono.

12

JANE ACORDOU COM UM OBJETO PONTUDO cutucando seu ombro. Ela abriu os olhos. Um senhor mais velho com colarinho de clérigo a cutucava com a bengala.

— Precisa de *crack*, minha querida? — ele sussurrou.

Jane esfregou os olhos. Havia uma senhora ao lado do pároco.

— Chega dessa história de *crack*. Você está obcecado — a mulher pediu. Pelo modo como apertava os olhos para ele, com décadas de resignação, Jane imaginou que se tratava da esposa dele. — Acha que todo mundo é viciado em *crack*.

O pároco deu de ombros.

— Parece que ela está sentindo falta. — Ele se virou para Jane. — Tem um homem de aparência engraçada no ponto do ônibus 39. O nome dele é Scab. Ouvi dizer que é bastante razoável. Pode arranjar pra você.

— O senhor conhece George Austen? — Jane perguntou. — Ele já foi cura daqui. É meu pai.

O pároco fez que não com a cabeça.

— Talvez tenha sido antes do meu tempo. Não quero ser pouco cristão, mas chamei a polícia.

Jane se sentou, horrorizada.

— Por minha causa? Por que fez isso?

— Perdão — disse o pároco. — Vi você dormindo aqui e entrei em pânico. Por isso falei do Scab. Estou me sentindo mal com essa história de ter chamado a polícia. Achei que um pouquinho de *crack* poderia compensar. Você gosta de *crack*?

Jane apertou os olhos.

— Não sei.

– Viu, Bill? – a mulher disse. – Ela não é uma viciada!

A mulher sacudiu o braço do pároco. Usava um vestido com estampa de girassóis que ondulava com a brisa matinal que entrava pela janela que Jane deixara aberta.

– Sim, Pert, muito obrigado – disse o pároco, fechando a janela com uma careta. – Agora sei disso. Mas o que eu podia fazer se ela estava dormindo no chão? – Ele levou uma mão ao ombro de Jane. – Recapitulando: chamei a polícia. Pode ter sido impensado. Mas vamos ver pelo lado positivo: você descobriu a tempo. No seu lugar, eu não me demoraria.

As portas de carvalho se abriram. Dois homens vestidos de preto entraram na igreja e olharam em volta.

– Que rápido – disse o pároco.

Jane se levantou.

– São guardas?

– Acho que um é sargento – o pároco disse. Ele apertou os olhos para os dois homens que avançavam pelo corredor entre os bancos. – Mas, sim, são policiais.

– O que eu faço? – Jane perguntou.

– Foge! – o pároco aconselhou. – Pode escapar pelos fundos.

Jane correu para o altar e disparou para dentro, com a intenção de sair pela porta dos fundos. Na parede da sacristia, havia uma placa e bronze. Jane passou correndo por ela, mas parou ao ver seu próprio nome.

Jane Austen rezou aqui 1801-1805.

Ela ficou olhando para a placa, em um silêncio atordoado. Leu de novo. Era o nome dela. Seu coração acelerou. Jane balançou a cabeça. Os dois homens vestidos de preto entraram na sacristia. Jane não teve escolha a não ser deixar a placa com seu nome de lado e escapar pelos fundos da igreja.

◆

Jane saiu para a luz do dia e arfou diante do que viu.

Na maior parte, parecia com Bath. Casas conjugadas de pedra amarelada se alinhavam por toda a Northgate Street, como sempre.

A Pump Room continuava ali, enraizada obstinadamente ao pé da colina à frente. Mas dezenas de estruturas estonteantes de vidro e metal cercavam cada construção, fazendo seus olhos lacrimejarem. Uma carruagem feita de aço verde passou galopando por ela. Movia-se sozinha, sem que um cavalo a puxasse. Jane gritou e saiu de seu caminho com um pulo, abraçando um corrimão de ferro para se proteger. Um homem com ceroulas de couro preto, com o cabelo pintado de roxo, se aproximou dela e lhe ofereceu um folheto. O papel, pintado de um tom bem forte de rosa, brilhava como um diamante.

– Marcha pelos direitos trans amanhã, às 4 horas – ele disse. – Pode vir com essa fantasia. É incrível!

Ele apontou para o vestido de musselina dela.

– Minha nossa! – Jane exclamou. Ela ignorou o homem de roupas de baixo e apontou para algo muito mais obsceno. – Minha senhora, consigo ver seu tornozelo! – A mulher usava saia até os joelhos, cujos ossos pareciam se projetar lascivamente de sua pele clara. Como aquela pobre alma chegara até ali sem ser importunada ou sequestrada? Jane tampou os olhos com uma mão. A mulher franziu o nariz e seguiu em frente. Jane se sentiu um pouco tonta com tudo o que via. O que estava acontecendo?

– Você aí. Parada! – uma voz gritou atrás dela. O guarda da igreja surgiu mais adiante na rua e já corria em sua direção.

Jane gritou e saiu correndo. Seguiu na direção sul, usando o sol fraco para se localizar. Uma placa na rua indicava *Northgate*, como sempre, mas estava fixada a uma construção de metal impossivelmente alta. Jane virou à esquerda, para pegar o atalho para a Pulteney Bridge, mas a viela não estava ali, e ela deu de cara com uma parede de tijolos. Jane esfregou a testa, virou-se e optou por seguir em frente, na direção da Pump Room, uma construção que reconhecia. Ela decorara a disposição de Bath assim que se mudara. Desde pequena, dominava mapas e espaços. Seu cérebro devorava formas, nomes e números. Jane conhecia cada tijolo de cada viela da cidade, cada coluna de cada salão insignificante, os quadros de cada casa de chá abafadiça. Agora, ela se sentia desconcertada, com sua memória a insultando repetidamente. Nada estava onde deveria estar.

Enquanto Jane tentava localizar vielas que não estavam ali e deparava-se com construções que nunca havia visto, os dois homens que a perseguiam pareciam se deslocar pelas ruas como se aquilo lhes fosse natural. Viravam cada esquina e se esquivavam de cada buraco com facilidade. Embora Jane tivesse uma boa vantagem de início, eles agora se encontravam a menos de seis metros. Jane continuou correndo, tentando controlar o pânico. Ser pega por um guarda naquela Bath que não era Bath estava longe do ideal.

Ela olhou para a praça e arfou ao reconhecer uma pessoa.

– Você! – Jane gritou.

Era a mulher da noite anterior, a que vira Jane atrás das cortinas. Tinha trocado o vestido cintilante por camisa e calça masculinos. Óculos enormes de lentes pretas cobriam a metade superior de seu rosto. A mulher franziu a testa e seguiu adiante. Jane foi atrás dela.

– Espere! A senhora precisa me ajudar! – ela pediu.

– Não preciso, não – a mulher disse por cima do ombro. Ela passou por um grupo de mulheres reunidas diante da Pump Room, com Jane em seu encalço.

Jane protegeu os olhos dos joelhos e colos expostos, costurando em meio à estranha multidão. O mar de pessoas se abriu e revelou a mulher andando entre dois homens usando coletes e pouco mais. Jane pegou a mão dela e a puxou para uma passagem lateral, próxima à entrada principal da casa de chá.

– Tá, o que você quer? – a mulher perguntou, com um suspiro. Estavam protegidas dos olhos dos guardas e de quem quer que fosse. – Uma *selfie*? Um autógrafo? Um vídeo meu desejando feliz aniversário à sua avó? Faço o que quiser, desde que prometa me deixar em paz depois.

Jane olhou em volta, nervosa, mas para seu alívio não viu os guardas. Ela deu de ombros e balançou a cabeça.

– Não quero nada do que está falando. Nem sei o que é.

A mulher soltou o ar demoradamente.

– Olha, tive minha cota de fãs malucas, mas você é inacreditável. O que quer então?

Jane recuou um pouco, para avaliar a mulher.

– Por que foge de mim? – Jane perguntou. – Fez o mesmo ontem à noite.

A mulher levou as mãos à cintura.

– Bom, vamos ver. Primeiro, você apareceu do nada, em meio às cortinas – ela disse. – Agora ficou me seguindo, como uma *stalker*. Pode me culpar, ou culpar qualquer pessoa sã, por te evitar?

A mulher ergueu uma sobrancelha. Jane assentiu.

– Pode me dar a chance de me explicar? Depois pode ir embora, se quiser. – A mulher a olhou de cima a baixo, então deu de ombros. Jane voltou a falar. – Peguei no sono e deparei-me com uma Bath diferente ao acordar. Todos usam menos roupas e as construções são de vidro e aço. Nada está onde deveria estar. E agora estou sendo perseguida por guardas. Estou totalmente confusa. Por favor, me ajude a sair daqui. Faço qualquer coisa. Em troca, posso ajudar a senhora com o que for.

A mulher olhou para Jane, parecendo considerar a oferta. Então cruzou os braços e assentiu.

– Tá.

Jane endireitou o corpo diante daquela reviravolta inesperada. O que havia dito para fazer a mulher mudar de ideia?

– Então vai me ajudar?

– Vou – a mulher disse. – Se me ajudar também.

– Claro – Jane disse. Estava certa de que seria de pouca ajuda, mas como aquela era sua melhor chance de escapar dos guardas, preferia se preocupar com aquilo depois. – Qual é o seu nome?

A mulher apertou os olhos.

– Sério? Você não sabe quem eu sou? – Ela tirou os óculos de lentes escuras e fez uma pose que lembrava Vênus no nascimento de Vênus. – E agora?

– Não a reconheço – Jane disse.

– Minha nossa – disse a mulher, parecendo irritada. – Sou Sofia Wentworth.

Ela estendeu uma mão, que Jane apertou.

– Sou Jane Austen.

13

PARA SOFIA WENTWORTH, a situação já parecia estar esclarecida, como acontecia quando se usava objetiva de focal fixa em uma câmera de 35 milímetros. Quando aquela mulher havia se materializado do nada em meio às cortinas do teatro na noite anterior, Sofia considerara tudo uma simples alucinação de seu cérebro privado de oxigênio por ter inspirado vezes demais o ar do saco de papel. Depois de refletir melhor, no entanto, ficava claro que a mulher ter aparecido do nada em meio ao veludo preto não fora fruto de uma hipoxia cerebral, mas da malícia de produtores cinematográficos dispostos a ganhar fama com o grande clichê que era a pegadinha com câmera escondida. Aquilo tudo lhe parecia óbvio.

Ela estremeceu diante da ligação que havia feito para o agente, às lágrimas. Ele devia estar envolvido no esquema. Sofia havia sugerido fazer um "por trás das cenas" sobre Jane Austen, para os extras do DVD. A produção aparentemente não se interessara, mas agora ela via que aquilo era parte do ardil: mantê-la no escuro para que agisse naturalmente. Eles tinham comprado a ideia. Esperavam capitalizar com as filmagens pegando-a aos gritos e, para tal, haviam contratado uma imitadora de Jane Austen para sair do meio das cortinas e assustá-la. Ela não havia gritado quando o "fantasma" da mulher aparecera, portanto tinham ido atrás dela de novo aquela manhã, com o intuito de conseguir as imagens que queriam.

Sofia estava cuidando de sua própria vida, reaproximando-se da cidade em que nascera, quando aquela atriz começara a correr atrás dela, na Stall Street. Na opinião dela, a interpretação da jovem era um pouco afetada, o que a irritava um pouco. Sofia considerava o fato de que não tinham contratado uma atriz decente para se contrapor a ela naquela farsa mais um insulto, que indicava a falta de respeito pelo seu talento na indústria em geral. Ela não estava pedindo muito – alguém que tivesse feito um curso de verão no Actors Centre já bastaria –, mas, a julgar por sua falta de sutileza, a mulher não devia ter nada em seu currículo além de testes malsucedidos para propagandas de xampu. Era muita ousadia.

Ela decidiu se divertir um pouco. Se os produtores lhe tinham tão pouco respeito, retribuiria na mesma moeda. Ciente dos custos de produção e da mão de obra necessária para filmar aquela pegadinha demorada, decidiu entrar no jogo e fazer com que desperdiçassem tanto dinheiro quanto possível em operadores de câmera escondidos, figurino, figurantes e argumentistas. Não ia entregar nada. Ia pagar para ver e entrar na roda, tratando a mulher à sua frente como se fosse a queridinha da prosa inglesa, falecida muito antes. Os produtores ficariam coçando a cabeça e terminariam com filmagens infinitas e inúteis. Ou, ainda melhor: se ficasse bom, talvez atraísse a atenção de Jack.

– Então você é Jane Austen – Sofia disse.

– Correto – a impostora disse. Ela não parava de olhar para os edifícios e as ruas em volta e para as pessoas que passavam por ali.

– E concorda em me ajudar? – Sofia perguntou. Não ia deixá-la escapar de seu compromisso anterior.

– Claro – a mulher respondeu, parecendo incerta. – Como posso fazer isso?

– Garantindo que eu apareça sempre bem – Sofia sussurrou, para que as câmeras escondidas espreitando não pegassem. – Me acompanhe. Se a iluminação estiver ruim, me coloque em uma posição melhor. Já trabalhei com semiamadores, não se preocupe. Posso salvar esta produção desastrosa. Mas você precisa se dedicar ao papel. Precisa atuar como se acreditasse que é Jane Austen.

– Eu sou Jane Austen – a mulher disse.

– Perfeito! Com convicção. O ponto é: preciso parecer atraente, bonita e sensual. Vamos conseguir, tenho certeza.

Sofia deu alguns tapinhas encorajadores nela.

– Espero que sim – a atriz disse.

– Ótimo. Bom... – Sofia endireitou o corpo e voltou a falar no volume normal. – E agora, Jane Austen?

– Minhas roupas – Jane disse, apontando para o vestido com cintura império. – Por algum motivo, chamam muita atenção.

– Boa ideia – Sofia disse. – Espera aqui. Vou dar um jeito nisso.

Ela voltou pela passagem para o pé da colina, deixando Jane ali.

– Você pretende voltar? – ela perguntou.

◆

Sofia voltou, e com uma sacola de roupas.

– Veste isso – ela disse. Queria vestir sua nova protegida com um conjuntinho chique da Harvey Nichols, com estilo meio Hepburn, mas a única loja aberta era um brechó na Stall Street. A pessoa corpulenta que a atendera tinha lhe vendido uma roupa de safári marrom, com estampa de bandana.

– Imagino que seja o tipo de roupa que se usa por aqui e que ninguém vai reparar em mim – Jane disse, com uma expressão preocupada no rosto.

– Você vai ficar ótima – Sofia declarou. Ela ficaria ridícula, mas aquilo fora tudo o que Sofia havia conseguido arranjar em tão pouco tempo. – Se troca ali.

Ela apontou para uma pilha de caixas de madeira que havia no beco.

Jane se agachou atrás delas e tirou o vestido com cintura império.

– Essa roupa é masculina.

– Mulheres também usam calça agora – Sofia explicou, entrando no jogo. Ela inclinou a cabeça para o céu. A câmera de segurança do prédio ácima estava apontada para elas. Sofia fingiu não ter visto, mas posicionou os ombros e inclinou o queixo de modo que pegasse seu melhor ângulo.

– Já usei calça, srta. Wentworth – Jane disse. – Fui o rei Jorge em *A horrível história da Inglaterra*, peça em que atuei com meus irmãos.

– Pode me chamar de Sofia.

Ela não queria que o público e Jack a chamassem pelo sobrenome. Aquilo a fazia parecer distante. E velha.

– Que peculiar – Jane comentou. – Ontem à noite todo mundo se chamava pelo primeiro nome também. Fico com as roupas de baixo?

– Pode chamar todo mundo pelo primeiro nome aqui – Sofia disse. – E, sim, pode ficar com a roupa de baixo.

Sofia ficou pensando na melhor maneira de agir. Precisava dar a entender que não sabia que aquilo tudo era uma farsa, ao mesmo tempo que dizia coisas filosóficas e informativas para reconquistar seu marido.

Jane vestiu a calça e enfiou a roupa de baixo dentro, então escondeu o volume com a camisa.

– Está bom assim? – perguntou, parecendo totalmente confusa.

Sofia a olhou de alto a baixo. O corpo diminuto de Jane sumia sob as camadas de poliéster bege estampado. Ela mantinha o penteado regencial, com cachinhos emoldurando seu rosto. De modo geral, parecia um palhaço que encolhera.

– Ficou ótimo – Sofia disse, confiante.

Ela enrolou a cintura da calça até não dar mais. Então se esgueirou até a saída do beco. Virou a cabeça para a esquerda e para a direita. A barra estava limpa pelo momento. A "polícia" tinha ido embora. Sofia fez sinal para que Jane a seguisse, e as duas foram para a Railway Street.

– Então – Sofia começou a dizer, enquanto caminhavam em direção à estação de trem. – Você ressuscitou?

Ela olhou em volta, procurando a câmera. Não viu nenhuma. Devia estar escondida. Esperava que não estivesse nos arbustos. Ser filmada de baixo era muito pouco lisonjeiro.

– Perdão? – disse Jane.

– Ou talvez alguém tenha usado uma touca sua para clonar seu DNA – Sofia sugeriu, com uma risadinha. Estava tentando ajudar a atriz, que talvez não fosse muito boa em improvisação. Sua nova companheira fez cara de que não entendia, de modo que ela teve que explicar. – Você está em outra época. Fiquei me perguntando como veio parar aqui.

A mulher respondeu melhor àquilo. Ela olhou para Sofia, parecendo alarmada.

– Em que época estamos? – perguntou.

Sofia fez uma pausa e sorriu. Aparentemente, era hora da revelação. Um momento-chave da narrativa, que Sofia precisava desempenhar à altura.

– Em que época acha que estamos? – ela perguntou, casualmente.

– Em 1803 – Jane respondeu, como se seguindo sua deixa. Ela deu sua fala muito bem, transmitindo uma mistura de cautela e confusão.

Sofia assentiu, abriu a boca e respondeu:

– Receio que não. Estamos em 2020.

– Minha nossa! – Jane se espantou. Ela arregalou os olhos e começou a andar em círculos. Então fechou os olhos e se sentou no chão, parecendo prestes a desmaiar.

Sofia sacudiu a mulher pelo ombro e soprou um pouco seu rosto. Jane recuperou o vigor.

– A data no papel. Ontem à noite – ela disse.

– Que papel?

Sofia considerou a possibilidade de dizer a Jane para se levantar, mas a mulher parecia bastante abalada pela notícia, o que era compreensível, e ela odiava interromper o processo de outros atores.

Jane falou sobre o papel que tinha recebido na noite anterior.

– A programação do dia de ensaio? Ela vem com data mesmo. E estamos em 2020 – Sofia explicou.

A atriz estremeceu. Sofia estava gostando de sua interpretação agora. Ela a tinha subestimado. Havia dado a devida importância à revelação, e agora a mulher respondia com uma demonstração convincente de descrença e horror. Sofia não se importou que se tratasse de cenas dos bastidores, provavelmente filmadas com uma câmera sem qualidade. O público abandonava a descrença diante de qualquer ponto da trama com emoção genuína, e aquela história de uma mulher de duzentos anos antes, presa à modernidade, comoveria até o mais duro coração.

14

JANE SE INCLINOU SOBRE OS JOELHOS e inspirou fundo. Tudo o que havia comido no último dia tinham sido os biscoitos que levara para a viagem rumo a Londres e, de repente, ela se sentia inclinada a devolver a parca refeição à calçada. Ela tentou adiar a reação até depois de confirmar os fatos.

– Isso é impossível – disse para a mulher que pedira para ser chamada de Sofia. Ficava cada vez mais difícil ignorar os indícios de que algo havia acontecido à Bath que Jane conhecia. Ainda assim, ela se agarrava à esperança de estar sonhando ou ter ouvido errado. – Não acredito em você.

Sofia acenou para um transeunte, outro homem de ceroulas.

– Com licença, mas em que ano estamos? – ela perguntou a ele.

– Eu te conheço? – ele perguntou, levantando os óculos. – Você é da *Roda da Fortuna*?

Sofia escondeu o rosto com uma mão.

– Não. Em que ano estamos? — ela insistiu.

– Estamos em 2020 – ele respondeu, bufando e fazendo cara feia, como se a acompanhante de Jane tivesse feito uma pergunta tola. O homem ajeitou os óculos e foi embora.

Sofia se virou para Jane.

– Viu?

Jane fez uma careta. Aquilo a colocava em uma situação longe do ideal. Sofia pegou um jornal de uma lata de lixo e o mostrou.

– Olha aqui.

A primeira página trazia a imagem de um homem fazendo um discurso. A imagem parecia tão real quanto aquela que assustara Jane na noite anterior. Sofia apontava para o ano impresso no alto da página: 2020.

Jane estremeceu e voltou a considerar a possibilidade de vomitar. Ela olhou para Sofia. Talvez a sra. Johnstone e sua cavalaria de fofocas estivessem lhe pregando uma peça elaborada, com o intuito de tirar o máximo de escândalo e diversão possível dos infortúnios de Jane. Seria uma tática pouco comum fazer tamanho esforço para ter sobre o que conversar, fabricando jornais e pagando atores, mas a alternativa – aquela mulher estar falando a verdade – parecia ainda mais absurda.

Outra carruagem de aço passou correndo por elas, de novo sem ser puxada por cavalos e fazendo um grande barulho. Mesmo se Jane estivesse disposta a acreditar que havia viajado no tempo, restaria a pergunta: como o havia feito? Que mecanismo havia empregado para realizar aquela façanha sobre a mente e o corpo? Teria sido coisa da sra. Sinclair? Aquilo exigiria uma realidade ainda mais ridícula que todo o resto combinado. Que uma maltrapilha de Cheapside que cheirava a repolho na verdade fosse uma feiticeira poderosa. Que os rabiscos desvairados que havia escrito no pedaço de papel que Jane havia lhe dado eram... um feitiço. Que tinha aberto uma brecha no tempo e enviado Jane por ela.

Enquanto caminhavam pela rua, a jovem estudava o que via e procurava por explicações lógicas. Outra carruagem de aço passou correndo. Era capaz de racionalizar aquilo. Havia tomado por uma carruagem sem cavalo o que, na verdade, era um trem movido a vapor. Jane e o pai haviam seguido em uma locomotiva por cinquenta metros de trilho quando tinha ela 20 anos e estava em Londres. O vapor que saía pela chaminé do trem em baforadas densas e cinzentas a surpreendera, e ela pedira ao maquinista que explicasse como funcionava. Surpreso, o homem havia dito ao reverendo que a filha dele era muito impertinente e que mulheres não deviam fazer aquele tipo de pergunta. Depois, o pai emprestara a ela um livro da biblioteca circulante sobre locomotivas, e Jane aprendera a respeito sozinha. O movimento misterioso daquela carruagem podia ser atribuído à simples combustão. Ela não tinha visto fumaça saindo do veículo, mas provavelmente se tratava de uma versão francesa, com um desenho diferente.

Jane também era capaz de explicar a aparência alterada de Bath. Talvez algumas renovações com aço e vidro tivessem sido feitas enquanto caminhava pelos bosques e pomares. Deviam ter sido bastante rápidos, uma vez que ela havia passado na Stall Street no dia anterior, mas Bath sempre se esforçava para ser a primeira em tudo, de modo que ela não duvidava que a aristocracia local construísse novos edifícios em um dia, conforme ditava a moda.

Enquanto procurava por outro item que pudesse explicar sua situação de maneira lógica, um ruído estrondoso soou acima de sua cabeça. Ela olhou para o céu. Era um pássaro, coberto não de penas, mas de aço branco e brilhante. Devia ter o comprimento dos 24 apartamentos da Sydney House. O pássaro atravessava o céu, a milhares de metros do chão. Era o segundo de sua espécie que ela observava aquela manhã. Naquele ponto, o esforço lógico empacava um pouco. Ela era incapaz de explicar aquele pássaro de aço gigantesco, que tinha mil vezes a altura de uma avestruz, atravessando o céu.

Jane deu um tapa na própria testa quando se deu conta de que havia mesmo uma explicação lógica para tudo. Claro! Ela estava louca. Em sua humilhação e condenação final à solteirice, ela tinha ficado senil. Como a mulher que ficava na Stall Street, compondo poemas por um xelim, usando um xale manchado de molho e uma panela na cabeça, Jane também tinha abandonado a desolação da solteirice e entrado sob o manto quente da loucura. Não duvidava que ter o coração partido era poderoso o bastante para deixar alguém lunático. Agora, compreendia que havia imaginado tudo: a viagem para Londres, a sra. Sinclair e a dança com aquele homem. Eram tudo criações de sua própria mente para lidar com a solidão.

Agora que havia identificado sua psicose, o que devia fazer? Como devia se comportar? O tratamento da moda para senhoras histéricas era oferecer uma viagem para ver o mar e, depois de colocá-las em uma carruagem postal que se trancava por fora, deixá-las não em Brighton ou Lyme, mas em Bedlam. Jane ficava feliz em renunciar àquele glamouroso destino. Resolveu agir tão normalmente quanto possível e chamar o mínimo de atenção para sua loucura. Ia fingir que estava tudo bem e concordar com o que quer que sua nova amiga dissesse.

Com sorte, Sofia não era parte de sua alucinação. Só para garantir, Jane recusaria qualquer convite para visitar Brighton.

– Imagino que queira voltar – Sofia disse. – À sua própria época.

– Sim – Jane disse, assentindo com cautela. – Eu ainda não havia pensado nisso.

– Afinal, tem que escrever seus livros.

Jane parou de andar.

– Meus livros? – perguntou.

– Sim, seus livros. Os livros de Jane Austen.

Jane abriu a boca, mas não disse nada.

– Por aqui. – Sofia foi em frente, e Jane a seguiu. – Sabia que estou em uma adaptação de um deles?

– Desculpe, mas... um deles? – Jane perguntou.

– Um de seus livros. *A abadia de Northanger.*

Jane balançou a cabeça.

– Desculpe, mas não entendo o que quer dizer.

As duas chegaram a um chalé de pedras brancas com teto de palha. Sofia destrancou a porta e mostrou o interior a Jane. Era uma casa aconchegante e confortável, que botou um sorriso no rosto da jovem. Lembrava-a da residência paroquial em que havia crescido, em Hampshire. Ela não reconheceu alguns dos móveis, feitos de aço e vidro, mas o lugar contava com uma bela lareira e com uma estante maravilhosamente grande, que ocupava uma parede inteira.

– Não estou aqui por escolha – Sofia disse, jogando sua bolsa gigante no peitoril da janela. – Esta é a casa do meu irmão. Mas por ora vai servir. – Ela desapareceu em outro cômodo, depois voltou, carregando uma pilha de livros nos braços. Foi colocando um a um sobre a mesa. – A produção me deu de presente quando assinei o contrato do filme. Eu preferiria joias, mas tudo bem. São livros legais. Primeiras edições, acho.

Um silêncio momentâneo preencheu a casa. Jane perdeu o ar. Olhava para os seis livros que havia sobre a mesa. Leu cada título. A autora era sempre a mesma.

– Meu Deus – foi tudo o que ela conseguiu dizer. O cômodo girava à sua volta.

– Eu sei – Sofia disse. – Legal, né?

– Posso me sentar?

– Faz a festa – Sofia disse.

Jane não compreendeu a expressão, mas puxou uma cadeira mesmo assim. Sua mão tremia. Entre todos os truques que sua mente vinha lhe pregando em seu devaneio atual, aquele era o mais cruel. Jane estava mais do que disposta a aceitar que tinha ficado louca, mas não se suas alucinações incluíssem o fato de ter alcançado o status de romancista publicada, o sonho mais caro ao seu coração. Aquilo parecia cruel demais. Ver seu nome impresso respondia a uma pergunta que sua alma vinha se fazendo havia anos.

Ela não tinha como exagerar a alegria que sentia em cada fibra de seu ser. Ainda que a fantasia perturbada engolfasse sua mente, Jane se permitiu um momento de indulgência para desfrutar daquilo. Ficou ali, imersa na ideia de que não era louca, de que tinha mesmo lançado um feitiço e viajado no tempo. Encontrava-se em um momento futuro da existência humana, em que seus manuscritos não tinham sido rejeitados, e sim aceitos e publicados, a ponto de serem encontrados na estante da casa de alguém. Jane ficou feliz por ter se sentado, porque pareceu que todo o líquido deixou sua cabeça, de modo que desmaiar era uma possibilidade. Ela piscou e pegou um dos exemplares. A capaz dizia:

Emma

Um romance

Jane Austen

Jane abriu o livro. Havia um retrato na contracapa, uma aquarela de uma mulher de cerca de 30 anos. Ela usava um vestido branco e alguns cachos lhe escapavam da touca.

– Minha nossa! – Jane exclamou. – Sou eu.

O nariz era um pouco curvado e os olhos demasiado redondos, mas a semelhança do retrato com seu próprio rosto era notável.

– Escolheram bem – Sofia murmurou.

De novo, Jane não compreendeu o que ela queria dizer, mas tinha outras coisas com que se distrair.

– Nunca posei para um retrato com uma touca de renda – ela disse, apontando para a imagem. Aquele detalhe parecia estranho, porque a sociedade ditava que toucas de renda fossem reservadas às mulheres casadas. Jane avaliou a pintura mais de perto e identificou as pinceladas largas e inconfundíveis de uma artista familiar. – Foi Cassandra quem pintou – ela declarou. Sentia-se confusa e intrigada. Não se lembrava de ter posado para aquele retrato, mas a artista certamente era Cassandra. Como era possível?

– Quem é Cassandra?

– Minha irmã – Jane respondeu.

– Ah, claro, eu sabia disso!

Sofia abriu o peito. Seu colo amplo aflorou. Ela deu de ombros.

– Vamos?

– Aonde? Jane perguntou, fechando o livro.

– Atrás de pistas.

– Pistas? – repetiu Jane. Ela continuava olhando para o romance, ainda distraída com o quanto aquilo era estranho.

– Sim – Sofia confirmou, assentindo. – Pra te mandar de volta pra sua época.

15

– ACHEI QUE JÁ TIVESSE ATINGIDO O LIMITE da capacidade de me chocar – Jane comentou –, mas agora o ultrapassei.

As duas chegaram a um conjunto de casas conjugadas brancas, estilo rei Jorge, na Brown Street. A julgar pelo tom acinzentado do sol, Jane concluiu que deviam ser cerca de três da tarde. Ela notou que o sol da fantasia era tão opaco e decepcionante quanto o sol inglês da realidade. Jane ficou olhando para a fachada do prédio. Uma placa no alto dizia: *Jane Austen Experience*. Ela inspirou fundo.

– Esse prédio tem meu nome – ela declarou. Sua cabeça ainda girava, depois de ter visto os romances que supostamente escrevera. E agora aquilo.

– Não é demais? – Sofia indagou. – Achei que a gente podia passar por alguns fatos sobre a sua vida. A filmagem vai ficar ótima.

Jane balançou a cabeça, sentindo a mente rodopiar. Como e por que havia uma construção com seu nome? O que poderia haver ali dentro?

As duas entraram por uma porta azul.

– É a minha sala de visitas! – Jane exclamou, sem ar. O saguão continha a velha espreguiçadeira, as poltronas francesas e o armarinho da sra. Austen. Como seus móveis estavam naquele lugar? Como tinham ido parar ali? Era muito estranho ver as posses de sua família transportadas para um edifício desconhecido e sua sala de visitas recriada, como se para exposição. Jane sentiu todo o sangue deixar sua cabeça de novo e teve que se sentar na espreguiçadeira para se recompor.

– Você aí, de pijama! – uma voz gritou para Jane do outro lado do cômodo. – Não é pra sentar.

Uma mulher se aproximou, parecendo furiosa. Usava um vestido roxo que não lhe caía bem e uma touca branca.

– Desculpa – Sofia disse. – Mas ela não está de pijama. É uma roupa de safári. *Vintage.*

– *Vintage* que nem a espreguiçadeira! – A mulher de touca exclamou. – Não viram a placa? É um móvel histórico. Não tem preço! – Ela fez cara feia. – Jane Austen se sentou nessa espreguiçadeira.

Jane olhou para a espreguiçadeira. Era verdade o que a mulher estava dizendo, é claro. Sempre se sentava naquela espreguiçadeira – inclusive tinha se sentado nela da última vez em que estivera em sua sala de visitas. Ainda tinha a marca de queimado no braço de quando ela derramara cera de vela ao ler até tarde da noite. Uma mistura de fascinação e intranquilidade tomou conta de Jane. Quanto mais reais os detalhes se tornavam, mais perturbador o sonho parecia.

– Claro. Perdão, senhora – Jane disse. Ainda não tinha se perdido o bastante em seu pesadelo para se esquecer das boas maneiras. Ela se levantou.

– Dois ingressos, por favor – Sofia disse para a mulher, com um sorriso.

– A próxima visita começa em dez minutos – a mulher respondeu. Ela ficou olhando para Jane enquanto aceitava o dinheiro de Sofia. – Eu te conheço? – perguntou, parecendo olhar para a parede atrás de Jane.

– Acredito que não – Jane respondeu.

– Meu Deus! – Sofia exclamou, também olhando para a parede atrás de Jane, que contraiu seu rosto diante daquela blasfêmia, mas que acabou achando cabida depois que se virou para olhar também. Na parede atrás dela, assomando sobre sua cabeça, estava pendurado o mesmo retrato que Jane vira na contracapa do romance, em tamanho real. A não ser pelo nariz pontudo e pelas roupas, o retrato era idêntico a ela. A Jane de carne e osso tinha a mesmíssima expressão de perplexidade do retrato. – Eles realmente escolheram bem – Sofia murmurou.

– Ainda não sei sobre o que está falando – Jane disse –, mas concordo com o sentimento.

Embora o retrato no livro estivesse cortado na altura dos ombros, a reprodução em tamanho real mostrava mais da figura de Jane. Agora ela via que estava com o vestido de musselina branca da Maison Du Bois, aquele que fazia seus olhos brilharem e no qual o sr. Withers nunca a vira. Um novo detalhe atraiu seu olhar. No retrato, ela usava uma aliança no anelar. Era de ouro e tinha uma pedra turquesa oval, que brilhava em um tom cremoso de azul. Jane inspirou fundo. Sentiu que o anel a traía, como se tivesse alma. Também a confundia. Ela não tinha e nunca havia tido uma joia. O anel da pintura se destacava em seu dedo. Não parecia deslocado, mas era uma nova adição. Ela o dispensou como qualquer outro detalhe bizarro de sua alucinação, mas ainda assim se ouviu perguntando à mulher de touca sobre a origem da joia.

— Sabe de quem era esse anel? — Jane perguntou a ela.

— Era de Austen. Ela sempre o usava — a mulher disse, bufando, como se aquilo fosse óbvio.

Jane coçou a cabeça.

— Onde ela o conseguiu? — Jane seguiu questionando. — De quem ganhou?

A mulher deu de ombros.

— Ninguém sabe de onde o anel veio. Ninguém sabe como ela o recebeu. Sua origem continua sendo um mistério.

Jane balançou a cabeça e acrescentou aquilo à lista de fatos perturbadores com que se deparou em seu delírio. Ela manteve os olhos fixos no anel, incapaz de tirá-los dele mesmo quando Sofia a puxou pelo braço delicadamente para tirá-la dali. Tinha outras coisas mais urgentes com que se preocupar, mas a visão daquele anel, em seu dedo, em uma aquarela no edifício com seu nome na fachada era o ponto naquela cacofonia de esquisitices que sua mente não conseguia deixar para trás.

— A *Jane Austen Experience* está prestes a começar — a mulher de touca anunciou. — Por favor, formem uma fila nas portas duplas. — Jane e Sofia se aproximaram, embora fossem as únicas pessoas na exposição. — Bem-vindas à *Jane Austen Experience!* —Aparentemente, aquela mulher também era a guia. — E sejam bem-vindas a Bath, lar de Jane Austen.

Jane riu.

— O que mais gosto em Bath é da estrada que leva para longe daqui... — a guia olhou feio para ela.

– Fica quieta – Sofia sussurrou para Jane –, ou vamos ser expulsas. A mulher voltou a falar.

– Meu nome é Marjorie Martin, e serei sua guia nesta viagem de volta à Inglaterra da Regência, onde viveu a maior escritora de todos os tempos.

– Até que gostei dessa mulher – Jane disse a Sofia. Marjorie se virou para as portas duplas e as abriu com grande cerimônia. Havia uma sala escura do outro lado. – Não estou vendo nada.

– Podem se sentar. Vocês duas – Marjorie disse, apontando para uma sequência de carruagens abertas. Jane e Sofia se atrapalharam no escuro, mas acabaram encontrando dois assentos no terceiro carro. Marjorie se sentou à frente. A mulher apertou um botão e o trem começou a andar.

– Minha nossa! – Jane disse, com o movimento repentino.

– Pois é – Marjorie disse. Ela abriu bem os ombros. – Somos a única atração sobre Jane Austen em Bath com uma montanha-russa interna.

– O carrinho vai sacudir assim o tempo todo? – Sofia perguntou. – Estou meio enjoada.

– Se vomitar, vai ter que pagar uma taxa de limpeza de cinquenta libras – Marjorie disse.

– Cinquenta libras! – Jane disse. – É um ano de salário.

– É, isso não está certo – Sofia disse. – Não posso me responsabilizar pela segurança do que tenho no estômago. Só tomei uma mimosa de café da manhã.

O trem entrou em uma sala com vitrines dos dois lados.

Marjorie apontou para a primeira, enquanto o trem seguia em frente.

– Atenção – ela disse. – Começamos no começo. A touca de batismo de Jane Austen.

Havia uma touquinha de musselina com rosas bordadas sobre um pedestal de madeira.

– Essa não é minha touca de batismo – Jane declarou. Marjorie se virou e olhou feio para ela. Sofia lhe deu uma cotovelada nas costelas.

– Se controla – Sofia pediu. – Ela não é uma atriz, é uma pessoa de verdade. Pode botar nós duas pra fora.

Jane coçou a cabeça e concordou em ficar quieta.

– Um dos passatempos preferidos de Jane era fazer o chá – Marjorie prosseguiu. O trem se moveu para a próxima vitrine, que continha um conjunto de chá.

– Isso tampouco é verdade – Jane comentou, mais baixo. – Esse conjunto de chá não é meu.

Ela sabia que aquilo tudo não passava de uma fantasia grandiosa criada por sua mente, mas, ainda assim, era contra todos aqueles detalhes de sua vida serem expostos de maneira pouco precisa e atropelada.

As vitrines que restavam continham uma variedade de chapéus e luvas, a escrivaninha de James, um par de meias de Cassandra, um livro de orações de seu pai e algumas colheres e xícaras de chá.

– Reconhece alguma coisa? – Sofia perguntou.

– Não. Nada disso é meu. Espere – Jane pediu. – Por favor, Marjorie, o que é essa fita?

Uma fita de seda de cerca de sessenta centímetros de comprimento e dois e meio de largura, antes rosa, mas amarelada pelo tempo, estava exposta a uma peça de madeira dentro da última vitrine de vidro.

– É uma fita de cabelo. – Marjorie deu de ombros. – Não tem grande importância. As mulheres usavam fitas no cabelo.

Ela estava totalmente equivocada. Jane reconheceu a fita no mesmo instante, com suas pontas estavam chamuscadas. Era a fita que usara para prender o manuscrito de *Primeiras impressões*. A sra. Austen a soltara antes de jogar as folhas soltas no fogo. As chamas haviam tocado a fita antes que Jane a tirasse do inferno. Naquele santuário charlatão da fantasia de Jane, aquele pedaço de fita lhe era mais importante que todos os outros objetos juntos. O trem sacolejou e parou.

– Chegamos ao fim da nossa visita – Marjorie anunciou. – Peguem seus docinhos de cortesia.

Ela entregou a cada uma delas um disquinho marrom com uma silhueta torta, que, fazendo força, Jane conseguiu identificar como dela mesma.

– Valeu – Sofia disse, enfiando o disco marrom na boca.

Jane a observou e fez o mesmo. O disco sólido se dissolveu como creme em sua boca. Ela fechou os olhos e balançou um pouco para trás.

– Você está bem? – Sofia perguntou.

– O que era isso que comi?

– Chocolate. – Jane já tinha ouvido falar de chocolate, mas não tinha dinheiro para comprá-lo. – Gostou?

– Foi a melhor parte da visita – Jane disse.

As duas saíram do museu e deram na John Street. Jane refletiu sobre o que havia acontecido lá dentro e concluiu que sua insanidade autodiagnosticada talvez merecesse maior escrutínio. Aquilo tudo podia mesmo ser alucinação? Sua certeza começou a vacilar. Sua experiência com a loucura diferia daquela dos lunáticos que conhecia. Enquanto a poeta manchada de sopa da Pump Room, por exemplo, falava só consigo mesma, vivendo em seu próprio mundo, Jane conversava com outras pessoas de carne e osso. Enquanto a mesma mulher não tinha noção do cheiro de peixe podre a dois passos dela na rua, Jane tinham provado chocolate e o sentido derreter na boca. Tinha tocado os livros e sentido o tecido das capas. O cheiro de baunilha das folhas. Seus cinco sentidos permaneciam alertas e intactos. Ninguém com quem falasse a tratava como se fosse uma criança ou dava tapinhas em sua cabeça, ninguém lhe oferecia uma carruagem até Brighton. Todos interagiam com ela como interagiriam com alguém racional e a tratavam como lúcida e sã.

Jane se permitiu considerar a pequena possibilidade de que não estivesse tomada pela loucura, mas, sim, em plena posse de suas faculdades mentais, e lançado um feitiço que a havia levado ao ano de 2020, onde sua reputação como autora era tamanha que havia museus em sua honra. Podia ser uma chance minúscula, mas ainda assim ela existia.

16

ELAS SE AFASTARAM DO MUSEU. Sofia ouvia a mulher que se passava por Jane Austen detalhar sua suposta viagem de 1803 ao presente, a história de como sua mãe queimara seu manuscrito e ela fora a Londres encontrar uma bruxa que vivia em uma casa decrépita, que era louca por repolho. A saga a cativou. Embora Sofia não compreendesse por que a atriz entrava em tantos detalhes, pelos menos ficou entretida. A suposta Jane se lembrava de longos trechos de diálogos, nomes, fatos e datas. Havia feito sua pesquisa. Sofia tinha lido todos os romances de Jane Austen na adolescência. Adorava aqueles livros e confessou que era grande fã de romances de época. Ainda que a coisa toda fosse um pouco exagerada para uma pegadinha, estava gostando de ouvir o que a atriz dizia e desempenhou com vontade seu próprio papel.

— Isso tudo eram casas antes — Jane comentou. Ela apontou para uma fileira de lojas de conveniência e de roupa. Caixas de concreto brutalistas tinham substituído os famosos edifícios de Bath feitos de pedra.

— A cidade foi bombardeada na guerra — Sofia disse, aproveitando a deixa dela.

— Que guerra? Napoleão finalmente invadiu a Inglaterra? Nunca se pôde confiar nos franceses.

— A Segunda Guerra Mundial. Bath foi bombardeada pelos nazistas. A gente gosta dos franceses agora. Mais ou menos.

— O mundo inteiro entrou em guerra? — Jane perguntou.

— Quando meu irmão chegar em casa, pode te explicar mais a respeito. Ele é professor de História, entre outras coisas. Certamente tem um livro imenso e empoeirado a respeito, que vai te fazer dormir.

Um sedá preto e enferrujado passou por elas.

– Onde estáo os cavalos? – Jane indagou. – Que puxam os carros?

– No motor – Sofia disse, apontando para o veículo. – Tem uma máquina que... faz alguma coisa – ela concluiu, apertando os olhos.

Jane pareceu confusa, mas assentiu.

– Gosto de caminhar – ela disse. – Caminho todos os dias, mesmo que chova.

– Náo vai precisar fazer isso aqui – Sofia disse. – Faz seis meses que náo chove. Estamos em uma seca.

– É o apocalipse? – Jane perguntou.

– Talvez – Sofia respondeu, séria. Elas seguiram em frente. Sofia pensou em algo sofisticado que pudesse dizer para manter a conversa rolando. A atriz parecia mais controlada desde toda aquela cena ao ter descoberto que era uma romancista famosa. – O que mais observou do presente?

– O mundo cheira a parafina.

– Parafina? Ah, você quer dizer petróleo. Isso é preocupante – Sofia comentou. Ela queria deixar os temas referentes à Ciência e História para trás, porque costumavam entediar Jack. – Me conta mais sobre a bruxa – insistiu, procurando mudar para um assunto mais interessante.

– O nome dela era sra. Sinclair. Ela mora em Londres, onde a visitei. Londres ainda existe? – Jane perguntou.

– Londres ainda existe – Sofia confirmou. – E o feitiço?

– Ainda o tenho comigo – Jane disse, então enfiou a máo no bolso e pegou o pedaço de papel.

Sofia o examinou. Alguém, provavelmente do departamento de adereços, tinha rabiscado um pedaço de papel amarelado e chamuscado com tinta preta.

– Nem consigo entender.

– A caligrafia dela é terrível – Jane pontuou.

Sofia segurou o papel em ângulos diferentes, procurando qualquer tipo de dica ou inspiração. Náo conseguia decifrar o que estava escrito.

– O pessoal de adereços que fez?

Jane pareceu decepcionada.

– Eu estava torcendo para que isso acontecesse com frequência, e você soubesse o que fazer.

Sofia balançou a cabeça.

– Desculpa, não consigo decifrar o que está escrito – ela disse e devolveu o papel à atriz.

– Estou presa aqui? – Jane perguntou.

– Não sei – Sofia disse. – Talvez. Você vai desmaiar?

A atriz parecia ser boa no trabalho de corpo. Seus joelhos fraquejaram, e ela caiu. Sofia correu e a segurou. Era um pouco exagerado, mas até que ela desmaiava de maneira convincente, e Sofia deixou que tivesse seu momento. Olhou para outra câmera de segurança mais acima e ajeitou os ombros da mulher de modo que ambas entrassem no quadro.

– Você está bem? – Sofia perguntou, com uma voz terna.

– Nunca mais verei meus irmãos e meu pai. Ou minha mãe – ela respondeu, parecendo desolada.

Sofia secou a testa da mulher com a manga e entrou no jogo.

– Fiquei tranquila. Vou te ajudar. Sofia está aqui, não se preocupe...

Jane olhou para ela.

– A mulher que me entregou o... bom, o feitiço. Posso chamar assim?

– Por que não? – Sofia retrucou.

– Parece uma palavra meio tola. Ainda reluto em acreditar que tinha qualquer tipo de poder, quanto mais mágico. Não era nem uma casamenteira, no fim das contas.

– Feitiço está ótimo – Sofia disse, assentindo. – O público vai adorar.

Ela sabia que aquilo era verdade. Um lado místico sempre deixava as histórias mais sombrias e românticas.

– Quem? – Jane perguntou. – O público?

– Deixa pra lá. – Sofia revirou os olhos. – Bom, e o feitiço?

– Ah, sim. A sra. Sinclair, a mulher que me deu o papel, me disse que era reversível.

– Excelente.

– Só que não explicou o que fazer para revertê-lo. Na hora, nosso encontro me pareceu absurdo. Agora, eu gostaria de ter lhe dado mais atenção.

– Sei... – Sofia deu de ombros. Tinha negligenciado aquela parte da improvisação. – Quem é mesmo a sra. Sinclair?

– A casamenteira que fui ver em Londres. Quando a encontrei, ela me disse: "Sempre houve e sempre haverá alguém como eu neste lugar". O que me pareceu ridículo, por isso ignorei. Agora, começo a pensar que deve ter algum significado.

Sofia se lembrou da história. A casa caindo aos pedaços, os repolhos. Seria difícil manter o público interessado por aquilo. As pessoas sempre se entediavam com acontecimentos que eram narrados, em vez de vividos. Ainda assim, fez o seu melhor para manter a troca rolando, e até sugeriu um avanço.

– E por que não damos uma olhada? Por que não vamos pra lá?

– Para onde? – Jane perguntou.

– Pra Londres.

◆

Sofia levou Jane até o quarto de hóspedes da casa do irmão. A noite havia caído, e ninguém tinha aparecido para lhe dizer o que fazer a seguir. Ninguém havia saído de trás de uma moita e gritado "pegadinha!". Ninguém da produção ligara oferecendo um reembolso pelos ingressos da *Jane Austen Experience* (mas ela guardara os recibos mesmo assim). Os produtores pareciam determinados a manter a farsa rolando, e Sofia não via problema em continuar com aquilo. Quando começara a escurecer, Sofia sugerira à outra atriz que encerrassem o dia e tentara gentilmente fazer com que fosse embora, mas a mulher olhara em volta desolada, como se fosse chorar.

– Não tenho aonde ir – ela dissera. – E se o guarda me prender?

Sofia não estava certa da natureza do crime que a atriz havia cometido e que a fazia temer uma prisão, mas não podia arriscar que a coisa toda se degringolasse com a mulher indo embora. Afinal, já tinham chegado até ali. Decidiu que a opção mais segura era deixar que ficasse com ela. Depois de lhe oferecer uma tigela de sopa enlatada que encontrara na despensa – Sofia ficou muito satisfeita consigo mesma por ter conseguido esquentar a comida sem destruir o micro-ondas –, ela levou Jane ao quarto de hóspedes.

– Você pode dormir aqui – disse, entrando no quarto e acendendo o abajur da mesa de cabeceira.

– O que é isso? – Jane perguntou, apontando para o objeto em choque.

– É um abajur – Sofia explicou.

– Abajur – Jane repetiu, então apertou o botãozinho na base do objeto, reproduzindo a ação de Sofia. A luz se apagou, lançando o quarto na escuridão. Ela apertou o botão outra vez, e a luz voltou a acender. Então fez de novo. O quarto ficou claro, depois escuro, depois claro, depois escuro.

Sofia segurou a mão dela.

– Acho que é melhor deixar aceso mesmo.

Jane balançou a cabeça.

– Extraordinário – ela sussurrou, parecendo maravilhada.

– Pode usar isso aqui para dormir – Sofia disse, oferecendo uma camisola de seda cor-de-rosa.

Jane avaliou a peça.

– Suas habilidades de costura são muito melhores que as minhas – ela disse. – Embora isso não seja muito difícil.

– Melhor guardar os elogios para Donatella Versace – Sofia disse, sentando-se na cama. – Tenho que me apresentar às seis. Você tem que ir ao *set* amanhã?

– Apresentar onde? E o que é o *set*? – Jane perguntou.

Sofia soltou o ar, exausta com o estado de confusão que a atriz parecia determinada a manter.

– Pode sair da personagem agora. – Ela se inclinou para mais perto. – Estamos em propriedade privada. A produção não ousaria colocar câmeras aqui dentro.

– Mais uma vez, não compreendo o que está dizendo – Jane insistiu.

Sofia suspirou.

– Você segue o método, é? Legal. Respeito o seu processo.

Aparentemente, ela ia ter que prosseguir com a farsa.

– Tenho que ir a Londres o quanto antes – Jane disse. – Atrás de informações sobre a sra. Sinclair. Se conseguir localizar a casa dela, talvez encontre pistas de como reverter o feitiço.

– Claro. Faça como quiser – Sofia disse. Não compreendia qual era o sentido daquela discussão. Não era possível que a produção fosse até Londres com aquela figurante. Estavam interessados em Sofia

Wentworth, a estrela de cinema. Ainda assim, condescendeu, não querendo estragar o improviso de uma colega de profissão. – Meu irmão vai para Londres às vezes. Fala com ele amanhã. Talvez ele possa te levar.

– Excelente. Mas não seria inapropriado? Viajar com um homem que não é meu parente ou meu noivo?

– Você poderia ir de biquíni até Londres e ninguém ligaria.

A atriz pareceu confusa.

– O endereço é Row, número 8, Cheapside. Conhece o lugar?

– Cheapside? É na região EC2. Me dá aquele papel. Vou anotar pra você.

Jane entregou outro pedacinho de papel, que continha um endereço de Londres escrito em caligrafia antiga. Sofia o pegou e escreveu o código postal de Cheapside.

– O que é isso? – Jane perguntou, apontando para a mão de Sofia.

– Isso? Uma caneta.

– Posso? – ela pediu, reverente. Sofia assentiu e lhe entregou a caneta. Jane apoiou a ponta no papel e escreveu. Ela arfou. – Onde está a tinta? – perguntou, aproximando a caneta do rosto para avaliá-la.

– Dentro do corpo da caneta – Sofia disse. – É mais conveniente que uma pena, não acha?

– Nunca vi nada melhor – Jane disse, segurando a caneta e a examinando como se fosse uma pepita de ouro.

– Pode ficar com ela – Sofia disse.

– De modo algum – Jane disse. – Uma pena com tinta embutida deve custar uma fortuna.

– É sua.

Surpresa, Jane aninhou a caneta entre as mãos.

– Agora, preciso do meu sono de beleza – Sofia disse. – Tem tudo de que precisa?

– Tenho, obrigada – Jane agradeceu, ainda olhando para a caneta.

A interação pareceu estranha a Sofia, embora não desagradável. A atriz parecia determinada a sustentar a farsa, apesar de Sofia insistir de que não haveria câmeras escondidas dentro da casa do irmão. Mas não se importava. Tinha algo de estranho naquela atriz, embora ela não conseguisse determinar o quê. O que Sofia antes considerara falta de talento agora parecia ser algo muito diferente. Jane parecia mesmo surpresa com a caneta e o abajur. Demonstrava interesse no que Sofia dizia, enquanto a maior parte das pessoas se distraía assim que ela abria a boca. Parecia um daqueles tipos raros que realmente gostava de gente. No entanto, Sofia se determinou a permanecer fria e profissional com a mulher, e a não se apegar muito a ela, afinal, era uma estrela de cinema, enquanto aquela Jane não era ninguém, só tinha sido contratada pelo estúdio para tirar sarro dela. Com sorte, passaria a noite ali, iria embora pela manhã e Sofia nunca mais teria que vê-la.

– Então boa noite, Jane Austen – Sofia disse.

– Boa noite, Sofia – Jane respondeu.

Sofia saiu do quarto e fechou a porta.

17

FRED TOMOU SUA TERCEIRA CERVEJA no Black Prince Inn.

Quatro semanas antes, sua irmã, Sofia, havia aparecido à sua porta e virado sua vida de cabeça para baixo. Fazia três anos que não tinha notícias significativas dela. Sofia estava sempre viajando o mundo, indo de um tapete vermelho a um *set* de filmagem. Só trocavam mensagens de texto breves e engraçadinhas em aniversários e feriados, com uma distinta falta de emoção real. Era o que a família deles fazia, brincando e bebendo. Quando soubera do divórcio dela (pela internet), ele se oferecera para ligar, meio sem jeito e sem vontade, mas Sofia nem tinha respondido à sua mensagem, pelo que Fred era grato, uma vez que não tinha ideia do que diria se a irmã tivesse aceitado.

Nas últimas semanas morando com ele, Sofia já tinha destruído seu som, arranhado seu carro, bebido todo o vinho da casa e de alguma maneira derrubado arroz em todas as gavetas da cozinha. Ele ainda sentia os grãos sob os pés quando se levantava à noite.

Ela havia regressado a Bath para gravar um filme de época – um filme sobre Jane Austen, como todos os que eram filmados em Bath –, e havia pedido para ficar com o irmão, alegando que os hotéis da cidade não estavam à sua altura. Aquilo o surpreendeu. Sofia não era uma atriz qualquer. Era uma estrela de cinema, e da última vez que ele a tinha visto fora em um *outdoor* de quase dez metros de altura em Piccadilly Circus. Sofia não costumava ficar com a família, e sim em suítes presidenciais e em iates. O pequeno chalé em que haviam crescido parecia muito aquém de seu gosto e de sua faixa de preço. Fred havia tentado apaziguar suas preocupações e tranquilizá-la em relação à qualidade dos hotéis de Bath. Afinal, por dois mil anos a cidade havia hospedado imperadores romanos e reis, de modo que contava com excelentes acomodações, ainda que a preços impressionantes.

– Nenhuma delas é boa o bastante para mim – a irmã havia insistido. – Quero ficar aqui.

Ela coçara o rosto e ficara olhando para o chão. Fred nunca tinha visto sua maravilhosa irmã mais velha parecer tão cansada e pequena. Ainda não haviam conversado sobre a separação do marido, e ele não pretendia tocar no assunto tão cedo.

– Então pode ficar – ele dissera, percebendo que Sofia não ia ceder.

Então ela fizera algo estranho: deu-lhe um abraço. Fred se lembrava de que a jaqueta da irmã havia feito tanto barulho quanto um celofane amassado enquanto ela o segurava forte, cheirando a perfume francês e grana. Sofia o abraçara por quase um minuto, sem dizer nada. Não o abraçava – e talvez não abraçasse ninguém, pelo que Fred sabia – havia muito tempo. Era tudo muito estranho.

– Não conte a ninguém que fiz isso, ou acabarei com você – ela murmurara depois.

Logo, Fred estava trabalhando como figurante no filme.

– Vai ser divertido – ela dissera, ao fazer aquele pedido ridículo. – Vamos poder passar um tempo juntos!

Fred havia rido. Normalmente, Sofia não conseguia ficar longe o suficiente da família, e agora ela queria o irmão espreitando em seu ambiente de trabalho. Tinha algo acontecendo.

– Por favor? – ela insistira quando Fred zombara da ideia. O "por favor" significara mais que o pedido em si. Sofia nunca dizia "por favor". – Vai ser legal ver um rosto amistoso no *set* – ela murmurara, depois voltara a olhar para o chão. Para ele, a irmã sempre extravasava confiança e se mostrava rabugenta e arrogante. Quando Fred concordara em acompanhá-la no *set*, o alívio tomara conta da expressão de Sofia como ele nunca havia visto.

Fred se arrependera de sua decisão quase que de imediato. Fazia duas semanas que estava envolvido com o mundo absurdo das filmagens. A produção de filmes parecia englobar ficar à toa e ouvir gritos ocasionais de pessoas usando *headsets*. A produção o vestia com roupas de época, incluindo sobrecasaca e calça justa. Fred reclamava que se sentia tolo, mas aquela era a única parte da coisa toda de que gostava. Costumava dar aulas sobre as guerras napoleônicas e desconfiava que ficava ótimo naquelas roupas, talvez até parecendo alguém que lutava contra piratas. A produção lhe dissera que seu personagem era um oficial da Marinha e lhe dera uma espada de plástico para completar o visual. Quando não tinha ninguém olhando, ele a movimentava no ar.

O *set* estava repleto de mulheres bonitas – mulheres dos sonhos, na verdade, que pareciam saídas de revistas e comerciais, e também irreais olhando de perto, com suas figuras esbeltas e angulosas, seus rostos quase alienígenas. E qualquer plano grandioso de viver um daqueles romances de bastidores de que as revistas tanto falavam se esvaiu depois que conversou com aquela gente. O único interesse de todos parecia ser Sofia. Ou queriam saber as fofocas sobre o término de seu relacionamento ou queriam ser apresentados a ela. Fred se recusava a falar a respeito da irmã, mas logo de início, em sua inocência, cometera o erro de lhe apresentar algumas mulheres. Arrependera-se quase no mesmo instante. A primeira entregara a Sofia uma compilação de suas melhores cenas. A segunda passara a ignorar Fred em seguida, de modo que ele não conseguira nada com aquilo.

Ele tomou um gole de cerveja. Quando conhecera Jane, ela o deixara louco. Não falara em atuação, dança, melhores cenas, agentes, plataformas, publicidade, dieta *low carb* rica em proteínas ou sobre ser uma influenciadora. Não tinha sido falsa como as outras mulheres, que só eram legais com ele para chegar até Sofia. Na verdade, tinha o comportamento oposto. Não fizera nenhuma questão de disfarçar o fato de que não gostava dele. Fora pura e simplesmente hostil. Ele ainda acusava o golpe de sua conversa, continuava agitado. Ela o deixara furioso. E confuso.

Fred voltou a apoiar a cerveja, com um pouco de força demais. Paul olhou para ele e suspirou.

– Tá – Paul disse. – Você chamou a mulher pra sair, e ela recusou.

Ele deu um golinho na cerveja.

– Ela não recusou. Ela disse *sim* – Fred argumentou.

– E o que aconteceu? – Paul perguntou.

Fred deu de ombros.

– Ela sumiu – ele murmurou.

Paul dobrou o corpo para frente, rindo em silêncio. Era professor de Educação Física e Saúde na escola onde Fred trabalhava. Seu método preferido de garantir uma educação sexual que mantivesse os alunos em segurança era lhes mostrar fotos de perto de partes do corpo de pessoas com gonorreia.

– Terminou? – Fred perguntou, revirando os olhos.

– Desculpa – Paul respondeu. Ele se recompôs e se sentou direito. Ergueu o copo. – Um brinde. À mulher que se mandou. Boa sorte pra ela! – Ele apontou o copo para o de Fred, que não fez nada. Paul riu e bateu seu copo no dele sozinho. – Estou muito feliz. É irritante como você se dá bem com as mulheres. Gostei dessa Jane. Pena que fugiu de você. Eu ia gostar de apertar a mão dela. A primeira mulher a ignorar seus olhos sedutores. Você nem precisa tentar. Elas simplesmente se jogam em cima de você.

– Não é verdade – Fred disse.

– É, sim – Paul assentiu. – Você tem esse lance sombrio, taciturno, autodestrutivo, que faz as mulheres pirarem. E seu cabelo é ótimo, que nem o da sua irmã. Nunca precisa conquistar as mulheres. Elas só se sentam ao seu lado, jogam o cabelo pra trás e pronto. Ninguém nunca joga o cabelo pra trás por minha causa.

– Você é casado – falou Fred.

– Pior ainda. Nem Nadine joga o cabelo pra trás por minha causa, sendo que é legalmente obrigada a fazer isso – ele disse, referindo-se à esposa. – É irônico. – Paul suspirou. – É a primeira mulher por quem você se interessa de verdade, e ela foge.

– Eu não estava tão interessado – Fred insistiu.

– Sei – Paul respondeu. – Eu adoraria acreditar nisso, mas você teve muitas admiradoras ao longo dos anos e essa é a primeira sobre quem me falou. – Ele tomou outro gole da cerveja e olhou para Fred, para ver sua reação. – Outra cerveja?

Fred baixou os olhos. Seu copo estava vazio.

– Valeu.

Ele deu de ombros. Por que não? Tinha confirmado três vezes com a irmã que não haveria ensaio aquela noite, até Sofia pedir que o irmão parasse com aquilo e comentar que ele estava agindo estranho. Os dois haviam herdado o lado criativo do pai, um poeta bêbado e vagabundo. Sofia investira nele, enquanto Fred o enterrara bem fundo, de modo que ele só se revelava com dificuldade, em momentos estranhos. Dar aulas era mais seguro.

– Fred, somos amigos desde a faculdade – Paul disse, apoiando o copo e pigarreando em seguida.

Fred ficou apenas olhando, desconfortável. Parecia que uma declaração de afeto estava por vir.

– Porque tenho pena – Fred disse, esperando impedir que a conversa ficasse muito séria. – Ninguém mais fala com você.

– Não sou muito bom nessas coisas, então não vai ficar esperando um discurso grandioso.

– Estou bem, Paul, de verdade. Vou ficar bem – ele insistiu, um pouco alto demais.

– Sei que vai, cara, mas estou falando de outra coisa. Eita.

Paul olhou para ele, com uma preocupação fingida.

– Do que exatamente?

– Se não for pedir demais, você aceita ser padrinho de Maggie?

Paul parecia orgulhoso e esperançoso.

– Ah – Fred disse, então inspirou fundo. Estava esperando um convite para uma viagem mal pensada para caçar, na qual um deles acabaria levando um tiro na bunda, ou um fim de semana em Praga marcado às pressas, só para beber, em que ambos perderiam a dignidade e um sapato. Era o tipo de convite que Paul costumava fazer. Mas aquilo... ser guardião da coisinha mais fofa e preciosa, cujos passatempos incluíam mamar e cheirar maravilhosamente bem... Fred sorriu. – Vai ser uma honra, Paul, obrigado. Maggie é a melhor.

– Ela é muito legal, não é? – Paul disse, com um sorriso.

Fred assentiu e ergueu seu copo.

– À Maggie – ele disse.

– E ao padrinho dela – Paul completou, erguendo seu copo também.

– Fred? – uma voz feminina chamou. Ele e Paul olharam na direção dela.

– Oi – Fred disse. Duas mulheres vagamente familiares se aproximavam. Ele tentou se lembrar de seus nomes.

– Laura, da St. Margaret's – uma delas o ajudou. – Jogamos contra vocês nos jogos docentes.

Claro.

– Oi, Laura – falou Fred. – Vocês acabaram com a gente, se me lembro bem.

– Eu não queria te lembrar disso, mas, sim – ela falou, dando risada. Fred recordou como Laura, que parecia ser uma simpatia havia se transformado em uma *dominatrix* na quadra. Quase fizera Paul chorar em determinado ponto. – Netball é um esporte de contato. Mas até que vocês se saíram bem.

– Acho que podiam ter marcado alguns pênaltis a nosso favor – Paul disse. – Foi meio injusto.

– Injusto como? – Laura perguntou. Seus olhos brilhavam, o que aterrorizava Fred. Ele se recordou de um momento em que ela arrancara a bola dele e grunhira como uma fera.

– Vocês eram ótimas, e a gente era péssimo – Paul respondeu. – Isso é injusto. A gente devia ter começado com alguma vantagem.

A outra mulher sorriu. Fred se lembrava dela. Simone, não era?

– Eu sou a Simone – ela se apresentou.

– Você jogou de ala, né? – Fred perguntou. Ela era uma jogadora graciosa, que havia marcado muitos pontos.

Simone assentiu.

– Mas e aí, quais os planos pra noite? – Laura quis saber.

– Só afogando as mágoas – Paul respondeu. Ele olhou para Fred, que lhe deu uma cotovelada. – Ai!

– Vamos ao Infernos – Laura disse. Era um lugar famoso, logo na esquina. Ao sair de lá, a maior parte das pessoas lembrava um anúncio de serviço público contra os perigos de beber demais. – Tem uma promoção de balde em dobro hoje.

– Balde de quê?

– Bebida – Laura respondeu, parecendo satisfeita. Ela ergueu um punho, como se tivesse acabado de marcar um ponto.

– Legal – falou Paul. – Pra manter a tradição dos professores mamados.

Simone sorriu, mas seu sorriso era dirigido a Fred. Paul pareceu notar e ergueu uma sobrancelha pra ele.

– Se quiserem, podem vir com a gente – Laura disse. – Posso ensinar uns truques de Netball pra vocês e comentar alguns erros nos seus passes, dribles e arremessos.

– Seria ótimo – Paul disse.

– Vamos pensar a respeito – Fred emendou.

– Sem pressão. Já estamos indo pra lá. Talvez a gente se veja depois.

– Talvez – Paul disse.

Elas se despediram e foram embora.

Paul se virou para Fred.

– Tá, chega de ficar se lamentando. Você não viu como ela sorriu pra você? Não Laura, o monstro do Netball, a outra.

– Simone – Fred recordou.

– Exatamente. Vamos logo pro Infernos.

Fred riu e balançou a cabeça.

– De jeito nenhum. Você tem esposa e filha.

Paul balançou a cabeça também.

– Foi Nadine quem me fez vir – ele diz. – Depois que ficou sabendo do seu fracasso hilariante, ela insistiu que eu viesse te ajudar.

Fred suspirou.

– É uma oferta tentadora, mas vou ficar por aqui. Valeu, Paul, mas fica pra outra vez.

– Tem certeza?

Paul ficou olhando pra ele por um momento.

– Tenho – Fred respondeu.

Paul exalou devagar.

– Ainda bem. Por um minuto achei que fosse mesmo ter que ir ao Infernos. Só de pensar meu deu ressaca.

Fred riu.

– Eu sabia.

– Beleza, cara. – Paul sorriu e apalpou o bolso, procurando a chave. – Te vejo amanhã?

Fred balançou a cabeça.

– Vou pra Londres amanhã, encontrar o pessoal do intercâmbio que está chegando da França.

– Vixi. Aproveita. A gente se vê na quinta, então.

Eles tentaram bater os punhos cerrados, mas erraram, depois Paul foi embora.

Fred deu uma olhada no *pub* detonado e quase vazio, depois seguiu para o bar. Talvez devesse dar uma passada no Infernos. Talvez devesse ir sozinho. Poderia acabar virando uma noite incrível. Ele poderia dançar e beber direto do balde!

Enquanto considerava a ideia, uma cerveja sozinho acabaram virando três. Quando Fred tropeçou no caça-níqueis à meia-noite e meia, não tiveram escolha a não ser pedir que fosse embora.

Ele concordou. Era um pedido justo.

◆

Fred, que era conhecido por viver ensimesmado e não atingir seu máximo potencial – e ter um ótimo cabelo e sempre se dar bem com as mulheres, pelo menos até a noite anterior –, seguiu cambaleando para casa e passou pela porta da frente trançando as pernas. Havia visto um comercial anunciando uma maratona de *Alien* na televisão, a partir da meia-noite. Excelente. O que Jane importava, quando podia assistir a cinco filmes de carnificina espacial? Diante da genialidade daquele plano, ele teve que assentir. Pela manhã, estaria tudo bem. Fred já teria esquecido aquela mulher enlouquecedora.

A televisão do quarto de hóspedes não acordaria Sofia. Ele passou pela cozinha e encontrou meia garrafa de Moscato rosé na geladeira. Fred cambaleou pela casa com a garrafa, deixando-a de lado por um momento para desabotoar e camisa e atirá-la no ar. Ela aterrissou em uma pá do ventilador de teto. Fred desabotoou a calça e deixou que caísse, ficando pela metade das pernas. Se ia devotar toda a sua atenção a cinco filmes com alienígenas, precisava estar livre das amarras das roupas.

Ele fingiu que o cinto era um chicote e atacou uma cobra imaginária no chão. Então voltou a pegar a garrafa, subiu a escada dançando e entrou no quarto de hóspedes só de cueca.

Fred ligou a televisão. O primeiro filme já havia começado, mas nenhum alienígena havia aparecido ainda.

Esplêndido.

Ele tomou um gole de vinho direto da garrafa e se lembrou de por que não a havia terminado, então foi até a cama e se sentou na cabeça de alguém.

18

JANE ACORDOU. TENTOU GRITAR, mas o enorme peso sobre sua cabeça abafava qualquer som. Também bloqueava sua visão e a impedia de respirar. Ela bateu no objeto não identificado com o punho cerrado. O peso saiu de cima dela, que pegou o lençol e pulou da cama, tentando respirar. Uma figura se assomava sobre ela na escuridão. Jane tateou em volta, atrás de algo com que se defender. Ela encontrou sua bota de couro no chão e bateu com ela na cabeça do intruso.

– O que é isso? – Jane perguntou na escuridão, batendo nele mais uma vez.

– Ai! – a pessoa gritou. – Minha cabeça!

– Quem é o senhor e o que está fazendo aqui? – Jane questionou.

– Sou o dono desta casa! – foi a resposta arrastada. – O que *você* está fazendo aqui?

Sofia chegou correndo. Ela acendeu uma vela mágica no teto, e a luz inundou o quarto. Ao lado da cama, vestida com a camisola cor-de-rosa, Jane olhou ao redor. Um homem embriagado de pelo menos 30 anos vestindo roupa de baixo cambaleava, esfregando a cabeça. A moldura à parede retratava uma cena teatral. Diferentemente do que acontecia em um quadro, com personagens congelados como eternas estátuas, os personagens naquela moldura *se moviam.*

– Este pervertido tentou se aproveitar de mim – Jane acusou, apontando para o homem de roupa de baixo.

Ele olhou para ela e ergueu os braços em rendição.

– Calma aí. Só vim ver TV – o homem se defendeu.

Jane desdenhou daquilo e olhou melhor para o homem à sua frente. A exibição anatômica de músculos e pele era um tanto absurda.

As bochechas dela coraram, ficando vermelhas e rosadas, ofendidas pela visão. Os olhos de ambos se encontraram por um momento, então Jane desviou o rosto.

– É você – ele disse. – A mulher do ensaio na outra noite.

Jane olhou melhor para o homem. Estava certo. Tinham dançado juntos. O coração dela bateu mais forte.

– Que surpresa – o homem disse, com a fala arrastada e cambaleando. – Você deve estar bem sem graça.

– Não sei sobre o que você está falando – Jane disse. Ela se lembrou do quanto ele a incomodara.

– Se não queria sair comigo, era só ter dito. Não teria problema nenhum. Não precisava ter me dado o bolo!

Ele segurou a maçaneta para se equilibrar, mas aquilo quase o fez perder o equilíbrio.

– Jane, este é meu irmão Fred – Sofia apresentou. – Fred, esta é... minha colega Jane.

Jane e Fred olharam um para o outro. Ela sentiu que suas bochechas voltavam a esquentar, então se enrolou mais no lençol.

– Certo. Acabou a festa – Sofia disse, pegando o braço do irmão. – Fred, hora de ir pro seu quarto. – Ela o empurrou porta afora e se virou para Jane. – Tudo bem com você?

Jane confirmou com a cabeça.

– Ele tentou alguma coisa com você? Não parece ser o tipo.

– Não. Só me assustei. Mas estou bem, obrigada.

– Ótimo. Desculpa a confusão. Fred não é ator. Não vai entrar no jogo.

Jane olhou intrigada para Sofia.

– Sem essa de fingir ser Jane Austen pra ele – Sofia prosseguiu. – Confia em mim. Ele não vomitou em você, né?

Jane fez que não com a cabeça. Sofia se despediu e foi embora. Jane voltou a se deitar e ficou olhando para o teto. Aquele homem detestável, que havia se recusado a dançar com ela, que a havia provocado e irritado tanto, era o irmão de Sofia. Morava naquela casa! Ela se forçou a parar de pensar no quanto aquilo a incomodava e tentou dormir.

◆

Na manhã seguinte, Jane se encontrou no banheiro, deslumbrada. O palácio de Kensington tinha banheiro interno, mas ver água corrente com seus próprios olhos foi o bastante para fazê-la passar quarenta minutos ali. Sofia já havia ido trabalhar. Deixara Jane com roupas limpas e instruções para usar a cascata que jorrava sobre a banheira, a qual chamara de "chuveiro".

– Esta é a quente, e esta é a fria – Sofia dissera, apontando para as torneiras. Ela as abrira para demonstrar. Água quente caiu lá de cima. Jane ficara admirando a maravilha à sua frente.

Agora, tentava fazer aquilo sozinha. Girou a torneira fria para a esquerda e admirou o fluxo gelado caindo. Já havia visto torneiras, em bombas d'água, mas a água saía em gotas e pingos amarelados, que não podiam ser comparados ao elegante fluxo cristalino que caía daquele objeto prateado. Ela girou a torneira quente para a esquerda, aos poucos, como Sofia havia demonstrado. Colocou os dedos sob o fluxo e sentiu a água esquentando. Quando abriu a torneira um pouco mais, o cômodo se encheu de vapor.

Na sua casa em Sydney Place, eles tinham uma banheira, que Margaret enchia todos os domingos com água fervida em panelas. O pai, como chefe da casa, era o primeiro a se banhar, depois vinha a mãe, depois Cassandra. Jane, a mais nova, era a última. Quando entrava na água, já estava bege. Agora, ela olhava para a cascata cristalina e fumegante, que era só dela. Voltou a testar a água. Parecia mais quente do que qualquer outra em que já tivesse entrado. Jane inspirou fundo, tirou a camisola cor-de-rosa e a deixou sobre uma cadeira. Ao se ver nua no cômodo, pensou em si mesma como Cleópatra prestes a se banhar em uma cascata de leite de cabra. Entrou na banheira e foi para baixo da água quente, que borbulhou e escorreu por suas costas. Suas omoplatas formigaram. Jane apoiou um braço na parede enquanto a água atingia seu corpo.

– Ah – ela soltou. – Isso é obsceno.

Jane saiu de baixo da água e sentiu o ar frio no corpo. Tremia, mas não voltou para baixo do jato. Se voltasse, talvez nunca mais conseguisse sair dali.

A maçaneta girou e a porta do banheiro se entreabriu.

– Tem alguém aqui! – Jane gritou, em pânico. Ela procurou se cobrir, horrorizada, e se virou para a parede. Tentou alcançar a toalha que Sofia havia deixado para ela, mas estava pendurada longe demais. Pensou em se virar e ir buscá-la, mas não queria se arriscar a expor a frente de seu corpo.

– Opa. Desculpa – disse uma voz masculina. Fred! O irmão de Sofia fechou a porta logo após abri-la.

Jane saiu da banheira e foi verificar a maçaneta. Havia um disco de metal, que ela girou, trancando a porta. Testou três vezes e a porta continuou trancada. Ela se sentou no chão, mortificada. Nenhum homem havia visto seu ombro que fosse, quanto mais o restante. Procurou recuperar o fôlego e começou a se vestir.

Ela permitiu-se esquecer seu terrível constrangimento por instante e olhou confusa para as roupas que Sofia havia lhe emprestado, calça e camisa de homem. Ela vestiu aquilo. A sensação era estranha na pele. Agora as mulheres usavam calça, não para aparecer em uma peça, mas no cotidiano. Elas agiam como homens também? Como as pessoas iam tratá-la quando saísse vestida daquele jeito? Era como se Jane pudesse ser a dona de três propriedades diferentes, com uma renda de vinte mil libras por ano. A ideia a distraiu, até que ouviu uma cadeira sendo arrastada em outro cômodo e foi puxada para a realidade do presente. O constrangimento esmagador retornou. Fred. Aquele homem horrendo tinha conseguido deixá-la desconfortável uma vez mais. Jane torcia para que o irmão de Sofia tivesse ido embora, se não do país, em um ato de cavalheirismo, mas aparentemente ele continuava bem ali.

Ela abriu a porta e o viu. Sua cabeça estava apoiada na mesa de jantar. Jane saiu discretamente e se arriscou a passar por ele sem ser notada. Mas, quando chegou perto, Fred levantou a cabeça, e os olhos dos dois se encontraram. Jane se perguntou o quanto aqueles mesmos olhos haviam visto no banheiro. Sentiu as bochechas voltando a ficar carmesim.

– Desculpa de novo – Fred disse, com uma voz estranha.

– Estou simplesmente mortificada – Jane disse. – Horrorizada.

Ele balançou a cabeça.

– Por que não trancou a porta?

– Por que não ouviu a água e deduziu que tinha alguém lá dentro? – ela protestou.

Fred se levantou.

– Tá, então por que não me vê pelado? Aí ficamos quites.

Ele começou a desafivelar o cinto.

– De modo algum! – Jane gritou. – Pare com isso.

Fred voltou a afivelar o cinto.

– Não? E outra coisa constrangedora? Posso levar um tombo de propósito. Ou você pode me bater com um legume. E se eu comesse algo do lixo?

Jane tentou não sorrir. A estranha sensação da outra noite havia retornado, mas ela procurou superar o constrangimento e se lembrar do quanto ele a irritava.

– Você está diferente – Fred disse, olhando para ela.

Jane levou as mãos à camisa masculina, de repente muito consciente do que usava.

– Sofia me emprestou essa roupa. É inadequada?

Fred balançou a cabeça.

– Não é a roupa. É o cabelo. Você mudou o penteado.

Jane apalpou a cabeça. O vapor do banheiro o havia feito retornar a seu estado natural. Os cachos que ela fazia todas as noites, com pedaços de tecido, tinham se desmanchado. Seu cabelo estava solto e chegava à metade das costas, a não ser pelas mechas que circundavam seu rosto, as quais ela mantinha mais curtas para enrolar mais facilmente. Jane as prendeu atrás da orelha.

– Você estava com um penteado de época no ensaio – ele comentou. – Parecia mesmo alguém do século XIX.

Jane assentiu.

– E como estou agora? – ela perguntou, com suavidade na voz.

Fred deu de ombros.

– Normal – ele disse, então tossiu. – Faltou um.

Ele apontou para o braço dela.

Jane olhou para onde Fred apontava: o botão do punho estava aberto.

– Ah, sim. Não consegui abotoar – ela explicou.

– Não sabe se vestir sozinha? – ele perguntou, brincando.

– Me visto sozinha todas as manhãs! – ela protestou. Fred devia estar achando que era uma princesa, com uma criada para vesti-la. Jane foi rápida em deixar claro que não era o caso, bufando ao explicar: – Tem botões demais nessa camisa.

Fred se aproximou dela.

– O que está fazendo? – Jane perguntou na mesma hora.

Ele chegou perto o bastante para que ela sentisse sua respiração no ombro. Jane congelou. Seus olhos se encontraram, mas ele baixou o rosto. Não disse nada, só pegou o botão branco perolado entre o dedão e o indicador. Jane ficou olhando enquanto ele o passava pela casa. Ela não sabia para onde mais olhar. A ternura do gesto a impactou, além do fato de que aquele homem tão irritante podia ser tão delicado com ela. Jane forçou a respiração a se acalmar, a não parecer tão afetada. Procurou falar com calma e não demonstrar nenhum sinal do efeito que aquela proximidade tinha nela, mas não conseguia pensar em nada para dizer.

– Se é que vale alguma coisa: não vi quase nada. No banheiro – Fred disse, baixo. Depois de fechar o botão, ele devolveu o pulso de Jane à lateral do corpo.

– Estou mortificada – ela disse, assentindo. – Peço desculpas por tê-lo constrangido.

Jane estava sendo sincera e esperava reconfortá-lo com aquilo. Desde cedo havia aprendido sobre os horrores do corpo feminino, e o fato de que era obsceno e repulsivo.

– Não vi nada digno de constrangimento. Muito pelo contrário, aliás.

Jane assentiu em olhar para ele, de tão envergonhada que estava.

– Tem negócios em Londres hoje? – ela perguntou, querendo acabar com aquele clima que a incomodava.

– Vou a Paddington – ele disse.

– Posso acompanhá-lo?

Fred olhou para ela, confuso.

– Quer vir comigo?

– Sim. Seria um problema? – Ele apenas olhou para ela. – Garanto que não vou incomodar.

– Pode vir junto. Por mim tudo bem – Fred disse na mesma hora, dando de ombros.

A ideia de ir a Londres com um homem era no mínimo suspeita. Mas a ideia de se impor àquele detestável membro do sexo oposto, àquele espécime horrível, a aterrorizava. Seria um dia desagradável, e Jane não queria ir com ele. Mas não tinha outra maneira de chegar lá. Teria que passar por aquela experiência desconfortável para aumentar suas chances de voltar para casa.

– Como vamos chegar lá? – Jane perguntou.

– De trem – ele disse, então pediu licença e se retirou. Jane ficou esperando à porta. Fred voltou um minuto depois, parecendo diferente. – Pronta?

Jane o avaliou.

– Acabou de pentear o cabelo?

Seu cabelo estava arrumado, penteado de lado, preso atrás das orelhas e afastado do rosto.

– Alguém me deu uma bronca porque estava bagunçado no outro dia. Não quero encheção de saco – ele disse.

Jane se recusou a admitir que estava bonito. Com o cabelo afastado, seu rosto não parecia tão desagradável quanto ela pensara a princípio. Ela não mencionou nada daquilo a ele.

– Que bom saber que tem um pente. Muito bem – foi tudo o que disse.

Fred revirou os olhos, não disse nada e lhe mostrou a porta da saída.

19

SOFIA SENTOU-SE PARA SER MAQUIADA, com um sorriso nervoso no rosto. As duas semanas anteriores haviam consistido em provas de figuro e ensaios de dança. Naquele dia, começariam os ensaios de verdade. As luzes inundavam o espaço. Técnicos verificavam a iluminação, os portões e os aparatos. E o mais importante: Jack estava em algum lugar no *set*. Alguém havia dito que ele chegara de Los Angeles na noite anterior. Fazia cinco meses que não se viam, e agora faltavam minutos para que ficassem cara a cara. Sofia se obrigou a permanecer calma.

Pela primeira vez em uma década, a produção havia designado para Sofia o mesmo maquiador do restante do elenco, o que era um insulto e uma indignidade que tolerou para poder passar um tempo com seu marido. Derek parecia simpático e se apresentou ao entrar no *trailer* da maquiagem.

— Venero a senhora desde que eu tinha 12 anos, srta. Wentworth.

Sofia fez uma careta. Não era um bom começo.

— Afe, isso é horrível. Quantos anos você tem? E quantos anos não devo ter então? — ela disse, levando uma mão ao pescoço.

— Não foi o que eu quis dizer — Derek garantiu, tremendo e parecendo apavorado.

— Tudo bem — ela disse, tentando tranquilizá-lo. Precisava que ele permanecesse calmo. Afinal, o rapaz não poderia tremer enquanto aplicasse maquiagem nela. — Não tem problema. Bom, estava pensando em uma maquiagem simples e clássica, com bochechas rosadas e olhos bem grandes e bonitos. Bem britânica, bem Jane Austen.

– Ficaria ótimo, srta. Wentworth – Derek elogiou. – Infelizmente, fui instruído a usar só pó, e nada mais.

Sofia fez uma pausa, tensa.

– Não estou entendendo – ela disse. – Acho que ouvi você dizer que vai usar somente o pó.

Derek confirmou com a cabeça.

– Está me dizendo que a produção quer que eu, Sofia Wentworth, que já fui a Batgirl, que já foi embaixadora de uma empresa de refrigerantes de muito prestígio, entre no *set* e apareça no filme sem maquiagem de verdade?

Derek voltou a confirmar com a cabeça e deu um passo para trás, cauteloso.

Ela olhou para o próprio rosto no espelho.

– Sem base, sem *primer*, sem rímel... Está tudo proibido?

– Claro que não! Nem tudo está proibido – Derek disse rapidamente, com uma risada aliviada.

– Graças a Deus – ela disse, com um suspiro. – Isso é um alívio. Que produtos você pode usar, Derek?

– Hidratante e rímel transparente – ele respondeu, confiante.

– Rímel transparente? Como assim?

– Não sei bem.

Ele ergueu o produto e o avaliou, virando-o de cabeça para baixo. Uma espécie de gel se deslocou de um lado para o outro.

– Derek, isso está parecendo água.

– Concordo – ele disse, com a voz menos confiante a cada segundo.

– E o hidratante?

Ele lhe mostrou um pote, com a mão trêmula.

– Foi comprado no supermercado? – Sofia questionou, horrorizada. Ele verificou a etiqueta e confirmou com a cabeça, cauteloso. – Já estou usando um hidratante que custa duzentas libras. Tem extrato de criaturas marinhas nele, e não estou brincando. – Ela fez uma pausa. – Então está me dizendo que meu rosto vai ficar totalmente exposto, minhas olheiras visíveis para todo mundo ver? Todas as minhas manchas à mostra? Já vou usar um vestido com mangas bufantes. O que mais vocês querem? Meu primogênito?

Aquilo não era nada bom. Se antes sua carreira estava beirando o abismo, por causa do figurino idiota, agora seria o fim. Se exibisse seu rosto cheio de rugas para o mundo inteiro, ela seria motivo de piada.

– Jack vai odiar isso – ela disse.

– Foi ideia dele – Derek respondeu.

– Quê?

Ela estremeceu, com dificuldade de decidir com que horror se preocuparia primeiro: o fato de que seu público, pela primeira vez desde o término, iria vê-la sem maquiagem ou de que seu marido a veria.

Jack. Ah, meu Deus. Ele ia ver cada mancha, cada pé de galinha, cada olheira e poro, cada ponto flácido e falho. Se as chances de voltar com o marido já eram ínfimas, passavam a ser inexistentes.

– Derek. Não sei se você compreende o poder transformador da maquiagem.

– Acredite em mim, srta. Wentworth, sei exatamente do que está falando – ele garantiu, erguendo um pincel como se quisesse lembrá-la de sua profissão.

– Certo. Então compreende que seria uma tragédia para todo mundo se eu sair daqui parecendo eu mesma.

– Não seria uma tragédia – ele diz, sendo bonzinho.

– Não me enrola, Derek. Isso não está à altura de nenhum de nós. É uma catástrofe, e você sabe. Da última vez que saí sem maquiagem, eu tinha 12 anos. Não pretendo voltar a sair agora que estou com 38! Você sabe, Derek. Vão rir de mim.

Ele inclinou a cabeça.

– Sinto muito, srta. Wentworth.

Ela olhou para o chão.

– Derek, não sei se você sabe, mas meu marido é o diretor deste filme. Faz cinco meses que o não o vejo. Desde que ele foi embora depois de dez anos de casamento.

– Eu sei, srta. Wentworth.

Derek suspirou e tocou o braço dela.

– Eu alimentava a fantasia de entrar no *set* hoje com cabelo e maquiagem profissionais. Para Jack me ver e concluir que cometeu o pior erro de sua vida. – Ela riu. – Achei que meu marido pudesse me querer de volta. Agora, sem chance.

Derek voltou a tocar o braço dela, parecendo que ia chorar também. Sofia estremeceu. Não queria pena. Então ele pareceu se animar.

– Acho que colírio também está liberado.

Sofia riu.

– Obrigada, Derek. Vai ser ótimo.

Ela se recostou na cadeira, enquanto ele pingava o colírio para fazer os olhos dela brilharem. A porta do *trailer* se abriu, e um par de pés subiu a escada.

– Você não se importa, né? – uma voz de mulher perguntou. Com os olhos cheios de colírio, Sofia não conseguiu ver quem havia se sentado ao seu lado, só um borrão. Seus ouvidos identificaram o sotaque californiano. Ela achava que reconhecia aquela voz.

– Quanto tempo demora pra vista melhorar, Derek? – Sofia indagou, ansiosa.

– Alguns segundos – ele respondeu.

Ela abriu os olhos e se virou para a cadeira ao seu lado. Sua vista continuava embaçada, e também ardia, enquanto lágrimas escorriam por seu rosto. Sofia apertou os olhos e identificou uma loira natural e esbelta de 20 e poucos anos.

– Nunca nos conhecemos, mas sou uma grande fã – a ocupante da cadeira disse, com um sorriso enorme no rosto. Seus dentes eram tão brancos que quase pareciam azuis.

– Obrigada – Sofia respondeu e voltou a apertar os olhos, sentindo-se uma cientista maluca olhando pelo microscópio.

– Courtney Smith – apresentou-se a garota, oferecendo uma mão. – Vim te dar as boas-vindas ao filme.

De repente, os olhos de Sofia recuperaram o foco. Ela pegou a mão do zigoto que a havia substituído como protagonista feminina na franquia cinematográfica mais lucrativa do planeta.

– Sofia Wentworth – ela disse. As duas trocaram um aperto de mãos escorregadio. Sofia sentiu uma leve umidade em sua palma.

– Desculpa, acabei de lavar as mãos – Courtney disse. – É tão legal trabalharmos juntas.

O momento não parecia nada auspicioso: a Batgirl e a atriz que ficara com seu papel se encontravam pela primeira vez. Se os *paparazzi* soubessem, teriam acampado do lado de fora.

– Também veio fazer a maquiagem? – Sofia perguntou. – A julgar pelas instruções da produção, não vou demorar.

– Não. Esse é o *trailer* reserva, para os coadjuvantes. Tenho meu próprio *trailer* – Courtney comentou. – Só vim mesmo dar as boas-vindas ao meu filme.

– Ah, obrigada. – Sofia riu diante do comentário. Não queria saber que papel faria, desde que Jack fosse o diretor, mas precisara engolir seu orgulho quando fora anunciado que Courtney Smith, a atriz que a substituíra como Batgirl, também interpretaria Catherine Norland, a protagonista daquele filme.

– O que está passando no rosto dela? – Courtney perguntou a Derek, com um sorriso gigantesco.

– Hidratante – ele respondeu.

– Legal. Acho que é permitido. Não se preocupa, não estou te vigiando. Você já sabe do lance sem maquiagem, né? É muito empolgante.

Ela lançou as mãos para o alto.

– Sim! Estou tentando me controlar – Sofia respondeu.

– É muito legal que Jack tenha escolhido esse caminho. Vai agregar valor à produção – Courtney disse.

– Acho que seria melhor se o chamasse de sr. Travers. Ele prefere – Sofia comentou. – É frescura, eu sei. – Ela revirou os olhos e sorriu. – Mas, acredita em mim, ele prefere mesmo. Assim você fica entre seus queridinhos.

Courtney assentiu, com um sorriso.

– Jack está superanimado com essa história de não usarmos maquiagem. Ele quer que todo mundo pareça ter a idade que tem.

Sofia fez uma pausa, chocada, então assentiu.

– Mensagem recebida, alto e claro – ela finalmente respondeu.

– Tenho que ir. A gente se vê no *set* – Courtney disse, animada. Então saiu do *trailer*, descendo os degraus aos pulinhos.

– Preciso contar uma coisa, srta. Wentworth. – Ele chegou mais perto. – Courtney Smith está usando maquiagem.

Sofia riu e se endireitou na cadeira.

– Ela disse que não.

– Ela colocou cílios postiços, passou *primer*, corretivo, base, pó bronzeador, iluminador e tudo a que tem direito. É muito sutil, talvez ela tenha usado um aerógrafo, mas definitivamente está maquiada.

Sofia mordeu o lábio.

– Então vou entrar lá sem nenhuma maquiagem enquanto uma garota quinze anos mais jovem entrar toda produzida?

– Receio que sim – ele disse.

As preocupações iniciais de Sofia se aprofundaram. Derek pareceu acompanhá-la naquilo. Ele ficou olhando para a porta por um momento e balançou a cabeça, então tocou o braço de Sofia e falou, em um tom inocente:

– O que Courtney fez, srta. Wentworth... talvez eu também pudesse fazer. Nada demais, só uns toquezinhos.

– É contra as regras, Derek.

Ela balançou a cabeça.

Derek deu de ombros.

– Eu não sugeriria se Courtney não tivesse começado.

Sofia coçou a cabeça.

– O que tem em mente? – ela perguntou, toda inocente.

– Um pouco de maquiagem invisível – Derek respondeu na mesma voz. – Sou ótimo isso.

Ele ergueu uma sobrancelha.

Sofia fez uma careta.

– E se Courtney notar? Ela vai dizer algo, tenho certeza.

Ele balançou a cabeça e sorriu.

– Não vai nada, porque ela fez o mesmo. Se disser alguma coisa, você pode dizer também. O que prejudicará as duas.

– Não sei – Sofia disse, olhando para ele com cautela.

– Me deixa fazer isso. Quando eu terminar, Jack não vai conseguir tirar os olhos de você.

Ela não poderia dizer não àquilo. Portanto, assentiu.

Derek sorriu.

– Pode de recostar, srta. Wentworth.

Sofia obedeceu.

◆

Cerca de um mês depois de Jack deixá-la, Sofia fora de Los Angeles para Londres para fugir do escrutínio alheio. Precisava do verde da Inglaterra. Fora uma ideia estúpida, porque jornalistas de todos os tabloides acamparam diante de sua casa na cidade. Um dia, a campainha tocara e Sofia gritara para que fossem embora, mas não era ninguém da imprensa. Era um *office boy*, com um envelope mandado pelos advogados do marido. Ele havia entrado com um pedido de divórcio.

Jack não havia mencionado divórcio até então. Sofia esperava por um tempinho de separação, mas ele fora rápido. Ela havia se trancado dentro de casa e lido os documentos, chocada. Depois de três dias enfurnada em casa, sem comida, se deu conta de que poderia literalmente morrer de inanição, o que daria uma manchete das mais constrangedoras – "Queridinha de Hollywood morre de fome, sozinha em casa", ela decidiu sair para comprar alguma coisa, mas, depois do que aconteceu, se arrependeu.

Alguém informara a imprensa de que Sofia Wentworth, que havia acabado de receber os documentos do divórcio, estava comprando comida congelada na Marks & Spencer local, como uma pessoa triste qualquer. Ela só queria uma torta de carne, que pretendia comer em casa, com uma garrafa de vinho tinto, enquanto via um filme *trash* na TV, de preferência um em que todo mundo morria. Mas os abutres foram mais rápidos: quando ela chegou ao estabelecimento, os *paparazzi* pareciam uma guarda de honra alinhada na entrada.

Um fotógrafo disse algo enquanto Sofia entrava, algo que ela não se esqueceria em toda a sua vida. Então, fez algo que não costumava fazer. Reagiu.

– Me deixa comer minha torta em paz! – ela gritou para o homem que segurava uma câmera.

Por dias, todas as revistas de fofoca e os noticiários da área de entretenimento reproduziram aquelas palavras imortais. Sofia se arrependera delas no mesmo instante, mas a frase saíra de sua boca automaticamente, como uma autodefesa.

– O que ele disse? – o agente dela perguntou depois.

Sofia se recusava a repetir. Sabia que a intenção do fotógrafo fora justamente despertar uma reação, conseguir uma foto que venderia. Mas as palavras tinham ficado com ela.

– Que pena – o *paparazzo* dissera, balançando a cabeça e parecendo decepcionado. – Eu tinha o seu pôster na parede do meu quarto. Agora não me tem nenhuma utilidade.

– Pronto, srta. Wentworth – Derek anunciou.

Sofia abriu os olhos.

– O que acha?

Ela olhou para seu reflexo no espelho.

Derek tinha feito sua mágica. Os pés de galinha haviam desaparecido. Suas olheiras também. Sofia ainda parecia ela mesma, mas se sentia bonita. Ele havia apagado todas as provas, como um gênio do mal na cena do crime.

– Derek, você realmente tem um dom.

Ele sorriu.

– Só destaquei sua beleza natural – o maquiador disse.

Sofia fez uma careta e baixou os olhos para o chão, com a fragilidade retornando.

– E se Jack ainda não... – ela começou a dizer, mas não conseguiu concluir. *E se Jack ainda não me quiser?*

Derek se inclinou para ela e sorriu.

– Impossível – ele disse. Sofia sorriu e inspirou fundo. Derek tocou o braço dela. – Está pronta?

20

JANE ESTAVA AO LADO DE FRED, em uma plataforma de pedra. A estrutura abrigava uma espécie de estação que, em vez de carruagens postais, recebia um trem. Havia dois trilhos de aço no chão, que cruzavam o horizonte em direções diferentes. A visão era demais para ela. Jane olhou para oeste, depois para leste.

– O trem vem por aqui? – ela perguntou.

Fred assentiu, então dobrou as mangas da camisa até os cotovelos, um costume que Jane havia observado apenas em fazendeiros. Ela corou diante de seus braços expostos. O desconforto de antes permanecia. Ainda não conseguia olhá-lo nos olhos. Ele pareceu olhá-la, depois desviou o rosto. Então se inclinou para amarrar o sapato.

– É a terceira vez que você amarra esse cadarço. Algum problema com ele? – ela perguntou.

– Não – ele disse, rindo sem acreditar. – E não amarrei o cadarço três vezes.

– Amarrou, sim – Jane insistiu. – Na cozinha, no caminho e agora. – Fred tossiu e voltou a desviar o rosto. – O que há de errado com seu cadarço?

– Não tem problema nenhum com meu sapato, obrigado – ele garantiu. Jane o olhou com curiosidade. Muitos de seus atos a confundiam. Ela não sabia se aquela estranheza se devia ao fato de se tratar de alguém do século XXI ou se era o estado natural dele. Fred tirou um cartãozinho laranja do bolso.

– O que é isso? – Jane indagou.

– Meu bilhete – ele respondeu.

– Preciso de um desses para pegar o trem?

– Você não tem um?

Jane fez que não com a cabeça. Fred a levou para dentro de uma construção de pedra, mais ou menos no meio da plataforma.

– Uma passagem para Londres, por favor – ele disse ao homem que parecia estar sentado dentro de uma caixa de vidro.

– Cinquenta e seis – o homem disse. – Cartão ou dinheiro?

Jane sorriu.

– Cinquenta e seis xelins? Que econômico. A carruagem postal é quase uma libra. – Ela enfiou a mão no bolso da calça. Tinha pegado cem xelins do vestido de musselina branca antes de sair, caso precisasse de dinheiro em Londres. Ainda sobraria bastante.

O homem fez uma careta.

– Cinquenta e seis libras.

Jane se agarrou às grades de metal diante do vidro.

– Cinquenta e seis libras? – ela repetiu. – Que loucura é essa?

– Qual é o problema? – Fred quis saber.

– Este homem quer cinquenta e seis libras pela passagem de trem. Posso pagar para o rei da Inglaterra me levar até Londres em sua carruagem de ouro com cinquenta libras. Com ele no lugar do cavalo, digo. Não tenho esse dinheiro.

– Sem dinheiro, sem passagem – o homem dentro da caixa de vidro disse.

Jane ficou olhando para o chão, horrorizada.

Fred balançou a cabeça.

– Sério que você não tem dinheiro?

– Não uma soma dessas – Jane disse. Ela se virou para ir embora. – Acho que vou voltar pra casa então.

Fred fez uma careta.

– Não seja tola. Aqui. – Ele enfiou a mão no bolso e tirou duas notas vermelhas, ambas com o número cinquenta escrito.

– Meu Deus. É um sultão por acaso? Não posso aceitar – ela disse, com os olhos arregalados. Cem libras excediam o dinheiro que recebia ao longo de um ano todo.

Ele balançou a cabeça.

– Depois você pode me pagar de volta, se quiser.

– Não sei como eu poderia pagar uma soma dessas.

Ela se sentia duplamente mortificada.

– Depois pensamos nisso – ele disse. – O trem está quase chegando. – Ele passou as notas por baixo da vidraça. O homem devolveu um cartão laranja, como o que ela havia visto. Fred pegou o bilhete e o dinheiro e entregou ambos a Jane. – Pode ficar com o troco.

– De modo algum – ela disse, parecendo horrorizada.

– Fica – ele insistiu. – Você pode precisar dele. – Fred voltou a enfiar a mão no bolso. – E fica com esse cartão de transporte, caso queira pegar o metrô. Mas está vazio.

Jane pegou o cartãozinho azul e o estudou por todos os ângulos. Não sabia como usá-lo, mas não queria parecer uma tola, por isso o guardou no bolso, junto com as notas, as moedas e o bilhete.

– Obrigada, Fred – ela disse, grata de verdade. A generosidade dele a confundia. Suas interações anteriores tinham sido repletas de irritação, provocação e zombaria. De onde vinha aquela bondade? Por que havia lhe dado cem libras? Devia estar se sentindo mal pelo que havia acontecido naquela manhã, Jane concluiu, e por todo o resto.

Os dois voltaram à plataforma. Uma trompa soou alto, seguida pelo barulho ritmado de aço contra aço. Ela se virou para procurar a fonte do ruído. Um retângulo gigantesco e verde se aproximava pelos trilhos. Na lateral, lia-se: *Great Western Railway*. Jane pulou para atrás, assustada com sua chegada, convencida de que não poderia existir nenhuma força no mundo capaz de parar aquela coisa. Mas a coisa parou, e as portas se abriram, como se por magia. Uma multidão saiu do veículo, trinta pessoas ou mais, todas vestidas com as estranhas roupas daquela época.

Fred entrou no trem. Jane o seguiu lá para dentro. Cheirava a metal. Fileiras de assentos se alinhavam, como se estivessem em um teatro estreito. Jane localizou um lugar vago e se sentou ao lado de um homem de casaco cinza. Fred deu de ombros e foi se sentar na fileira atrás dela. As portas encantadas se fecharam sozinhas.

Abaixo de Jane, o metal voltou a arranhar o metal, fazendo o leviatã verde deixar a estação. Ela ficou olhando pela janela enquanto a paisagem se movia. O trem ganhava velocidade ao se aproximar dos limites da cidade. Casas, estradas e lojas cederam espaço às árvores e aos campos. As casas de pedra em ruínas da época da invasão normanda ainda dividiam o interior, como em 1803 e nos sete séculos anteriores.

Quando se aproximavam de Windsor, passaram por um carvalho magnífico. Jane arfou. Era a mesma árvore que havia visto da última vez que fora para Londres, embora agora tivesse uns sessenta metros de altura. Ela se perguntou sobre as coisas que não teria visto.

Jane sabia que as coisas funcionavam diferente em sua época em comparação com as que a tinham precedido. Na Idade Média, por exemplo, havia servos, pessoas eram queimadas nas fogueiras e comia-se tortas de melro-preto. Antes daquilo, uma mulher havia ocupado o trono inglês. Ela só podia imaginar que o ano de 2020 também demonstrava avanços similares em relação a 1803. Mas como exatamente o progresso humano se manifestara? Uma coisa era certa: os humanos do século XXI haviam erradicado o trabalho manual e o substituído por magia. Uma caixa de metal lavava as roupas. Outra lavava a louça. Magia fazia velas se acenderam e carruagens de aço se moverem.

Jane olhou em volta. A mulher no assento à sua frente usava apenas roupas de baixo e mantinha os olhos fixos na caixa de metal que tinha na mão. Ela a apertava e sorria, a acariciava e ria calorosamente, como se o objeto lhe fornecesse entretenimento e conforto. Ele era tratado como se fosse tão querido quanto um filho.

O objeto produziu um som como o de um sino. A mulher franziu a testa e o levou à orelha.

– Não posso falar agora. Estou no trem – ela disse, falando à caixa. Jane balançou a cabeça diante da visão, perplexa. Com quem a mulher estava falando? Depois de um tempo, ela afastou o objeto da orelha e voltou a tocá-lo e acariciá-lo.

A princípio, Jane achou que os humanos do século XXI imperavam sobre as caixas de metal. Agora, não tinha certeza. O homem que havia vendido o bilhete de trem obedecia à caixa que havia dentro de sua cabine. Quando recebera as notas, ele usara as mãos para se comunicar com a caixa, que lhe devolvera o bilhete e o dinheiro, os quais o homem repassara a Fred. Quanto mais caixas Jane testemunhava, mais lhe parecia que elas dominavam os humanos, e não o contrário.

Ela ficou tão fascinada que não sabia onde havia mais encantos para os olhos: dentro ou fora do trem.

– Você parece estar adorando – Fred disse, surpreso. – É só um trem.

– E estou mesmo! – Jane respondeu. – Vocês inventaram tantas maravilhas... Não acha?

Ele riu.

– Concordo. Mas nunca vi ninguém tão apaixonado por um trem velho e caído.

– O que vai fazer em Londres? – ela perguntou a ele.

– Tenho compromissos profissionais. E, sim, vai ser tão chato quanto parece.

– De jeito nenhum. Então tem uma profissão? Isso não me parece nada chato.

Fred riu.

– Sim, tenho uma profissão. Sou professor escolar. Ensino História e Inglês.

– Isso é maravilhoso – Jane respondeu. – Deve ter a paciência de um santo. Eu nunca conseguiria instruir crianças.

Ele deu de ombros.

– Alguns dias são melhores do que outros.

– Sua profissão lhe traz alegria?

– Alegria? – ele repetiu, com uma risada. Então pareceu refletir por um momento. – Na verdade, sim.

– Isso é ótimo – Jane respondeu, sorrindo. O desconforto com Fred permanecia, e até havia sido agravado pela vergonha de ter aceitado seu dinheiro e estar em dívida com ele. Mas tinha tantas coisas para ver e com que se maravilhar que a viagem para Londres não estava sendo tão ruim quanto esperava. Jane voltou a olhar pela janela.

◆

O trem encerrava sua viagem em Paddington, ao chegar a um terminal cavernoso.

– Vamos? – Fred perguntou, interrompendo os devaneios de Jane.

Ela olhou ao redor. Todos os outros passageiros já haviam descido, e o trem se encontrava vazio. A fera de aço havia percorrido 160 quilômetros em pouco mais de uma hora. Jane desceu do monstro verde e se juntou a Fred na plataforma. Uma placa dizia: *Plataforma 8*. Oito plataformas! Aquilo significava que pelo menos oito daquelas serpentes gigantescas rastejavam pelos campos. Jane olhou para o alto e seu queixo caiu. Havia um teto de vidro abobadado sobre sua cabeça. Pessoas corriam para um lado e para o outro ao longo das múltiplas plataformas de pedra, com trens chegando e partindo, pondo-se em movimento e parando com um chiado. Tudo se movia velozmente. Ela sentiu a boca secar de ficar tanto tempo aberta.

Fred a guiou até a saída. Os dois passaram da estação à Praed Street. Jane olhou em volta, deslumbrada com as mudanças, as novas construções de vidro e aço, as pessoas.

– Bom, eu vou para lá – Fred disse, apontando para oeste. – Consegue se virar daqui?

– Ah – Jane fez, pega de surpresa.

– Sabe aonde ir? – ele questionou, notando a expressão dela. – Posso te ajudar.

Jane não conseguia pensar em nenhuma desculpa para mantê-lo consigo. Ele nem desconfiava que ela era uma viajante de 1803 precisando de assistência para encontrar uma bruxa na Londres do século XXI.

– Sei aonde devo ir – ela mentiu, abrindo os ombros e torcendo para que a postura lhe desse confiança. – Não há necessidade de se preocupar. Tem um compromisso. Pode ir. Ficarei bem.

– A gente se encontra aqui à uma – Fred disse.

– À uma? Da tarde?

Fred confirmou com a cabeça. Ela hesitou, sentindo-se culpada. Esperava encontrar a casa da sra. Sinclair, descobrir uma maneira de reverter o feitiço e voltar a 1803. Não tinha intenção de retornar a Paddington.

– Está bem. Claro. À uma – Jane voltou a mentir, então desviou os olhos. – Adeus, Fred – disse, solene. Provavelmente era a última vez que se viam.

– Tchau – Fred respondeu e foi embora. Ela procurou tirá-lo da cabeça. Tinha chegado a Londres, e agora era hora de voltar para casa. Olhou para o céu cinza, tentando se localizar.

Jane já havia andado pela Praed Street, durante uma visita a Henry, em 1801. Algumas coisas haviam mudado desde então. Havia três caixas de aço vermelho parecendo armários de despensa à sua esquerda, cuja função ela desconhecia. Dois edifícios mais altos do que ela poderia imaginar tinham emergido da terra à sua direita. As pessoas passavam em ondas, mais do que ela já havia visto reunidas em toda a vida. Mais cores e luzes bombardeavam seus olhos do que podia suportar. Uma cacofonia de sons que não compreendia assaltava seus ouvidos, entre apitos, buzinas e assovios. Jane se orgulhava de sua educação e de seu intelecto, mas cada objeto e cada pessoa ali se movia mais rápido e fazendo mais barulho do que poderia prever. Havia um banco de madeira do outro lado da rua. Enquanto ela seguia para ele, uma buzina soou. Jane se virou. Um carro de aço imenso vinha em sua direção. Ela pulou para fora do caminho bem a tempo.

O motorista enfiou a cabeça pela janela.

– Sua idiota! – ele gritou para Jane, que deu um grito e se sentou no banco. Seus dedos tremiam do choque.

Ela precisou de um momento para avaliar a situação e suas chances de ser bem-sucedida em sua missão. Estava sozinha, no meio de Londres, precisando se localizar em uma cidade que estava duzentos anos à sua frente. Jane compôs uma lista de maneiras como poderia morrer, chegando a doze. Deixando por um momento os desafios geográficos de lado em sua jornada a leste, ela decidiu que o maior risco era de que morresse no caminho. Tentar sair do banco em que estava sentada já era um risco razoável, quanto mais tentar chegar até Cheapside.

21

DO LADO OPOSTO DA RUA, um homem de calça amarrotada se esforçava para abrir a porta de uma loja com uma das mãos enquanto segurava uma pilha de livros com a outra. Usava um casaco de lã vermelha e seu cabelo grisalho lembrava um esfregão em sua cabeça. Ele tentou segurar os livros debaixo do braço enquanto girava a chave. Os volumes caíram no chão.

Jane foi até ele.

– Permita-me ajudar – ela se ofereceu, recolhendo os livros e os devolvendo ao homem. Havia uma placa antiga e elegante cuja tinta descascava acima deles, dizendo: *Livros e Periódicos Clarke's*.

– Obrigado – o homem agradeceu, pegando os livros com Jane. Outro volume escapou de seu braço. Ela o pegou antes que fosse ao chão. – Boa! Entre, por favor.

Ele a conduziu para dentro da loja. Jane ficou deslumbrada com a visão. Tratava-se de um espaço pequeno, do tamanho de um quarto, mas o homem havia tirado máximo proveito dele. As estantes iam do chão ao teto. Livros transbordavam de todas as prateleiras e chegavam ao piso, em gloriosos rios de vermelho, azul e amarelo. Colunas gregas de romances se erguiam verticalmente. Parecia uma caverna, ou uma capelinha subterrânea, consistindo inteiramente de livros. Um bafo quente preenchia o espaço, que cheirava a tinta e madeira.

– Uma livraria! – Jane exclamou. Nunca havia entrado em um estabelecimento dedicado àquele propósito.

O homem riu.

– Sim – ele disse, vendo Jane olhar admirada para a loja. – Quer levar um?

– Não, obrigada. – Jane passou os olhos pelas estantes, com inveja. Fazia três dias que não lia nada, e estava acostumada a ler um livro por dia. Estava sedenta por literatura. Mas livros eram caros, e ela precisava guardar o dinheiro que Fred havia lhe dado.

– Eu quis dizer de graça – o homem ofereceu, como se compreendesse sua hesitação. – Como agradecimento por ter me ajudado. Meu nome é George. – Ele estendeu a mão para ela. Jane ainda estava se acostumando ao fato de que desconhecidos se chamavam pelo primeiro nome, mas sorriu. Ele tinha o mesmo nome do pai dela.

– Jane – ela disse, apertando a mão dele. Sua pele era macia como a de um senhor de idade, como a do pai de Jane. – Agradeço sua bondade, mas não posso aceitar.

– Pode e deve, porque impediu que um tesouro morresse na lama. – Ele ergueu um dos livros que ela havia resgatado: *Tess dos D'Urbervilles*. – É a segunda edição. Você gosta de ler?

– Sim. – Jane passou os olhos pelo conteúdo da estante mais próxima. Não reconhecia nem um título a cada dez. A visão a deleitou. Em geral, quando entrava em uma biblioteca, ela constatava que já havia lido tudo o que havia. Mas, agora, precisaria de anos para cobrir todos aqueles volumes.

– Do que gosta? Ficção? *Thriller*, ficção científica, histórias de amor? Jane foi atiçada pela curiosidade.

– Ficção científica?

Ele a levou a uma estante próxima à janela. Os livros tinham capas finas e coloridas, em tons que Jane não reconhecia.

– Já leu este?

George entregou a Jane um livro chamado *Duna*.

Ela fez que não com a cabeça.

– Li pouco nesse gênero.

– É um clássico – George comentou, com um sorriso. Havia uma poltrona de aparência aconchegante nos fundos da loja, com couro verde e desgastado no assento e nos braços. – Fique à vontade para se sentar e ler o quanto quiser. Assim me faz companhia.

Jane se animou. Em vez de ficar sentada no banco, remoendo seu fracasso, podia ficar naquela loja do século XXI, lendo um livro.

– O senhor... tem algo de Jane Austen? – ela perguntou, em um impulso.

– Claro. Mas não aqui em ficção científica.

George a conduziu para o outro lado da loja, onde uma placa pintada à mão dizia *Clássicos*. A antecipação e o nervosismo tomaram conta de Jane. Ele entregou um livrinho para ela. A capa de tecido vermelho tinha desbotado até um tom de laranja. Letrinhas douradas adornavam a capa. *Orgulho e preconceito, de Jane Austen*. Ela passou a mão pelo título.

– Acho que é a sétima edição. Impressa em 1912.

Jane assentiu, mas não disse nada. Estava enfeitiçada pelo objeto em suas mãos. Abriu o livro. A lombada crepitou levemente, e um cheiro glorioso de amêndoas se fez notar. As páginas pareciam rígidas, como se alguém as tivesse deixado para secar ao sol.

– Consegui com uma escola em Walthamstow – George contou. – Estavam renovando a biblioteca. A julgar pela aparência, o pobrezinho passou por poucas e boas.

Jane foi para a folha de rosto. *Propriedade de Hilary Dawe, 12F*, alguém havia escrito no canto. Ela se concentrou naquele detalhe.

– Quem é essa pessoa? – perguntou a George, apontando para a inscrição.

– Uma aluna, imagino. Faz parte do currículo.

– Do currículo?

– *Orgulho e preconceito* é ensinado nas escolas. Você não leu?

Jane inspirou fundo e segurou o livro com mais força. Revirou o cérebro atrás de uma resposta adequada.

– Talvez tenha lido. Posso ter me esquecido.

– Acho que todas as crianças da Inglaterra leem Jane Austen antes de se formar.

Todas as crianças da Inglaterra. Jane olhou para ele.

– E acredito que muitas crianças nos Estados Unidos também.

– Onde?

– Na América – ele respondeu.

Jane ficou olhando para George até que seus olhos secaram e ela teve que piscar. Sua posição naquele novo mundo, naquela livraria que fosse, adquiriu outra dimensão. Quantas pessoas a conheciam? Quantas haviam lido seus romances?

Ela fechou o livro e voltou a ler a capa. O que era o orgulho e o preconceito do título? Estava muito curiosa para saber o que havia escrito. Seu estilo tinha mudado? Talvez agora, em vez de farsas interioranas, ela escrevesse sobre piratas, piratas orgulhosos. Aquele era o motivo de sua ampla fama? Jane virou a página para começar a ler. Cobriu o primeiro parágrafo, depois o segundo. Soltou o ar.

Não encontrou nenhuma história sobre piratas. Não era um novo estilo que adornava aquelas páginas, nem mesmo uma nova prosa. Não eram palavras diferentes que viria a escrever no futuro, caso conseguisse voltar à sua época. Ela já as havia lido antes, muitas e muitas vezes. O livro que tinha em mãos contava a história de uma jovem espirituosa e inteligente, mas pobre, que rejeitava a oferta de casamento de um dos homens mais ricos da Inglaterra por causa da péssima opinião que havia formado a seu respeito quando se conheceram. Tratava-se de *Primeiras impressões*, o romance que Thomas Cadell rejeitara e que a mãe jogara na lareira. De alguma forma, as palavras tinham chegado a um editor mais simpático, ou com gosto melhor. E haviam encontrado tamanha ressonância que agora eram ensinadas nas escolas. Algo que Jane só conseguia descrever como fogo penetrou em suas veias.

Só Deus sabia o que George estava achando de tudo aquilo. Dificilmente deduziria que a pessoa segurando o volume desgastado era a autora das palavras contidas nele, depois de viajar no tempo. Era provável que visse uma mulher respirando, suspirando e indo de um lado para o outro.

– Gostou? É seu – ele disse.

– Não posso aceitar – Jane respondeu.

– Claro que pode – George insistiu. – Qualquer pessoa que tenha uma reação dessas a um livro precisa ficar com ele pra sempre. Faço questão.

Jane passou os olhos por outros títulos na estante. *Obras reunidas de Shakespeare* estava ao lado da *Trilogia tebana* de Sófocles. *Contos da Cantuária* estava ao lado de seu próprio romance. Ela balançou a cabeça. Seus livros estavam entre os livros de gigantes. Jane teve que suspirar e andar de um lado para o outro de novo.

– Tenho outros livros de Austen.

George tirou outro volume da estante. *Mansfield Park.*

Jane selecionou uma página e a devorou. Aquele romance era ainda mais empolgante do que o anterior. Ela observou seu próprio estilo enquanto lia: suas frases e seus gracejos se destacavam na página, muito diferentes das aventuras e dos romances de seus contemporâneos, a quem tentara imitar, embora suas próprias palavras acabassem se impondo, por pura teimosia. Embora reconhecesse seu estilo, não reconhecia a história. Concentrava-se em uma jovem chamada Fanny, que, de novo, era esperta, mas pobre, e parecia viver sob a tutela de conhecidos ricos. Jane leu três páginas rapidamente. Ela se sentou para ver o que escreveria, pronta para consumir o livro todo.

– Quer um chá? – George perguntou. – Fico feliz em ter uma leitora tão ávida aqui.

Jane aceitou com um sorriso. Como era empolgante ler algo que ainda não havia escrito. Ela voltou à primeira página e começou:

Cerca de trinta anos atrás, a srta. Maria Ward, de Huntingdon, que possuía apenas sete mil libras, teve a sorte de cativar Sir Thomas Bertram, de Mansfield Park...

Com as palavras ainda penetrando sua mente, ela fechou o livro, tão rápido quanto o havia aberto, então se levantou.

– Está tudo bem, Jane? – George indagou. Ela olhava para o chão. Apesar de empolgante, preferia passar sem aquilo. Como poderia ler algo que ainda não havia escrito. Não podia ser bom. Ficar sentada ali, parabenizando a si mesma por um livro em que ainda não havia trabalhado, não era apenas arrogante, mas também perigoso. Só havia um modo de escapar daquilo: encontrar o caminho de volta para sua própria época e escrever aquele livro. Jane devolveu o romance a George.

– Não quer levar? – ele perguntou.

Ela fez que não com a cabeça, educadamente, depois tirou um pedaço de papel do bolso.

– O senhor conhece este lugar?

George leu o endereço.

– EC2? Conheço, sim.

– Há outra maneira de chegar lá que não andando?

– Sim, se quiser.

Jane sorriu.

– Como?

– Você pode ir de metrô.

22

SOFIA ENTROU NO *SET*. Um assistente de câmera sorriu ao vê-la passar, o que a agradou, e uma assistente de produção a cumprimentou e a acompanhou. No entanto, precisou se afastar de seus sorrisinhos em aprovação quando avistou o homem que havia amado quase desde o momento em que o vira sentado do outro lado.

Jack parecia concentrado enquanto lia a programação do dia, sentado na cadeira de diretor. Ela o avaliou. Cinco meses de distância não tinham maculado sua estrutura óssea de protagonista, e seu cabelo continuava volumoso como sempre, embora já tivesse 40 e tantos anos. Jack parecia mais uma estrela de cinema do que um diretor. Devia estar de *smoking* em um jatinho particular, em vez de sentado no *set*, usando uma camisa bege. Sofia inspirou fundo. Aquela seria a melhor parte de seu dia, antes que ele a visse. Ela podia ficar olhando para seu rosto lindo e fingir por um segundo que os dois continuavam juntos, que iam se encontrar e tomar um café. Estava velha demais para agir daquela maneira infantil, para se deixar dominar por aqueles desejos juvenis, mas o amor nunca envelhecia. Ela sentiria o mesmo aos 80 anos.

Sofia notou os cochichos em volta. O pessoal da iluminação e da parte elétrica observava e apontava. Aquilo daria uma boa história: o artista e sua musa reunidos para o terceiro ato de um conto de fadas.

Jack tirou os olhos da papelada, depois voltou a baixá-los. Então ele se virou para trás, e os olhos de ambos se encontraram. Sofia procurou controlar o coração. Sorriu casualmente e tentou não inspirar fundo demais. Jack se levantou da cadeira e foi até ela. Sofia levantou a saia e fez o mesmo. Os dois se encontraram no meio do caminho.

– Oi – Jack cumprimentou, sem sorrir.

Sofia fez uma pausa, surpresa.

– Oi – ela respondeu então, torcendo para que parecesse estar no controle.

– Alguém devia ter informado que ainda não precisamos de vocês. Não estou feliz com a luz para Courtney. – Ele fez uma pausa, depois prosseguiu. – Não vi a 2K sendo descarregada hoje de manhã. Já disse que quero flare em todas as tomadas.

Sofia fez uma careta. Aquelas eram as primeiras palavras que saíam da boca dele, quando fazia cinco meses que não se viam – um cumprimento genérico e comentários sobre a produção? Ela procurou manter a calma. Não se tratava dela, e sim de trabalho. Concentrou-se na questão. A ansiedade de Jack estava claramente a toda. O flare era um efeito de luz que garantia belas imagens, mas que implicava em um visual comercial que não combinava com qualquer filme, muito menos com aquele. *A abadia de Northanger* devia ter uma pegada gótica, com muitas sombras, que a direção de fotografia saberia como criar. O flare faria cada tomada parecer uma propaganda *hipster* de refrigerante. Sofia temeu por Jack, mas aquilo também a deixava feliz: seria possível que a perspectiva de vê-la causara nele aquela confusão? Devia dizer algo a respeito? Não. Ela preferiu ser indulgente e ajudá-lo.

– Claro. Tudo com flare então – Sofia concordou. – Vou falar com alguém.

– Quê? Não, eu estava falando com ele – disse Jack, com uma risada dura, apontando para o assistente de câmera atrás de Sofia, que acoplava uma lente a uma câmera preta e grande.

– Claro – Sofia disse, sentindo-se tola. O assistente sorriu e se afastou. – Como você está? – ela perguntou a Jack, tentando manter a animação na voz.

– Ocupado – Jack respondeu. – Cortaram duas locações. Foi o John, o produtor executivo nos Estados Unidos, tenho certeza. Ele está pegando no meu pé. Se ficar parecendo que o filme foi feito para televisão, a culpa não é minha.

Sofia assentiu, com a mente acelerada, esperando que ele perguntasse como ela estava. Procurou não deixar que aquilo a incomodasse.

Jack sempre era daquele jeito nas filmagens: abrupto e focado no trabalho.

◆

Sofia tinha 25 anos quando conheceu Jack Travers. Fora escolhida como a Batgirl do filme que viria a deixá-la famosa, e ele havia assinado para dirigir o filme. No primeiro dia de ensaios no *set*, Jack a ignorou. Ele se dirigia a Peter, o ator que interpretava o Batman, calorosamente, conversando com ele sobre beisebol e brincando de desferir golpes de boxe contra seu corpo gigantesco.

Para Sofia, ele não disse nada.

Quando ela lhe perguntou algo sobre a personagem, Jack pediu licença e foi ao banheiro. Enfurecida, ela se negou a aceitar aquilo. Depois de uma semana sendo ignorada, Sofia fez algumas perguntas, descobriu o endereço do diretor e pegou um táxi até a casa dele, que ficava no alto de Hollywood Hills.

Ela bateu na porta da frente.

– Qual é o seu problema? – Sofia disparou assim que ele abriu.

Jack a olhou de cima a baixo, parecendo genuinamente chocado.

– Qual é o meu problema? – ele perguntou, com um sorriso sombrio. – Quanto tempo você tem?

Ele deixou que ela entrasse. O lugar lembrava uma gravura gigante de Escher, uma casa onírica com quatro andares e inúmeras alas. Jack lhe ofereceu uma dose de uma bebida cuja garrafa lembrava uma escultura de gelo, a qual serviu em copos de cristal com fundo de ouro maciço. Sofia riu diante do absurdo daquilo. Havia crescido em um chalé de três cômodos em Somerset.

– Meu problema é que não tenho a menor ideia do que estou fazendo – ele disse, enquanto a servia.

Sofia quase cuspiu o uísque na bancada geométrica de mármore.

– Do que está falando? – ela perguntou, rindo.

– Não tenho a menor ideia de como dirigir um filme – ele respondeu. Sofia avaliou sua expressão e notou que parecia angustiada. – Só estive duas vezes em um *set*. Primeiro, visitando meu pai. Depois, dirigindo *Últimas fichas*.

– O que é *Últimas fichas?*

– Meu curta – ele disse, abrindo o peito.

– Nunca ouvi falar.

– Ganhou uma porção de prêmios – Jack argumentou. Ele se serviu um copo e brindou com Sofia.

Ela retribuiu o brinde, com educação, e continuou a avaliá-lo. A bebida suave e cremosa desceu por sua garganta e a aqueceu por dentro. Homens poderosos sempre tinham as melhores bebidas.

– Desculpa, mas como é possível que você só tenha estado em dois *sets?* – ela perguntou, voltando a rir. – Já estive em... – Ela fez uma conta rápida. – Sete só neste ano. E ainda estamos em junho.

– Metida – ele disse. – Foi meu pai quem me conseguiu este trabalho.

O pai de Jack era Donald Travers, da realeza de Hollywood dos anos 1970. Ele era detentor de um Oscar de melhor direção e, pelo que Sofia ouvira, era uma das pessoas mais desagradáveis e arrogantes da indústria.

Ela ergueu uma sobrancelha.

– O orçamento do filme é de 85 milhões de dólares. Como podem... – Ela balançou a cabeça. – Esquece.

Sofia viu Jack tomar outro gole da bebida. A mão dele tremia. Ela não conseguia tirar um sorrisinho surpreso do rosto, mas precisava ajudá-lo. Recusava-se a deixar que sua estreia hollywoodiana fosse arruinada por um diretor em meio a um colapso nervoso.

– Vou te contar um segredinho, sr. Travers – ela disse. – A direção é o trabalho mais fácil no *set*.

– Como assim? – ele indagou, com desdém.

– Trabalhei em um programa de TV infantil, na Inglaterra. O diretor até era gente boa, mas bebia demais e uma vez chegou a pegar no sono no *set*. Tentamos acordar o cara, mas não conseguimos. Estávamos horas atrasados em relação à programação, e a produção mandou que seguíssemos em frente. Então seguimos. A assistente de direção marcou as tomadas que faltavam, os câmeras filmaram, os atores atuaram. Fizemos tudo sem diretor. E chegamos em casa antes da hora. O episódio ganhou um Bafta. Este filme tem um bom roteiro, muito melhor do que as porcarias a que estou acostumada. E o elenco é bom, claro. Então você nem vai precisar fazer muita coisa. Pessoas de alto nível na fotografia e na assistência de direção são tudo de que precisa pra dirigi-lo. Com isso, só vai precisar dizer o que quer comer no *set*.

Jack ficou olhando para ela por um bom tempo.

– Você está bem? – ela quis saber, porque ele não disse nada.

– Quem é você? – Jack finalmente perguntou, encarando-a com uma expressão maravilhada. – Como sabe tudo isso? É bonita demais pra saber tudo isso.

Eu vivo e respiro isso, ela pensou, mas não disse nada.

Sofia realmente amava tudo aquilo, as batalhas no *set*, o suor e as lágrimas. As pessoas se preparavam para as filmagens como se fossem para a guerra. Quando era pequena, ia até a videolocadora e alugava um monte de filmes de uma vez só. Via todos da sexta à noite até a segunda de manhã, com as cortinas fechadas. Devorava os clássicos, os filmes da *nouvelle vague*, os trabalhos dos mestres russos e dos gigantes italianos. Achava graça no fato de que sua aparência não refletia seu interior, de que seu exterior não revelava seu cérebro. Mas, pensando nas pessoas que conhecia, quando aquilo era verdade?

Quando olhou para o rosto de Jack, percebeu que ele ainda a encarava, de um jeito que sabia que indicava desejo. Sofia retribuiu seu olhar e engoliu em seco. Jack era muito bonito. Por um segundo, ela se sentiu intimidada, mas então se lembrou de que também era muito bonita. Sofia reparou nos olhos azuis e suaves dele, em seu rosto sorridente. Mordeu o lábio.

No dia seguinte, no *set*, Jack demitiu o diretor de fotografia, um homem mais velho e sarcástico que minava seu trabalho. Por recomendação do agente de Sofia, ele foi substituído por alguém jovem vindo da Alemanha, que acabara de ganhar um prêmio na Europa. Jack também substituiu seu assistente de direção por uma mulher muito profissional, indicada pela própria Sofia. Ambas as pessoas continuaram trabalhando nos filmes dele. E Sofia se tornou sua consultora e sua amiga.

Eles não se beijaram naquela primeira noite na casa de Jack – mal se tocaram a noite toda. Passaram horas conversando sobre cinema, e, quando ela finalmente chamou um táxi e se despediu do diretor, sabia que tinham dado início a algo muito maior do que um filme. Ao longo dos meses, Sofia se apaixonou perdida e desesperadamente. Ela não tinha nenhuma recordação daquela época em que não estivesse na companhia dele. Claro que penteava o cabelo, lavava a roupa e respirava, mas era como se o HD de seu cérebro tivesse decidido que aqueles momentos eram insignificantes, irrelevantes para o sistema operacional, e deletado tudo. O que restava daquela época era Jack sorrindo para ela, rindo com ela e finalmente a beijando.

◆

A lembrança do primeiro encontro dos dois foi interrompida por um ruído de mastigação. Jack havia enfiado o último pedaço de uma barrinha proteica na boca. Era da marca americana de que ele gostava – talvez a produção tivesse importado uma caixa inteira para ele. Jack mastigou, depois soltou o ar com um arrotinho e cobriu a boca com o punho cerrado. Aquilo ao mesmo tempo enojava e reconfortava Sofia: ela nunca o tinha visto arrotar diante de alguém que não conhecesse. Pelo menos, naquele ato repulsivo e íntimo, ele ainda a tratava como se estivessem juntos.

Sofia tentou pensar em algo que o fizesse se sentir melhor, que o distraísse dos problemas do trabalho.

– Como está o Aston Martin? Sentindo minha falta? – ela indagou.

Os olhos dele se acenderam, e ele deixou o celular de lado.

– Levei pra um detalhamento automotivo em uma oficina em Los Feliz. Você tem que ver os aros.

Jack falou demoradamente sobre o novo escapamento e como o motor estava ronronando. Sofia suspirou, feliz por ainda saber quais eram as paixões dele. Ela assentia e sorria enquanto Jack falava, vibrando e dando pulinhos internamente, por tê-lo só para si por alguns minutos.

Então Courtney se aproximou.

– Oi, pessoal – ela disse, então pareceu reparar em algo e apertou os olhos para Sofia, avaliando-a de diferentes ângulos.

Sofia engoliu em seco, lembrando-se do extenso e secreto trabalho de restauração que Derek havia realizado em seu rosto. Courtney abriu a boca, e Sofia se preparou para a delação, para ter sua maquiagem natural revelada diante de todo mundo. Mas Courtney fechou a boca e não disse nada, talvez depois de ter pensado melhor. Sofia soltou o ar, aliviada. Teria que se lembrar de agradecer a Derek depois, não só por ser um mago da maquiagem, mas também por sua fina compreensão das relações entre atrizes.

Courtney sorriu para ela, optando por uma tática diferente.

– Desculpa, Sofia, mas você não se importa, não é? – Ela apontou para o chão. – Está no meu lugar. Não estamos atrasados?

– Ah, nossa, desculpa. Claro – Sofia disse.

– Entende, Sofi? Estamos ocupados – Jack disse. – Temos muito trabalho a fazer.

– Claro! Nos falamos depois – ela respondeu, rapidamente. De repente, sentia-se tola, uma criança de 38 anos. Sua vontade era de lembrar a todo mundo que fazia mais de quinze anos que trabalhava no mundo do cinema. Um técnico a acompanhou para fora da área de gravação.

Sofia se sentou e ficou assistindo ao ensaio. Depois de um minuto, Courtney olhou para ela.

O técnico retornou.

– Desculpa, mas essa é a cadeira da srta. Smith – ele disse a Sofia.

– Ah, tudo bem. – Sofia se levantou. – Qual é a minha cadeira? Já vou pra lá.

Ele ficou olhando para ela, depois olhou em volta.

– Você não tem cadeira – o técnico respondeu, parecendo aterrorizado.

Ela olhou em volta e constatou que ele falava a verdade. Havia quatro cadeiras perto dos monitores, cada uma com um nome escrito em letras brancas nas costas. Em uma se lia *Courtney Smith*, em outra, *Jack Travers*, e nas últimas duas estavam os nomes de produtores. Nenhuma delas era de *Sofia Wentworth*.

– Mas não se preocupe, eu pego uma! – O técnico saiu correndo e voltou com uma cadeira, melhor do que as outras, de couro e com rodinhas. Sofia sorriu para ele.

– Obrigada.

Mas ela não se sentou, preferindo voltar ao *trailer* da maquiagem.

Um constrangimento quente e nauseante fervilhava dentro dela. Sentia sua nuca coçando e suando. Talvez o saco de papel continuasse por ali, e ela pudesse respirar dentro dele. Sentia-se uma idiota, fazendo o tipo apaixonada, tentando recuperar seu casamento em um *set* de filmagem. Não teria problema se funcionasse, mas Jack nem dera atenção a seus esforços. Parecia concentrado demais no trabalho, como deveria estar. Sofia saiu da área de gravação e deu de cara com Jack, lendo sua papelada sozinho, ao lado de um monitor menor. Ela se xingou mentalmente por ter escolhido aquele caminho para ir embora e tentou evitá-lo, mas ele já a tinha visto.

– Aonde vai? – Jack perguntou.

Sofia engoliu em seco e tentou parecer despreocupada, embora sua vontade fosse de chorar.

– Ao *trailer* de maquiagem – ela disse, com leveza. – É mais agradável lá. Me sinto em casa – Sofia brincou.

Jack assentiu e voltou a olhar para a papelada. Ela disfarçou e seguiu em frente.

– Sofia – ele a chamou, quando ela estava indo embora.

Ela se virou para Jack.

– Você está ótima.

Ele tinha erguido o rosto, de modo que seus olhos se encontraram. Jack abriu um sorriso que Sofia reconheceu de imediato: era o sorriso que ele costumava dar na época em que se conheceram, um sorriso torto de canto de boca, caloroso e fofo. De repente, Jack pareceu dez anos mais jovem e cheio de energia.

– Ah, obrigada – Sofia respondeu, tão casualmente quanto pôde. Então lhe deu as costas e foi embora. Esperou até estar longe o bastante para se permitir sorrir. Não sabia se Derek costumava receber gorjetas volumosas das pessoas que maquiava, mas naquele dia receberia.

23

JANE TENTAVA CONQUISTAR LONDRES. Ela se aproximou de uma cripta feita de metal e tijolos, com uma placa na entrada em que se lia: *Metrô*. Pegou o cartão azul que Fred havia lhe dado mais cedo. Um homem dentro de uma cabine pegou quatro libras do dinheiro que lhe restava e de alguma forma as colocou no cartão, ou foi o que disse. Ele apertou os olhos para Jane quando ela perguntou:

– Quanto tempo leva esse metrô?

O homem só soltara o ar e explicara de maneira burocrática como usar o cartão:

– Encosta o cartão no círculo. A catraca vai abrir. – Ele foi deliberadamente lento, como se falasse com uma inválida, pelo que Jane era grata. – Pega a linha marrom, desce em Oxford Circus e passa pra linha vermelha. Por ali – ele disse, apontando para um túnel. – É sua primeira vez em Londres? – o homem perguntou, com um sorriso.

– Faz um tempo que não venho – Jane respondeu.

Ela seguiu pelo túnel, à procura do tal círculo que ele havia mencionado. Não sabia muito bem de que tamanho era. De uma frigideira? De uma moeda de uma libra?

Jane chegou a uma fileira de cercas de metal. Em uma havia um círculo amarelo, do tamanho da palma da mão de um homem. Ela colocou o cartão no círculo. Um portão entre duas partes da cerca se recolheu magicamente, convidando Jane a entrar. Ela se apressou. O portão se fechou em seguida, fazendo barulho, e ela protegeu o traseiro, por instinto. Lembrava como um portão de fazenda com molas, que parecia ter vida própria, abrindo e fechando de acordo com sua própria vontade. Ela soltou o ar, aliviada por não se ver pega em suas mandíbulas.

Mais pessoas entraram pelos portões maníacos atrás dela. Um homem não teve sorte: o portão se fechou antes que tivesse passado. Ele bateu a frente do corpo contra o metal e revirou os olhos. Então xingou e foi reclamar com um homem uniformizado. Os medos de Jane se redobraram. Nem mesmo as pessoas do século XXI eram páreo para aqueles portões caprichosos. Ela ergueu os olhos para uma placa com um labirinto desenhado. Outra placa anunciava a Linha Bakerloo, com um trajeto em marrom embaixo. Jane se lembrou das instruções do homem na cabine e seguiu a placa. Enquanto estremecia por não saber o que a aguardava, um rio de corpos a pegou em sua corrente, e ela foi puxada pelo túnel, sentindo que seus pés mal tocavam o chão.

As pessoas à sua frente pareciam caminhar até desaparecer, embora se deslocassem devagar demais para estar caindo. Jane se aproximou da área com medo e arfou diante da visão das pessoas descendo em escadas que se moviam sozinhas. Ela parou e ficou só olhando. As pessoas embarcavam naquela máquina bestial com uma aparente indiferença. Havia dentes de aço enormes na beirada de cada degrau. As mandíbulas prateadas brilhavam à temível luz amarela do túnel, como as presas bem alinhadas de um animal metálico. Como as pessoas evitavam que a escada as comesse? Ela fez uma pausa, prendeu o ar e entrou em uma. Tinha um degrau em mente, mas por um erro de cálculo caiu no que um senhor de paletó xadrez já ocupava.

— Com licença! — ele disse.

— Desculpe, senhor — Jane disse. — Não sou daqui. — Ela passou para o outro degrau. — Isso é um perigo.

Era uma longa descida de escada, Jane ia se encontrar a uns dez metros sob a terra. Ela olhou para baixo. A escada acabava mais à frente, com os degraus se achatando e desaparecendo no solo. De novo, Jane teve medo de ser devorada. As pessoas mais adiante saíam da escada sem nem olhar.

— Aqui vamos nós — Jane disse ao senhor. Ela inspirou fundo, e os degraus se nivelaram. Então fechou os olhos e saiu para a terra firme. – Parabéns a todos! – ela disse para o pessoal que estava à sua frente. O senhor balançou a cabeça. Os outros a ignoraram e seguiram em frente.

Jane seguiu as placas para a linha marrom e chegou a uma plataforma subterrânea. Um trem vermelho e branco, menor que o trem de Bath, parou. As portas se abriram como seres sencientes, igual às outras. Jane entrou e se segurou em um mastro que ia do teto ao chão. As portas se fecharam. O trem deixou a plataforma e entrou em um túnel, de modo que só se via escuridão pelas janelas.

Ela ficou olhando para as pessoas. De novo, quase todas pareciam possuir uma caixinha fina e retangular, para a qual ficavam olhando. Elas sorriam para as caixinhas, chegando até mesmo a rir para elas e venerá-las. Jane balançou a cabeça, curiosa quanto às maravilhas que aqueles retângulos diminutos continham. Quando olhou para uma, notou que uma produção teatral se dava dentro dela. Ficou estupefata e aterrorizada. Atores reduzidos a proporções minúsculas gesticulavam e falavam uns com os outros de dentro da tela. Jane balançou a cabeça e se afastou, tomada pelo choque. Mais magia. Agora compreendia por que as pessoas prestavam tanta atenção àquelas caixinhas encantadas.

Depois, ela passou a avaliar os rostos. Ou o trem estava cheio de floristas ou ninguém mais considerava pintar o rosto como algo obsceno. Uma mulher com um casaco cheio de manchas pintava a boca de vermelho. Outra lia um romance com os olhos delineados em preto, como Cleópatra. Outra ainda estava com o colo exposto. Um homem em um traje de noite listrado olhou para elas, depois voltou a se concentrar em sua caixinha retangular. Como as mulheres e os homens interagiriam no século XXI? As coisas haviam mudado? O casamento ainda era o objetivo? Antes que ela pudesse se aprofundar em seu estudo antropológico, o trem chegou à estação Oxford Circus. Jane saiu.

Assim que o fez, desejou poder voltar à segurança e ao calor do trem. O caos a recebeu, com mais pessoas fazendo barulho e fluindo pelo espaço confinado do que parecia humanamente possível. Corpos empurravam para sair e entrar nos vagões, para atravessar as plataformas de pedra em todas as direções, como ratos fugindo de um navio afundando. Enquanto Jane olhava para o alto, em busca de placas, o mar de gente a conduzia para frente, independentemente de sua vontade. Ela viu uma placa no alto com uma linha vermelha e lutou para se livrar da onda fervilhante de corpos e segui-la.

Precisou pegar outras duas escadas móveis, correndo grande risco, e atravessar outro túnel para chegar à linha vermelha. Um trem parou. Jane entrou e achou um assento. Antes que tivesse tempo de recuperar o fôlego, o trem chegou à estação St. Paul's, e ela se animou. Soltou o ar, perplexa com o ritmo e os barulhos, o calor e as pessoas. Pegou outra escada móvel, agora subindo. Voltou a encostar o cartão no círculo, saiu pelo portão e deparou-se com a luz do dia.

Assim que seus olhos se acostumaram, Jane viu a fachada da St. Paul's. A catedral parecia irromper do solo à sua frente, como uma flor. A estrutura barroca permanecia igual à última vez que Jane a vira, e por um momento ela pensou estar de volta a 1803. Então Jane se virou e descobriu que monstros de vidro e aço agora a cercavam de todos os lados. Carruagens vermelhas gigantes, de dois andares, conduziam dezenas de pessoas pelas ruas. Monstros sem cavalo iam de um lado para o outro, subindo e descendo as ruas, soando buzinas alarmadas e angustiantes.

Se por um momento ela pensara que estava de volta a seu próprio mundo ao ver a St. Paul's, o equívoco se desfez assim que o próximo edifício a atraiu. Ela tinha um buraco no estômago de tanta fome, e seguiu em direção ao cheirinho de pão quente que saía de suas portas.

Acima da entrada, letras brancas brilhantes diante de um fundo laranja anunciavam: *Sainsbury's*. Portas de vidro mágicas se abriram quando ela se aproximou. Seu nariz seguia o aroma do pão doce e quente, mas seus olhos estavam mais preocupados com a exibição mais grotesca e abundante de comida que já havia presenciado. Havia uma espécie de mercado lá dentro, como o que em seu mundo ocorria na Stall Street, mas pelo menos dez vezes maior. Em uma direção, um campo de frutas e vegetais exóticos parecia se erguer do chão. Uma montanha de laranjas se projetava de uma caixa de madeira gigante.

Jane só tinha visto uma laranja uma vez, ao lado da rainha Elizabeth, em uma pintura. Maçãs que deviam ter sido colhidas de mil árvores se erguiam em outro monte descomunal. Cúpulas de alface completavam a paisagem. Caixas de gelo enormes estavam lotadas de alto a baixo de embalagens de papelão, cada uma com um título em italiano. *Bellissima Pizza*, uma dizia. E vitrines exibiam fileiras de hadoque, salmão e criaturas marinhas que Jane só conhecia dos livros, como polvo, caranguejo e lagosta.

Havia corredores de prateleiras um depois do outro, com caixas e pacotes contendo alimentos secos, biscoitos, garrafas, molhos e grãos. Jane escolheu um corredor aleatório. Seus olhos foram assaltados pela visão de pelo menos cinquenta quilos de açúcar em pacotes coloridos, em uma parede de doçura. Se antes restava alguma dúvida de que aquilo tudo era real, agora Jane tinha certeza de que havia viajado no tempo, porque nem mesmo em suas fantasias mais desvairadas conseguiria imaginar uma variedade de comida em tais proporções. Ela precisava se sentar.

– Posso ajudar com alguma coisa? – uma mulher de camisa laranja perguntou.

– O que é isso? – Jane perguntou, apontando para o peito da mulher, onde havia uma plaquinha com um nome.

– Este é meu crachá. Meu nome é Pam.

Jane ficou surpresa com a brevidade e a rapidez da apresentação. Agora, as pessoas usavam plaquinhas com o nome na roupa e se apresentavam diretamente.

– Por que não tem ninguém protegendo o açúcar? – ela perguntou a Pam, sem entender. A mulher a olhou com curiosidade. Jane avançou mais um pouco pelo corredor. – E de onde vem todo esse leite? Onde estão as vacas?

Pam olhou para a caixa de gelo cheia de garrafas de um líquido branco e cremoso.

– Sinceramente, não sei. Nunca me perguntaram isso.

Elas voltaram para onde estava o açúcar. Jane estava em *El Dorado*, a cidade do ouro, a terra do leite e do mel, mas seu nome era Sainsbury's.

– Pam, você é genial – Jane disse. – Deve ter abolido a fome com esse mercado interno. – Pelo menos quatro crianças haviam morrido de fome em Bath no mês anterior. Jane sabia daquilo porque o pai havia batizado cada uma delas antes que morressem. – Agora há comida para alimentar a todos.

– Bom, as pessoas ainda morrem de fome – Pam disse.

Jane se virou para ela, surpresa.

– Como isso é possível?

– Não por aqui – Pam explicou, balançando a cabeça. – Mas ouvi dizer que tem crianças morrendo de fome no Iêmen, pobrezinhas.

– Como isso é possível? – Jane repetiu. Ela pegou um saco de açúcar.

Pam deu de ombros.

– As pessoas não mudam.

Jane suspirou.

– É uma mulher sábia, Pam. Quanto custa o açúcar?

– Cinquenta centavos o saco – Pam respondeu.

– Tenho o bastante? – Jane perguntou, mostrando o que lhe restava de notas e moedas. Pam assentiu. Jane tinha resistido a comprar um livro, mas seria tolice passar por aquela abundância de açúcar sem comprar um pouco. – Vou levar um saco.

Jane ofereceu o dinheiro a Pam, que olhou com curiosidade para ela.

– O pagamento é na saída. No caixa.

Pam mostrou a Jane como comprar o açúcar. Jane presenciou mais caixas prateadas, ruídos de campainha, caos e confusão, mas, finalmente, juntas, elas concluíram a transação. Pam guardou o açúcar em uma bolsinha brilhante com *Sainsbury's* escrito e Jane saiu do edifício.

Ela voltou para a rua da St. Paul's e fez um último desvio, entrando na catedral grandiosa para ver como estava, porque não podia evitar. A cúpula monstruosa pairava sobre a cabeça de Jane, permitindo que uma luz gloriosa, empoeirada e amarela recaísse sobre a igreja. As naves gigantes da estrutura se estendiam como os pulmões de uma baleia. Pessoas do século XXI caminhavam em pares e trios, sussurrando e apontando para estátuas e pinturas, apequenadas pelas paredes de pedra monumentais. Todas paravam para olhar para cima, virando a cabeça para a cúpula e sua abertura circular, uma janela para o céu. Jane havia feito o mesmo em seu aniversário de 12 anos, quando viajara para Londres com o pai. Ela se sentiu compelida a olhar para o alto, por instinto, como as pessoas ali faziam, sorriu ao sentir o sol quente no rosto e fez uma prece em agradecimento por ter chegado até ali viva.

24

JANE SAIU DA IGREJA e caminhou os três quarteirões até Cheapside, como havia feito no passado. Pensava no que a sra. Sinclair tinha lhe dito: que sempre haveria alguém como ela por lá. Sua cabeça estava cheia de perguntas. Por que tinha sido mandada para aquela época? Teria a sra. Sinclair cometido um erro? Era provável que bruxas cometessem erros tanto quanto quaisquer outras pessoas, em especial aquelas que moravam em Cheapside. Mas uma pergunta pairava acima de todas as outras, exigindo uma resposta: como poderia reverter o feitiço e voltar para casa?

Quando Jane chegava à Milk Street, seu coração disparou. A cervejaria da esquina ainda se chamava Duck and Waffle. Um pavimento liso e escuro havia substituído os paralelepípedos, mas os tijolinhos castanho-avermelhados da fachada permaneciam os mesmos de 1803. Ela seguiu em frente. Viu a mesma igreja militar e os mesmos depósitos, mais limpos do que antes. Se não fosse pela mudança no pavimento, a cena seria quase idêntica à que ela havia deixado para trás.

Jane acelerou o passo, com o coração batendo forte de ansiedade. Ela virou uma esquina e deu na Russia Row.

O edifício em estilo Tudor caindo aos pedaços não se encontrava mais ali.

Ela balançou a cabeça, sem conseguir acreditar. Confirmou o endereço no papel, com os estranhos números e letras que Sofia acrescentara. Estava no lugar certo, mas a casa tinha sumido. Em seu lugar, havia um edifício de apartamentos de cinco andares, feito de vidro e argamassa. O térreo parecia ser um restaurante. Uma placa azul na frente dizia *Pizza Express*. Jane recuou um passo, em choque. Tinha certeza de que a casa continuaria ali, como todas as outras da rua. Devia ter havido algum erro.

Ela entrou no restaurante.

– Mesa pra um? – uma mulher lhe perguntou.

– Perdão, mas aqui é a Russia Row, número 8? – Jane indagou.

– Isso – confirmou a mulher. – Vai comer sozinha?

– O que aconteceu com a casa que ficava aqui antes?

– Faz só dois meses que trabalho aqui, não sei de nada – a mulher respondeu. – O que vai pedir?

Jane olhou para a mulher, tentando não chorar. Tinha salivado de fome no mercado interno, mas agora havia perdido o apetite.

– Vou te dar um minuto – a mulher disse e se afastou.

Jane se sentou a uma mesa. Não conseguia entender. Tinha cruzado a Londres do século XXI e se mantido viva. Tinha conquistado o direito de chegar àquela casa e encontrá-la intacta, depois do trajeto com trens subterrâneos, portões maníacos e motoristas enlouquecidos guiando monstros de aço sem cavalos. A preocupação a deixava nauseada. A mulher retornou. O que Jane ia fazer?

– Desculpa. Ainda não sei o que pedir – ela disse.

– Vim só dizer que este prédio é novo. Perguntei à gerente.

Jane se endireitou na cadeira.

– Obrigada. Sabe o que aconteceu com a casa que ficava aqui antes?

– Caiu. No ano passado.

– Não pode ser – Jane lamentou. – A casa deveria estar sempre aqui.

– Saiu no jornal – a mulher contou.

– Mas eu vim até aqui – Jane disse, com lágrimas se acumulando em seus olhos. – Estou sem saída.

A mulher tocou o braço dela.

– Também acabei de chegar. Não conheço ninguém neste país. Me sinto muito sozinha. – Ela falava com um sotaque pesado e triste, que Jane não reconheceu. Coçou uma sobrancelha. Com o rosto comprido e as maçãs do rosto pronunciadas, parecia Catarina, a Grande. – Mas fiz amigos. Entende?

Jane sorriu diante daquelas palavras simpáticas e fúteis e agradeceu à mulher. Disse que havia perdido o apetite e voltou para a rua. Ficou em um canto e suspirou, desesperançada.

– Pode tirar uma foto nossa? – alguém perguntou.

Jane virou a cabeça para a fonte da voz. Um homem de cerca de 25 anos se dirigia a ela, apontando para si mesmo e para a mulher ao seu lado.

– Sim – Jane respondeu, sem entender muito bem o que aquilo queria dizer, mas aliviada por um rosto sorridente tê-la distraído de seu desespero. O homem lhe entregou um retângulo de metal fino e brilhante. – Todo mundo tem um desses – Jane comentou. – Não sei como funciona, lamento.

– Aqui – ele disse, colocando-se ao lado dela e segurando diante do corpo o objeto, que continha uma moldura tal qual a de um quadro. A companheira do homem apareceu dentro do quadro, em frente ao número 8 da Russia Row. Ele apertou um botão branco e uma pintura apareceu magicamente no retângulo. Era a imagem perfeita da mulher diante deles.

– Captura o momento! – Jane exclamou. O homem riu dela, mas de um jeito simpático e sem malícia. – É uma lembrança. Para guardar no bolso.

– Segura assim – o homem disse, entregando o objeto a Jane e posicionando os braços dela de maneira a apontar para sua companheira de novo. Jane ficou rígida ao sentir as mãos do homem em seu corpo, mas torceu para que ele não notasse. O homem ajeitou os ombros dela também, para que a mulher ficasse bem no meio da moldura. Ele correu para se juntar à companheira. Quando estava confortável em sua pose, assentiu para Jane.

– A construção que ficava aqui caiu no ano passado – ele disse.

– Ouvi dizer – Jane respondeu. Ela apertou o botão branco, como ele havia feito, e a caixa produziu um clique.

O homem correu até ela.

– Ficou ótimo! – ele disse, enquanto examinava a pintura de todos os ângulos.

– Foi uma boa tentativa, pelo menos – Jane disse. – Minha primeira.

Ela abriu os ombros.

O homem deu outra risada generosa.

– Parabéns – o homem disse e sorriu para Jane. – Tenha um ótimo dia.

– Vocês também – Jane desejou, enquanto os dois se viravam para ir embora. – Perdão, senhor, mas poderia me dizer que horas são?

O homem consultou a caixa de metal.

– Meio-dia e meia – ele respondeu.

– Obrigada – Jane disse.

O trajeto de metrô até Paddington levava quinze minutos. Era sua melhor e única opção pelo momento. Como nada a esperava em Cheapside, era melhor voltar para Fred. Jane estremeceu com a ideia de revê-lo. Não esperava que aquilo fosse acontecer. Mas não tinha o que fazer. Seguiu para a St. Paul's e se preparou para outro passeio angustiante pela escada móvel da perdição. Cruzou a praça da catedral e desceu para o subterrâneo. Chegou à cerca de metal e enfiou a mão no bolso para pegar o cartão que posicionaria sobre o círculo para abrir os portões mágicos, mas não havia nada ali. Jane abriu os dedos dentro do bolso e verificou as dobras do tecido. Continuava não havendo nada ali. Ela franziu a testa. Devia ter deixado cair.

Ela dirigiu-se à cabine de vidro para comprar outro bilhete, mas parou de repente. Tampouco havia dinheiro em seus bolsos. Ela enfiou as mãos neles e puxou o tecido do forro para fora. Tudo o que tinha havia sumido, tanto o cartão quanto o dinheiro. Como era tola! Tinha deixado tudo cair. Agora tinha apenas o saco de açúcar. Ficou chateada consigo mesma por sua falta de cuidado. Levou uma mão ao pescoço para tocar o colar, algo que tinha o costume de fazer enquanto pensava, mas não encontrou nada ali. Jane segurou o próprio pescoço. Ela caiu de joelhos e procurou no chão. O crucifixo que Frank havia lhe dado desaparecera. Como tinha perdido uma joia? Talvez tivesse caído no caminho. Se voltasse agora, talvez o encontrasse no caminho até a Russia Row. Quanto tempo fazia que o havia perdido? Ela se lembrava de tê-lo tocado enquanto andava pela Milk Road. Jane sentiu o estômago se revirar. O homem com a caixa de metal, que havia lhe pedido para tirar uma foto e posto a mão em seus ombros...

Ela ficou enojada. Tinha sido roubada! Jane voltou a subir a escada e deu com a praça, horrorizada. Seu dia em Londres, que havia começado tão bem, se tornava um desastre completo. Ela balançou a cabeça, em pânico, sem saber o que fazer. Restava-lhe uma única opção. Deu de ombros e começou a caminhar na direção noroeste, desanimada.

◆

Jane não permitiu que as mudanças a distraíssem. Piccadilly Circus continuava lá, assim como o Tâmisa, embora agora cheirasse muito melhor e três pontes novas cruzassem suas águas. Alguém havia reconstruído o palácio de Westminster, em estilo gótico. Ela chegou a Oxford Circus. Estruturas gigantescas de tijolo e vidro cercavam a praça caótica de todos os lados. Pessoas saíam de todos os cantos e portas. Ela viu seus livros na vitrine de uma loja. Arfou e correu até ela. Estavam dispostos em um mostruário especial, acompanhados de seu retrato. A vitrine mais movimentada de Londres exibia seus romances!

Ela olhou para o relógio na vitrine. Duas e quinze. Jane suspirou. Duas e quinze! Estava mais de uma hora atrasada em relação ao que haviam combinado, e só havia percorrido metade do caminho. Ela correu, tentando não pensar em como aquela tarefa era inútil. Ainda que acertasse o caminho a partir dali, chegaria a Paddington no mínimo duas horas depois do combinado com Fred. Sua decepção com o dia se transformou em pânico. Já tinha sido terrível o suficiente não conseguir voltar para casa, mas agora ela encarava um destino ainda pior. Se não reencontrasse Fred, ficaria presa naquela nova Londres, sem dinheiro e sem comida. Ninguém acreditaria em sua história. Antes, ela estremecera ao pensar em como seria estranho reencontrá-lo, temera passar mais tempo em sua companhia. Agora, aquilo parecia o paraíso em comparação com a possibilidade de nunca mais vê-lo.

Quais eram as chances de que Fred esperasse por ela? Jane já o havia decepcionado uma vez, quando o encontrara depois de ter aceitado seu convite. Um homem adulto e compromissado não se permitia fazer papel de bobo uma segunda vez.

◆

Depois do que pareceram dias, Jane pegou a Praed Street, em Paddington, ofegante e com o rosto vermelho. Estava com o tornozelo em carne viva, devido ao atrito entre sua pele e o sapato de couro de Sofia. Ela ignorou aquilo e seguiu em frente.

Enquanto descia a rua, notou o banco em que havia se sentado mais cedo. Havia um homem de braços cruzados ali, tremendo. Jane inspirou fundo.

Era Fred. Por algum motivo que ela não conseguia compreender, ele a havia esperado.

25

– VOCÊ ESTÁ DUAS HORAS ATRASADA – ele reclamou, quando Jane chegou.

– Obrigada – foi tudo o que ela conseguiu dizer, inclinando-se para recuperar o fôlego.

– Perdemos o trem – ele disse.

– Desculpe-me. E obrigada por esperar. Estou muito feliz que não tenha ido embora – ela disse e estava sendo sincera.

– Você se perdeu? – ele indagou, curto e grosso.

– Não.

– São quinze minutos de metrô da St. Paul's até aqui. O que aconteceu? – Uma mistura de emoções parecia passar pelo rosto dele: frustração, claro, e algo mais. Seria alívio? – Achei que tivesse me dado o bolo de novo – Fred disse.

– Não – Jane respondeu, rápido. Ela tinha más notícias a dar, e seu rosto estava vermelho. – Vim andando.

Ele se virou para ela.

– Por quê?

– Perdi meu cartão. Seu cartão, na verdade.

– E por que não comprou outro? Se tinha dinheiro?

A cabeça de Jane pendeu.

– Perdi o dinheiro. E o bilhete de volta para Bath. Perdi tudo.

Fred ficou olhando para ela, incrédulo.

Jane sentiu que sua voz falhava.

– Fui roubada, entende? Levaram seu dinheiro, seu cartão e meu colar. A casa não estava lá. E agora estou presa aqui!

A vista dela embaçou. Jane ficou horrorizada com as lágrimas que ameaçavam rolar de seus olhos. Não ligava para a opinião de Fred quanto ao que tinha acontecido, mas esperava que ninguém mais a visse naquele estado. Ela se virou e começou a correr para longe dele.

– Não corra! – Fred gritou para ela.

– Vá embora. Posso voltar sozinha – Jane disse.

– Não pode, não.

Ele a alcançou e a pegou pelo braço.

Jane piscou, fazendo força para não chorar. Mas não adiantou. Lágrimas quentes de constrangimento escorreram por seu rosto. Ficou esperando pela reprovação e pelo desprezo de Fred. No entanto, a expressão dele só lhe pareceu sofrida.

– Não tem problema. É só dinheiro – Fred a consolou.

Ela assentiu.

– Você não entende – disse.

Fred estendeu os braços – para que, para abraçá-la? –, mas Jane se encolheu e ele voltou atrás. Então lhe ofereceu um lenço.

– Obrigada – ela conseguiu dizer, aceitando e o levando aos olhos em seguida. Não conseguia acreditar que estava chorando na frente daquele homem detestável, a quem devia dinheiro, um cartão de transporte e sua própria vida. Ela enxugou todas as lágrimas ofensivas que pôde.

Fred se sentou em um banco e fez sinal para que Jane se juntasse a ele.

– Serviu? – perguntou, apontando para o lenço.

Era branco e feito de uma substância estranha, uma mistura de tecido e papel.

– Serviu – Jane disse. – Tem uma absorção razoável.

Ela fez menção de devolver o lenço.

– Pode ficar – Fred disse.

– Não quer seu lenço de volta? – Jane estranhou.

– É descartável – ele disse. – Tenho outros.

Fred lhe mostrou um pacotinho com cinco ou seis lenços dentro. Jane balançou a cabeça. Devia ser muito rico, para ter tantos.

– Está bem – ela disse. – Muito obrigada.

– O que você comprou na Sainsbury's? – ele indagou, apontando para a bolsa laranja que Jane esquecera que ainda segurava.

– Ah, um saco de açúcar – ela explicou, tirando-o do pacote e mostrando para ele. – Paguei um ótimo preço. Nunca encontrei açúcar assim barato.

– Você costuma ficar de olho no preço do açúcar? – ele perguntou, com um sorriso simpático.

– Você não costuma? – Jane questionou.

– Não, mas talvez devesse – Fred disse. – Claramente estou perdendo boas ofertas.

– Perdão. Usei seu dinheiro para comprar isso. Fique com ele, por favor. É seu.

Ela ofereceu o saco de cristais doces para Fred.

Ele balançou a cabeça.

– Não posso ficar com seu açúcar.

Fred sempre a olhava com uma expressão confusa, embora nunca séria. Jane sempre interpretara aquilo como desprezo, mas agora se perguntava se não estava enganada, se não se tratava de algo diferente. Não sabia bem o que, mas ou sua expressão tinha se suavizado ou era ela que o olhava de maneira diferente.

Jane corou.

– Desculpe por ter feito com que perdesse o trem – ela disse.

Ele deu de ombros.

– Tem outro daqui a uma hora.

– Desculpe por ter desperdiçado suas cem libras e destruído seu lenço – Jane acrescentou.

– Não precisa ficar pedindo desculpas.

Fred sorriu para ela, de um jeito que a fez engolir em seco.

– Como foi sua reunião? – Jane quis saber.

– Um desastre. Eu precisava ter me saído bem, mas fracassei horrivelmente.

– O que aconteceu? – Jane perguntou, virando os joelhos na direção dele para ouvi-lo melhor.

Fred deu uma olhada nos joelhos dela, depois disse:

– Organizamos um intercâmbio de alunos com uma escola na Normandia.

– Intercâmbio de alunos? – Jane repetiu.

– Alunos nossos ficam com famílias francesas e estudam no país por alguns meses. Visitam campos de batalha e Paris, aprendem um pouco da língua. E alunos franceses vêm pra cá pra entrar em contato com os costumes britânicos. Fazem chá, visitam a Torre de Londres, aprendem a fazer fila direito. É muito divertido, eles adoram. Dois alunos e um professor franceses chegaram hoje, e fui me encontrar com eles.

– Minha nossa, como somos amigos dos franceses agora. Intercambiamos alunos e tudo o mais – Jane comentou.

Fred sorriu.

– Os queijos deles são bons demais. Bom, A Madame Cluse, nossa professora de Francês, costuma me acompanhar nesse tipo de coisa, mas ela não estava se sentindo bem, por isso vim sozinho, representando o Departamento de História. Não falo nada de francês, a não ser por *bonjour* e *croissant*. E quando cheguei descobri que eles não falam nada de inglês.

– Minha nossa. – Jane não compreendia muitas das palavras dele, mas captava seu ardor e sua presença de espírito. Fred falou de um jeito relaxado, sorrindo, com ânimo. Ela se surpreendeu com a mudança. Suas interações até então tinham sido extenuantes, mas, quando ele falava de qualquer coisa que não fosse ela, quando ambos não falavam sobre sua antipatia mútua e sua relação conflituosa, Fred parecia outra pessoa. Como se despertasse uma tensão nele que derretia quando passavam a assuntos mais simples. Isso não consternava Jane, só a deixava intrigada.

– Acho que estraguei tudo. Madame Cluse vai ficar irritadíssima comigo. "*Sacré bleu*, Fred", ela vai dizer. "Você é um imbecil." – Ele sorriu. – Eu só precisava passar a eles algumas informações sobre Bath, mas acho que iniciei um incidente internacional envolvendo ingleses e franceses. Tentei me comunicar usando uma linguagem de sinais inventada. E falei em inglês com um sotaque francês ruim, achando que iam me entender.

Fred levou a cabeça às mãos, em uma demonstração de agonia. Jane riu, simpática.

– Foi um desastre diplomático – ela disse.

– Ofendi todos eles – Fred prosseguiu. – Agora tem franceses vagando por Londres, fazendo sabe-se lá o quê. Espero não ter iniciado uma guerra. Vamos ter que voltar a boicotar queijos importados.

– Os alunos e o professor continuam esperando onde vocês se encontraram? – Jane perguntou a ele.

– Acho que sim – Fred disse, dando de ombros. – Devem estar almoçando. Eles não sabem aonde ir.

– Eu gostaria de conhecer esses normandos – Jane disse.

Fred verificou o relógio de pulso e deu de ombros.

– Por aqui.

Ele apontou para uma alameda. Os dois seguiram para o norte, em direção ao antigo vilarejo de Westbourne Green, até chegarem a uma fileira de casas conjugadas com telhados pontudos, abaixo da Westbourne Park Road. Havia uma loja que vendia chás e bolos na esquina. Fred abriu a porta para que Jane entrasse.

– Olá – disse uma voz masculina com um forte sotaque normando assim que entraram. Um homem corpulento sentado a uma mesa se levantou. Seu tom era ao mesmo tempo suave e nervoso. Ele lançou um olhar tímido a Fred. Havia dois jovens ao lado dele, com o uniforme da escola.

– *Bonjour, monsieur.* – Jane se aproximou do homem, que olhou para ela, esperançoso. – *O senhor é o professor?* – ela perguntou, em francês. Fred virou a cabeça para ela no mesmo instante.

O homem sorriu, encantado.

– *Isso. Sou Claude Poulan, muito prazer* – ele respondeu, também em francês.

– *Bem-vindo à Inglaterra, sr. Poulan. Os franceses são muito bem-vindos aqui.*

Claude sorriu e deu uma risada profunda, vinda do peito.

– *Obrigado, mas, por favor, pode me chamar de Claude.*

Jane se virou para Fred, voltando a falar em inglês.

– O que devo dizer a ele?

Fred sorriu para ela e balançou a cabeça.

– Você não tem um relógio ou um celular, mas sabe falar francês perfeitamente.

– *Ele* sabe falar francês perfeitamente. – Jane deu de ombros. – Meu francês poderia ser muito melhor. – Jane voltou a se virar para Claude. – *Em que região da França nasceu, Claude?* – ela perguntou a ele.

– *Na Bretanha* – Claude respondeu.

– *Um lugar lindo. Ainda chamam de Pequena Bretanha?*

– *Sim. Você também é professora?* – ele perguntou.

– *Ah, não. Não tenho a paciência ou a habilidade necessárias* – Jane respondeu. – *Mas Fred é um excelente professor, pelo que ouvi dizer.*

Ela sorriu para Fred, que balançou a cabeça de novo, ainda olhando para Jane.

– Não tenho ideia do que está dizendo, mas parece genial – Fred disse, depois pigarreou.

– *Por favor, peça desculpas a ele* – Claude disse. – *Quem deveria ter vindo era a srta. Rampon. Ela fala inglês, mas ficou doente e permaneceu no hotel. Acabei desperdiçando o dia de todos.*

Jane explicou a situação para Fred.

– Seu dia foi desperdiçado? – ela perguntou a ele.

Fred balançou a cabeça. Jane não precisou traduzir aquilo para Claude. O homem gigantesco sorriu aliviado e apertou a mão de Fred, depois deu um beijo em cada bochecha dele.

– Opa, calma aí, cara – Fred comentou, rindo.

Eles perderam mais dois trens de volta a Bath.

◆

Quando finalmente embarcaram, às 18h17, o sol já tinha se posto. Fred e Jane se sentaram um ao lado do outro. A monstruosidade de aço saiu da estação de Paddington e voltou a abrir caminho pelo sudoeste da Inglaterra. Fred ficou olhando pela janela.

– Fui colocada para fora do prédio, no outro dia – Jane contou a ele. Fred deixou a vista de lado e se virou para ela. – Um senhor me obrigou a ir embora. Procurei por você, mas não consegui mais entrar. – Ele assentiu. – Fiquei esperando na frente do prédio por pelo menos uma hora.

– Procurei por você também – Fred disse e sorriu. Os dois ficaram em silêncio. Os únicos sons eram das rodas do trem e do vento soprando do lado de fora. – O lugar que você procurou hoje... por que era tão importante? – ele perguntou, depois de um tempo.

– Estava lá da última vez que vim a Londres. E agora não está mais – ela disse. – Esperava encontrar as informações de que preciso lá.

Ele assentiu.

– Que informações?

Jane hesitou, considerando a melhor maneira de responder levando em conta as instruções de Sofia.

– Informações que me ajudem a voltar para casa – ela disse. – Quando as tiver, vou deixá-lo em paz.

Fred voltou a olhar pela janela.

– Você quer ir embora?

– Sim – Jane disse. – Bom, não. Mas tenho que ir.

Ele assentiu e não disse mais nada.

A máquina prosseguiu por um túnel azul de colinas e estrelas. Jane olhou para o céu, do outro lado da janela, e sorriu. As estrelas eram as mesmas da sua época. A constelação de Órion ainda se destacava na escuridão, com Rígel brilhando em um branco-azulado. Ao que parece, o tempo passava mais devagar lá em cima, e pouca coisa mudava. Ela perdeu a noção da hora olhando para o céu. Quando finalmente se virou e olhou para Fred, ele estava dormindo. Jane observou seu rosto, que parecia relaxado e em paz. Uma mecha do cabelo que ele havia penteado para ela naquela manhã caía em seus olhos. Jane balançou a cabeça para aquele homem do século XXI, que a princípio considerara tão irritante, como ainda considerava, de muitas maneiras. Ela se perguntou se não o tinha julgado mal, um pouco que fosse.

Fred se ajeitou no banco. Jane achou que fosse acordar, mas ele voltou a relaxar. Ela sentiu um peso na perna e olhou para baixo. A mão dele havia caído de lado e agora descansava em seu joelho.

Muitos eventos se apresentavam como candidatos dignos à reflexão enquanto Jane viajava de trem, com Fred dormindo ao seu lado. Ela havia caminhado pela Londres de duzentos anos no futuro.

Havia visto seus romances à venda em livrarias. Ambos eram perfeitos para cativar seu cérebro e ocupar seus pensamentos, portanto ficou surpresa quando o que a entreteve de Maidenhead a Bath foi o tempo que havia passado na companhia do homem que agora dormia ao seu lado e a sensação da mão dele descansando em sua perna.

26

SOFIA FICOU SURPRESA ao se deparar com Jane quando voltou para casa naquela noite.

— Ainda está aqui?

— Sim — Jane respondeu. — Não consegui voltar para casa.

Sofia pareceu confusa.

— Só estava me perguntando por quanto tempo vão estender a piadinha. Imagino que o orçamento deva estar acabando — ela sussurrou.

Jane fez uma careta.

— Bom, não encontrei a casa que procurava.

— Que casa?

— Da sra. Sinclair. Em Londres.

— Você foi a Londres? — Sofia questionou, surpresa.

Jane assentiu.

— Com seu irmão.

Jane tentou evitar que suas bochechas corassem, mas elas desobedeceram. Contou a Sofia sobre a casa que havia sido removida da paisagem de Londres, o roubo e as escadas devoradoras de gente.

Sofia se serviu uma taça de vinho e assentiu.

— Então você vai insistir nessa história da bruxa, né?

Jane assentiu.

— Vi meus livros à venda — ela disse.

— Claro. — Ela se sentou à mesa da cozinha e bebeu o vinho em um gole só. Então suspirou, sacudiu os ombros e assentiu. — Sou uma profissional. Posso continuar com essa história por mais um dia. Quais livros? — Os seis romances de Jane continuavam sobre a mesa. Sofia escolheu *Persuasão* e o levantou para Jane. — Este aqui?

Então aconteceram duas coisas que iriam dominar as conversas e definiriam as ações de ambas por algum tempo depois.

Primeiro, o livro sacudiu e virou pó nas mãos de Sofia. Jane arfou. Sofia gritou.

Em seguida, a poeira se juntou e desapareceu. As duas mulheres repetiram cada uma sua reação, de maneira quase perfeita.

◆

Jane ficou olhando para a mão direita de Sofia, que permanecia na mesma posição, embora vazia, com nada além de ar onde antes se encontrara o livro. Sofia também ficou observando a própria mão, enquanto se servia outra taça de vinho. Ela bebeu tudo sem tirar os olhos da mão onde o romance estivera.

— Você viu o que aconteceu? — Sofia questionou Jane, com a voz estranhamente calma.

— O livro desapareceu de seus dedos — Jane respondeu, igualmente calma.

— Tinha um objeto sólido na minha mão. E agora não tem mais.

— Concordo com a observação — Jane disse, com a voz trêmula.

— Que alívio — Sofia disse. — Pensei que estava alucinando. Sabe explicar o que está acontecendo?

Ela olhou embaixo da mesa.

— Não sei — Jane respondeu, e era verdade. Sua mente girava. — O que está fazendo?

— Tentando encontrar seu livro — Sofia respondeu, enquanto o procurava. — Talvez eu o tenha deixado cair.

— Não foi isso o que aconteceu — Jane pontuou.

— Se eu fizer isso — Sofia sacudiu a mão e movimentou os dedos —, talvez consiga trazer o livro de volta. — Depois, agitou ambas as mãos, mas o livro não apareceu. Ela começou a andar pela cozinha. Jane a acompanhou, sentindo-se cada vez mais tonta. — Vamos começar do começo — Sofia disse, em um tom estranhamente calmo. — Será que foi o pessoal de efeitos especiais que fez o livro desaparecer?

— Não entendo o que quer dizer — Jane respondeu.

– Bom, eles fazem coisas muito elaboradas com iPads hoje em dia, mas nem mesmo um computador pode fazer moléculas desaparecerem – Sofia comentou. – E já riscamos da lista a possibilidade de ter sido um delírio bêbado, porque você também viu. Ou está bêbada? – Jane negou com a cabeça. Sofia parou de andar e bateu as duas mãos espalmadas na mesa. – Vou te fazer uma pergunta agora e quero que responda sinceramente.

– Pode fazer – Jane concordou.

– Você é ou não é uma atriz fingindo ser Jane Austen em uma pegadinha com câmera escondida elaborada pela produção do filme em que estou trabalhando?

Sofia olhou nos olhos de Jane.

– Não sou – ela respondeu. – O que está fazendo agora?

Sofia tinha se sentado e já estava colocando a cabeça entre as pernas.

– Estou tentando impedir minha cabeça de explodir. Sugiro que faça o mesmo.

Jane levou a cabeça aos joelhos. Seu crânio ardia. Nunca havia testemunhado nada parecido. A não ser pelo fato de que viajara no tempo.

– Agora me explica quem você acha que é – Sofia pediu, depois de um momento.

– Sou Jane Austen – foi a resposta.

– Entendi. Bom, colocar a cabeça entre os joelhos não adiantou. – Sofia voltou a se sentar. – Vou voltar à tática inicial. – Ela se serviu uma terceira taça de vinho, depois apontou para Jane. – Então está me dizendo que não se trata de efeitos especiais? Você se materializou em meio às cortinas?

– Não sei o que são efeitos especiais.

– Você espera que eu acredite que é Jane Austen, uma escritora que viveu duzentos anos atrás?

– Sim – Jane confirmou. – Foi o que eu disse.

– A pessoa que escreveu *A abadia de Northanger.* O livro em cuja adaptação cinematográfica ambiciosa e fadada ao fracasso estou atuando no momento.

– Compreendi muito pouco do que disse, mas acho que minha resposta é sim.

– E como chegou aqui?

– Com um feitiço.

– A bruxa, os repolhos e tal – Sofia disse, gesticulando. – Então isso tudo é verdade.

– Sim.

– Quando você apareceu nas cortinas. O que aconteceu com você?

– É difícil dizer – Jane respondeu. – Foi parecido com o que aconteceu com o livro.

– As partículas de poeira e o desaparecimento?

– Sim – Jane confirmou.

Sofia assentiu.

– Então você não é uma atriz? Não é um avatar?

– Acho que não.

– Não é uma caricatura?

– Não que eu saiba. – Jane se deu conta de que Sofia Wentworth tinha compreendido tudo o que tinha acontecido desde que haviam se conhecido de uma maneira diferente. – Não acreditou em mim antes? Quando eu disse que era Jane Austen?

– Achei que você fosse uma atriz! – Sofia exclamou. – E uma bem ruinzinha.

– Mas acredita em mim agora?

Sofia terminou sua taça de vinho. Jane ficou esperando por uma resposta.

– Quero acreditar que é uma artista que foi enviada para me pegar, mas que consegui usar para me sair bem diante das câmeras e de alguma forma reconquistar meu marido. Estava torcendo para que o fato de você ter surgido do nada e de seu livro ter desaparecido fossem truques. – Sofia suspirou. – Mas foi muito estranho quando aconteceu. Quando a poeira se transformou em alguém. Me dá licença um pouquinho.

Sofia se levantou e encontrou outra garrafa de vinho, então voltou a encher a taça. Ela abriu a porta da frente. Jane apenas observou enquanto a outra mulher olhava para o céu estrelado e levava a taça aos lábios. Sofia virou a bebida. Jane achou que talvez ela fosse sufocar no processo, talvez desmaiar. Mas Sofia continuou bebendo, até acabar com a taça. Ela voltou para dentro.

– Resumindo. Você é Jane Austen. O feitiço de uma bruxa fez com que deixasse sua época e reaparecesse aqui, entre as cortinas. Deixei algo de fora?

Jane não disse nada.

– Há alguma desvantagem em desistir de não acreditar em você e tomar o que me disse como verdade?

– Só vejo vantagens – Jane afirmou.

Sofia assentiu. Manteve-se de pé e pigarreou.

– Em benefício de todos os envolvidos, bem-vinda ao século XX, Jane Austen.

– Não estamos no século XXI?

– Verdade. Quais são seus planos, agora que está aqui? – Sofia perguntou.

– Encontrar uma maneira de voltar para casa – Jane respondeu.

– Faz sentido. – Sofia deu de ombros. – Agora que sei disso, tenho mais uma pergunta.

– Qual?

– Por que um romance escrito por você simplesmente se desfez no ar?

27

AS DUAS SAÍRAM DE CASA e seguiram na direção do centro de Bath.

– Aonde vamos? – Jane perguntou para Sofia, que estava um pouco à frente.

– Conseguir mais pistas. Rápido.

Sofia acelerou o passo.

– Está se locomovendo surpreendentemente bem para uma mulher que acabou de consumir uma garrafa inteira de vinho – Jane comentou, balançando a cabeça.

– Obrigada – Sofia agradeceu, com um aceno de cabeça. – É um talento meu. – Jane conseguiu alcançá-la. – Mudando de assunto, meu marido, Jack, é seu tatatatatatatata... alguma coisa – Sofia contou, quando viraram na Railway Street. – Quantos "ta" eu falei?

– Oito – Jane respondeu.

– Não está certo – Sofia disse.

– Quantos "ta" deveriam ser? – Jane quis saber.

– Sei lá. Não oito. Bom, ele é seu parente.

Jane parou na hora.

– Está me dizendo que tem um parente meu, um descendente meu, sangue do meu sangue, aqui?

– Isso. E ele é bem bonitão – Sofia respondeu.

– É um descendente direto? Dos Austen de Hampshire?

– Os próprios. Ele é seu parente, Jane. Foi o que eu falei. Tem trinta cartas suas em uma caixa de sapatos em nosso sótão em Londres.

– Não compreendo. Seu marido está em posse de cartas minhas? Por quê?

– A mãe deixou pra ele. São coisa de colecionador.

Jane pensou a respeito.

– Ele é filho de quem? Ou melhor, de quem descende?

Seria seu bisneto? Estaria ela destinada a retornar a sua época, casar-se e ter um filho, que através de anos de uniões cuidadosas e procriação produziria um belo descendente chamado Jack? Naquele caso, com quem ela estaria destinada a se casar?

– Pode ser James? – Sofia disse.

– Sim – Jane confirmou, assentindo decepcionada. – Tenho um irmão chamado James. Compreendo.

– Jack é sobrinho-tatata-sei-lá-quantos-neto dele, acho.

Jane sentiu que murchava. No entanto, aquilo não significava que não tinha outros descendentes.

– Há alguma semelhança entre nós? Posso conhecê-lo?

– Quem?

– Seu marido – Jane respondeu. – Ele mora em Bath?

– Não. Estamos separados – Sofia contou. Ela engoliu em seco e olhou para o chão.

– Ah. – Jane pareceu horrorizada. – Sinto muito.

– Não sinta – Sofia disse.

Jane notou a expressão conturbada de Sofia antes que ela virasse o rosto. Era uma expressão complexa, ao mesmo tempo esperançosa e sofrida. Jane não disse nada. Nunca havia conhecido ninguém cujo casamento havia terminado. Conhecia muitas pessoas que permaneciam juntas, apesar da infelicidade, da infidelidade e do ódio. Nenhuma delas havia deixado o leito conjugal ou sido abandonada pelo cônjuge.

– Você pode ir ao *set* quando estivermos filmando – Sofia comentou, parecendo forçar um sorriso. – É um filme do seu romance, afinal. E Jack vai estar lá.

– Filme?

– É tipo uma produção teatral, só que mais sofisticada.

Jane ficou ao mesmo tempo encantada, confusa e intrigada. Precisava se sentar um pouco.

– Acho que vou gostar – ela disse.

◆

As duas mulheres entraram em uma construção de pedra amarelada no centro de Bath e pegaram uma escada móvel subindo.

– Peguei uma série dessas! – Jane comentou, animada. – Observe minha técnica.

Ela pulou em um degrau e cambaleou só um pouco.

– Nada mal – Sofia elogiou. Ela conduziu Jane até um salão amplo cheio de estantes de livros.

– Uma biblioteca. – Jane sorriu. – De quem é?

– Do povo – Sofia respondeu. – De todo mundo.

O conceito pareceu totalmente novo a Jane. Na época dela, um homem chegava aos vilarejos com um carrinho cheio de livros, que as pessoas podiam pegar emprestado por uma semana. Bibliotecas eram privadas, e exclusivas aos ricos. Edward, irmão de Jane, havia herdado uma espetacular quando se tornou herdeiro dos Knight. Sempre que o visitava, Jane passava os dias entre suas estantes, devorando montanhas de livros. O irmão nem usava a biblioteca.

– Fico impressionada com o número de livros que vocês têm no século XXI – Jane comentou.

Um homem malvestido se aproximou das duas e tocou Sofia com um braço atrofiado.

– Adorei você em *Doutor Jivago*! – ele disse, cheirando a batatas velhas.

Ela revirou os olhos para ele.

– Não sou de recusar elogios, mas aquela era Julie Christie.

– Estava linda no filme. Posso tirar uma *selfie*?

Ele passou um braço por cima dos ombros de Sofia, posando, e estendeu o outro à frente.

– Você não tem uma câmera – ela comentou.

– Não – ele respondeu, baixando o braço. – Que tal um autógrafo?

– Você não tem papel. Ou caneta.

– É verdade – ele disse, olhando para o nada.

Sofia suspirou.

– Estamos indo para a recepção. Se encontrar papel, eu autografo na volta. É sempre bom encontrar um fã.

Ela puxou Jane consigo.

– Você é famosa – Jane comentou. – Em outros momentos, reparei nas pessoas na rua olhando e apontando em sua direção.

Sofia confirmou com a cabeça.

– Sou atriz.

– Isso é maravilhoso. "Um pobre ator que por uma hora se pavoneia e se agita no palco." Já interpretou Ofélia? Ou Electra?

– Já – Sofia disse, com um sorriso. – Mas, depois que fiquei famosa, só interpretei mocinhas inocentes, parceiras sedutoras e prostitutas com coração de ouro. Agora que passei dos 35 anos, só interpreto fanfarronas e avós.

– Ah. Essa é sua profissão? Você é paga para atuar?

– Se sou paga? Jane, tenho seis piscinas espalhadas em diferentes casas. E nunca nadei na maioria delas.

Jane balançou a cabeça, sem conseguir acreditar.

– Nunca conheci uma mulher que ganhasse seu próprio dinheiro. Há outras profissões para mulheres? Ou só a de atriz?

Sofia deu de ombros.

– Claro. Há médicas, advogadas, coletoras de lixo... Podemos fazer o que quisermos. O salário é sempre menor do que o dos homens, mas recebemos algum dinheiro – ela comentou, bufando.

Edward, que limpava a orelha com o dedo e depois lambia, fora adotado aos 12 anos por um casal sem filhos, os Knight, que eram primos do pai de Jane. Ela era melhor do que o irmão em Matemática e Línguas, era mais inteligente e mais talentosa, mas ele tinha o talento da masculinidade, o mais importante de todos. Quando completou 25 anos, já tinha herdado três propriedades, que representavam uma renda total de dez mil libras ao ano. Jane chegara à mesma idade sem herdar nada. Um dia, quando expressou o desejo de ter sua própria renda, Edward a chamou de prostituta. A última vez que ela havia se comunicado com o irmão, fora através de uma carta, na qual perguntara sobre sua viagem a Ramsgate. Edward respondera que fora maravilhosa e que ela poderia ter se juntado a eles, mas infelizmente não havia mais lugar na carruagem.

Jane observou Sofia, sua amiga com renda própria, cheia de admiração e agitação. Como ela devia se sentir, garantindo seu próprio sustento, sem ser um fardo para ninguém? Como não devia ser não estar sempre em dívida com outra pessoa?

Sofia levou Jane aos fundos do salão e cumprimentou a mulher atrás do balcão.

– Onde podemos encontrar *Persuasão*, por favor?

A mulher apertou os olhos para a moldura metálica à frente dela.

– Quem escreveu?

Sofia pareceu tensa.

– Jane Austen.

A mulher riu.

– Não. Jane Austen nunca escreveu nada com esse título.

Jane estranhou. Assim que Sofia lhe mostrara seus livros, havia memorizado os seis títulos. Tinham se tornado tão preciosos para ela como se fossem o nome de seus filhos.

– Pode verificar no computador, por favor? – Sofia pediu à mulher.

– Não há necessidade. Jane Austen nunca escreveu um romance com esse título. Mas se quiser... – Ela operou a máquina, depois a virou para Sofia. – Vê?

Sofia a examinou, franzindo a testa.

– Só pra saber, quantos romances Jane Austen escreveu?

– Cinco – a mulher do outro lado do balcão respondeu, dando de ombros como se fosse óbvio.

Jane estremeceu.

– Vamos – Sofia disse para Jane, depois de agradecer à mulher.

Ao lado da biblioteca, havia um estabelecimento que vendia café. Eliza, cunhada de Jane, comentara sobre aquele tipo de lugar quando escrevera de Paris, e Harry fora a um quando estava em Londres. Sofia apontou para as mesas e cadeiras.

– Senta, vou pedir um café. Preciso ficar sóbria. É um desastre total...

Ela foi até o balcão, depois voltou e se sentou ao lado de Jane.

– Sei que tem algo de errado, mas não entendendo o quê – Jane comentou.

– Seu livro desapareceu. Você não escreveu *Persuasão*! Escreveu seis romances, e agora só há cinco. Já fiz um filme sobre viagem no tempo.

Fui a vizinha bonitona de um cara chamado Rob. Ele tinha o poder de visitar diferentes épocas, vir dos anos 1960 aos dias de hoje e voltar. Sempre que viajava, mudava os acontecimentos sem querer, pra todo mundo. Alguém que Rob conheceu no passado acabou matando um monte de gente no futuro. Alguém que não conheceu o cabeleireiro porque estava falando com Rob só teve cabelos ridículos pelo resto da vida. – Ela fez uma pausa e deu de ombros. – Pra ser sincera, o filme não era dos melhores. A crítica da *Variety* dizia que era uma "fraca revisitação ao gênero". Mas esse não é o ponto.

– Qual é o ponto? – Jane indagou.

– O ponto é: as ações de Rob afetavam o que acontecia no futuro. Ele ficava indo e voltando no tempo, mudando tudo, apagando eventos, até que uma hora acabou apagando a si mesmo e, se me lembro bem, também o *universo*.

Sofia encarou Jane.

– Isso não parece bom – a escritora disse.

Sofia concordou com a cabeça.

– Mas vai acontecer, se você ficar aqui.

Os cafés chegaram. Jane provou o dela e fez uma careta. O líquido marrom e quente desceu por sua garganta e pareceu estrangulá-la por dentro.

– A amargura dessa substância é impressionante – ela comentou. – Mas me sinto estranhamente compelida a continuar tomando.

– É café, Jane. Toma logo – Sofia disse, tomando um bom gole do dela.

Jane a imitou e ficou agitada como uma abelha. A bebida era aversiva, mas a deixava feliz. De algum modo, fazia com que visse tudo com mais clareza. Ela procurou se concentrar no problema que enfrentavam. O momento em que o livro desaparecera das mãos de Sofia a perturbava não pela magia em si, o que também a deixava nervosa, embora não mais do que os outros estranhos atos que testemunhara, mas pela sensação de puro horror que provocava nela a ideia de que algo que havia escrito, publicado e oferecido ao mundo tinha deixado de existir.

– O que vamos fazer? – Jane perguntou.

– Não sei. Talvez o dano já seja grande demais. – Sofia abriu espaço na mesa e ergueu um pires. – Isto aqui representa você em uma linha do tempo. – Ela colocou o pires com grande cerimônia em uma das pontas da mesa. – Você é uma mulher de 1803. Em algum momento de sua vida, escreveu uma série de livros que foram publicados e continuam a ser duzentos anos depois. Essa é sua história. Sua linha do tempo. – Sofia traçou uma reta com o dedo pela mesa. – Esta xícara é você agora. – Ela a pegou. – Em vez de seguir seu destino e escrever seus livros, você veio pra cá. – Sofia afastou a xícara do pires. – Criou uma versão alternativa dos eventos, uma nova linha do tempo.

Jane olhou para a xícara, depois para o pires, depois para a xícara de novo, então piscou.

– Quanto mais você se misturar a esta época, menor a probabilidade de retornar à sua. Se não retornar ao seu tempo, não vai escrever os livros pelos quais ficou famosa. – Sofia jogou as mãos para o alto. – Não sei no que eu estava pensando, quando te levei àquele museu. Está entendendo, Jane? Perambulando por este mundo, interagindo com as pessoas... você mudou a história. Não devia ter permitido que fosse para Londres. Um de seus livros já desapareceu. Outros vão se seguir a ele. Se continuar fazendo isso, talvez todos sumam. Talvez *você* suma. – Sofia tocou o braço de Jane e baixou a voz. – Talvez precise de um momento pra pensar a respeito. É algo meio difícil de compreender.

– Se eu não voltar a 1803, nunca escreverei aqueles livros – Jane disse.

– Ou talvez não seja nada difícil de compreender.

Jane ergueu a xícara de porcelana e tomou outro gole. A substância amarga envolveu sua língua e se demorou em sua garganta. Ela formigava por dentro, e parecia que tinha um sino na cabeça. Quando viu, estava pululando na cadeira.

– O que pode ser feito? – perguntou, tensa.

Sofia pegou sua xícara de volta.

– Precisamos fazer com que regresse à sua linha do tempo original.

– Mas a sra. Sinclair se foi! Como faremos isso?

– Não sei. Mas pode dar uma boa olhada em volta, porque essa foi a última vez que você saiu de casa.

Jane olhou ao redor da loja e examinou o que continha. A máquina de aço que havia feito o café brilhava no balcão; mesas de madeira e cadeiras em pares e trios desorganizados enchiam o salão; o cavalheiro que haviam encontrado na biblioteca pública agora dormia em um canto.

— Não sei ao certo para o que dar uma boa olhada — Jane falou.

— É jeito de falar, Jane — Sofia respondeu, com um suspiro. — Estava sendo dramática. Não tem nada pra ver aqui. — Ela pegou a cabeça de Jane nas mãos e a virou para si mesma. — O que quero dizer é que não é pra você se apaixonar pelo século XXI. Entendeu? Você saiu pro mundo, falou com pessoas, viu seus livros, andou de metrô... Tirou uma foto, e com um celular! Quanto mais gostar desta época e deste lugar, menor a probabilidade de que vá embora! Vamos direto daqui pra casa do Fred, e você não vai mais sair. Não podemos arriscar diminuir ainda mais suas chances de ir pra casa.

Jane assentiu.

— Mas, se não sair da casa do seu irmão, como vou descobrir uma maneira de voltar para casa?

— Você não pode sair — Sofia repetiu, então tomou o restante do café e se levantou, determinada.

— O que foi? — Jane indagou.

— Isso cabe a mim, Jane. É a minha jornada do herói. Vou te levar de volta pra casa.

Jane assentiu, confusa.

— Ah. Que honra. Muito obrigada.

— Não tem problema. Agora fecha os olhos e vamos embora.

Jane e sua salvadora fizeram juntas o caminho de volta.

28

NA MANHÃ SEGUINTE, Sofia arrastou Jane para fora da cama e despejou uma série de regras e exigências em seus ouvidos, pensadas para impedi-la de apagar a si mesma da história e, se ela se lembrava bem, o universo também.

— Regra número um: você não pode sair — Sofia declarou, passando a Jane um prato com torrada, manteiga e um ovo cozido.

— Posso ir ao jardim? — Jane perguntou, apontando para a janela. Ela colocou um pedaço de torrada na boca e mastigou, com gosto. O pão ali era muito mais macio do que aquele que Margaret, a criada, fazia na residência dos Austen, cuja consistência lembrava vagamente uma pedra.

— Pode. Mas não seja muito observadora. Não pense a respeito dos postes elétricos. Não olhe por cima da cerca dos vizinhos. Quem sabe o que pode desencadear alguma coisa, que estímulo pode destruir outro romance? — Sofia andava de um lado para o outro da cozinha, guardando caixas de aço nos armários. — Talvez você se apaixone pela energia elétrica e decida ficar — ela explicou, escondendo outro aparelho. — E aí, pronto, todos os seus romances somem.

— O que é energia elétrica? — Jane indagou.

— Viu? Você já está demonstrando interesse. Pra sua sorte, não sei explicar o que é energia elétrica, então não vou fazer isso agora. Só aceita que ela existe e que é útil, e segue em frente, como o restante de nós faz.

— O que vou fazer o dia todo então, se não posso me interessar por nada? Olhar para a parede?

— Se quiser... — Sofia então arfou. — Lembrei agora: não ligue a televisão — ela falou, em um cochicho horrorizado e com um dedo em riste. Jane pareceu confusa. — As pinturas vivas — Sofia explicou.

– Chamam aquilo de televisão? Que interessante. "Tele" vem do grego para "longe". "Visio" é latim para "ver". Fico feliz que a tendência às palavras híbridas na língua se mantenha.

– Tá, agora chega disso – Sofia pediu. – Regra número dois: não é pra achar mais nada interessante. E me promete que não vai ver televisão.

– Prometo – Jane disse. Aquilo era fácil: mesmo que encontrasse uma daquelas invenções modernas, duvidava que fosse capaz de operá-las.

Sofia parou de esconder objetos na cozinha e se sentou à mesa, ao lado de Jane.

– Talvez eu possa ler – Jane sugeriu. – Para passar o tempo.

– Acho que não tem problema. – Sofia foi até a estante. – Vamos ver. – Ela deu uma olhada nos títulos. – Só pode ler coisas que já existiam na sua época. Pronto.

Ela pegou dois livros grandes e pesados e os entregou a Jane.

– *Sermões para moças*, de James Fordyce – Jane leu. – E *Obras completas de William Shakespeare*. Só isso? Só esses dois?

– É o bastante para começar. O mais importante é: não leia nenhum destes. – Sofia juntou os cinco volumes de romances de Austen que restavam: *Emma, Razão e sensibilidade, Orgulho e preconceito, A abadia de Northanger* e *Mansfield Park*. – Qual é o problema? – ela perguntou, vendo a expressão de Jane.

– Li um pouco de *Mansfield Park* – Jane confessou, então engoliu em seco. – Ontem. Em uma livraria em Londres. Umas duas páginas apenas. No máximo três.

– Austen! – Sofia gritou. – No que estava pensando? Provavelmente foi o que causou tudo! Não tenho como enfatizar o suficiente os riscos de fazer isso. Regra número três: não leia seus próprios livros. – Ela guardou a pilha de volumes em um armário de vidro, ao lado de uma garrafa de xerez empoeirada. – Vamos torcer para ser o bastante.

Jane ficou olhando para a pequena torre de romances do outro lado do vidro.

– Quando você volta?

– Assim que puder – Sofia respondeu.

Fred saiu do banheiro, com os olhos turvos. Usava apenas uma toalha enrolada na cintura. Ele pulou ao ver Jane e Sofia à mesa.

– O que você está fazendo acordada? – perguntou a Sofia, então dirigiu um sorriso nervoso a Jane. – Bom dia.

– Bom dia, Fred. – Foi tudo o que Jane conseguiu dizer diante da visão à sua frente. Em sua época, ela nunca havia visto o peito nu de um homem. Agora, havia visto o peito nu *daquele* homem duas vezes em dois dias.

– Tenho que estar no *set* às seis – Sofia explicou. – Olha, Fred, Jane vai passar alguns dias aqui, tá? Ela não vai atrapalhar.

– Tá – Fred respondeu, um pouco rápido demais. – Pra mim tanto faz – ele acrescentou, tossindo. Então deu de ombros, e a toalha se soltou. Fred conseguiu pegá-la antes que caísse. Ele olhou para Jane, que desviou o rosto. Ela estava certa de que suas bochechas deviam estar cor de beterraba. – Onde está a chaleira? – Fred perguntou, olhando para a bancada, onde costumava ficar o jarro de metal brilhante, que Sofia havia enfiado no armário.

– Quebrou – Sofia respondeu. – Toma café na escola. Agora me diga um livro que fala sobre viagem no tempo.

Fred franziu a testa para ela.

– *A máquina do tempo*, de H. G. Wells. Por quê?

– Quando foi escrito?

– Sei lá, 1850?

– Então não vai rolar – Sofia disse. Fred ficou olhando para ela, confuso. – Deixa pra lá – ela falou.

Fred ergueu uma sobrancelha para Sofia e se virou para Jane.

– Precisa que eu compre alguma coisa pra te deixar mais confortável aqui? Quer comer algo especial?

Jane balançou a cabeça.

– A comida aqui é maravilhosa, obrigada.

– Olha só pra você, todo hospitaleiro – Sofia disse a Fred. – Nunca se ofereceu pra me comprar algo especial!

Ele a ignorou e perguntou a Jane:

– Você tem roupas ou malas?

– Já dei umas roupas pra ela – Sofia disse.

– E meu vestido está lavando na caixa branca – Jane acrescentou, apontando para o aparelho debaixo da pia da cozinha, que sacudia e girava. O vestido de musselina branca estava visível atrás da janelinha transparente, em um mar de espuma. – Não sei o que as mulheres fazem com as sete horas por semana que sobram, agora que estão livres do trabalho enfadonho de lavar a roupa!

Fred riu, simpático, então pediu licença.

Sofia esperou que ele fosse embora e se virou para Jane.

– Você não pode dizer coisas assim, Jane – ela sibilou. – Tem que fingir que é desta época. – Jane franziu a testa, sem conseguir acompanhar o raciocínio da outra. – Eu te vi surgindo no meio das cortinas, e agora é meu dever ajudá-la a voltar para a sua época – Sofia explicou. – Mas se contar a mais alguém que veio do século XIX, que é Jane Austen, o serviço secreto vai te levar e fazer todo tipo de experiência com você.

Jane olhou para ela com curiosidade. Não tinha entendido nada. Na verdade, parecia mais confusa do que antes.

– Foi um exemplo ruim – Sofia comentou, balançando a cabeça. – Só não fala pro Fred que você é Jane Austen. Lembra do que eu falei? Viagens no tempo não são comuns. Na verdade, são absurdas. Fred não tem ideia de quem você realmente é. Se lhe disser que veio de 1803, ele vai achar que é maluca.

Jane ficou pálida quando a compreensão mortificante a atingiu. Sofia já havia lhe dito para manter sua identidade em segredo, mas ainda não havia entendido o motivo.

– Tenho falado com Fred esse tempo todo como se ele soubesse que vim para cá do passado. – Ela se lembrou das conversas que haviam tido e fez uma careta. – O que ele não deve pensar de mim?

Sofia ergueu uma sobrancelha.

– Por quê? O que você disse?

– Falei sobre o preço do açúcar, entre outras coisas.

Ela levou a cabeça às mãos.

– Relaxa – Sofia disse.

– Como devo me comportar na frente dele? – Jane perguntou, com a voz frenética.

– Não entra em pânico. Essa provavelmente foi a última vez que você viu Fred. Se for obrigada a se relacionar com ele, lembra do que combinamos: você é uma atriz. Do século XXI.

Jane assentiu.

– Sou uma atriz. Do século XXI – ela repetiu.

– Conhece o ditado "Quando em Roma, faça como os romanos"? – Sofia perguntou.

– Claro. Agostinho, 390 antes de Cristo.

Sofia sorriu.

– Então faça como os romanos.

– Você quer que eu observe e imite os costumes modernos – Jane disse.

– Não vai ser um problema, desde que não saia de casa.

Sofia se despediu de Jane e foi embora, fechando a porta atrás de si.

◆

Fred voltou alguns minutos depois, usando uma camisa azul.

– Vou trabalhar – ele disse, no tom casual com que todo mundo parecia falar naquela época. Inúmeras vezes, o cérebro de Jane tinha que perseguir o significado das frases que proliferavam no novo vernáculo. De "mais rápido do que uma bala" ela gostava, embora tivesse precisado de cerca de vinte segundos para compreender a expressão, olhando confusa para o nada. – Sofia já saiu? – Fred perguntou.

Jane confirmou com a cabeça. Procurou no rosto dele por qualquer sinal de desconforto residual. Como estariam as coisas entre ambos? Não sabia ao certo. Depois da viagem a Londres, houvera certo relaxamento, que não apagava a hostilidade que existira antes. Eram amigos agora? Certamente não. Ele continuava não gostando de Jane? Era difícil saber.

– Vai ficar sozinha aqui o dia todo? – Fred questionou. – Não precisam de você nas filmagens?

Jane hesitou diante da pergunta inesperada e buscou uma explicação.

– Não estou me sentindo bem – ela mentiu, então tossiu e torceu para que aquilo sugerisse um resfriado. – É melhor não sair. Mas ficarei bem. Tenho um livro comigo.

A desculpa pareceu funcionar, pois ele logo se ofereceu para acender a lareira.

– Você precisa se manter aquecida. – Apesar dos protestos de Jane, ele saiu para o jardim, dizendo: – Fica aqui.

Ela observou pela janela enquanto ele separava algumas toras de uma pilha apoiada à parede dos fundos da casa. Fred dobrou as mangas e foi colocando as toras sobre um tronco de árvore. Ergueu um machado acima da cabeça e o baixou, com facilidade, dividindo as toras em dois. Os músculos de sua mandíbula ficavam tensos e relaxavam, conforme ele levantava o machado e o baixava sobre as outras toras.

Uma lembrança ocorreu a Jane, de quando ela tinha 12 anos. A tampa de um pote de vidro de cenouras em conserva emperrara na cozinha dos Austen, quando moravam na residência paroquial em Hampshire. Ela e a mãe haviam discutido quanto a como tirar os vegetais da salmoura de seu sarcófago. Jane era a favor de uma abordagem científica: esquentar a tampa e esfriar o vidro. A mãe queria apenas batê-lo na bancada. Ambas puderam testar seu sistema, mas a tampa permanecera firme, como se cimentada. Até que Martin, um criado de 20 e tantos anos, entrara na cozinha, sem dúvida chamado pela discussão entre mãe e filha, e pegara o pote de vidro delas. Ele o segurara e, sem aquecê-lo ou bater nele, girara a tampa e abrira como se não fosse nada. Jane testemunhara os músculos flexionados de seus antebraços e se dera conta pela primeira vez de que os homens eram diferentes das mulheres.

Fred levou a lenha para dentro e se ajoelhou diante da lareira. Montou uma boa fogueira, colocando alguns gravetos na base e depois posicionou os pedaços maiores em volta. Ele criou uma faísca com uma caixinha que tirou do bolso, aproximou a chama da madeira e a manteve ali. Não pegou de imediato, mas ele aguardou. Jane ficou observando, deslumbrada com a visão. A madeira se incendiou, mas a mão de Fred continuou ali, a chama laranja lambendo seus dedos. Ela se sobressaltou. Não tinha certeza de que fazia aquilo deliberadamente, talvez só quisesse garantir que o fogo pegasse. Mas Fred ficou imóvel por muito mais tempo do que o esperado, o que evocava um traço de personalidade que a desarmou. Jane concluiu que havia algo de sombrio nele, certa imprudência, um lado destrutivo que ainda não havia observado. Finalmente, ele recolheu a mão.

O fogo se espalhou rapidamente. Logo, um calor penetrante dominou o cômodo. Jane agradeceu, sem saber o quão profusamente deveria fazê-lo.

– Obrigada. Acender o fogo não é fácil – ela disse.

– De nada.

– Lembro-me de que na noite em que nós dançamos, você me contou que não fazia nada direito – Jane falou. – Mas fez isso muito bem.

Fred assentiu.

– Faço algumas coisas bem.

Ele sorriu, sem olhar para ela.

Jane ficou sem saber como reagir ao comentário. Ela tentou não inspirar demais.

– Melhoras – Fred disse. Ele tocou o cotovelo dela, depois foi embora.

Jane estranhava a mistura incomum de provocação e ternura que parecia permear suas interações com ele. Em um momento, Fred parecia irritado, distante ou zombava dela. No outro, era paciente e atencioso, e antecipava suas necessidades. Não compreendia aquilo. Obrigou-se a parar de remoer a estima misteriosa dele por ela, uma vez que não desempenhava nenhum papel na situação em que se encontrava. Refletir sobre as intenções de alguém tão desconectado com sua pessoa era uma tarefa sem sentido, e todo o seu foco deveria estar em voltar para casa.

O fogo estalou na lareira. Jane olhou para o relógio. Eram sete horas. Ela suspirou. Na ausência de um plano melhor, torceu para que Sofia fosse bem-sucedida em sua busca de uma maneira de levá-la de volta a 1803. Jane precisava se distrair de alguma maneira, portanto se sentou à poltrona e abriu os *Sermões* de Fordyce.

29

JANE CONCLUIU A LEITURA DOS *SERMÕES* de Fordyce pela terceira vez. Tinha recorrido àquele livro anteriormente para ajudá-la a dormir, mas agora que tinha a oportunidade de lê-lo na íntegra via que também apresentava enorme potencial para a comédia. O compêndio de dois volumes de ensaios sobre a moralidade e a castidade das moças estava repleto de conselhos sensatos. Depois da terceira leitura, no entanto, ela não conseguia mais achar graça nele e ficou abismada ao perceber que eram apenas onze horas.

Não tinha qualquer intenção de desobedecer a Sofia. Pretendia fazer como instruído e não interagir com os avanços do século XXI, para não apagar a si mesma, seus romances ou o universo, como a nova amiga havia profetizado. Jane fez questão de ignorar as velas que se acendiam quando se apertava um botão na parede e que queimavam com mais força que quaisquer outras que já tivesse visto. Fez questão de não se maravilhar com a caixa de aço da cozinha que congelava água e mantinha a comida fria. Passou a manhã com a mente bloqueando qualquer tipo de admiração, fascínio ou conjectura em relação às maravilhas e aos avanços do futuro no qual se encontrava, para não se apaixonar por aquele lugar a ponto de escolher ficar e estragar tudo.

Aquilo exigia muita disciplina, pois o mundo fascinava Jane. Aos 8 anos, ela havia desmontado um relógio de piso para descobrir como funcionava, o que fez com que sua mãe a declarasse insolente e destrutiva. Pedir para alguém, que falara sua primeira palavra aos 8 meses e que aprendera a ler sozinha aos 2 anos, não demonstrar curiosidade em relação ao mundo à sua volta era tão inútil quanto pedir a uma leoa que deixasse para comer um antílope depois.

Além do mais, que mal faria? Sofia havia declarado que qualquer tipo de investigação da parte de Jane sobre o século XXI faria com que ela se apaixonasse por este mundo e acabasse mudando o curso da história, mas aquilo ainda precisava ser confirmado. Nem todo objeto do futuro devia representar um perigo à existência dela, claro. Um simples passeio pela casa para impedir que o tédio a deixasse louca não ia doer. Jane prometeu a si mesma que não prestaria muita atenção. Afinal, Sofia descobriria uma maneira e ela logo estaria de volta a 1803. Jane assentiu para si mesma, satisfeita por se comprometer com uma infração justificável, e deixou os *Sermões* de lado.

Começou pela cozinha, que era parecida com a cozinha de sua época, um lugar para guardar e preparar comida, embora com muitos objetos diferentes e sem qualquer criado. Jane abriu a caixa branca, que continha comida gelada sem nenhum gelo aparente. Havia carnes cozidas, vegetais variados, potes e garrafas. Jane olhou para uma garrafa. Era feita de um material transparente, mas não vidro. O que era aquela substância misteriosa que parecia constituir cada caixa e cada garrafa, transparente como vidro, mas muito mais fina e leve, cheirando vagamente a esfagno? Ela balançou a cabeça de novo para aquelas pessoas e suas invenções. Tinham criado uma porção de coisas para economizar tempo e tornar a vida mais fácil, mas andavam muito mais depressa e pareciam angustiadas.

Jane deixou a garrafa de lado e suspirou uma vez mais diante da abundância de comida. Provou cada carne. Os temperos inundaram seu paladar. Enquanto algumas pessoas usavam tanto alho que pareciam estar querendo afastar uma praga, outras nem a colocavam na comida. Ela experimentou cada molho, cada tempero. Tentou deslocar a caixa branca, para verificar como era por trás e deduzir como mantinha a comida gelada, mas parecia grudada ao chão de tão pesada, enraizada como um tronco de árvore. Jane desistiu daquilo quando suas costas começaram a doer.

Olhou para seu vestido de musselina, que estava largado dentro da caixa de água cheia de sabão, a qual deixara de rodar sozinha. Tentou recuperá-lo, mas não conseguiu abrir a portinha. Deixou a ideia de lado, com medo de enfurecer a máquina de metal. Quando abriu as gavetas e os armários, constatou que continham facas e panelas, algumas de formas e tamanhos como nunca tinha visto, outras exatamente iguais às de sua época. O mesmo ocorreu com as tesouras. Jane conseguiu tirar água das fontes do banheiro e acionou o mecanismo de descarga da privada. Arfou diante da água cristalina que encheu a cerâmica branca.

Jane seguiu em frente pelo corredor. Abriu uma porta e se espantou: presumira que seria da sala de jantar, mas se tratava do quarto de Fred. Ela voltou a fechar a porta e ficou parada no corredor. Recusava-se a violar a privacidade dele. Mas o que haveria lá dentro? Não estava interessada nos pertences pessoais de Fred, não queria descobrir segredos escondidos, mas queria ver como era a disposição geral do quarto de um homem. Nunca havia entrado em um, nem mesmo nos quartos dos irmãos, e via aquilo como um dever literário, em nome da precisão em qualquer descrição que pudesse vir a fazer em suas obras. Ninguém chegaria antes do fim do dia, de modo que não haveria mal em olhar lá dentro. Jane empurrou a porta com o pé. Ela se entreabriu.

Tratava-se de um cômodo amplo, com um assento sob a janela que dava para o jardim. Um cobertor azul estava estendido sobre a cama gigante. Sobre uma poltrona de couro em um canto, havia uma camisa e uma calça masculinas. Uma cômoda fora posicionada junto à janela. Jane abriu a gaveta de cima e encontrou uma pilha de papéis, cobertos por palavras impressas em preto. Ela pegou a carta que se encontrava logo acima.

> *Caro senhor,*
>   *Segue uma amostra de dez mil palavras do meu romance para jovens adultos,* Land's End. *Incluí um envelope endereçado para devolução do manuscrito. Por favor, entre em contato se tiver interesse em ler mais.*

Jane franziu a testa, curiosa. Lembrou-se de quando o pai enviara seu romance, *Primeiras impressões*, para Cadell, e de como a recusa do editor lhe partira o coração.

Deixou a carta de lado. O título do manuscrito aparecia na primeira página. Jane inspirou profunda e demoradamente. Uma tábua do piso rangeu. Ela olhou em volta, por culpa, mas não havia ninguém ali. A casa continuava vazia, a não ser pela própria Jane e pelo manuscrito. Ela virou a página.

Capítulo 1
   Eram quatro da tarde de uma terça-feira quando George Drummond se decidiu. Libélulas eram péssimos animais de estimação.

O corpo de Jane enrijeceu na hora. Fred havia escrito um romance! Ela se acomodou no assento à janela e leu depressa, com animação. Expressões que nunca havia ouvido preenchiam as páginas, assim como xingamentos o bastante para fazê-la corar. Assim que se adaptou às frases modernas e ao vernáculo, a história a cativou. Um tumor afligia uma mulher. Em seu desespero para salvar a vida dela, seu filho de 12 anos participava de uma corrida – de longa distância e para adultos –, com o intuito de arrecadar fundos para o tratamento. Jane virava uma página após a outra, correndo para saber se o menino era bem-sucedido, se concluía a corrida e se salvava a mãe. Não demorou muito para chegar à metade.

– Oi, Jane – uma voz chamou.

Ela se virou, assustada. O autor do manuscrito se encontrava à porta. Jane congelou.

O sorriso no rosto de Fred desapareceu assim que ele viu o que ela tinha nas mãos.

– O que está fazendo? – ele indagou.

Jane procurou uma desculpa.

– Sinto muito. Perdi a noção da hora. – Ela se forçou a respirar, horrorizada e envergonhada. – O que está fazendo aqui? Não achei que fosse voltar tão cedo.

– Voltei pro almoço. E pra ver como você estava.

Fred balançou a cabeça e a olhou com timidez, então estendeu a mão para o manuscrito.

Ela se encolheu quando ele o pegou de volta.

– Por que nunca o mandou? – Jane não conseguiu evitar perguntar, apesar do constrangimento de ter sido pega.

– Como?

– O manuscrito. Por que não enviou ao editor?

Ele não respondeu. Jane se levantou. Ficaram os dois em silêncio, até que Fred finalmente disse:

– Preciso me trocar.

Seu tom de voz incomodou Jane. Ele não parecia bravo, mas desanimado. Ela teve vontade de chorar.

– Claro. Sinto muito. Perdão.

Fred não disse nada quando ela passou por ele, mas fechou a porta em seguida.

Jane foi se sentar na cozinha, como uma criança repreendida, mortificada. Ele saiu do quarto usando a camisa e a calça que estavam na poltrona.

– Fred, preciso me desculpar de maneira apropriada – Jane começou.

Ele passou direto por ela, sem encará-la.

– Não se deve entrar no quarto dos outros sem pedir – Fred falou, baixo.

– Eu sei – Jane disse. – Sinto muito.

Ele saiu pela porta da frente sem nem se despedir. Jane voltou à poltrona da sala e abriu o livro de sermões. Foi até aquele cujo título era "Sobre a reserva feminina" e o leu do começo ao fim.

30

POR MAIS QUE TENTASSE, Jane não conseguia afastar de sua mente a imagem do rosto de Fred quando a descobrira. Lembrou-se de que não se importava com o que ele pensava dela, mas, ainda assim, queria que o desconforto entre ambos fosse o menor possível. Estava hospedada na casa dele, e sua volta para casa dependia da ajuda dele e da irmã. Seria muito inconveniente se Fred pedisse que ela fosse embora.

Ele voltaria ao fim da tarde. Jane ficou sentada na poltrona, olhando para a porta, aguardando seu retorno. Quando Fred chegou, mais tarde do que o esperado, Jane se levantou e ficou esperando que a cumprimentasse. Ele tirou o casaco marrom. Acenou com a cabeça para ela, mas não disse nada, e foi direto para o quarto. O cumprimento educado e indiferente a irritou. O silêncio era um desafio mais preocupante do que a raiva. Jane preferiria que Fred gritasse com ela.

Jane se viu entre dois desejos muito diferentes. O primeiro era o de fazer as pazes com Fred rapidamente, restaurando sua boa posição naquela casa. Aquilo exigiria não falar mais do romance dele e de seus personagens, concentrando-se em assuntos mais leves, como o clima e sua cor preferida. O segundo era o desejo avassalador e ardente de conversar com aquele homem sobre romances e escrita, sobre a luz e o fogo de sua vida. Mais inclinada ao segundo, ela o seguiu pelo corredor, com passos suaves.

– Por favor, Fred, permita que eu peça desculpas devidamente – ela pediu. Fred fechou a porta do quarto, e Jane ficou sozinha no corredor. – Sei que o que fiz foi imperdoável – ela continuou falando através da porta. – Sou uma pessoa terrível, desprezível.

Esperava que aquilo fosse o suficiente para aplacá-lo, e ficou esperando à porta, mas ele não a abriu.

Jane suspirou.

– Sei que isso não serve de consolo, mas seu romance é muito bonito – ela murmurou.

Nenhuma resposta veio do outro lado. Jane desabou, imaginando quanto tempo levaria para que fosse convidada a se retirar. Ela assentiu e voltou a James Fordyce, para aguardar seu destino.

Depois de um momento, Fred apareceu à porta da sala. Ele manteve os olhos no chão, arrastando um pé para frente e para trás.

– Você gostou? – Fred perguntou, depois de um momento.

Jane deixou o livro de lado.

– É uma história de partir o coração – ela comentou, sem meias-palavras. – No melhor sentido possível. Provocou a dor do leitor em mim.

Ele franziu a sobrancelha.

– Dor do leitor? O que é isso?

– É a dor que alguém sente quando simplesmente tem que continuar lendo. Meus olhos e meu cérebro estavam exaustos, de tanto que eu já havia lido antes, mas continuei virando as páginas porque precisava saber o que aconteceria em seguida.

Ele sorriu. Jane sentiu o coração saltar no peito.

– Mas tem algo que não entendi no manuscrito – ela disse.

Fred pareceu desanimar.

– Não faz sentido. Meu romance não faz sentido.

Jane se arrependeu ao ver quão rapidamente havia desfeito todo o seu bom trabalho, com um único comentário imprudente.

– Não, perdão! – ela se apressou a dizer. – O que eu quis dizer foi... minha nossa – Jane resmungou. Ela, entre todas as pessoas, deveria saber que era melhor não criticar o trabalho dos outros ou oferecer sua opinião, informada ou não, em virtude de seu poder esmagador. – Seu manuscrito extravasa brilhantismo e doçura. Esqueça o que eu disse – ela pediu. Se continuasse por aquele caminho, ele logo ia lhe apontar o caminho da porta.

– Não, por favor, pode falar. Quero saber. Algo não está funcionando. Me sinto empacado. Não consigo escrever mais.

Fred a encarou, com olhos suplicantes.

Jane se retraiu. Escolheu suas palavras com todo o cuidado possível. Sabia do poder delas, sabia da maldade inerente a ela, de sua propensão a julgar.

– Não entendi por que o menininho dançou com a mãe.

Parte dela esperava que Fred não fizesse mais perguntas.

– Como assim? – ele indagou.

– Não importa. Não sei de nada. Sou uma tola e não deveria ter dito nada.

– Mas você disse alguma coisa, então, por favor, se explique.

Ele levou as mãos à cintura e soltou o ar devagar.

– No romance, tal qual está agora, a mãe convida o menininho para dançar, e ele aceita.

Fred assente.

– E qual é o problema nisso?

– Dá uma falsa impressão da personalidade dele.

Minha nossa. Jane não conseguia acreditar nas palavras que haviam saído de sua boca. Insultara o manuscrito de Fred e agora assassinava seus personagens. Sentia-se como uma fera perniciosa, uma bruxa terrível, demonizando o romance dele, que ela tinha mesmo achado lindo.

– Podemos falar mais a respeito em outro momento? – Jane ofereceu, com a voz fraca.

Fred riu e cruzou os braços.

– Não – ele disse. – Afinal, o que você sabe sobre escrita?

– Nada, certamente – Jane disse. – É só minha opinião. Provavelmente entendi tudo errado.

Fred assentiu.

– Ainda assim... fala mais.

Jane inspirou e apresentou sua perspectiva sobre o protagonista, o mais rápido que pôde.

– Faltou verdade à cena da dança. O menino está bravo com a mãe, não é?

– Não, ele ama a mãe. Ela é uma mulher incrível.

Jane assentiu, depressa.

– Concordo. Ele ama a mãe. Ela sempre o abraça, pensa no que o menino gosta de comer, beija seus machucados e remenda suas roupas, muito embora ele nunca agradeça. Ela ouve as histórias dele mesmo depois de um dia exaustivo. Mas isso não significa que não possa se aborrecer com ela. O menino a culpa pelo abandono do pai.

Fred se sentou a uma poltrona, em silêncio.

— Foi um erro — Jane disse. — Peço perdão. Não deveria ter dito nada.

— Não sei — Fred disse, olhando para ela como se procurasse algo em sua expressão. — Continue, por favor.

Ele ficou esperando que ela prosseguisse.

Jane falou no tom mais delicado possível, ciente de que aquilo era mais do que fazer as pazes para que ele não a mandasse embora. Tinha a alma de outro escritor nas mãos e procurou se lembrar de não a esmagar.

— Muito embora ela o ouça, cuide dele e o alimente, o menino não consegue evitar. Está furioso com a partida do pai e direciona essa fúria à única pessoa possível: a mãe que ficou. A mãe faz aniversário naquele dia, não é?

— Isso.

Fred coçou a cabeça.

Jane assentiu.

— Ela diz ao filho o que quer de aniversário. "Nada de presentes, nada de bolo", é o que ela fala. "Quero que você dance comigo. Vou colocar meu vestido e meus sapatos vermelhos e quando você voltar da escola vamos dançar 'My Girl'. Só quero que você dance comigo." Não é isso? — Jane perguntou, notando a expressão de Fred.

Ele ficou olhando para ela.

— É isso que ela diz, palavra por palavra.

Jane engoliu em seco. Era sempre assim com as palavras, como se as estivesse lendo em um quadro mental. Outros já haviam comentado a respeito, o que a deixava constrangida.

— É fácil recordar palavras tão bonitas — ela disse rapidamente, dando de ombros. — De qualquer modo, o menino não quer dançar com a mãe. Está saindo da infância e tem mais interesse em ficar na companhia dos amigos da escola do que em sua vida em casa. O pedido sentimental dela o deixa constrangido. Ele dá a desculpa de que vai estar ocupado, mas, em segredo, a mãe acredita que o menino vai aparecer. O tempo passa e ele não aparece. Não honrou seu compromisso. A mãe se repreende por lamentar algo tão insignificante, mas não consegue evitar. Descalça os sapatos e se prepara para ir para a cama. Então, no último minuto, quando tudo parece perdido, o menino aparece. Corre para casa e chega quando a mãe está indo se deitar e irrompe pela porta da frente. Pega a mãe pelos braços e dança com ela, que chora de alegria, e eles voltam a ser uma família.

O rosto de Fred estava contraído.

– E o que tem de errado nisso? – ele questiona, com a voz fraca.

Jane olha para ele e inspira fundo.

– Acho que o menino não volta pra casa. Não faz o que ela pediu, por um constrangimento momentâneo ou até por despeito. Ele nunca dança com a mãe.

Fred ficou olhando para Jane como se ela o tivesse acusado de assassinato.

– De jeito nenhum – ele disse, balançando a cabeça. – Seria horrível.

– Seria mesmo horrível. Seria triste e desagradável, algo de que ele talvez se arrependesse logo em seguida, possivelmente pelo resto da vida. A ideia é essa. A vida é assim, cheia de arrependimentos.

– Mas se ele não dançar com ela os leitores vão ficar com raiva do menino.

Fred agora olhava para o chão, com o rosto vermelho e triste.

– Eu gostei bastante do menino – Jane disse, com suavidade. – Ele tem uma alma delicada e carrega muita tristeza no coração. Se importa com a irmã e ama muito a mãe.

Fred ergueu o rosto, fazendo com que os olhos de ambos se encontrassem. Então voltou a baixá-lo, como uma criança repreendida, e Jane viu que a matéria do romance estava bem à sua frente. Ela provavelmente se encontrava no cômodo em que a cena de que falavam havia se desenrolado.

– Participou de uma corrida pela sua mãe? – ela perguntou, com cuidado. – Uma corrida para adultos, embora ainda fosse uma criança?

– Na verdade, de uma caminhada que ia de Land's End a John o' Groats. Era um evento de catorze dias.

Aquilo surpreendeu Jane.

– Quantos anos tinha?

– Doze. Me inscrevi sem contar pra ninguém. Quando apareci na linha de partida, tentaram me impedir. Mas fugi, correndo. Muita gente torceu por mim durante o trajeto. Afinal, era um menininho em uma corrida para adultos. Por um tempo, foi ótimo. Mas, no quarto dia, passei mal. Não sabia o tanto de água que tinha que beber. Continuei andando até desmaiar. Acordei no hospital, desidratado. Me disseram que quase morri. Eu queria continuar, tentei até fugir do hospital, mas fui pego por alguém da enfermagem.

Ele riu e baixou a cabeça.

– Quanto percorreu antes de desmaiar?

– Trezentos e setenta quilômetros.

– Você andou trezentos e setenta quilômetros?

Ele confirmou com a cabeça.

– Quanto precisava arrecadar?

– Meu objetivo eram oitocentas libras. Para levar minha mãe para os Estados Unidos, onde tinha surgido um novo tratamento pro câncer. Oitocentas libras era quanto custava para voar até lá.

Jane recebeu as palavras com curiosidade e espanto. Como alguém voava até os Estados Unidos? Como um pássaro? E que tipo de magia tratava o câncer? Ela se lembrou de se concentrar no que estavam discutindo.

– Conseguiu o dinheiro? – Jane perguntou.

– Minha história chegou aos jornais. Levantei 23 mil libras.

Era uma soma fantástica. Jane ficou olhando para ele, maravilhada.

– Minha nossa! E como sua mãe reagiu?

Fred sorriu, balançou a cabeça e não disse nada. Pareceu inquieto e coçou a cabeça, como Jane imaginava que devia fazer desde pequeno. Finalmente, ele sussurrou:

– Fui horrível com minha mãe. Era um menininho mimado. Ela fazia tudo por mim, e eu retribuía com provocações e frieza. Nunca dancei com minha mãe, e então ela morreu. Nunca disse que a amava, nem uma vez. Embora ela dissesse que me amava todos os dias.

– Você era criança. Crianças nunca dizem às pessoas que as amam.

– Eu poderia ter dito pelo menos uma vez. Ela morreu achando que eu não a amava.

– Atravessou o país para salvar sua mãe. Ela sabia que você a amava – Jane disse, mas Fred balançou a cabeça. – Significaria mais se o menino não dançasse com a mãe no romance – ela sussurrou. – Quanto mais humano ele for, mais vão gostar dele.

Os olhos de Fred ficavam indo e voltando do rosto de Jane.

– Tem mais? Só encontrei metade do romance quando... quando entrei no seu quarto, uma falta de educação que ainda me assombra.

– Nunca terminei de escrever – Fred contou.

– Tem que terminar! – Jane exclamou. – Por que parou?

Fred deu de ombros.

– Eu não sabia como continuar. E achei que algumas cenas podiam parecer falsas. – Ele se inclinou para ela e tocou seu braço com o punho cerrado, brincando. Jane estremeceu e corou diante daquele gesto de afeto. – Além do mais, sabe como é difícil ser publicado?

– Tenho alguma ideia – Jane respondeu.

– Sabe quantas pessoas por ano escrevem romances e não conseguem nada? Já temos livros o bastante no mundo. Não precisamos de mais.

– É uma ideia assustadora.

Fred deu de ombros.

– Começou a ficar muito difícil. Eu não sabia se era bom. Mostrei as páginas iniciais a amigos no trabalho. Recebi alguns comentários positivos e construtivos, mas morri de constrangimento e jurei que nunca mais faria nada criativo.

– É aí que se deve perseverar – Jane declarou. – A hora mais sombria da noite é a que precede o amanhecer. O momento em que tudo parece perdido é o momento de continuar escrevendo. É preciso confiar no próprio coração, ainda que não se veja o fim do túnel. Só você pode escrever essa história. E a escrita é uma profissão solitária.

– E quando as palavras não vêm? – ele perguntou.

Jane assentiu.

– É preciso cerrar os dentes, segurar a pena com firmeza e seguir em frente.

– Parece angustiante.

– E é – ela respondeu. – Você enche a página de palavras, depois lê e entra em desespero.

– Ótimo – Fred disse, com uma risada.

– No dia seguinte, lê de novo e encontra duas palavras que não são horríveis. E então seu coração se extasia. – Jane pigarreou, consciente de que estava se exaltando. – Ou foi o que ouvi dizer.

Fred ergueu a cabeça e voltou a olhar para ela. Quando Jane não foi mais capaz de encará-lo, desviou o rosto.

– Vou pensar a respeito – ele disse.

– Faça isso – Jane o encorajou, então tossiu.

Ele voltou a olhar nos olhos dela, com uma expressão diferente no rosto.

– Obrigado, aliás – Fred disse. – Não pela parte em que invadiu meu quarto, mas pelo resto. Por ler meu manuscrito e por ter gostado. Foi importante pra mim.

– De nada – Jane respondeu.

Fred disse que tinha um compromisso do trabalho e voltou a sair. Ela não compreendia muito bem como as coisas haviam se desdobrado. Antes, estivera à beira do desespero, com ele a evitando como se fosse uma criminosa por ter invadido seu quarto. Estivera preparada para ser mandada embora. Agora, tinham voltado a ser amigos. E não apenas amigos, mas camaradas. Aquele homem conhecia o tormento e o êxtase de labutar página a página, como ela, de colocar a própria alma em risco contando uma história.

Jane começou a sentir uma agitação dentro de si, uma estranha instabilidade que não estava lá antes. O desconforto entre ambos permanecia, agora mais brando e acompanhado de algo mais profundo, capaz de desarmar. O modo como ele passara a olhá-la, a se vigiar quando estava com Jane, era inteiramente novo. E o comportamento dela em relação a ele também havia se alterado. Havia uma familiaridade nas ações de ambos, como se tivessem passado por algo juntos, o que de certa maneira havia mesmo acontecido. Mas também havia uma estranheza renovada na forma como interagiam, como se um se precavesse contra o outro, em posse de mais informações ou de novos sentimentos. Tudo parecia mais tenso.

Uma parte de Jane desejava nunca mais vê-lo, não ser mais confrontada por ele. Tinha objetivos mais importantes a satisfazer e outras tarefas a realizar, como voltar para casa para poder escrever seus livros. Precisava parar de pensar em Fred.

Ela tentou se lembrar de todas as coisas de que não gostava nele e passou alguns minutos compondo uma lista mental de suas falhas. Quando não funcionou, procurou outra distração. Pegou o Fordyce e se forçou a começar o próximo sermão. Passou os olhos pelas frases sem ler nada, reassegurando a si mesma de que, em algum momento, uma distração surgiria.

◆

Quando Jane cumprimentou Sofia na cozinha naquela noite, seus olhos foram atraídos pelo brilho do armário de vidro em que estavam as bebidas e os livros dela. Quando a examinou com mais atenção, Jane se deu conta de que agora havia apenas quatro livros na pilha sobre a prateleira de vidro.

Um segundo livro havia desaparecido. *Razão e sensibilidade.*

– Você o tirou daqui? – Jane perguntou a Sofia, apontando para onde o romance estivera.

Sofia balançou a cabeça com a expressão horrorizada e pegou outra garrafa de vinho.

– Não consigo entender – ela disse. – Fizemos tudo direitinho. Você ficou em casa, não foi?

– Fiquei – Jane disse.

– Não teve nenhuma interação com o século XXI que pudesse colocar em risco suas chances de voltar a 1803?

– Não consigo pensar em nada – Jane respondeu. – Passei o dia todo dentro de casa e conversei com Fred.

– Bom, isso não seria motivo para a calamidade que temos diante de nós!

Jane assentiu. Não mencionou que havia invadido o quarto de Fred e descoberto seu manuscrito, ou o que se seguira depois disso. Duvidava que aquilo tivesse qualquer relevância para sua situação atual.

– Sinto muito, Jane – Sofia disse. – Fui negligente em minha busca. Fiquei ocupada com minhas tentativas de recuperar meu marido e salvar minha carreira. Mas vou fazer alguma coisa agora.

– De modo algum, Sofia, você tem sido maravilhosa. Fui eu que errei.

Jane engoliu em seco, acometida pela culpa.

Sofia balançou a cabeça e levou as mãos à cintura.

– É hora de medidas drásticas.

– O que vai fazer? – Jane perguntou, preocupada.

– Vou à biblioteca. A uma maior, desta vez.

31

SOFIA ADENTROU O ÁTRIO DA BIBLIOTECA da Universidade de Bristol. Dizer que se sentia deslocada seria pouco. A estrutura cavernosa de tijolos vermelhos tinha quatro andares. Havia estantes, computadores e homens de cardigá por todo lado. Aquela catedral da literatura, para pessoas que levavam livros a sério, não era exatamente receptiva a ela. O último livro que havia lido era de uma jornalista que divagava sobre o tamanho da própria bunda. Sofia tinha medo de que alguém pudesse convidá-la a se retirar.

Nem sempre fora assim. Adorava ler quando criança. Tinha devorado Judy Blume, resolvido crimes com Os Cinco e viajado com Lewis Carroll. Ela culpava Noel Streatfeild por sua obsessão por sapatos. Uma vez, ficara tão desesperada durante um feriado em Blackpool que pegara a lista telefônica e a lera de A a M. Acima de tudo, ela amava Jane Austen. Mas fazia tanto tempo que não lia que Sofia achava que talvez até tivesse esquecido como fazê-lo.

Ela chegou a uma estante de volumes antigos, escolheu uma prateleira ao acaso e se inclinou para ela, com uma careta. Já se sentia perdida. Deu uma olhada nos títulos.

– Posso ajudar? – alguém sussurrou, da outra estante.

Sofia olhou por cima dos livros à sua frente. A voz vinha de um bibliotecário, que empurrava um carrinho com livros cobertos por um plástico.

– Não, obrigada – Sofia mentiu, voltando a examinar os volumes.

– *Almanaque da poesia ucraniana* – ele disse e apontou para o livro que Sofia fingia olhar. – Uma bela leitura. Vários poemas sobre batatas. Na minha opinião, nunca se tem o bastante desses. Mantenho uma edição de bolso na mesinha de cabeceira. – Sofia olhou feio para o bibliotecário, que estava usando camisa e calça social preta fora de moda, todo desalinhado. – Pronto. Um sorrisinho. Eu sabia que minhas piadas ucranianas não podiam ser tão ruins assim.

– Não preciso de ajuda, obrigada – Sofia disse.

O bibliotecário ergueu os braços, como se estivesse se rendendo, e voltou a reabastecer as estantes. Sofia passou à prateleira seguinte.

– A poesia búlgara também é muito interessante – ele continuou falando, olhando por uma brecha entre os livros. – Eles não são tão ligados à imagem da batata, mas não se pode ter tudo. – Sofia suspirou. – Me diga o que está procurando. Vou te contar um segredo: já vim aqui antes. Talvez eu saiba onde está.

– Não – Sofia disse.

– Você está procurando um livro erótico, não é?

– Não – Sofia repetiu.

– Já sei. *O código Da Vinci*! – ele gritou.

– Fala baixo! Estamos em uma biblioteca.

– Vou continuar gritando até você me dizer.

– Tá – Sofia disse. – Estou procurando um livro sobre bruxaria. Ela tossiu.

– Não foi tão difícil assim. E não tem problema. – Ele estacionou o carrinho. – Meu nome é Dave Croft, aliás.

– Sofia Wentworth.

– Sou um grande fã – Dave disse, oferecendo a mão. Sofia revirou os olhos e a apertou.

Ele a conduziu ao quarto andar, onde entraram em uma salinha com estantes empoeiradas.

– Temos toda uma seção sobre bruxas – Dave disse, animado. – Elas foram queimadas loucamente aqui no sudoeste da Inglaterra. – Ele ofereceu um livro a Sofia, com encadernação de couro preto. – Esse é o *Malleus Maleficarum*, de 1487. Um trabalho seminal sobre bruxas, no auge da moda. Escrito por um padre bem raivoso. Serve como uma guia básico. Como identificar uma bruxa, prender e queimar.

Dave abriu um sorriso animado.

Sofia pegou o livro.

– Não tem nada mais instrutivo?

Ele ergueu uma sobrancelha.

– Instrutivo?

Ela deu de ombros e falou casualmente:

– Da perspectiva de uma bruxa, digo. Tipo, como uma delas faria um feitiço.

Dave sorriu.

– É um livro de encantamentos que você quer? Pretende lançar feitiços?

– Não seja bobo – Sofia disse, rindo, depois fez uma pausa. – Na verdade, quero reverter um. Um feitiço de verdade. Feito por uma bruxa de verdade.

– E essa bruxa tem nome? – Dave perguntou.

– Na verdade, sim. Era conhecida como sra. Sinclair – Sofia disse. – O que foi?

– Ah, nossa, desculpa – ele respondeu, rindo. – Achei que estivesse brincando.

– Sei que acha que sou boba. Que não passo de uma atriz bonita que enlouqueceu com a tragédia e o escândalo.

Ela ajeitou os óculos escuros.

– Não acho que seja boba. De que tipo de feitiço se trata?

– Se precisa mesmo saber, Jane Austen está morando na minha casa.

Sofia pigarreou.

Dave ficou olhando para ela, parecendo reprimir um sorriso.

– Jane Austen.

Sofia confirmou com a cabeça.

– A escritora espirituosa. Está no presente, na minha casa. Na casa do meu irmão, na verdade. Não compro casas assim pequenas. Ela lançou um feitiço, viajou no tempo e veio parar aqui. Agora precisa reverter o feitiço para voltar para a época dela. Sim, sei que parece maluquice. E, não, não espero que acredite em mim. Pronto, já contei tudo. Agora é melhor me deixar em paz. Obrigada pela ajuda, mas tenho um trabalho a fazer.

Ela pegou a bolsa e o lenço.

– Ei. Não vai embora – Dave pediu. – Desculpa. – Ela o ignorou e se dirigiu à porta. – Pelo menos deixa seu número de contato – ele gritou.

Sofia parou e deu meia-volta.

– Pra quê?

Dave deu de ombros.

– Caso eu encontre alguma coisa.

– Você não vai encontrar – ela desdenhou, mas foi até ele e anotou seu telefone em um pedaço de papel. – Pronto. Feliz? Posso ir agora?

Sofia lhe entregou o papel, xingou a si mesma por ter ido até ali e se dirigiu à saída.

– Espera – Dave ainda lhe disse, mas ela já saía pela porta.

◆

Naquela tarde, Sofia teve seu primeiro ensaio com figurino com Courtney Smith. Derek voltou a maquiar seu rosto à perfeição no estilo "sem maquiagem", mas seus esforços se provaram inúteis quando Courtney entrou no *trailer*.

– Bom dia, milady – ela disse, em um sotaque de Yorkshire bastante razoável.

Sofia refletiu a respeito e ficou decepcionada ao concluir que era adequado a alguém do norte do país. Também se tratava de um sotaque difícil de reproduzir. Ela morreu de inveja.

– Desculpa – Courtney prosseguiu –, mas eu estava falando com Mick, um dos técnicos. Ele é do norte. Pensei em treinar meu inglês britânico, pra ir entrando no clima. Me mostra seu figurino.

Sofia se virou e sorriu. Pelo menos daquilo podia se orgulhar. Seu agente havia falado com os produtores, e agora ela usava um vestido de seda creme muito bonito, recatado e elegante. Lembrava uma bela e reluzente coluna grega. Seus fãs – e Jack – iriam adorar.

– Sei não – Courtney disse, apontando para o vestido.

– Como assim? – Sofia disse, rindo. – Qual é o problema?

Courtney deu de ombros.

– Posso estar errada, mas talvez não seja o vestido certo para o filme.

– Como? É o estilo exato do período.

– Eu sei, mas não tem a ver com o seu personagem. A sra. Allen é uma mulher divertida, não um símbolo sexual. A ideia é que ela faça as pessoas rirem.

Sofia fez uma careta. Mesmo que Courtney estivesse certa, quem era ela para criticar o figurino de outra atriz?

– Já volto – Courtney disse. Sofia e Derek trocaram um olhar e deram de ombros. Ela voltou logo, com uma figurinista que parecia preocupada e trazia outra roupa em um cabide. – Experimenta isso – Courtney disse a Sofia, referindo-se ao novo vestido.

Sofia avaliou o vestido e ficou chocada.

– De jeito nenhum.

– É só um ensaio. Experimenta. Se não der certo, a gente troca.

Sofia revirou os olhos e foi se trocar atrás da cortina. Voltou depois de um tempo e se colocou diante deles. O maquiador deu uma risadinha.

– O que foi, Derek?

– É muito engaçado – ele disse, mas pareceu desanimar ao ver a expressão de Sofia. – Ah. Não era pra ser?

Ela correu para o espelho e avaliou seu próprio reflexo. O vestido era de veludo verde-limão e tinha um laço, também de veludo, mas roxo, no peito. O adorno de cabeça que o acompanhava tinha frutas de verdade nele. Se antes Sofia parecia um pavão, agora parecia um sapo.

– É perfeito – Courtney declarou.

– Quê? Não, você deve estar de brincadeira – Sofia disse.

– Você está hilariante – Courtney garantiu, assentindo. – É um figurino incrível. O público vai rolar de rir.

– Que pena, então – Sofia disse, com uma risada ultrajada. – Porque já tenho um vestido. E vou me trocar agora mesmo.

– Qual é o problema? Fica com esse – Courtney disse. – É o que Jack quer.

Jack. Minha nossa.

– Certamente não é.

– Vamos perguntar. Vá chamá-lo – Courtney ordenou para a figurinista, que obedeceu na mesma hora, parecendo temerosa.

– Não vamos meter Jack nessa história! Ah, oi – Sofia disse, quando ele apareceu.

– Opa – Jack soltou ao entrar no *trailer*. Estava olhando para Sofia.

– Exatamente – ela disse. – Obrigada. – Seus sentimentos eram mistos: estava aliviada por Jack não ter gostado do vestido, mas constrangida porque ele a havia visto nele. – Vou me trocar. Tem um vestido cor de creme encantador me esperando. Com licença – Sofia disse, já voltando para trás das cortinas.

Courtney tocou o braço do diretor.

– Não, Jack, você não está entendendo.

Sofia piscou diante do modo como Courtney dizia aquilo. Jack não aceitaria.

– O que não estou entendendo, mocinha? – ele perguntou, com um sorriso. Sofia se aborreceu. Aparentemente, ele ia aceitar, sim.

– Sofia tem uma personagem cômica. Jane Austen escrevia comédias, lembra? Essa é uma maneira de homenagear a autora.

Sofia se eriçou. Via-se dividida em duas partes conflitantes. Por um lado, queria aparecer toda glamourosa na telona, em um vestido lindo, partir corações e dar uma lição a Courtney. Por outro lado, venerava Jane Austen, e para fazer jus à mulher que estava morando na casa de seu irmão precisaria aceitar a sugestão daquela criança infernal. Ela xingou Jane mentalmente, por tê-la deixado naquele dilema.

Jack olhou para as duas.

– É uma boa ideia – Jack disse. – Você não se importa, não é, Sofe?

– Acho que não – Sofia disse. Ela não se importava com muita coisa quando ele a chamava de "Sofe". Era como Jack a chamava o tempo todo.

– Ótimo – ele disse.

– Ótimo – Courtney repetiu, então deu uma piscadela para o diretor e o seguiu para fora do *trailer* de maquiagem.

Sofia ficou ali, vendo os dois se afastarem.

◆

No passado, a beleza de Sofia fazia todo mundo parar. Quando tinha 14 anos, um homem se aproximara dela na plataforma escura do trem, bêbado.

– Você é a coisa mais gostosa que já vi em toda a minha vida – ele declarou. Devia ter uns 35 anos e a deixou morrendo de medo. Depois, Sofia aprendera a usar sua beleza a seu favor. Ela se avaliava no espelho todo dia, até que montou uma seleção de maneiras de se vestir, andar e dar risada.

Seu corpo e seu rosto combinavam perfeitamente. Ela não era apenas magra: tinha belas curvas. Como alguns nutricionistas da indústria cinematográfica diziam, recorrendo ao aspecto científico da coisa, parecendo deslumbrados, a porcentagem de gordura de seu corpo atingia a homeostase em dezoito por cento, a maior parte dela dividida entre seios e bunda, sem nunca oscilar. Sofia nunca contava calorias, ficava angustiada ou passava fome. Se passava do ponto no Natal, era só passar três dias cuidando da alimentação e já voltava ao seu melhor. Não precisava fazer mais nada: tinha nascido daquele jeito.

Havia ido para Londres o mais cedo que pudera, uma das alunas mais jovens da história da Academia Real de Arte Dramática. Os outros estudantes apontavam e sussurravam, dizendo que ela não tinha entrado por uma questão de talento e que não conseguiria se formar. Oito meses antes da conclusão do curso, Sofia fizera um teste para ser Ofélia em uma produção da Royal Shakespeare Company, fora escolhida e aceitara o papel. De modo que os outros alunos tinham acertado.

Sofia passara alguns anos trabalhando no teatro e na TV, em boas produções britânicas, sempre fazendo o mesmo papel, quer fosse uma policial, advogada ou residente de medicina. Já fora a prostituta com coração de ouro, o interesse amoroso problemático. Era bonita demais para fazer qualquer papel sério. Levava uma boa vida, só que queria mais. Assim que economizara o bastante, comprara uma passagem só de ida para Los Angeles. Três meses depois, era a Batgirl.

Depois que Sofia vestira aquele uniforme pela primeira vez, com o tecido preto e brilhante se agarrando a sua cintura e aos seus seios como uma luva, os homens héteros do público (e uma boa quantidade das mulheres) nunca mais foram os mesmos. Era um filme de super-herói, mas o desejo transbordava até dos cenários mais tolos. Bronwyn, a designer de cabelo e maquiagem, tingira o cabelo de Sofia de ruivo, o que em conjunto com a malha preta colante a deixava com a cara da antiga Hollywood, como se fosse Rita Hayworth. Fora um golpe de mestre: Sofia já se destacava o bastante, mas aquele visual garantia que ninguém seria páreo para ela. Tratava-se de uma personagem coadjuvante, mas que conquistou seu espaço no filme. Com a iluminação certa e o cabelo balançando sobre os ombros em cachos flamejantes e voluptuosos, Sofia roubava a cena. História foi feita, recordes foram quebrados e uma estrela nasceu.

Sofia gostou tanto do cabelo ruivo que o mantivera. A cor se tornou seu cartão de visitas. Aquela onda de veludo rubi a coroava de maneira inigualável.

Então, um dia, aos 34 anos, Sofia notou seu reflexo no espelho, à luz do dia. Um pé de galinha a olhava de volta. Minúsculo, imperceptível para qualquer outra pessoa, saindo do canto do olho esquerdo e se arrastando gentilmente rumo à bochecha. Sofia sabia que ainda era muito bonita, no mundo real. Mas ela não vivia no mundo real. Vivia no mundo das revistas e dos *outdoors*, onde poros e rugas eram ampliados em larga escala. Ficou chocada diante da leve marca em seu rosto, mas conseguiu se convencer a manter a tranquilidade. Ao fim do ano, outro pé de galinha havia se juntado ao primeiro. Sua pele foi ficando mais áspera e caída em determinados pontos. No entanto, sob a luz certa, de maquiagem, ela ainda parecia ótima, como dizia a si mesma.

Alguns meses depois, um diretor não retornou uma ligação dela, algo que nunca havia acontecido. Ela achava que seria perfeita para determinado papel no próximo filme dele, o interesse romântico de um oficial da Marinha que tentava se encontrar. O papel ficou com alguém dez anos mais jovem, e ela se sentiu uma idiota. No mês seguinte, uma marca de roupas rescindiu seu contrato, discretamente. Sofia garantiu a si mesma que ficaria tudo bem. Negociara com apenas uma moeda por mais de uma década, cujo valor agora caía. Mas não gostavam dela apenas por sua aparência. O poder que possuía aos 14 anos talvez tivesse se esvaído, mas tinha outras coisas de valor a oferecer, não?

Agora, Sofia se encontrava no *trailer* da maquiagem, com mais de 35 anos de idade, tentando se convencer de que estava certa.

– Você sabe por que Courtney está fazendo isso, não é? – Derek perguntou. – O vestido verde, a história da maquiagem... Ela está tentando fazer você abandonar o filme.

– Quê? – Sofia tirou os olhos de sua imagem no espelho e se virou para ele. – Eu nunca abandonaria o filme – ela disse, com a voz firme. Então pensou a respeito. Se abandonasse o filme, não teria que usar aquele vestido horrendo. Não passaria vergonha na frente da câmera, alienando seus fãs e destruindo sua carreira. Abandonar o filme parecia uma opção muito interessante em certos aspectos. Mas e quanto a Jack? O que aconteceria com os dois se ela rescindisse o contrato? Provavelmente nunca mais o veria. O que não era uma opção. Ela não ia abandonar o filme.

Sofia se virou para Derek.

– Vou continuar bem aqui – ela garantiu.

O maquiador assentiu.

– Bom pra você, srta. Wentworth.

Ela voltou a notar seu reflexo no espelho e riu, triste e arrependida do que havia acabado de dizer.

– Mas o que eu faço? Nem tenho coragem de sair pro *set*. Contracenar com ela vai ser péssimo. Um constrangimento depois do outro. Courtney me odeia. É como se eu estivesse na escola, sofrendo nas mãos da menina feia e fedida da turma. Só que ela não é feia e fedida: é bonita, mais jovem que eu e bem cheirosa.

Derek a pegou pelos ombros.

– Quer acabar com essa valentona?

O entusiasmo pegou Sofia de sobressalto.

– Acho que sim – ela respondeu, com cuidado.

– Falando como alguém que sofreu bastante na escola – ele disse –, esse tipo de gente só entende uma coisa: fraqueza. Eles vão atrás dos mais fracos. Você por acaso é fraca?

– Acho que não.

– Não, não é – Derek disse, com firmeza.

– Então o que eu faço?

– Se defende – ele respondeu.

– Como? Não posso competir com ela – Sofia disse, sem força.

– Claro que pode.

– Mas como...

Ele nem a deixou terminar.

– Você é uma mulher inteligente. Já sabe o que fazer.

Ela se olhou no espelho mais uma vez, pensando. Então se virou para ele, assentiu e tentou elaborar um plano.

32

JACK QUERIA USAR FLARE em todas as cenas com Courtney. Enquanto uma pessoa muito educada da iluminação, vinda de Shropshire, procurava por um espelhinho, Sofia se mantinha à margem da área de filmagem, enquanto Courtney ensaiava sozinha.

– Pode mudar de lugar, Sofia? – Courtney pediu. – Está na minha linha de visão.

Todo mundo se virou para olhar para ela.

Sofia se deu conta de que estava olhando para o nada.

– Claro, desculpe – disse, constrangida e já dando um passo para o lado.

Courtney terminou de ensaiar e se aproximou da atriz.

– Desculpa por ter gritado – ela disse, com um sorriso animado e um olhar pouco sincero. – Minha linha de visão é algo muito importante para mim.

– Eu sei, está tudo bem – Sofia respondeu, simpática. – Eu estava viajando. Foi culpa minha.

– É compreensível – Courtney disse. – Até faz sentido. Você vem do teatro. Esse tipo de coisa não importa pra você.

Sofia endureceu um pouco.

– Compreendo muito bem a importância da linha de visão.

– Mas você vem do teatro, não?

– Venho.

Courtney jogou o cabelo para trás.

– Como eu estava dizendo, faz sentido. Você ter perdido o papel de Batgirl.

Sofia se virou para olhar para ela.

– Como?

Courtney riu.

– Só quis dizer que, se veio do teatro, você não é treinada pro cinema. Sua atuação é meio teatral mesmo, antigona. Talvez você se saia melhor nos palcos.

Sofia deu uma risada.

– Acha que não sou mais a Batgirl porque tenho formação teatral?

Ela olhou bem no rosto da garota. O que poderia estar querendo?

Courtney sorriu para ela.

– Claro – respondeu, com um tom deliberado. – Por que mais seria?

– Vamos precisar de mais cinco minutos – o assistente de câmera disse a elas, coçando a cabeça. – Por que não se sentam?

Alguém levou cadeiras para elas, que de fato se sentaram.

– Onde foi que você estudou? – Sofia perguntou a Courtney.

– Beverly Hills High – Courtney respondeu, bocejando.

– Eu quis dizer onde você foi treinada. Na USC? No Actors Studio?

– Não fiz escola de arte dramática.

– Ah – Sofia fez, erguendo uma sobrancelha.

– Isso nunca foi um problema.

– Você nunca estudou atuação? – Sofia questionou, com interesse e surpresa genuínos.

– Tenho orgulho de dizer que não fiz escola de arte dramática – Courtney disse, como se tivessem tocado em um ponto delicado. – Esse tipo de coisa não pode ser ensinado. É uma questão de instinto.

– Você não acha que haja benefícios em estudar atuação e aprender o processo dramático? – Sofia quis saber.

– Não – Courtney respondeu, com um sorriso. – Ou você tem o que é preciso ou não tem.

– Passei cinco anos estudando – Sofia comentou.

– Dá pra ver – Courtney disse, como se aquilo confirmasse seu ponto. – A sua abordagem é melhor para papéis específicos, e a minha para outros.

Sofia sorriu.

– Então a sua é melhor para a Batgirl, por exemplo?

– Claro.

Um grupo de assistentes começou a se aproximar delas, tentando ouvir enquanto afixavam um espelhinho à câmera.

– Fiquei bastante preocupada de me envolver nesse projeto – Courtney contou. – Posso dizer isso agora. Comentei com algumas pessoas que nossos estilos de atuação não combinam.

– Em que sentido? – Sofia indagou, entredentes.

– O meu é mais natural, o seu é mais teatral. Você teve sorte de conseguir fazer aquele último filme do Batman.

Sofia riu.

– E o que você considera uma atuação "natural", querida?

– É uma questão de sentir – Courtney disse. – Você sabe, entrar na personagem. Sei lá!

Ela jogou as mãos para o alto, como se estivesse fazendo uma oferenda.

– Então você acredita que trabalha melhor do que eu? – Sofia perguntou.

Courtney balançou a cabeça com veemência.

– Claro que não! – Ela deu de ombros. – Bom, se a gente for ver qual é o meu papel neste filme e qual é o seu... – Courtney deu de ombros de novo, depois suspirou. – Mas o que quero dizer é: atuar é fácil. Você leva a sério demais, enquanto eu sou mais tranquila. Deixo as coisas fluírem. E dá pra ver isso no meu trabalho. – Courtney começou a falar mais alto e a ficar sem ar. – Não é o fim do mundo, não podemos ser todos os melhores.

Mais pessoas da equipe se aproximaram da câmera para verificar se estavam precisando de ajuda para afixar o espelhinho. Enquanto isso, mantinham as orelhas apontadas para a conversa.

Sofia inspirou fundo.

– Que tal fazer um teste? – ela perguntou. – Por que não fazemos a mesma cena e decidimos quem trabalha melhor?

Courtney deu risada.

– Quê? De jeito nenhum.

– Não acha que vai ganhar? – Sofia provocou.

Courtney olhou em volta. Toda a equipe estava de olho nelas.

– Claro que acho – ela soltou. – Tá bom. Pode começar.

– Ótimo – Sofia disse.

A equipe abandonou a farsa do espelhinho e se virou para ver, abrindo espaço sem fazer qualquer comentário. Courtney viu as pessoas reunidas e soltou o ar devagar, parecendo entediada.

– Tá. Qual é a cena? Aposto que é uma do *Batman* – ela disse, fazendo a multidão rir.

– A cena é trazer um balde de água – Sofia respondeu.

– Só isso? – Courtney riu para algumas pessoas na multidão, que sorriram de volta.

Sofia não sabia quantas estavam do seu lado e quantos estavam do lado de Courtney. Ficara sabendo que a atriz havia sido grosseira com algumas pessoas da equipe, exigindo água de coco e balinhas importadas, como uma ditadora viciada em açúcar, mas talvez ainda a preferissem, fosse por medo ou porque ela era mais jovem e bonita.

Sofia engoliu em seco e torceu para estar fazendo a coisa certa. Não sabia se tinha a coragem necessária para fazer aquilo.

– Tem uma torneira ali – ela disse, apontando para o outro lado.

– Não estou vendo – Courtney disse, apertando os olhos. A equipe se virou na mesma direção.

– Isso se chama atuar – Sofia falou.

– Ah. Rá. Entendi. A torneira é imaginária. Aposto que o balde também – Courtney disse.

– Você é mesmo inteligente – Sofia pontuou. – O desafio é: andar até a torneira, encher o balde de água, trazer o balde de volta e o colocar aos meus pés.

– Só isso? Sem diálogo?

– Sem diálogo. É só encher o balde de água.

Courtney revirou os olhos.

– Por mim tudo bem. – Ela sacudiu os braços, fez um agachamento e alongou o pescoço, levando a cabeça até um dos ombros e depois ao outro. – Estou só me aquecendo – Courtney disse, tirando risadinhas da equipe. Então soltou o ar de maneira exagerada, foi até a "torneira" e a girou, esperou que o "balde" enchesse e voltou até Sofia com ele.

Ela girava o balde imaginário para frente e para trás, enquanto assoviava a musiquinha do Batman. Balançava os ombros e deslizava pelo chão, movimentando os quadris. Então piscou para um assistente de câmera, que ficou vermelho e passou a mão pelo fotômetro. Era uma atuação fofa. A multidão riu e assoviou. Courtney jogou o balde imaginário aos pés de Sofia e fez uma pose como se fosse uma ginasta que acabara de realizar um exercício de dificuldade elevada. Todos riram e aplaudiram.

– Sua vez – disse Courtney. – Aposto que não consegue fazer assoviando.

– É verdade – Sofia respondeu. – Não sei assoviar. É uma das grandes tragédias da minha vida. Mas vou me esforçar para estar à altura no restante. Posso fazer uma pergunta sobre o balde?

– O balde? – Courtney repetiu.

– Isso. O balde que você encheu de água, agora mesmo. Que tipo de balde era?

Courtney riu.

– Era só um balde. Sei lá.

– Era de plástico? De metal?

Courtney deu de ombros, parecendo entediada.

– Então tá. Era de plástico.

– Legal. O quanto de água ele aguenta?

– Como eu vou saber? É um balde de faz de conta! Quem se importa?

– Fazer de conta é o seu trabalho, querida. Eu me importo.

A equipe ficou quieta, parecendo incerta.

Courtney olhou feio para ela.

– Sei lá. Seis galões.

– Seis galões. Ih. Tenho que confessar que não sou tão boa com esse tipo de medida. Nós, britânicos, somos meio paradoxais nesse sentido. Usamos polegadas e pés para medir distância, mas litros e mililitros para medir volume. Não importa. Seis galões são uns vinte livros, é isso?

– Vinte e dois – Derek ajudou, em meio à multidão. Tinha o celular na mão.

Sofia sorriu.

– Vinte e dois! Obrigada, Derek. Agora, se tem uma coisa que eu sei sobre o maravilhoso sistema métrico é que um litro de água pesa um quilo. Assim fica fácil, né? – Courtney assentiu, sem dizer nada. – Mas estou sendo mal-educada. Estou acostumada com a ideia de quilo, mas você não está, claro. Vamos ver se consigo arranjar algo equivalente pra você. Derek, você tem um sobrinho, não é? Aquele garotinho fofo que veio visitar o *set* ontem.

– Tenho – Derek disse, com um sorriso no rosto. – John.

– Quanto ele pesa?

– Uns vinte quilos.

– E quantos anos ele tem?

– Dez.

Suspiros percorreram a multidão. Courtney se virou para a equipe e engoliu em seco. Então voltou a olhar para Sofia, parecendo preocupada.

– Dez anos – Sofia repetiu. – Imagino que o balde que você usou pra carregar a água, um balde que teria que ser grande o bastante para aguentar uma criança de 10 anos, era um daqueles brancos, com alça de metal, em que os peixeiros descartam as tripas.

Courtney piscou.

– Tá.

– Certo. – Sofia se levantou. – Posso pegar o balde emprestado?

Ela apontou para um ponto no chão, próximo aos pés de Courtney, onde não havia nada além de ar.

A atriz mais jovem revirou os olhos.

– Fica à vontade.

Sofia pegou o balde imaginário e foi até a torneira imaginária, que girou para a esquerda.

– Pra direita fecha, pra esquerda abre – ela cantarolou. Courtney, que havia girado para a direita, engoliu em seco. Sofia esperou um minuto inteiro para que o balde imaginário se enchesse. Courtney zombou e ficou batendo o pé no chão. – Você encheu até a borda? – Sofia quis saber. Courtney olhou feio para ela.

Sofia desligou a torneira imaginária e dobrou os joelhos, com grande cerimônia. Pegou o balde imaginário com ambas as mãos, fazendo careta diante do peso imaginário. Passou o balde para a mão direita e foi cambaleando até o outro lado, inclinando o quadril a cada passo para simular o balanço do balde imaginário contra sua coxa. Quando tinha percorrido metade do espaço, passou o balde para a mão esquerda e esticou a direita, aliviada. Sofia deixou o balde imaginário aos pés de Courtney com um baque e enxugou a testa.

A multidão reunida murmurou e riu.

– Legal – Courtney disse. – Mas muito teatral pra maioria das pessoas.

– Vejo que não te convenci – Sofia respondeu, assentindo. – Acho que vi um desses baldes brancos com o pessoal do bufê. Você pode confirmar pra mim, por favor? – ela pediu a um cara da equipe técnica, que obedeceu na hora. Courtney fez cara de desdém, mas Sofia sorriu para ela. O cara voltou. – Excelente! – Sofia deu um tapinha nas costas dele e se virou para Courtney. – Você é a estrela deste filme, então, por favor, nos dê a honra. Mostre como se faz.

Ela ofereceu o balde a Courtney.

– Não, obrigada.

Courtney tentou ir embora, mas a multidão, que aguardava sorridente, tinha bloqueado a saída, de modo que ficava difícil passar. Ela deu meia-volta.

– Por favor. Queremos aprender com seu método de atuação – Sofia disse. – Tem uma torneira de verdade ali. Ou não quer repetir? Está preocupada?

Courtney pegou o balde, foi até a torneira de verdade, que ficava nos fundos, e a girou para a esquerda. A água começou a encher o balde branco. Ela tinha enchido o balde imaginário por meros dois segundos, mas levou um minuto exato para encher o balde de verdade.

– Demora, né? – Sofia comentou.

Courtney pegou a alça de metal e a ergueu. Fez força, mas o balde não saiu do chão. Ela ficou tensa. Dobrou os joelhos e tentou erguê-lo de novo, com ambas as mãos e contraindo o rosto. O balde saiu do chão. Ela cambaleou pelo espaço, com os dentes cerrados. O balde batia em sua coxa, o que quase a derrubou. Ao chegar na metade do caminho, Courtney sentiu que não aguentaria mais carregar com sua mão direita o balde que pesava tanto quanto uma criança de 10 anos, e o passou para a esquerda. Por mais que quisesse resistir, ela esticou a mão direita, vermelha e dolorida da tarefa. Não conseguiria imitar melhor o desempenho de Sofia nem se tentasse.

Ela largou o balde aos pés da outra e foi embora. A multidão assoviou, bateu os pés e gritou o nome de Sofia, que reprimiu um sorriso e assentiu, sem querer dar a impressão de que era uma má vencedora.

Derek ergueu a mão para que Sofia batesse nela.

– Uau, srta. Wentworth – ele elogiou.

– Muito bem, pessoal, circulando – uma assistente de direção ordenou. – A questão do espelho está resolvida. Voltamos em cinco.

A multidão se dispersou, revelando Jack, em pé ao lado da câmera. Ele olhou para Sofia, parecendo impressionado. O coração dela deu um pulinho no peito.

– Nunca vi nada igual. Você mostrou pra ela – Derek disse.

Sofia assentiu, mas continuou olhando para Jack, desfrutando do sorriso dele do outro lado. Então ela apertou os olhos.

– O que foi que eu mostrei pra ela? – Sofia perguntou a Derek.

Ele deu de ombros.

– Que a juventude não é mais importante que o talento.

Sofia sorriu, mas não disse nada. Jack voltou para o *trailer* dele, sob os olhares dela.

– Quero te dizer uma coisa, no melhor sentido possível – Derek disse.

Ela se virou para ele.

– O quê?

– Você sabe mesmo atuar, srta. Wentworth.

– Obrigado, Derek – ela disse, com uma risada.

Em algum lugar, lá no fundo, Sofia sabia daquilo, mas as palavras produziram um efeito maior do que ele provavelmente pretendera.

33

– VOCÊ GOSTA DE BOAS HISTÓRIAS, NÉ? – Fred perguntou a Jane naquela manhã. – É fã de filmes também?

– Filmes? Não sei do que se trata.

Eles estavam na sala. Jane lia seus sermões outra vez.

Fred riu.

– Você não sabe o que é um filme? Está trabalhando em um.

Jane puxou o ar com força, ciente de que havia dado uma dica da peculiaridade de sua situação. Revirou o cérebro o mais rápido que pôde. *Filme*. Ela recordou-se que Sofia já havia mencionado aquilo. Era como uma produção teatral, só que mais sofisticado.

– Ah, sim, claro! – ela declarou, animada, torcendo para que fosse o bastante para remediar a situação.

Fred riu e balançou a cabeça.

– Você é bem estranha.

Ele não pretendia ser irônico ou cruel, mas, ainda assim, aquilo a incomodou. Na verdade, deixou-a irracionalmente zangada.

– Não sou estranha, muito obrigada. Sou perfeitamente normal – Jane insistiu, com a respiração pesada. Detestava para onde aquela conversa estava indo, justamente porque tinha consciência de sua estranheza. Era uma autora que havia viajado no tempo. Aquilo estava no alto da escala da estranheza. Mais que tudo, no entanto, ela detestava que *Fred* dissesse que era estranha.

Ele riu outra vez.

– Claro, como quiser.

Então cruzou os braços e se recostou no batente da porta.

Jane olhou para ele, desconfiada, mas também aliviada. Fred parecia ainda não ter descoberto seu segredo. Sua provocação a deixava fora de si. O que havia acontecido com a proximidade do dia anterior, a libertação e a intimidade que tinham vindo com os comentários sobre sua escrita? Fred voltara a rir da cara de Jane, que reagia com raiva e indignação.

– Quer ir comigo? – Ele pigarreou e olhou para o chão. – Ver um filme, digo.

Jane franziu a testa. Estava claro que Fred não gostava dela, no entanto, mais uma vez a convidava para uma espécie de evento. Ela deu de ombros. Ele devia gostar de sofrer.

– Ah. Não sei – foi sua resposta.

– Podemos ir hoje à tarde, quando eu voltar da escola.

Jane olhou para ele.

– Tem certeza? Já deixou bem claro que o deixo furioso sempre que abro a boca.

Fred sorriu e coçou a cabeça.

– Você me deixa mesmo furioso sempre que abre a boca. É por isso que vamos ao cinema. Não vai poder falar durante o filme.

Ela estreitou os olhos.

– Na verdade, não posso. Eu não posso ficar na rua – ela respondeu, com arrogância, mas com sinceridade. Sofia tinha sido firme. Jane ficou feliz em ter uma desculpa para recusar o convite: não queria ir, agora que ele tinha voltado a se comportar de maneira irritante.

– Bom, esta é a beleza do cinema. Não fica na rua. É um lugar fechado.

Ele tossiu de novo.

– Sei. – Jane não conseguiu pensar em outro motivo para recusar. Não podia dizer a verdade a ele, de modo que decidiu que a opção mais segura era aceitar o convite. – Está bem – ela disse. – Vou com você.

– Legal. Já estou ansioso – ele disse.

– Eu também.

Ela balançou a cabeça, confusa em relação ao motivo pelo qual aquele homem, que a achava desagradável, a convidara mais de uma vez para sair. Nunca compreendera os homens, e não parecia estar a caminho de mudar aquilo.

Mais tarde, os dois foram até uma espécie de teatro, que ficava na esquina de uma das vielas atrás da praça principal de Nova Bath.

– Quem são elas? – Jane perguntou ao entrarem no saguão, ofegando diante de uma visão curiosa. Um grupo de dez mulheres rindo e conversando se aproximava deles, usando vestido de musselina colorido e penteados como os que ela costumava usar em sua época. Também usavam toucas, luvas e peliças e riam e fofocavam como se estivessem a caminho de um baile ou reunião. Parecia que Jane estava de volta a 1803.

Fred olhou na direção em que ela apontava e sorriu.

– Qual é a das fantasias, cara? – ele perguntou a um jovem que varria o chão.

– Estamos fazendo um festival Jane Austen – o jovem respondeu. – Vamos passar todos os filmes antigos, para comemorar a gravação do novo.

– Legal – Fred disse, então apontou para Jane. – Ela é uma das atrizes da nova produção.

O jovem deixou a vassoura de lado e estendeu a mão.

– Legal. Qual é o seu papel?

– Ah, eu, hum... – Jane o encarou, com os olhos arregalados, enquanto buscava uma resposta adequada. Só conseguiu pensar naquilo que Sofia havia lhe dito. – Sou uma atriz. Sou do século XXI – ela disparou, numa voz estrangulada.

O jovem ficou olhando para Jane com um sorriso no rosto, parecendo esperar que se explicasse, o que ela não fez.

– Entendi. É segredo, né? – ele perguntou. – Você até poderia me contar, mas depois teria que me matar? – Jane suspirou, sem entender nada, então assentiu e ficou torcendo para que fosse o suficiente. – Então tá – o jovem disse e voltou a varrer.

– Vamos ver um dos filmes do festival? – Fred disse a ela.

– Sim – Jane disse, morrendo de curiosidade. – Não! – ela se corrigiu, quase imediatamente. – Desculpe, mas não quero.

Sabia que seu comportamento era estranho, mas não tinha o que fazer. Estava bem versada nos riscos que se expor oferecia à sua produção criativa e já tinha quebrado uma regra de Sofia se aventurando na rua. Não sentia nenhuma necessidade de quebrar outra em virtude de algo tão tolo quanto um filme.

— Tudo bem, podemos ver outra coisa. Então você não é fã de Jane Austen? — ele perguntou, com um sorriso. — Não gosta das coisas delas?

— Não — Jane disse, querendo manter a farsa. — São terríveis.

Fred assentiu.

— E deve te lembrar do trabalho.

Ele comprou dois ingressos e conduziu Jane para dentro de uma sala de teatro escura.

— Que lugar é esse? — ela perguntou.

— O cinema? — Fred respondeu, com uma risada resignada, apontando para o palco. — Como eu falei, você é bem estranha.

Jane olhou feio para ele, disposta a retrucar, mas se viu tão estarrecida com o lugar que foi incapaz.

Havia uma tela de tecido gigantesca, de uns seis metros de altura, estendida no palco, de onde uma espécie de produção teatral, luzes e sons, era transmitida para eles. Jane arfou. Os dois se sentaram, e o ambiente escureceu. O público fez silêncio. A atração principal teve início. Jane viu os atores se moverem e interpretarem na tela.

— É como a televisão, só que maior — ela sussurrou para Fred.

Ele se virou para ela, rindo.

— Isso mesmo.

A história se desdobrava em diferentes cenários. Uma espécie de navio se locomovia pelo universo, passando por planetas e pelo sol. A tripulação rivalizaria com Odisseu e seus homens, no que dizia respeito a viagens e aventuras conturbadas. Jane se concentrou em cada palavra. Em um momento mais tranquilo da história, olhou em volta. Todo o público estava focado na tela, como ela antes, parecendo enfeitiçado.

Então algo lhe ocorreu. Na sala de teatro ao lado, as mulheres usando vestidos de musselina assistiam a uma produção do mesmo tipo, com sons, atores e cenários incríveis. Só que, na outra a sala, o que passava era uma história saída da cabeça dela. Jane inspirou fundo. Sua mente girava.

— Entendi! — ela exclamou, no teatro escuro.

– Silêncio! – um jovem na fileira atrás disse.

– Mil desculpas – ela pediu, então se virou para Fred. – Estão assistindo a uma história de Jane Austen na porta ao lado!

Várias pessoas do público se viraram para Jane e fizeram "xiu!", furiosas. Ela voltou a se desculpar.

Fred assentiu rindo e sussurrou:

– Sim, está passando um filme da Jane Austen na sala ao lado.

Jane inspirou fundo. Voltou a olhar para o público olhando para a tela. Pensou nas mulheres usando vestido de musselina e touca. Tinham vindo por ela. A ideia exigia tanto de sua mente e de sua alma que ela mal conseguia aceitá-la inteiramente. Ver seus livros impressos, o museu construído em sua homenagem e agora aquilo... tudo contribuía para a desconfiança crescente de que não compreendia nem metade do que se tornaria – do que significava naquela época. Jane fechou os olhos por um momento. Depois os abriu para assistir ao restante da história em um silêncio reverente.

Quando o filme acabou, o público se levantou para ir embora.

– Gostou? – Fred perguntou.

– Podemos ver outro em uma próxima vez? – ela pediu.

Ele riu.

– Claro. O que quiser.

– Obrigada – Jane agradeceu. – Foi extraordinário.

Estava maravilhada demais para discutir com ele, portanto optara por expressar seu sentimento genuíno. Jane se virou para Fred, esperando que fosse rir dela, mas ele não o fez. Tinha uma expressão alegre no rosto.

– É sempre bom dar uma saída – Fred disse.

Os dois voltaram para casa conversando demoradamente sobre a história, a jornada pelo espaço e os personagens. Não discutiram, porque tinham outras coisas para falar.

◆

Fred foi falar com ela mais tarde.

– Agora que você já está bem o bastante para sair – ele continuava acreditando naquela mentira –, não quer conhecer Bath?

– Já estive em Bath antes – ela respondeu.

– Bath é linda, mesmo pra quem já esteve aqui.

– Não me agrada muito – Jane disse, sendo sincera.

– Eu sei. Você já disse isso algumas vezes.

Jane se irritou.

– Não disse nada.

Ele fez que sim com a cabeça.

– Ontem você falou sobre como não gosta de Bath. Anteontem, desdenhou quando mencionei a Stall Street.

– Que bobagem!

Jane ficou consternada, tanto por sua antipatia por Bath ser tão óbvia quanto por ele se lembrar do que havia dito, como se estivesse tão interessado no que ela tinha a dizer que chegava a gravar na memória.

Fred riu.

– Do que você não gosta? Dos prédios? Espero que não seja das pessoas.

Ele ergueu uma sobrancelha.

– Ainda que não seja meu desejo criticar a cidade em que nasceu, este é o lugar menos curioso de toda a Inglaterra – ela explicou. Então acrescentou, depressa: – Mas algumas pessoas daqui têm seu charme, reconheço.

Fred se recostou na porta.

– Não é tão ruim assim.

– Fale um lugar de Bath que seja interessante ou especial.

– A Pump Room.

– É o pior lugar que há! – Jane exclamou. – As pessoas só vão lá para tomar chá e arquitetar. É um fórum público para fofoqueiros e cabeças-duras.

Ela percebeu que tinha elevado a voz e baixou os olhos para o chão.

– Ah, eu acho legal. As termas em si são incríveis – ele insistiu.

– Pode ser – Jane disse. – Não sei dizer. Nunca entrei.

– Então não pode criticar. Não é justo. É tão ruim quanto criticar um livro que não leu.

– Isso é verdade – Jane reconheceu a contragosto. – Mas não é que eu não tenha querido ir – ela disse, baixo, então olhou pela janela e torceu para que ele não identificasse a dor em sua voz e sentisse pena. – Nunca tive motivo para entrar. Não sou do tipo que gostam de receber por lá.

– Não acredito nisso – Fred disse.

Ela engoliu em seco.

– Fui convidada uma vez.

Ele olhou para Jane.

– E o que aconteceu? Por que não foi?

– O cavalheiro... Nunca aconteceu – ela disse. – Não sou bemvinda lá – Jane acrescentou depressa. Então parou de falar. Não que uma lembrança tão vã a fizesse sofrer.

Fred pareceu surpreso.

– Confia em mim – ele disse. – Você nunca diria que odeia Bath se conhecesse as termas romanas. A fundação original tem quase dois mil anos. Foi o imperador quem construiu para sua amada. É romântico.

Jane conhecia a história, porque a havia ouvido muitas vezes. Talvez tivesse até lido um ou dois livros sobre o assunto e sobre quão romântico, mágico e lindo o lugar era. Parecia ser um lugar excelente, mas não para ela.

– O conceito de romance não me interessa – Jane disse simplesmente. – É tudo fingimento. Flores de estufa e doces não representam consideração.

– Concordo – Fred assentiu. – Essas coisas não têm nada a ver com romance.

Jane franziu a testa.

– E o que é romance então, para você?

– Romance é ser atencioso. É fazer massagem nos pés de alguém depois de um longo dia. Mesmo que a outra pessoa tenha chulé.

– Isso parecei horrível – Jane declarou, embora secretamente considerasse a imagem encantadora.

– Romance é conhecer os desejos secretos de alguém e os colocar em prática – Fred disse.

Jane engoliu em seco.

– Topa ir a um lugar comigo? – ele perguntou a ela.

– Que lugar? – Jane indagou. Seu coração continuava batendo por conta do comentário anterior.

– É surpresa. Tem algo que quero te mostrar.

Jane balançou a cabeça, frustrada, percebendo que era incapaz de se conter. Ele a deixava furiosa

– Desculpe, mas devo dizer que seu comportamento me confunde.

Fred ergueu uma sobrancelha e riu.

– Confunde como? – ele quis saber.

– Não consigo entender por que insiste em me convidar para sair – Jane disse. – Sendo que seu desdém por mim é bastante claro.

– É mesmo? – ele perguntou.

– Sim – ela insistiu, incomodada. – Você me provoca, ri de mim e me toma por outra pessoa. Não me conhece de verdade. Não me vê nem um pouco.

– Eu te vejo perfeitamente bem.

– E o que vê? – ela perguntou, apertando os olhos.

– Vejo uma pessoa tão inteligente que chega a me assustar – Fred disse.

Jane engoliu em seco.

– É mesmo? – ela questionou, incrédula.

– Vejo uma pessoa fria com um coração quente. Alguém que julga os outros, mas por bons motivos. Alguém que foi magoada, por isso é precavida agora. – Jane olhou para ele. – Alguém que não tolera tolice, e por que deveria? Vejo alguém que ama as pessoas, apesar do que lhe fizeram. Vejo alguém otimista...

– Otimista? – Jane o interrompeu, rindo. – Acho que não.

– Otimista, sim – ele respondeu. – Alguém que finge odiar o mundo, quando na verdade vê tamanha beleza nele que pretende viver o máximo possível, experimentando e vendo de tudo – ele coçou o ombro. – Vejo alguém tão bonita que me tira o fôlego. – Fred fez uma pausa e a encarou. – Que parte do que eu disse está equivocada?

Jane ficou tão surpresa que não se sentia capaz de falar ou de olhar nos olhos dele. Nunca haviam lhe dito aquele tipo de coisa. Ela olhou para o teto e depois para o chão.

Um minuto deve ter se passado, talvez uma hora. Finalmente, Fred voltou a falar.

– E então? Topa ir comigo?

Ela permaneceu em silêncio, atordoada. Mas conseguia mover a cabeça, de modo que fez que sim.

– Me encontra lá embaixo, amanhã – ele disse. – Às quinze para a meia-noite.

– Quinze para a meia-noite? – Jane repetiu. – Por que tão tarde?

– Você vai ver. – Fred lhe lançou um olhar conspiratório, que a fez engolir em seco. – Até lá, Jane.

– Até lá – ela repetiu.

Jane se forçou a voltar a seu livro de sermões. Ela se ouviu inspirar e expirar audivelmente e disse a si mesma para se manter calma. Estava perigosamente perto de algo, que ainda não sabia bem o que era. Embora quisesse parar, sentia que não havia força na terra capaz de assegurar aquilo.

◆

Quando chegou em casa naquela noite, Sofia contou:

– Desculpa, Jane. Minha ida à biblioteca foi um desastre. Não encontrei nenhuma informação sobre como te levar de volta pra casa. Você passou o dia esperando aqui, com toda a paciência e sem nada pra fazer, confiou seu futuro e sua felicidade a mim. Tentei ajudar, mas sou um fracasso retumbante.

– Você não é um fracasso retumbante, Sofia – Jane respondeu, mas a outra parecia triste.

– Tive um dia difícil. Prometo que vou continuar tentando.

– Muito obrigada, Sofia. Agradeço por tudo.

– Infelizmente, você não vai voltar para sua época hoje. Queria trazer notícias melhores, mas vai ter que passar outra noite aqui. Vou tentar de novo amanhã. Não me odeie.

– Claro que não – Jane respondeu. – Eu nunca poderia odiar você.

Ela viu de longe que Fred entrava na cozinha. Voltou a se virar para Sofia, torcendo para que não tivesse notado. Arfou. Sentia-se dividida entre a ansiedade de que suas chances de voltar para casa lhe escapassem e o alívio de poder ficar mais um dia.

Um barulho estranhamente metálico veio das roupas de Sofia, interrompendo os devaneios de Jane.

– Tem um sino no seu bolso? – ela perguntou.

Sofia franziu a testa.

– Ah. É meu celular. – Ela apertou os olhos para Jane. – Não me pergunte como funciona. – Sofia tirou uma caixa de aço fino do bolso, a mesma que todo mundo naquela época parecia ter, e olhou para ela. – Não conheço o número – disse, com uma careta, depois seu corpo se enrijeceu. – Deve ser Jack, com um número diferente. Ai. Por que será que está ligando? – Ela fez uma pausa. – Pra pedir desculpa! – Sofia se virou para Jane. – Rápido, o que eu digo? E o que acha desta voz? Aloooou? – ela experimentou, com a voz profunda e rouca.

– Você parece alguém com tuberculose – Jane disse.

– Tá, um pouco mais animada. – Sofia tentou de novo. – A-lô?

– Acho que é melhor assim – Jane respondeu, confusa.

A caixa voltou a tocar. Sofia balançou a cabeça.

– Eu costumava ser boa nesse tipo de coisa. Bom, lá vou eu. – Ela levou a caixa ao ouvido. – Oi, gato – ronronou.

– É a srta. Wentworth? – perguntou uma voz masculina trêmula, saída da caixa de metal. Jane se inclinou para mais perto, com os olhos arregalados, tentando ouvir.

– Isso. Quem fala?

Sofia deixou a rouquidão de lado e voltou a usar sua voz normal.

– Dave Croft. Da biblioteca.

Ela afundou no assento.

– Como conseguiu esse número?

– Você que me deu – a voz na caixa disse.

– Ah. O que quer?

– Queria pedir desculpa por hoje.

Jane ficou olhando para a caixa. Sofia falava com ela, como a mulher no trem fizera. Como produziria som? A voz que saía dela pertencia a alguém? Jane se aproximou mais um pouco do retângulo mágico, com os olhos arregalados.

Sofia deu de ombros e dispensou aquilo com um gesto de mão.

– Não precisa. Não foi nada demais.

– Bom saber. Mas fiz uma pesquisinha. Sobre sua bruxa – a voz respondeu.

Jane se ajeitou na cadeira.

– Ah, é? Achou a bruxa da maluca? – Sofia zombou, revirando os olhos. – Meus parabéns.

– Achei mesmo – respondeu a voz.

34

SOFIA ENTROU NA BIBLIOTECA DE DIREITO da Universidade de Bristol. Dave estava esperando por ela no saguão.

— Por que nos encontramos aqui? — ela perguntou.

— Bom dia — ele disse. — Foi onde achei a sra. Sinclair — ele manteve a porta aberta para ela, depois apontou para suas roupas. — Mudou de estilo?

— Só estou experimentando algo diferente.

Sofia usava shorts cor-de-rosa e uma camiseta que podia ou não ter a palavra "bazuca" escrita no peito. Não sabia bem, porque não estava usando seus óculos de leitura. Seus olhos estavam escondidos atrás de lentes furta-cor que ofereciam pouca proteção contra raios UV. Courtney Smith havia usado a mesma combinação na capa da *Teen Vogue* do mês anterior. Os shorts irritavam a parte interna de sua coxa. Sofia engoliu em seco. — Estou horrenda, não estou?

Ela baixou a cabeça.

— Não. Você está ótima — Dave disse. — Muito *fashion*. Mas da outra vez também estava. Bom, por aqui.

Ele a conduziu rumo ao salão de leitura central. O teto da biblioteca lembrava o de uma sala de concertos. Havia fileiras e fileiras de baias para estudo, cada cubículo amadeirado ocupado por um aluno, muitos dos quais dormindo. Os dois subiram por uma escada em caracol e chegaram a um mezanino aberto. Estantes se alinhavam ali. Dave pegou um volume de uma prateleira e começou a procurar. Sofia notou que os olhos dele desciam pelas páginas, parecendo gentis e nervosos. Dave piscou.

— Por que está me ajudando? — ela perguntou, com os olhos estreitos.

Dave fechou o livro e olhou para ela.

– Como?

– Você não deve ter mais do que 20 anos. Eu tenho... mais de 30. É um fetiche por mulheres mais velhas?

– Não. – Dave riu e voltou a ler. – E tenho 29.

– Não tenho o poder de fazer com que comprem seu roteiro, se é o que está pensando.

– Não tenho um roteiro – ele respondeu.

– Não vou dormir com você.

– Não quero dormir com você.

– Quer, sim! – insistiu Sofia. – Todo mundo quer.

Dave não disse nada.

– Não vem me dizer que você é uma boa pessoa. Detesto esse tipo de gente.

Dave deixou o livro de lado.

– Você se lembra de *A lareira mais quente*?

Sofia revirou os olhos.

– A novela em que eu interpretava a filha voluptuosa do pároco, Nanette? Venho tentando esquecer há anos.

– Era o programa preferido da minha mãe.

– Sinto muito por ela – Sofia disse.

– Não precisa. Ela morreu.

Dave retornou ao livro.

Sofia deu um tapa no braço dele.

– Por que você tinha que estragar tudo me dizendo isso? – ela perguntou, com a voz mais branda. – Minha mãe também morreu. Foi muita grosseria da parte dela morrer bem quando eu estava começando a gostar dela. Bagunçou todo o meu ano.

– A minha também – Dave disse. – Não passo um 12 de junho sem pensar nela, aquela tola. Ou qualquer outro dia, na verdade.

– Nossas mães não tiveram muita consideração.

– Bom, a parte preferida dela em *A lareira mais quente* foi quando o padre Matthews se apaixonou por Nanette – Dave contou.

– Ah, sim. O padre bonitão. Me pergunto o que Ryan anda fazendo. O ator que interpretou o padre Matt, digo – ela acrescentou. – Talvez tenha morrido. Eu deveria ligar pra ele. Mas, por favor, continua.

— Eu via *A lareira mais quente* com minha mãe todo dia, ao voltar da escola. Quando Nanette e o padre Matthew finalmente... você sabe...

— Consumaram sua relação? — Sofia sugeriu.

Dave assentiu.

— Minha mãe ficou muito empolgada. Vimos ao vivo, gravando, e assistimos à gravação imediatamente depois.

— Vocês *gravaram*? Por favor, para de me lembrar de como sou velha. Você não se ajuda em nada com isso.

Ele deu de ombros.

— Bom, é por isso que quero ajudá-la.

— Quer me ajudar porque participei de uma novela tão velha que você gravou em VHS?

— Porque você deu à minha mãe, que tinha um câncer tão avançado que a radiografia do corpo dela mais parecia um baú do tesouro cheio de pérolas, alguma alegria antes de morrer.

Sofia ficou olhando para ele.

— Tá. — Ela fungou. — Você pode me ajudar. Mas só para deixar claro: falei que Jane Austen está morando na casa do meu irmão. Não acha que estou louca?

Dave deu de ombros.

— Se diz que viu Jane Austen, é porque viu Jane Austen. Se for verdade, sorte a sua. Você conheceu uma das maiores escritoras da história da língua inglesa. Se for maluca, terei uma ótima história pra contar no *pub*. De qualquer maneira, saio ganhando. — Dave folheou o livro, enquanto Sofia olhava para ele. — Aqui — disse, parando em determinada página. — Se inventou tudo isso, tenho que reconhecer que é uma mentira bem sofisticada.

Dave apontou uma linha na metade inferior da página e passou o livro para Sofia.

Ela olhou para o livro e leu a passagem em voz alta.

— Notificação de 2 de fevereiro de 1810. Emmaline J. Sinclair, Russia Row, Cheapside, v. Rex. — Ela arfou. — É a sra. Sinclair? Jane está dizendo a verdade?

Dave apontou para a informação.

— É o endereço dela?

– É o endereço que Jane me deu. Minha nossa. Nem sei o que dizer. – Ela riu, impressionada. – Tá, agora me explica. Que livro é este?

Dave pegou o livro de volta.

– É uma menção judicial. A sra. Sinclair foi acusada de um crime.

Sofia endireitou o corpo.

– De bruxaria?

Dave leu o que havia abaixo.

– Não. De furto de roupas.

Sofia franziu a testa e balançou a cabeça.

– Furto de roupas?

– Pois é – Dave respondeu. – Era comum na época.

– E ela foi considerada culpada? – Sofia perguntou.

Dave voltou a ler.

– Não diz aqui. Precisamos verificar os arquivos. No térreo.

Sofia e Dave desceram. A mente dela estava acelerada. Jane tinha dito a verdade: a sra. Sinclair existira. Sofia ainda estava no começo daquele mistério. Dave lhe mostrou uma estante com volumes empoeirados do Tribunal Central Criminal.

– Isso é bem emocionante – Sofia comentou. – Me sinto como uma caçadora de tesouros. Mas com livros.

Dave folheou as páginas de um volume, então o deixou de lado e pegou outro.

– Você está gostando disso – ela disse, com um sorriso torto no rosto.

– Bastante – confirmou Dave. – Aqui.

Sua expressão se alterou diante de determinada página.

– O que foi? – Sofia perguntou.

Dave balançou a cabeça.

– A sra. Sinclair foi considerada culpada e desterrada.

– Desterrada? Pra onde a mandaram?

Dave continuou lendo.

– Pra Austrália. Ela morreu no navio, durante o trajeto para New South Wales.

– Que falta de consideração da parte dela. – Sofia coçou a cabeça. – Bom, não sei o que fazer agora.

Dave se sentou no chão, entre duas estantes.

– Nem eu.

– Você está decepcionado – Sofia disse. – Tenho que admitir que isso foi mesmo anticlimático.

– Achei que chegaríamos a alguma pista – Dave disse. – Vou continuar procurando.

Sofia verificou o relógio.

– Tenho que ir.

Ele levantou o rosto.

– E se eu encontrar alguma coisa?

– Leva pra mim, no *set*.

Dave endireitou o corpo.

– No *set* de filmagem?

Sofia deu de ombros.

– Por que não? Vou deixar sua entrada liberada.

Dave parecia encantado.

– Nossa... Um *set* de filmagem de verdade! Onde a magia acontece.

– Não é tão glamouroso como está pensando – ela comentou, diminuindo aquilo com um gesto glamouroso.

– Pra você talvez não seja. Mas pra mim... seria incrível! Um *set* de filmagem, com estrelas do cinema.

Sofia revirou os olhos.

– Sim, Courtney Smith vai estar lá.

– Estava pensando em você – Dave disse.

– Ah. Então tá.

Ela foi embora, escondendo um sorrisinho.

35

COURTNEY PEGOU SOFIA PELO BRAÇO e se inclinou para ela.

– Ouvi um boato – sussurrou, com um sorriso.

As duas estavam no *set*, para o ensaio da tarde. Courtney usava um vestido de deusa grega. Sofia estava de volta a seu saco verde-limão. A tensão e o clima passivo-agressivo entre as duas eram como uma sinfonia de chiados e zumbidos. Pareciam estar à beira da guerra total, mas seus tons e gestos eram rigidamente controlados. As duas pareciam pistoleiras extremamente bem-vestidas e glamourosas do Velho Oeste, esperando que os tiros começassem, uma desafiando a outra a recuar ou sacar sua arma incrustrada de joias.

– Você tem um admirador secreto.

– É mesmo? – Sofia indagou, raspando o sapato pelo chão e fingindo desinteresse. – Quem?

Ela só conseguia pensar em Jack. Ele tinha dito alguma coisa? Ou era óbvio para todo mundo? Seu coração pulou dentro do peito.

– Pete gosta de você – Courtney revelou, erguendo as sobrancelhas e dando uma leve cotovelada nas costelas da outra.

Sofia franziu a testa.

– Quem é Pete? – ela perguntou.

– O gerente de produção.

Sofia considerou mentalmente os rostos e nomes da equipe, mas não chegou a lugar nenhum. Courtney apontou mais adiante no *set*. Um homem tatuado de 70 anos saiu de um banheiro químico com um colete fosforescente. A calça baixa deixava seu cofrinho aparente, assim como um eczema preocupante.

– Aquele é o Pete. Certeza que ele não te chutaria pra fora da cama. Acho que você devia investir.

Sofia revirou os olhos.

– Obrigada, mas não.

– Por que não? Você é solteira. Dá uma chance, talvez acabe se apaixonando.

Courtney sorriu com uma alegria suspeita. Sofia olhou para Pete, o gerente de produção, que juntava algumas cadeiras. Devia ser um cara legal, que não fazia ideia de que a protagonista tirava sarro dele. Sofia ficou triste e constrangida pelos dois. Torcia para que Courtney não tivesse sido cruel o bastante a ponto de dizer algo ao homem, que provavelmente só queria fazer seu trabalho em paz. De repente, ela ficou furiosa.

– Não posso, sinto muito – Sofia disse, como se fizesse uma confidência. – Já estou saindo com alguém.

Assim que a mentira saiu de sua boca, seu rosto se contraiu.

Courtney piscou e endireitou o corpo.

– Ah! Fico feliz por você. Qual é o nome dele?

Sofia inspirou fundo. Ai, ai. Tinha começado com aquilo e agora precisava ir em frente. Como um bonitão se chamaria? Bertie? Reginald? Horácio? Não, nem um pouco. Estava tentando pensar em alguma coisa quando foi salva por Jack se aproximando.

– Estamos quase prontos – ele disse, apontando para a câmera. – Vamos começar do começo.

– Jack, sabia que Sofia está saindo com alguém? – Courtney perguntou.

A repetição da mentira fez Sofia se encolher. Jack hesitou e olhou nos olhos dela. Foi uma reação discreta, mas o bastante para deixar Sofia feliz pelo resto do dia.

– Pois é – ela afirmou em desafio.

– Fico feliz por você – Jack falou de maneira vazia.

– Conta pro Jack como ele se chama – insistiu Courtney.

Sofia cerrou os dentes, disposta a seguir com a mentira adolescente, ao ver que aquilo fazia Jack suar. No entanto, com ele a olhando com o que parecia ser tristeza, ela se deu conta de que não conseguia pensar em um nome para dar.

– Você inventou essa história? – Courtney indagou, sorrindo.

– Não. Eu...

Sofia não conseguia pensar em nenhum nome. Não queria pensar em nenhum nome. Aquilo tudo a deixava exausta. Não podia competir com uma californiana de 20 e poucos anos.

– Até mesmo namorados imaginários têm nome – provocou Courtney. Seus olhos azuis brilhavam de alegria. Um operador de câmera próximo riu.

Alguém se aproximou, vindo da multidão. A equipe cedeu passagem. Dave Croft emergiu de onde devia estar esperando já há algum tempo. Ele foi até Sofia e passou um braço por cima de seus ombros.

– Oi – Dave disse.

Courtney, Jack e o restante da equipe os olhavam com perplexidade. Sofia estava tão chocada quanto qualquer outra pessoa, mas tinha bom senso e era uma atriz talentosa o bastante para não dizer nada.

– Desculpa o atraso. Demorei na academia – Dave disse. – Levantei bastante peso. – Ele usava suas roupas de bibliotecário e sapatos de couro. Virou-se para Jack, que continuava boquiaberto, e estendeu uma mão. – Dave Croft. O namorado. – Sofia segurou uma risada. Aquilo tudo era ao mesmo tempo ridículo e fofo. Parecia-lhe difícil que alguém acreditasse. Para sua surpresa e deleite, no entanto, pareceu ser o caso com todos.

– Jack Travers.

Jack tossiu. Os dois trocaram um aperto de mãos, que Courtney acompanhou com os olhos arregalados. Uma veia parecia pulsar em sua têmpora.

– Claro – Dave disse. – *Forrest Gump* é um dos meus filmes preferidos.

– Não fui eu quem dirigi – Jack falou.

– Sei disso. – Dave sorriu e se virou para Courtney. – E você é...? O queixo dela caiu.

– Courtney Smith – ela respondeu.

Dave sorriu e apertou sua mão.

– Muito prazer.

Courtney foi embora, pisando forte.

– Você está livre, gata? – Ele se encolheu ao dizer "gata", como se nunca tivesse usado a palavra naquele sentido. – Quero te mostrar uma coisa.

– Agora não – Jack soltou. – Estamos no meio do ensaio.

– Cinco minutos, Jack – Sofia disse. – E você ainda não precisa de mim.

Sofia se afastou, fazendo sinal para que Dave a seguisse lá para fora. Sabia que Jack ia ficar olhando a saída dela.

– Desculpa – Dave falou, assim que se viram lá fora. – Por ter te abraçado e dito que era seu namorado. É que ouvi a coisa toda. Mas não estava falando sério. Sei que não sou seu namorado.

– Ótimo. Espero que saiba mesmo – Sofia respondeu, embora ainda sorrisse. – Mas muito obrigada. O que você fez foi bem incrível.

Dave sorriu também.

– Ah.

Ele pareceu sem graça.

– O que você queria me mostrar? – ela perguntou, depressa.

Dave pigarreou.

– Verdade. Olha só – ele mostrou, abrindo a mochila. – Continuei procurando pela sra. Sinclair. – Ele pegou um livro e começou a folheá-lo. – Pensei nos nossos registros envolvendo Jane Austen. As biografias a respeito dela são incompletas. Dickens, Hardy, Tolstói... temos um monte de informações sobre eles. Mas não temos quase nada quando se trata de Austen. Ela é um enigma.

– Por quê? É uma escritora importantíssima.

Dave deu de ombros.

– Sei lá. Ninguém pensou em manter registros.

Sofia franziu a testa.

– Por que não perguntamos diretamente sobre sua vida? Ela está morando comigo.

– Sei disso – ele respondeu.

Sofia sorriu. Qualquer pessoa normal teria todo o direito de chamá-la de louca por alegar que morava com uma escritora do século XIX. Mas Dave não fazia aquilo. O que talvez significasse que ele não fosse normal, mas ainda assim era legal.

– O lance é: a Jane Austen que está na sua casa ainda é jovem. Não tem livros publicados, não conquistou nada. Não é famosa na época de que veio. Não tem as informações de que precisamos. – Sofia assentiu em concordância. – Mas tem uma fonte que não considerei. Ao longo da vida, Austen escreveu três mil cartas. Cento e sessenta delas sobreviveram.

Sofia ergueu uma sobrancelha.

– Jane escreveu à sra. Sinclair?

– Não – Dave respondeu, ao que ela fez uma careta. – Mas a sra. Sinclair escreveu para Jane.

– Quê? – Sofia inspirou fundo. – Me mostra.

Ele entregou a Sofia o livro grande e azul. A capa dizia *Anuário Sotheby's*. A página em que estava aberto continha uma lista de itens de leilão.

– Isso é tipo o caderno de esportes dos fãs de antiguidades – Dave disse. Cada linha continha nomes e datas. – Estes são os detalhes de cartas escritas por e para Jane Austen de que se tem conhecimento.

Ela passou os olhos pela página e arfou.

– Aqui! – Sofia apontou para uma anotação e leu em voz alta. – "Sra. Emmaline Sinclair para Jane Austen." Ela escreveu uma carta para Jane em 1810!

Dave assentiu.

– Antes de ser mandada pra Austrália.

– E o que fazemos agora? – Sofia perguntou.

– Temos que encontrar a carta.

– Isso é muito empolgante! Somos caçadores de livros intrépidos!

Ela sorriu para Dave.

Ele piscou e sorriu de volta. Baixou os olhos e voltou a folhear o livro.

◆

Sofia acompanhou Dave até o bufê.

– Pega um café antes de voltar pra biblioteca.

Ela voltou para onde Jack e Courtney estavam, para ensaiar. Nenhum dos dois disse nada que não fosse relacionado a enquadramentos e roteiro pelo restante da cena.

Em determinado momento do ensaio, Sofia olhou para a mesa do bufê e viu que Dave tentava fazer um café na máquina. Ele colocou os grãos direitinho, mas quando apertou o botão saiu só água quente. Dave xingou e deu um pulo, então olhou em volta para ver se alguém tinha notado. Por fim, acabou dando de ombros e desistindo. Colocou um saquinho de chá no copo de água quente e se contentou com aquilo. Sofia sorriu. Em sua juventude nos palcos, tinha sido conquistada por Lancelot, resgatada por Robin com seu arco, pedida em casamento por Romeu e seduzida por Tristão. Mas no que se referia a atos de cavalheirismo, Dave Croft, sem porte atlético e seus sapatos desgastados, podia ter superado todos quando ficara do lado dela e fizera o que fizera pouco antes.

◆

Algumas horas se passaram em uma feliz monotonia. O ensaio foi encerrado pelo dia, e Sofia voltou para o *trailer* para se trocar e depois ir para casa. Assim que entrou, arfou.

– Quando chegaram? – perguntou a Derek, que estava lavando os pincéis de maquiagem na pia.

– Faz uns vinte minutos, srta. Wentworth. São tão lindas.

Era verdade. Havia três dúzias de rosas em um vaso de cristal. Orvalho cobria os botões vermelho-cereja, fazendo-os brilhar à luz da tarde.

– De quem são? – ele perguntou. – Não veio cartão.

Sofia não precisava de cartão para saber quem havia feito aquilo.

– São de Jack.

– A cor é linda – Derek elogiou. – Que tom maravilhoso de vermelho. Sei que já o vi em algum lugar. Talvez seja o mesmo tom...

– Do meu cabelo – Sofia sussurrou, prendendo uma mecha atrás da orelha enquanto olhava para as flores na mesa. Seu coração batia acelerado. No começo de seu relacionamento, Jack sempre lhe mandava flores vermelhas como aquelas, da cor do cabelo dela. Sofia mal conseguia respirar.

O celular dela tocou. O nome de Dave Croft apareceu na tela. Dave! Ela pensou em atender – podia ser importante, algo relacionado a Jane –, mas acabou deixando que caísse na caixa postal. Ele entenderia. Se tivesse novidades, deixaria uma mensagem. Ela ficou esperando, de olho na tela. Nenhuma notificação de mensagem de voz apareceu. Sofia deu de ombros. Ele retornaria depois. Ela voltou a olhar para as flores. As filmagens seriam ótimas.

36

SE PEDISSEM A SOFIA PARA IDENTIFICAR o ponto de virada em seu casamento, o momento em que as coisas desandaram, um evento quatro anos antes lhe viria à mente.

A princípio, ela e Jack tinham se dedicado a fazer de seu relacionamento uma exceção à regra em Hollywood. "Vamos fazer tudo diferente", diziam, considerando com reverência a lista de uniões que haviam terminado em divórcio e jurando que se sairiam melhor.

O trabalho de Jack como diretor exigia que ele passasse meses seguidos em Los Angeles, para supervisionar a pós-produção, as exibições e uma série de reuniões. Enquanto isso, Sofia era colocada em aviões e mandada para onde quer que a contratação de mão de obra fosse mais barata e o dólar valesse mais: principalmente o Leste Europeu, mas também a Austrália.

Ela voltava a Los Angeles sempre que podia. Uma vez, encontrou-o no chão da sala de edição, em meio a um ataque de pânico – o pior até então –, enquanto trabalhava na sequência de *Batman*. O filme estava com quase cinco horas, e Jack não conseguia decidir que cenas tirar. Sofia se sentou com ele naquela sala sem janelas e o acalmou, sugerindo com toda a delicadeza que o marido esquecesse esta ou aquela cena e aplaudindo sempre que ele decidia alguma coisa.

Na verdade, Jack pensava demais. Um bom diretor tomava decisões, mesmo que equivocadas. O que importava mesmo era se decidir. Sofia não era como ele: sabia o que fazer, naturalmente. Sabia como contar uma história com um olhar, uma tomada, uma palavra. Quando olhara para o marido no chão da sala de edição, tremendo, perto de chorar, ela balançara a cabeça e se perguntara por que ele fazia aquilo consigo mesmo, porque havia se convencido de que queria trabalhar com aquilo. Mas Sofia o amava, de modo que sempre o ajudava. E os dois concluíram a edição juntos.

O filme foi um sucesso. A química entre Sofia e Peter só evoluíra desde o primeiro filme, e o roteiro ia além das tramas complicadas dos filmes de super-heróis, pois trabalhava com emoções reais. As críticas foram animadas e declararam a produção uma obra-prima do cinema de ação. O filme quebrou recordes e se tornou a maior bilheteria de uma sequência na história. Jack era celebrado aonde quer que fosse.

Foi mais ou menos então que as coisas pareceram mudar.

Eles iniciaram a pré-produção do terceiro filme imediatamente. Gravaram tudo e logo se viram na fase de edição. Jack se viu em dificuldades, e Sofia voltou a acompanhá-lo na sala de edição, noite após anoite. Jack pediu que o acompanhasse na exibição para o estúdio, o que ela ficou feliz em fazer, sentando-se no fundo para não atrapalhar. Sofia ficou olhando para a nuca do marido enquanto ele assistia ao filme na telona. Os ombros de Jack relaxaram. O filme estava bom. Ela sorriu, feliz por ele. Aquilo ia deixá-lo de bom humor.

Quando já estava saindo da sala, um executivo se aproximou para falar com Jack. Sofia ouviu o que dizia.

– Ela é ruiva por inteiro?

O cara apontou para a tela, onde Sofia aparecia como Batgirl, com o cabelo vermelho-fogo esvoaçando. Ela ficou tensa. Olhou para Jack e inspirou, esperando que respondesse. Queria ouvir como o marido responderia a um cretino que insultava sua esposa.

Ele fez uma pausa e olhou em volta. Outros executivos riram. Jack olhou para eles e respondeu:

– Não.

Então também riu. E não disse mais nada. A sala escura irrompeu em risos.

Sofia saiu da sala de projeção. Passou a manhã inteira na edição, fazendo ajustes, ajudando Jack. Então foi para casa e chorou. Quando ele chegou, horas depois, ela o confrontou.

– Sou ruiva por inteiro? – perguntou.

Ele pareceu uma criança que havia sido pega roubando um biscoito. Então começou a desafiá-la, com raiva, e diminuiu a importância daquilo.

– O que queria que eu fizesse? Eles são os donos do dinheiro.

– Sou sua esposa – ela respondeu.

Jack dobrou a aposta. Disse que a pressão recaía toda sobre ele, enquanto ela só precisava ficar bonita no traje de super-heroína. Era ele quem tomava as decisões – centenas de decisões – e quem não podia errar.

Sofia engoliu em seco, horrorizada, e jurou que nunca mais o ajudaria. *Vamos ver como ele se sai sem mim*, pensou. O último *Batman* foi bem-sucedido e voltou a quebrar recordes, fechando a trilogia mais lucrativa de todos os tempos. Houve uma série de festas, e a bolha de Los Angeles passou a celebrar Jack como se ele tivesse descoberto a cura para o câncer. Sofia foi filmar em Praga, enquanto ele ficou em Los Angeles. O relacionamento dos dois, naquele momento gelado, permaneceu em suspenso.

Com o sucesso da trilogia, o estúdio quis fazer um novo *Batman*. Jornais publicaram que os cachês do diretor e das estrelas chegariam a oito dígitos. Mas Peter já estava velho àquela altura, velho demais para continuar sendo o Batman. Estava quase saindo dos 40, tinha perdido peso e seu pescoço estava pelancudo. Circulavam rumores de que o estúdio ia substituí-lo e de que já estavam buscando outro ator.

Sofia ligava para Peter todos os dias, em apoio. Ele tinha uma equipe de agentes poderosos, que não cedeu e travou uma verdadeira batalha com o estúdio. Palavras foram ditas, apoios viraram ameaças e Peter pareceu prestes a cair.

No fim, eles não substituíram o Batman. Mas substituíram a Batgirl.

Para que Peter parecesse mais jovem, colocaram-no ao lado de uma mulher mais nova. Quando ficou sabendo da decisão, Sofia só assentiu. Claro que ia ser substituída. E não ele.

No âmbito privado, Jack pareceu furioso com o quanto aquilo era injusto e desleal. Publicamente, não disse nada. Quando alguns jornalistas lhe perguntaram sobre não dirigir mais sua esposa na série de filmes que havia deixado ambos famosos, ele respondeu que não era apropriado fazer comentários sobre um filme ainda em pré-produção, como se estivessem em um tribunal e ele não quisesse influenciar o júri. Sofia sentiu o golpe, acrescentando àquilo à lista de pequenas traições de um contra o outro. Quando voltou à Los Angeles, eles se separaram.

Sofia sempre considerara aquele o momento em que Jack mudara. Pensara que poderia fazê-lo voltar ao normal se passassem algum tempo juntos. Mas, na verdade, fora ela quem mudara, enquanto Jack permanecera sempre o mesmo. Desde a primeira noite, ele pensava nela da mesma maneira.

– Você é bonita demais pra saber tudo isso – ele comentara quando Sofia batera fumegando à sua porta e lhe dissera como dirigir um filme. Na época, ela considerara um elogio, e talvez até fosse, mas agora via o outro lado daquelas palavras. Era como se Jack a tivesse acusado de traição, de deturpação, de executar um truque elaborado. Como se ela tivesse chegado à casa dele fingindo ser uma coisa e acabara se revelando outra. Sofia sabia que ele a achava linda, mas, se aquilo mudasse, teria algum valor para Jack? No começo, ele parecia adorá-la e precisar desesperadamente dela. Sofia tinha certeza de que ele a amara, pelo menos por um tempo, mas agora desconfiava de que aquele amor sempre viera misturado a certo ódio.

37

CONFORME CHEGAVA A HORA de encontrar-se com Fred sabe-se lá onde, Jane concluiu que aquilo tudo era uma loucura. Estava sentada à janela da sala, mordendo o lábio. Sofia havia prometido levá-la de volta para 1803 e garantido que tinha feito progresso em sua missão antes de sair de casa, acenando alegremente.

Jane agradecera, atormentada pela culpa. Tinha uma aliada singular em Sofia, e desafiá-la fugindo de casa não apenas a tornaria alvo de censura como seria bastante tolo, afastando-a mais um pouco da possibilidade de retornar a sua época. Sair de casa era um convite à ruína.

No entanto, Jane tinha sido incapaz de recusar. Vestira a camisa e a calça de homem mais bonitas que Sofia havia lhe emprestado e penteara o cabelo inúmeras vezes, xingando a si mesma enquanto o fazia. Estava acendendo e apagando uma vela mágica, totalmente nervosa, quando Fred entrou na sala, de modo que nem o notou.

– O que está fazendo? – ele questionou, parecendo achar graça. Usava camisa verde com a manga dobrada até os cotovelos e calça preta. Seus olhos agitados brilhavam em esmeralda.

Jane parou de acender e apagar a vela.

– Nada – ela disse, dando de ombros. – Só estava admirando o abajur.

Ela passou um dedo pelo objeto e fingiu avaliá-lo.

Fred sorriu.

– Você gosta de qualquer tipo de abajur ou desse em especial?

– Sou admiradora fervorosa de todo tipo de dispositivo de iluminação – foi a resposta de Jane. Ela tirou os olhos do objeto. Não sabia como devia se sentir naquele momento: irritada com as provocações contínuas dele ou aterrorizada com o que estava prestes a acontecer. Contentou-se com uma combinação de ambos.

– Vamos?

Ambos saíram para as ruas escuras do centro de Bath.

– Aonde estamos indo? – Jane questionou, mas Fred não respondeu.

Eles chegaram a um portão de ferro. Fred destrancou o cadeado pesado e tirou a corrente. Então abriu o portão e estendeu a mão, que Jane aceitou. Ele a conduziu para dentro de uma construção de pedra. Ela se esforçava para enxergar onde estavam, mas a escuridão os envolvia. Sentia o calor da mão quente dele na dela e procurou controlar a respiração. Sua mente estava agitada: Jane não conseguia focar em nada por mais que um breve momento.

Os dois passaram sob uma arcada e adentraram um túnel cavernoso, também de pedra. Um caminho irregular de laje quebrada se estendia sob seus pés. Fred a puxou consigo. Jane tropeçou, mas ele a segurou e impediu que caísse. Então a colocou em pé e ambos seguiram em frente.

– Está me levando para o meu fim? – ela conseguiu perguntar.

– Estamos chegando – ele respondeu.

Ao fim do túnel, os dois entraram em um espaço amplo.

– Voltamos à área externa – Jane declarou. Não enxergava nada, mas o ar havia mudado. Fred soltou a mão dela e se afastou. – Não me deixe aqui!

– Um minuto – ele pediu, animado.

Jane ficou parada no lugar, torcendo para que um fantasma não aparecesse. Enxergava menos de um passo à sua frente, só o piso de pedra e talvez uma coluna. Sentia o ar quente e úmido nos ombros e no rosto.

– Se não voltar imediatamente, vou gritar – ela anunciou para o nada.

– Dez segundos! Estou quase aí – Fred gritou de algum lugar.

Jane contou até dez mentalmente. Nada aconteceu. Ela abriu a boca para gritar, então notou um brilho amarelo mais acima. A luz a cegou.

– Minha nossa – Jane disse. – Não consigo enxergar mais nada.

– Não olhe diretamente pra luz. Eu devia ter mencionado isso antes. Foi mal!

Os olhos dela se recuperaram. Uma luz banhava tudo. Jane recuou um passo, sem fôlego.

– Minha nossa! – ela admirou.

Havia um pátio cercado por uma construção de dois andares à sua frente. Colunas gregas em pedra amarelada sustentavam uma passagem. Gárgulas a observavam de cima. No centro, não havia grama ou pedra, mas uma piscina enorme, cheia de água verde-clara.

– Uma terma! – Jane disse, surpresa.

Fred riu.

– São *as* termas. As maiores de todas.

Fred direcionou a luz da lamparina para a superfície da água, que exalava um vapor serpenteante.

– São as termas romanas? – Jane indagou. – Que abastecem a Pump Room?

Fred assentiu.

– São as termas que deram nome a esta cidade. O que acha? Fazem jus à fama?

Jane olhou para a água sagrada. Era ainda mais bonita do que em seus sonhos.

– Acredito que sim. Como nos deixaram entrar no meio da noite?

– Não deixaram – ele respondeu. – Então, não conte a ninguém. – Ela ficou esperando que Fred explicasse. – Viu as estátuas romanas? – ele perguntou.

Jane olhou para cima. Estivera equivocada: o que vira mais acima não eram gárgulas, e sim Nero, Cláudio e Júlio César, esculpidos em pedra. Eles assomavam sobre a piscina, observando tudo.

– São maravilhosas – Jane disse.

– Elas sofrem os efeitos da chuva ácida – Fred contou, fazendo-a franzir a testa. – Restauradores vêm de tempos em tempos para limpar. Vamos trazer os alunos para acompanhar o trabalho deles amanhã. Tenho um amigo que trabalha aqui e me emprestou a chave – Fred disse. – Gostou?

Ele apontou para as termas.

– Eu não fazia ideia de que era assim – Jane comentou, mal conseguindo acreditar que se encontrava em um lugar onde nunca tivera permissão para entrar.

Fred sorriu.

– Os romanos eram grandes construtores – ele disse.

– Mas poderiam ser melhores – Jane comentou. – Este lugar não tem cobertura. Assim todo o calor escapa.

Ela apontou para a superfície da água e para o vapor se formando em contato com o ar frio.

– Tem cobertura, sim – Fred disse, assentindo.

Jane franziu a testa.

– Não estou vendo.

– Não dá pra ver daqui. É preciso entrar.

Ele apontou com a cabeça para a água.

Jane riu.

– Na água? Impossível.

Foi a vez de Fred rir.

– É uma chance única! O público não pode entrar na piscina.

O ar gelado da noite já a fazia tremer.

– Vou morrer congelada.

– Não vai. Eu prometo.

– É seguro?

– Claro. Trocaram a água ontem – Fred contou.

– É bem verde.

– É só não beber – ele respondeu, rindo de novo. – Está com medo?

– Nem um pouco – Jane respondeu, petrificada. Ela procurou uma desculpa. – Não tenho roupa para isso.

– Achei que pudesse dizer isso. Toma.

Fred lhe passou uma bola de tecido, que Jane desenrolou.

– O que é isso?

– Roupa de banho – ele respondeu.

Jane segurou o tecido esticado, em choque. Era um pedacinho de pano na forma de roupas de baixo.

– Espera que eu use isso? – ela indagou, arregalando os olhos. – É indecente.

– Ah. – Fred pareceu preocupado. – Desculpa. A vendedora disse que a avó dela tinha uma igualzinha. – Ele mostrou a Jane um cartãozinho preso à roupa, com a imagem de uma senhora grisalha segurando uma bola laranja e usando aquela mesma peça. – Essa mulher parece estar se divertindo.

– Ela parece estar bêbada. – Talvez aquele fosse o único estado mental no qual Jane conseguisse contemplar aquele cenário: inebriada. – Promete que não se trata de um truque? Que as mulheres realmente usam isso para se banhar em público?

Fred riu.

– Prometo.

Desde que havia chegado àquela época, Jane tinha visto mulheres o bastante usando roupas de baixo e deixando os tornozelos e o colo expostos para saber que aquilo podia ser verdade, mas a ideia de usar ela mesma uma roupa tão pequena feria todos os protocolos e crenças de sua existência.

– Sinto muito, mas não consigo.

– Prometo que não vou olhar – ele disse. – É isso que está te deixando preocupada?

– Não – Jane mentiu. Ela se virou para a piscina. A água borbulhava. A superfície parecia opaca.

Seu irmão Frank havia lhe escrito uma vez contando que havia nadado na Praia da Luz, em Portugal, com sua frota. Descrevera a água como quente e dourada, e a experiência como celestial. Também dissera ter visto uma sereia. Frank não costumava ser tão poético. Os Austen tinham um fraco pela água: todos se deixavam seduzir por seus mistérios. Ela não era exceção, mas sua relação com a água era teórica até aquele ponto.

– Vamos, aproveita a chance – Fred disse.

Jane fez uma careta para a roupa de banho. O vigário sempre dizia que uma mulher que expunha a própria carne a um homem colocava sua alma em perigo mortal. O corpo feminino tinha sido feito para um único homem. Assim que se punha os olhos nele, estava estragado para todos os outros.

Ela estava consciente de que seus pensamentos naquele sentido estavam desatualizados em relação à moral daquela época. Imaginou-se diante de Fred, vestindo aquela roupa. Ele olhou para Jane, sorriu com educação e voltou a virar o rosto.

Jane hesitou, coçando a cabeça.

– Não é pra ser uma tortura, Jane – Fred disse, com suavidade na voz. – Achei que fosse gostar. Não precisa fazer nada que não quiser. Podemos ir embora.

A vida toda, ela quisera entrar nas termas.

– Está tudo bem – Jane disse. Ela se recordou de como ele havia avaliado sua personalidade com precisão na noite anterior, apontando seu desejo de ver e experimentar tudo. Voltou a olhar para a piscina. A água verde era tão opaca que ela não conseguia ver abaixo da superfície. Então teve uma ideia.

– Concorda em não olhar até eu entrar?

– Vou ficar ali, atrás daquela coluna – Fred disse, assentindo. – Não vou espiar.

Jane inspirou. Pegou a roupa de banho que ele havia lhe emprestado e foi se trocar escondida.

38

JANE SE DESPIU, enfiou cada uma das pernas em um buraco do traje de banho e o puxou para cima. Estremeceu ao se dar conta de que era ainda menor do que havia pensado, mal cobrindo o que quer que fosse. Ela se recriminou por ter concordado com aquela insensatez.

– Vou sair – Jane avisou.

– Ficarei aqui – Fred respondeu. – Atrás da coluna. Não vou ver nada.

Jane inspirou e saiu, olhando ao redor. Ela mesma não o via. Apressou-se para a beirada da piscina e colocou um dedão do pé na água.

– Está quente – sussurrou, perdendo o medo de congelar na mesma hora. Quando seu pé tocara a água, irradiara pequenas ondas até o meio da piscina. Ela o recolheu e mergulhou o outro pé, sentindo a água chiar. Nunca havia sentido nada igual. Respirou fundo e entrou na piscina. A água quente e verde chegava à sua cintura.

Havia imaginado aquele lugar em seus sonhos, mas a realidade era mil vezes melhor. Seus sonhos não incluíam a sensação da água calcária contra a pele. Tampouco o cheiro que inundava suas narinas, salgado e doce ao mesmo tempo. Omitiam as rachaduras nas estátuas romanas, o musgo nas pedras, a areia e a lama sob seus pés. A fantasia tampouco contava com o homem de carne e osso que se encontrava atrás dela.

– Já entrou? – Fred perguntou, de algum lugar à distância.

– Entrei! – Jane gritou de volta. Ela olhou ao redor, mas só viu sombras e colunas.

– Boia de costas – Fred sugeriu.

Jane franziu a testa, perguntando-se como faria aquilo.

– Isso não me parece possível – ela anunciou para as sombras.

– Joga os ombros pra trás. Use as mãos e os pés pra se manter à tona.

Ela inclinou a cabeça para trás. A água borbulhava em seu cabelo. Jane ergueu os quadris e suspirou, encantada.

– Consegui! – exclamou.

– Agora olha pra cima – ele aconselhou.

Jane obedeceu e perdeu o fôlego.

– Minha nossa... – ela sussurrou.

O céu noturno se estendia acima dela. Milhares – não, milhões – de estrelas brancas reinavam sobre sua cabeça, pontuando o manto branco de diamantes brilhantes.

– Aí está a cobertura – Fred disse.

Jane sorriu, sentindo os olhos lacrimejarem.

A vida toda, ela tinha sido um fardo, um incômodo: alguém que não contribuía financeiramente com a casa, só drenava seus recursos. Segurava bolsas enquanto as outras dançavam, cuidava de crianças travessas enquanto seus pais iam às reuniões. Fazia o que podia para ajudar, para justificar o quarto que tinha e a comida que consumia. Nunca a haviam levado a um lugar como aquele, porque ela não merecia. Jane estendeu os braços. Boiou para o meio da piscina. O céu se estendia acima dela, mil faíscas borradas dançando. Nunca haviam lhe proporcionado um prazer inútil como aquele, e ela o aceitou com avidez.

Jane inspirou fundo – fundo demais, percebeu ao puxar água em vez de ar. Ela tossiu e não conseguiu mais boiar. Baixou as pernas e se levantou, mas não encontrou o chão mais abaixo. Movimentou uma perna, procurando o fundo, mas era tudo água: não conseguia ficar em pé. Tinha boiado até uma parte mais funda. Voltou a tossir.

– Socorro! Não sei nadar!

Ela engoliu o equivalente a um cálice de água verde e balbuciou. Sua cabeça afundou.

Jane foi parar no fundo da piscina. A água turva atrapalhava sua visão. Ela agitava os braços, mas não conseguia retornar à superfície. Afundou ainda mais, engoliu mais água. Torcia para que Fred a tivesse ouvido chamar. Finalmente, seus pés tocaram o fundo da piscina.

A superfície da água parecia um teto, a um corpo de distância dela. Jane inspirou, em um ato impensado, e engoliu mais água. Fechou os olhos, com dificuldade de pensar. Sentiu que caía em um sono tranquilo.

Uma mão a pegou pela cintura e puxou para cima.

Fred a levou para a superfície. Ela se engasgou, tossiu e puxou o ar, o que foi ao mesmo tempo maravilhoso e dolorido. A água deixou um gosto amargo de cal em sua boca. Fred a levou até a borda da piscina. Tinha mergulhado de roupa.

Jane se segurou na beirada.

– Engoli água. É mais bonita do que gostosa.

Ela enxugou os olhos. Ardia quando respirava. Seus dedos formigavam.

Fred continuou a segurá-la debaixo da água.

– Por que não me disse que não sabia nadar?

– Não sei. Mas obrigada – ela falou.

Fred aguardou até que a respiração de Jane retornasse ao ritmo normal, menos ofegante.

– Você está bem? – Fred quis saber. – Desculpa mesmo. Eu não tinha ideia de que não sabia nadar.

Jane assentiu.

– Estou bem. Perfeitamente saudável. Só engoli um pouco de água.

Ela sorriu para ele para garantir que estava mesmo bem. Fred retribuiu seu sorriso, mas foram necessários muitos minutos de confirmações verbais e acenos de cabeça para que seu rosto relaxasse e a expressão de culpa fosse substituída por uma mais feliz.

– Estou me sentindo péssimo. Quase matei você.

– Não fez nada do tipo. Na verdade, me trouxe à vida. – As palavras lhe escaparam antes que ela pudesse impedir. – Obrigada por me mostrar isso.

Fred ficou olhando para ela. Jane percebeu que ainda segurava sua mão debaixo d'água. A outra mão segurava a borda da piscina. Fred pareceu também se dar conta daquilo. Ele suspirou, mas não se moveu. Engoliu em seco.

– Tem certeza de que está bem?

– Por favor, pare de me perguntar isso – ela disse, silenciando Fred.

O ar pareceu diferente em volta. O clima se alterou. Jane sentia a respiração dele em seu colo. Fred baixou os olhos para a boca dela.

Jane poderia definir sua experiência naquele tema como "limitada". Em seus 28 anos na Terra, lamentavelmente, nenhum homem nunca a havia tocado daquele jeito, ou a olhado daquele modo, ou demonstrado qualquer intenção de fazer com ela o que Fred parecia querer fazer. Jane o encarou e viu em seus olhos algo ao mesmo tempo nobre e ardente. Seu coração batia descontrolado; sua mente girava. Ela se perguntou se aquele homem estaria preparado para sua inexperiência, se identificava certa infantilidade no modo como se comportava ou respirava, se aquilo o decepcionava, se ela não deveria se mover de outro jeito. Ele continuou olhando para Jane, sorrindo para ela. Nada do que Fred fazia parecia indicar qualquer coisa além de prazer, e talvez certo medo, com a situação presente e o que poderia vir a seguir. Ela inspirou, aguardou e procurou se lembrar de continuar respirando.

Infelizmente, seu cérebro de jogadora de xadrez, que estava sempre muitos movimentos adiante, foi mais além da parte agradável daquilo tudo e começou a encontrar motivos de preocupação.

Não era o ato em si que a perturbava, embora a deixasse petrificada e ao mesmo tempo curiosa. O que fazia sua mente girar era o que viria na sequência. O que aconteceria a seguir, depois que ele fizesse o que pretendia? Jane voltaria alegremente à sua própria época, após ter descoberto qual seria a sensação de ser beijada por um homem? Olhou no rosto de Fred. Por mais tola e inexperiente que fosse, ela sabia de todo o coração que, depois daquilo, teria dificuldade em deixá-lo. Quão glorioso não seria se deixar levar por uma coisa daquelas? Mas alguns momentos mágicos não tinham como compensar as dificuldades que viriam a seguir. De modo algum. Na verdade, o ato seria uma loucura.

– Como você chegou à vida adulta sem saber nadar? – Fred indagou, com doçura. Ele inclinou a cabeça para Jane, chegando tão perto que a fez inspirar profundamente e rezar para ter forças.

Ela buscou uma tática de impedir o que estava se desenrolando e chegou a uma poderosa. Tão poderosa que teve que fechar os olhos.

– Sendo Jane Austen – ela declarou.

As palavras tiveram o efeito desejado. Fred afastou a cabeça e piscou. Reagiu como qualquer pessoa sã a uma declaração daquelas. Ele estudou o rosto de Jane.

– Como? – perguntou. Seus olhos estavam cheios de esperança, como se pudesse ter entendido errado.

– E sou Jane Austen – ela afirmou.

– A escritora – ele falou, assentindo sem acreditar, com os olhos vazios.

Jane confirmou com a cabeça.

– Entendi – Fred disse, então baixou a mão e franziu a testa.

Em que estaria pensando? Que ela era louca, por se apropriar do nome da autora em uma alucinação histérica? Ou que estava zombando dele? De qualquer maneira, as palavras de Jane haviam feito seu trabalho.

– Não precisa inventar nada – Fred declarou.

– Não estou inventando nada.

O dano estava feito. Fred se afastou ainda mais. Ajudou Jane a sair da água, com cuidado, de maneira deliberada, como alguém faria com uma criança. Enrolou-a em uma toalha.

– É verdade – ela tentou mais uma vez. Não sabia por que insistia, agora que o momento havia passado, mas o fazia mesmo assim.

Fred assentiu.

– Foi o que você disse para minha irmã? – ele perguntou, baixo.

– Vim de 1803. Para essa época – ela prosseguiu, embora fosse inútil. – Você não acredita em mim...

Jane havia revelado aquilo para obter certo efeito, para afastá-lo. Ainda assim, o fato de que Fred não acreditava nela a magoava.

– Você se aproveitou dela. Vou te levar pra casa.

Ele a olhava com tristeza.

– Irei embora assim que possível – Jane disse.

Fred assentiu.

Ela colocou as roupas por cima do traje de banho. Fred pingava. O tecido da camisa se agarrava ao corpo dele. Jane lhe ofereceu a toalha. Ele negou com a cabeça.

– Por favor, eu insisto. Vai ficar resfriado.

Fred cedeu e aceitou a toalha. Secou-se superficialmente e a devolveu a ela.

Os dois voltaram para casa em silêncio. Ele caminhava à frente dela, perto o bastante para que Jane não se perdesse na escuridão das ruas, mas longe o bastante para impedir qualquer conversa.

Quando chegaram, Fred se despediu, foi para o quarto e fechou a porta. Jane foi para o quarto de hóspedes, com as roupas molhadas, e ficou olhando para o relógio na parede. Tudo o que queria era que ele andasse para trás.

Jane fechou os olhos e assentiu sobriamente para si mesma. Seu comportamento com Fred não foi apenas por autopreservação. Havia algo mais. Ela já tinha tratado outros homens da mesma maneira. Ninguém tentara beijá-la antes, mas já a haviam desejado. O sr. Withers provavelmente a rejeitara porque ela era pobre e velha, mas Jane sabia que havia permitido que outros pretendentes se fossem, mais bondosos e menos abastados, mas que teriam sido melhores para ela. Jane os havia rejeitado antes que sua idade se tornasse um problema.

Ela se sentou na cama, com o cabelo ainda pingando, e pensou na lista de três ou quatro homens decentes por quem, com o devido tempo e com a devida tranquilidade, poderia ter vindo a se apaixonar, com sabedoria e resignação. Haviam chegado esperançosos, mas Jane os considerara entediantes, afastara-os com piadas e escárnio, fizera-os sentir que as chances de fazê-la feliz eram bastante reduzidas. Uma vozinha em sua cabeça sempre a instruíra a fugir. Agora, esses homens eram felizes com outras mulheres, conforme Jane ficara sabendo através de cartas e conversas de passagem. Todos haviam se casado, provavelmente com mulheres que, ainda que os fizessem rir menos, se importavam mais com eles.

Sempre gostara da segurança que havia na solidão, no desejo de fugir quando os outros se aproximavam dela. Deixava que um sentimento de esquecimento se aprofundasse em si, como se tivesse um impulso de morte que a fizesse pensar daquele jeito. Ou talvez só gostasse de ficar sozinha, para caminhar, refletir e ser, para viver sem ter que se preocupar com mais ninguém. Jane se perguntou se aquilo fazia dela uma pessoa horrível. Provavelmente, sim.

Jane cerrou os dentes. Revelara sua identidade para Fred, que não havia acreditado nela. Aquilo era bom, porque tornava sua decisão de regressar à época mais fácil. Atingira o resultado desejado. Nada de bom poderia vir da alternativa, uma fantasia fútil que tinha feito bem em sufocar. Jane preferiu focar sua mente em algo mais importante: ajudar Sofia a conseguir mandá-la de volta para casa.

39

FRED GOSTAVA DE SER PROFESSOR. Alguns dias eram maravilhosos, cheios de alegrias e revelações acadêmicas, como quando presenciava o encanto tomando a expressão de uma criança que acabara de aprender um novo conceito. Em outros dias, no entanto, parecia que a maior conquista possível era todos sobreviverem. Naquele dia, Fred desconfiava que se tratava do segundo caso. Ele e Paul tinham sob seus cuidados 25 alunos de 12 anos, durante uma visita às termas romanas, para acompanhar a restauração do local.

Enquanto procuravam manter as crianças encurraladas dentro da construção de pedras amareladas, Fred pensava deslumbrado nas patas que atravessavam as ruas com seus filhotes em uma fila graciosa, mas com precisão militar. Como conseguiam? Ele e Paul não contavam com seguidores tão fofinhos e cativantes, e sim com um bando de adolescentes arrastando os pés pelas ruas sem olhar para os lados, em meio a muita fofoca e transpiração. Fora os que disparavam em direções aleatórias ao mesmo tempo. Eram apenas nove e meia e Fred já estava rouco de tanto gritar coisas como "Andem depressa, mas com atenção!", "Não coma isso!" e "Foram todos ao banheiro?".

Por milagre, chegaram às termas romanas no mesmo número que havia partido. Ele lembrou mais uma vez aos alunos que deviam ser educados e fez sinal para que entrassem. Uma leve onda de desobediência teve início na frente da fila, com gritos, risos e empurrões. Fred foi correndo acalmar os alunos. Tess Jones era a primeira.

– Tess falou palavrão para aquela senhora, professor – um aluno reclamou, apontando para a mulher em questão, caso Fred não soubesse de quem se tratava. Ela não parecia impressionada. Tinha cabelo grisalho, usava um crachá de voluntária com a insígnia da Pump Room e olhava feio para todos.

– Não é verdade – Tess contestou. – Só falei "bosta".

A senhora em questão, que conseguia ouvir tudo, bufou e continuou olhando feio. Fred puxou Tess de canto.

– O que está acontecendo? – ele questionou.

Ela fungou e olhou para a porta. Não costumava dar trabalho, mas seus pais tinham se divorciado fazia pouco tempo, e seu comportamento não andava dos melhores. Ela fora pega bebendo e matando aula. Era muito inteligente, uma das melhores alunas de Fred. Na semana anterior, havia feito um discurso excelente sobre Nero na aula de História, com citações e sem qualquer tentativa de plágio. Alguns professores queriam que Tess fosse expulsa da escola, mas Fred achava que estavam se apressando demais. "Divórcio." Fred sabia por experiência própria o que aquele tipo de coisa podia causar.

– Tess, estou pedindo que se explique – insistiu.

Ela deu de ombros.

– Desculpa, professor – foi tudo o que respondeu.

Os alunos gostavam dele na escola, principalmente os mais problemáticos. Paul brincava que aquilo era porque ele lia literatura russa, tinha cabelo bonito e gostava de beber, mas Fred sabia que tinha algo mais. Algumas coisas pelas quais havia passado quando era pequeno ainda o incomodavam, o que atraía os alunos. Às vezes, ele ficava taciturno, e aquele comportamento atraía pessoas afins.

– É melhor ficar longe daquela mulher, tá bem? – ele aconselhou.

Ela assentiu.

– Desculpa, professor – Tess repetiu.

Ele a mandou para o fim da fila. Precisaria ficar de olho nela o restante do dia.

Fred estava exausto, mas também ficava feliz com a distração. Estava a seis metros das termas romanas, mas não podia se sentir mais distante da noite anterior.

Jane Austen. Aquilo era ridículo.

– O que aconteceu com Jane? – Paul questionou Fred pela segunda vez. – Fugiu de novo?

– Quê? Não – Fred respondeu. – Bom, mais ou menos.

– Por quê? – Paul perguntou.

Fred ficou tenso. Não conseguia explicar. Não havia palavras para aquela situação tão estranha. Na verdade, havia. A mulher de quem gostava, a mulher que não gostava dele, rejeitara-o com uma brincadeira. Era bastante simples, na verdade.

– Ela magoou você – Paul constatou, com delicadeza.

– Só feriu meu orgulho – Fred respondeu, em um tom leve, sem querer entrar no assunto, depois sorriu.

Paul balançou a cabeça.

– Não gosto mais dela – Paul disse. – Não é legal te enrolar desse jeito. Até um bonitão que nem você tem sentimentos.

Não era que a rejeição magoasse Fred. Era muito pior e mais constrangedor. Ele estava triste. Triste porque havia se iludido. Agora tinha que fazer as pazes com o fato de que nada daquilo fora real. Ela nem lhe parecia a mesma pessoa. Fazia poucos dias que se conheciam, mas de alguma forma aquilo tornava tudo ainda pior.

Eles reuniram os alunos e foram para o pátio. Quando a piscina verde-pastel surgiu logo à frente, as conversas pararam. Os adolescentes arfaram e apontaram. O lago de água verde e profunda parecia diferente à luz do dia. Fred ficou olhando para ele e balançando a cabeça. Jane era estranha, claro. Mas de um jeito encantador, não de um jeito ficção científica e viagem no tempo. Às vezes, ela ainda o chamava de "senhor". Insistia em falar de si mesma no impessoal. O que havia dito de mais parecido com um palavrão na frente dele fora "cabeça-dura". Fred atribuíra tudo aquilo às afetações de uma atriz se preparando para um filme de época.

Se fosse mesmo encenação, era muito boa. Parecia genuinamente fascinada com qualquer máquina. Passara um bom tempo olhando para a geladeira e havia quebrado mais de um interruptor. Ele se lembrou de quando ela dissera em seu primeiro ensaio que seu nome era Jane Austen. Parecera confusa quando Cheryl a acusara de brincar.

Um estranho som se fez ouvir no pátio. Um tamborilar. Contra o telhado.

– Que barulho é esse? – Fred perguntou.

Paul balançou a cabeça.

– Não faço ideia.

– Parece...

– Está chovendo, professor – uma estudante disse.

Os outros alunos pareceram surpresos. Olharam uns para os outros, depois para o telhado.

– Quanto tempo faz? – Paul perguntou, apontando para as gotas caindo do céu.

– Oito meses – Fred respondeu.

A chuva estalava e penetrava as rachaduras do edifício. Escorria pelas janelas antigas e pelos alicerces. Respingava na superfície da piscina, formando ondas em torno. Os alunos pulavam no lugar e riam. Gritos empolgados ecoavam através do grupo.

– Muito bem, pessoal, todos já vimos chuva antes! – Paul gritou, mas suas palavras não tiveram qualquer efeito. A garotada reagia à chuva da mesma forma no mundo todo: pirando. Guerrinhas de água tiveram inícios em alguns pontos. Alunos pulavam e derrapavam no chão molhado. A voluntária de antes, para quem Tess Jones havia dito "bosta", pareceu horrorizada diante da cena. Fred e Paul conduziram os alunos para a parte coberta.

– Acho que é hora do lanche – Fred disse, e Paul assentiu.

Eles reuniram os adolescentes, encontraram um café do outro lado da rua e acomodaram todos em mesas e cadeiras. Fred fez uma contagem. Havia 24 alunos ali. Ele contou outra vez e chegou ao mesmo número. Tinha alguém faltando.

– Cadê a Tess? – Fred perguntou a Paul, que olhou em volta e deu de ombros. Fred se dirigiu aos alunos então. – Cadê a Tess?

Ninguém sabia. Paul ficou com os alunos no café enquanto Fred saía para a rua. Ele foi recebido por um caos ainda maior do que aquele que costuma acompanhar as excursões escolares. Aparentemente, a chuva havia deixado todo mundo em apuros. As pessoas corriam de um lado para o outro, nas ruas e calçadas, indo para baixo de qualquer cobertura para se proteger do dilúvio. Ninguém tinha guarda-chuva. Fred virou a cabeça e localizou Tess no meio da rua, observando a chuva. Ela tinha escolhido o lugar errado para fazer aquilo.

– Sai da rua, Tess! – ele gritou. Ela se virou. Tinha chorado. Aquilo partiu o coração dele, mas Fred conseguiu sorrir. – Vai ficar tudo bem. Vem comigo.

A chuva caía sobre sua cabeça, lembrando-o da noite anterior. A mulher que estava hospedada em sua casa poderia mesmo ser Jane Austen? Por mais ridículo que parecesse, pelo menos era melhor do que a alternativa: ela ter dito aquilo para afastá-lo.

Tess assentiu e foi na direção de Fred. Mas ela escolheu um péssimo caminho, em linha reta na direção do tráfego, o que a deixava em perigo real. Um carro teve que desviar da garota.

Fred se lembrou de ter rido de um anúncio do serviço público que alertava as pessoas a dirigir com cuidado caso a seca terminasse. No tom estranhamente calmo que é característico da burocracia inglesa, as placas e as transmissões de rádio anunciavam que dirigir na chuva depois de uma longa estiagem era perigoso, porque o óleo dos carros que se acumulava nas vias as deixava mais escorregadias e podia causar graves acidentes. Na hora, Fred rira, mas agora tinha a oportunidade única de acompanhar as condições profetizadas em ação.

Ao desviar de Tess, o carro perdeu tração e acabou batendo em um poste. Foi um acidente leve, de modo geral: o carro devia estar a menos de dez quilômetros por hora. O motorista escapou ileso. Ele saiu do veículo e foi na direção de Tess, para tranquilizá-la.

Ela, por sua vez, seguia para a calçada quando Fred notou que um fio elétrico tinha se soltado e entrado em contato com uma poça recém-formada.

– Espera, Tess! – Fred gritou, mas ela continuou andando. Ele disparou em sua direção, afastando-a depressa da poça de aparência inofensiva, mas, na verdade, muito perigosa. Distraído pela chuva, pelo caos do dia e um ou outro pensamento relacionado a Jane, no entanto, Fred acabou pisando na água ele mesmo.

Enquanto refletia sobre como aquilo talvez não fosse uma boa ideia, uma faísca pareceu concordar com ele. Ela se deslocou pela poça e entrou pelo pé esquerdo de Fred, subindo por seu dedão e por sua perna e depois para o tronco. A faísca passeou por seu peito, fez cócegas no canto de seu ventrículo esquerdo, seguiu para o ombro, dançou por seu braço e saiu de seu corpo pelo polegar direito, passando para a terra através do poste a que Fred agora se segurava. Ele voou como um pássaro, pousando à janela com grades de ferro do outro edifício.

40

JANE NÃO QUERIA TER CHATEADO FRED, mas aquilo fazia sentido, considerando o todo. Não o veria outra vez. Ela olhou para o jardim dos fundos através da janela, deparando-se com uma visão gloriosa. Chuva caía na grama. As folhas amarelas pareciam mais verdes.

Alguém bateu à porta. Ela foi atender. Talvez Sofia tivesse esquecido a chave. Jane torcia para que não fosse Fred quando abriu a porta. Havia um homem de camisa vermelha na varanda.

– Posso ajudar? – ela perguntou.

– Meu nome é Rob. Vou acompanhar você até o hospital.

– Não entendi – Jane disse.

– A srta. Wentworth me mandou. Sou da equipe técnica do filme. O irmão dela sofreu um acidente.

Jane se segurou ao batente da porta.

– Que tipo de acidente?

◆

A primeira viagem de Jane em uma carruagem de aço e sem cavalo foi tranquila. Ela se sentou no banco do passageiro, enquanto Rob, membro da equipe técnica do filme (o que quer que aquilo significasse), conduzia o veículo ao hospital de Bath. Jane procurou se concentrar na velocidade e no tamanho do carro, no ar que entrava pela janela aberta. Ordenou que sua mente refletisse sobre como o motor funcionava já que não produzia vapor. No entanto, por algum motivo, estava obcecada pelo significado da palavra "acidente" no século XXI. Em sua época, não se falava abertamente sobre acidentes, era apenas aos sussurros. Eles implicavam a perda de um membro, um olho ou até da cabeça. Com todos os avanços que haviam ocorrido em duzentos anos, no entanto, com edifícios de aço e trens subterrâneos, talvez os grandes acidentes estivessem extintos. Provavelmente o termo tinha passado a denotar eventos leves, como cortes provocados por papel e dedões machucados. Nada com que ela devesse se preocupar. Jane se reprimiu mentalmente por desperdiçar sua primeira viagem em uma carruagem de aço e sem cavalo pensando naquele tipo de coisa.

◆

O rapaz de camisa vermelha deixou Jane no hospital de Bath, onde alguém da equipe a conduziu por um corredor. Ela já havia entrado em um hospital, aos 9 anos, por conta de um dente inflamado. Jane e o pai haviam viajado na carruagem postal até Winchester, e ele segurara sua mão enquanto o barbeiro do vilarejo, que também fazia as vezes de médico, arrancava seu molar esquerdo com um alicate. Desde então, tinha uma impressão ruim de hospitais. Esperava que os médicos que tratassem Fred fossem mais delicados que o dela, para o bem dele.

Jane chegou à sala onde Sofia aguardava. A outra mulher a abraçou, com lágrimas no rosto.

– Não sei de nada – ela contou a Jane. – Ainda não o vi.

– Foi só um acidente. Tenho certeza de que ele está bem – Jane disse, confiante.

Jane e Sofia aguardaram em silêncio. Havia caixas de aço em toda parte, soando e tocando. Depois de um tempo, outra pessoa da equipe, talvez da enfermagem, as acompanhou até um quarto em cuja cama se encontrava Fred. Jane irritou-se ao constatar que não se tratava de um dedão machucado ou de um corte provocado por papel. Fora um curativo acima do olho e outro no braço, ele não sofrera um arranhão sequer.

Sofia o abraçou.

– O que aconteceu?

Jane permaneceu à porta, sem se aproximar.

– Meu cabelo está espetado? – ele quis saber. Usava uma camisola branca de manga curta. Jane baixou os olhos para o chão.

Sofia deu um soco leve no irmão.

– Achamos que estivesse morto. Ninguém nos disse nada!

– Estou bem. Nunca me senti melhor. Talvez até vá pra academia direto daqui.

Enquanto Sofia falava, os olhos de Fred se voltaram para Jane, depois retornaram à irmã. Fora aquilo, ele pareceu não notar a presença dela ali.

Jane sentiu-se tola e deslocada. Estava invadindo uma cena familiar. Preferiria não estar ali.

Um homem entrou no cômodo. Era careca e tinha suaves olhos castanhos.

– Quem é a irmã? – ele perguntou. Sofia ergueu a mão. – Sou o dr. Marks.

Jane observou o homem. Aparentemente, os médicos atuais se vestiam de maneira diferente. Enquanto o médico que atendera Jane usara botas de cavalgar e sobrecasaca, aquele usava pijama verde. Sofia pareceu não se incomodar com a roupa do homem e apertou a mão dele. O dr. Marks se virou para Jane em seguida, estendendo a mão.

– E você é...?

– Jane – ela respondeu. – Não somos parentes.

Fred voltou a olhar para ela enquanto apertava a mão do médico.

– O que aconteceu? – Sofia indagou.

– O sr. Wentworth levou um choque – o dr. Marks respondeu.

– Ele nunca foi muito esperto – Sofia comentou, carinhosa. – Podemos ir pra casa?

O médico avaliou uma das caixas ao lado da cama de Fred. Linhas verdes e azuis brilharam nela, que soltava um apito ritmado. Escreveu algo com uma pena com tinta embutida e voltou a se virar para a caixa. Repetiu aquilo várias vezes, observando e anotando, como se a caixa lhe ditasse uma música que ele era capaz de transpor em notas.

– Precisamos que ele fique aqui por mais algumas horas – o médico respondeu.

– Isso é mesmo necessário? Ele está sendo irritante como de costume e parece bem – Sofia disse. Seu rosto se contorceu em um sorriso, para mostrar que estava brincando, mas havia preocupação em seus olhos.

– Preferimos que ele fique – o médico respondeu, com um sorriso. Ele encerrou sua conversa com a caixa e saiu do quarto.

– Está frio aqui? – Fred tremia. – Sinto como se tivessem ligado o ar-condicionado no máximo.

– Hospitais são sempre frios – Sofia comentou.

– Pode pegar um cobertor pra mim? – ele pediu.

– Não sou sua empregada – Sofia respondeu.

– Eu pego – Jane falou, disposta a qualquer coisa para sair de lá.

– Não precisa, Jane – Fred disse.

Ela olhou para ele, em uma tentativa de identificar o que quer que fosse em sua expressão, mas Fred olhava para o nada.

– Eu insisto – Jane disse, já indo embora.

Sofia se manteve ao lado da cama.

– O que está olhando, Fred? – ela perguntou. – Fred?

Jane se virou para eles. Por algum motivo, ele encarava o chão. Ela acompanhou seu olhar. Não havia nada no ponto em que se concentrava, além do piso branco brilhando. Os olhos de Fred pareciam sem foco. Seu corpo permanecia ali, mas não parecia ser o caso com sua mente.

– Fred? – Sofia voltou a chamar.

Ele apoiou a cabeça no ombro e fechou os olhos devagar. Parecia estar dormindo, e não se moveu mais. Sofia empurrou o ombro dele com força o bastante para acordá-lo. Mas ele não se abalou, continuando a dormir. Sofia correu para a porta.

– Tem alguém aí? – ela gritou para o corredor. – Socorro!

Uma mulher de cabelo vermelho chegou e foi direto para a caixa de metal. Então se dirigiu ao paciente.

– Sr. Wentworth? – ela chamou, sacudindo o ombro de Fred. – Sr. Wentworth, está me ouvindo? Sabe onde está? Sr. Wentworth?

O sr. Wentworth não respondeu.

41

A MULHER DE CABELO VERMELHO voltou a consultar a caixa de aço. Havia números nela, mudando constantemente, subindo e descendo em um piscar de olhos.

Outras duas pessoas entraram no quarto e olharam para a caixa. Uma linha a atravessava, parecendo pontos caseados. Uma mulher apertou um botão vermelho na parede. Um alarme soou dentro do quarto e no corredor. Não era um eco, e sim o mesmo alarme soando a partir de outra fonte.

A linha que parecia uma procissão de pontos caseados se transformara em um caos de vales e picos, movendo-se pela máquina em alturas e distâncias aleatórias.

– Fibrilação ventricular! – a mulher ruiva gritou. Jane reconhecia a origem latina das palavras, mas não compreendia o que significava. – Abaixem a cama – ela ordenou, fazendo outra pessoa girar uma manivela. O corpo de Fred, que antes se encontrava sentado, agora estava deitado. Um homem conduziu Jane e Sofia em direção à porta, com toda a delicadeza.

– Aguardem aqui fora, por favor.

Elas obedeceram, mas ficaram observando tudo da porta.

A mulher de cabelo vermelho subiu em cima de Fred, como se montasse um cavalo. Era pequena, curvilínea e tinha pelo menos 70 anos, mas o fez com graça, e começou a pressionar o peito dele com o punho. Ela voltou a verificar a caixa de aço, que parecia a mais importante entre todas que Jane havia visto. As pessoas no quarto obedeciam a seus comandos e sorriam ou franziam a testa de acordo com o que lhes ditava. A senhora ruiva agora franzia a testa. Ela colocou uma mão em cima da outra sobre o esterno de Fred, pressionou e soltou, repetindo o movimento de maneira ritmada. Depois de fazê-lo inúmeras vezes, o homem deu um tapinha no ombro dela, indicando que assumiria seu lugar. Ele estava à beira da cama, pronto para o trabalho. Jane observou a ruiva, que parecia cansada, mas determinada, e concluiu que fazer o peito de uma pessoa subir e descer por ela exigia um trabalho intenso.

Os membros da equipe do hospital trocaram algumas palavras calmas e sussurradas. Jane compreendeu alguma coisa. Ela viu que Sofia considerava a situação. Seu rosto pareceu passar de rosa a cinza.

Todos olharam para Fred, depois para a caixa.

– O que está acontecendo? – Jane perguntou para Sofia.

– Ah – Sofia fez, sem dizer mais nada.

Passos ecoaram pelo corredor. Um homem entrou, empurrando um armarinho sobre rodas com gavetas de metal, que chacoalhava. Havia mais caixas de metal sobre ele, pintadas de vermelho e azul. O homem entregou alguns itens ao restante do grupo, que entrou em ação. Uma pessoa posicionou uma máscara transparente na boca de Fred e começou a pressionar uma espécie de balão. Outra tirou a camisola de Fred.

Então entrou um homem grisalho, usando terno. Algumas pessoas o seguiam, parecendo uma mais velha do que a outra. Em menos de trinta segundos, uma dúzia de pessoas entrou no quarto.

O dr. Marks foi o último. O homem do carrinho passou para ele duas pás pretas que pareciam ferros. As caixas subiam e apitavam.

– Duzentos de carga – o homem do carrinho anunciou. – Todos afastados.

O dr. Marks apoiou as pás no peito de Fred. Ouviu-se um zumbido alto e constante. O corpo de Fred pulou cerca de um centímetro da cama, depois caiu como uma boneca de pano abandonada por uma criança.

Todos olharam para a caixa. Provavelmente não lhes dera a resposta que queriam, porque trocaram algumas palavras murmuradas. O dr. Marks balançou a cabeça e olhou para as pás, como se não estivesse certo de que estavam funcionando.

– O que aconteceu? – Jane perguntou a Sofia.

– O coração dele parou.

Jane assentiu. Não sabia muita coisa, mas sabia que corações deviam continuar batendo. Sofia parecia não piscar nem respirar.

Jane se agarrou à cadeira ao seu lado, depois se amaldiçoou pela cena. Fred era apenas um amigo. Fazia menos de duas semanas que o conhecia. Era tolice se envolver daquele jeito com a situação de alguém que mal conhecia. Mas, pelo bem de Sofia, ela esperava que Fred sobrevivesse.

Sofia pegou a mão dela. Jane a segurou firme, ao menos para lhe oferecer algum conforto. Não que ela mesma também precisasse daquilo.

– Duzentos de carga – o homem do carrinho anunciou. – Todos afastados.

O dr. Marks voltou a apoiar as pás em Fred. Elas zumbiram, e o corpo dele saltou da cama e caiu de novo.

Todos olharam para a caixa.

– Droga! – reclamou o dr. Marks.

Depois que Sofia a proibira de observar os avanços do século XXI, Jane havia se conformado em fechar a mente para as maravilhas do novo mundo. Agora, enquanto expressões como "parada cardíaca" e "dez mil volts" entravam em seus ouvidos, ela desejava ter desobedecido e aprendido todos os detalhes dos avanços médicos naqueles últimos duzentos anos.

A mulher ruiva inclinou a cabeça. O homem do carrinho soltou o ar.

Jane sentia que as pessoas começavam a se cansar. Não demonstravam aquilo em suas ações, que pareciam determinadas e treinadas, mas emocionalmente. A voz da ruiva parecia cada vez menos segura. As ordens do dr. Marks pareciam cada vez menos vitais. Era como se um vapor tivesse recaído sobre o quarto, trazendo uma espécie de mal-estar e fazendo a fé vacilar. Jane percebeu que, quanto mais longe aquilo fosse, menor era a probabilidade de sucesso. Os médicos e enfermeiros não cumpriam as etapas de uma sequência infalível, que, se executada corretamente, levaria à recuperação do paciente. Na verdade, faziam uma série de tentativas, cada uma mais desvairada do que a anterior. Quanto mais caixas, tubos e pessoas entravam na aposta, menores eram as chances de retorno.

Antes, quando tivera a oportunidade de deixar Fred em seus próprios termos, Jane havia se resignado, triste, mas determinada. Agora era como se a escolha estivesse sendo tirada dela. Fred ameaçava partir de sua vida com a audácia de nem mesmo falar com ela antes. Aquilo lhe parecia inaceitável.

— O que eles estão fazendo? — Jane perguntou a Sofia.

— Estão dando choques nele.

— Mas não foi um choque que fez isso? Fred não precisa de mais! — Jane proclamou tão alto que fez Sofia dar um pulo. — Pelo menos está funcionando?

Sofia fez que não com a cabeça.

— Trezentos de carga — o homem do carrinho disse. — Todos afastados.

O dr. Marks voltou a posicionar as pás. O corpo de Fred subiu e desceu. Seus olhos permaneceram fechados.

O médico baixou as pás e coçou o rosto.

Uma constatação sombria tomou conta de Jane, a mesma que afligia os tolos de diferentes eras: às vezes, só se dava valor a algo depois que estava perdido. Ao longo de quase todo o tempo em que conhecera Fred, ela se concentrara em como regressaria para sua casa, em como reverteria o feitiço que acreditava que havia dado errado. Mas, agora, percebia que a sra. Sinclair não se equivocara. Jane não tinha ido parar no século XXI por engano. A bruxa prometera levá-la a seu verdadeiro amor e havia feito aquilo.

Se o seu legado, seus livros e sua reputação como escritora estavam desaparecendo diante dos seus olhos, era porque voltar a sua própria época se tornava cada vez menos provável. E aquilo não se devia ao fato de Jane se encantar tanto com o século XXI a ponto de decidir ficar ali. O que a compelia a permanecer não eram as carruagens de aço sem cavalos, os trens subterrâneos ou a abundância de comida. Era uma pessoa. Ele havia comprado trajes de banho para ela e haviam dançado juntos. Quando pequeno, Fred havia tentado atravessar a Inglaterra, e quase conseguira, para salvar a mãe doente. Agora, estava prestes a partir, sem saber o quanto Jane o amava.

Aquele era seu destino? A sra. Sinclair não mencionara eletricidade ou um coração destruído. Não havia dito nada sobre a sobrevivência dele depois da chegada de Jane. Talvez aquilo fosse tudo o que lhe coubesse: conhecê-lo brevemente antes que partisse. Era muito cruel.

Como Jane devia agir? Devia agradecer aos deuses pelo pouco tempo que haviam passado juntos? Falar melancolicamente, em um tom sussurrado? Não era o que desejava. Mas quem era ela no grande esquema das coisas?

Enquanto Fred morria diante dela, naquela esplêndida cama de hospital do século XXI, cercado por especialistas e magos incapazes de ajudá-lo, Jane se perguntava se poderia continuar respirando em um mundo sem ele.

Então a caixa apitou.

Todos olharam para ela, que voltou a apitar, uma e outra vez.

– Fibrilação arterial – a senhora ruiva anunciou, usando outro jargão médico do século XXI. Uma pessoa assentiu. Outra sorriu.

– Ele está vivo? – Jane indagou.

– Sim – Sofia respondeu. – Acho que sim!

O dr. Marks assentiu.

– Agora vamos.

O grupo se moveu de maneira coordenada, como em um balé, enrolando cobertores, soltando tubos da parede e colocando caixas na cama de Fred.

– Pra onde vão levar meu irmão? – Sofia perguntou.

– O trabalho ainda não terminou – o dr. Marks disse a ela. – Ele vai precisar passar por uma cirurgia no coração.

Seis pessoas conduziram a cama para fora do quarto, passando por Jane e Sofia. Os olhos de Fred permaneceram fechados enquanto sua cabeça balançava com o movimento. Um tubo saía de sua boca.

– Cuidado com a cabeça dele – Jane sussurrou, tirando Sofia do caminho.

Fred foi levado pelo corredor e desapareceu atrás de um par de portas vaivém.

Sofia gritou com uma mulher de verde sentada atrás de um balcão, tentando descobrir o que estava acontecendo.

Jane ficou à porta, olhando na direção para onde ele fora. O trabalho ainda não havia terminado. Ela também tinha trabalho a fazer, relacionado a seu próprio coração. Perguntou-se como seu peito diminuto poderia suportar todo aquele peso.

42

JANE RETORNOU AO QUARTO onde estiveram antes. Sofia se juntou a ela.

— Sou uma mulher egoísta, Jane. Tenho medo de fazer algo idiota se perder meu irmão, tipo sofrer pelo resto da vida.

Jane tocou a mão de Sofia.

— Fique calma. O médico disse que a operação vai levar uma hora. Só se passaram três minutos.

— Se ele me deixar, não vou ter mais ninguém. Vou morrer sozinha e pelada na cama, como Marilyn Monroe, depois de me encher de sedativos.

Jane tinha parado de perguntar para Sofia sobre o que ela estava falando sempre que fazia referências às pessoas e aos lugares que não conhecia. Tudo o que fez foi assentir e sorrir, além de oferecer o melhor encorajamento em que conseguiu pensar:

— Ainda estou aqui, Sofia. Não vou abandonar você.

Sofia se sentou ao lado dela.

— É o que você diz agora. — Sofia fez uma pausa. — Provavelmente não é o melhor momento pra te contar isso, mas a sra. Sinclair te escreveu uma carta em 1810. Conclua o que quiser disso.

Jane se ajeitou no assento.

— A sra. Sinclair me escreveu uma carta?

Sofia assentiu.

— A carta sobreviveu. Encontramos um livro que a menciona.

Jane pensou a respeito.

— E o que diz?

— Não sabemos. Mas tenho um palpite.

– Acha que a carta explica como reverter o feitiço?

– Não consigo pensar em outro motivo pra ela te escrever. Vocês duas não eram amigas.

Jane assentiu, atordoada. Sua mente estava acelerada.

– Obrigada, Sofia. Você fez tudo o que disse que faria.

– Então duvidou de mim?

– Nem por um segundo. Mas como posso retribuir?

– Não precisa retribuir.

Elas ficaram em silêncio. Jane sabia que devia estar feliz, porque tinha uma pista que poderia levá-la de volta para casa. Veria sua mãe e seu pai, escreveria seus livros.

– A menos que você não queira que eu encontre a carta – Sofia disse depois de um tempo, olhando para frente.

Jane também olhou para frente.

– Será que pode adiar a localização da correspondência da sra. Sinclair por, vamos dizer, uma semana? Só peço isso porque sinto que seria falta de educação me retirar neste momento, em que um membro da sua família se encontra no hospital.

– Certo. – Sofia tocou o braço dela. – Seria mesmo falta de educação.

Jane sentiu que Sofia tinha algo mais a dizer. Por sorte, ela não disse nada.

◆

A cirurgia não levou uma hora. O dr. Marks foi falar com elas só quatro horas depois. Ambas se colocaram em pé na mesma hora.

– Qual é o prognóstico? – Sofia indagou. – Não precisa simplificar. Fiz uma aparição especial de três episódios em *Plantão Médico*. Era uma neurocirurgiã linda, mas problemática.

O dr. Marks apertou os olhos para ela.

– Fizemos uma ablação.

Houve um momento de silêncio.

– O que é isso mesmo? – Sofia perguntou. – Uma "abdução"?

– O choque elétrico danificou os circuitos do coração. Fizemos um estudo eletrofisiológico. O nó sinusal não estava ativo.

O dr. Marks esfregou os olhos.

Sofia assentiu e disse:

– Talvez você possa simplificar um pouco pra minha amiga aqui.

O dr. Marks se virou para Jane:

– Uma parte do coração dele sofreu danos no acidente e estava impedindo o coração de bater direito. Inserimos um cateter e fizemos uma ablação no tecido danificado, com um impulso elétrico. Destruímos o tecido.

Jane compreendeu apenas algumas palavras, mas foi o suficiente.

– Vocês destruíram uma parte do coração? – ela perguntou.

– Desembucha – Sofia implorou. – Ele está vivo?

– Ele está vivo – o dr. Marks respondeu. – O dano foi maior do que pensávamos. Tivemos que colocar um marca-passo nele.

– Podemos ver Fred?

O médico conduziu as duas pelo corredor até outro quarto, onde elas se depararam com um homenzinho cuja pele cinza lembrava cera. Um tubo ligava sua boca a uma máquina de aço, que não parava de bombear. Outro tubo saía de um curativo em seu pulso e três saíam do peito. Jane ficou confusa quanto ao motivo de o médico ter levado as duas até aquele pobre desconhecido.

– Fred! – Sofia exclamou. Ela correu para ele e beijou sua mão. – Quando ele vai acordar?

– A qualquer momento – o dr. Marks respondeu, voltando a esfregar os olhos.

– E como ele está? – Jane perguntou.

– Podia estar pior – o médico respondeu. – Podia estar melhor. Fizemos tudo o que pudemos.

– Nosso pai bateu nele algumas vezes – Sofia comentou, depois pigarreou. – Na verdade, ele queria bater na nossa mãe. – Ela forçou uma risada. – Por isso, meu irmão o provocava, para virar o alvo no lugar dela. Fred veio parar no hospital uma vez. Isso pode ter piorado as coisas?

O médico olhou para ela e disse:

– É improvável.

Sofia assentiu e enxugou uma lágrima. Jane observava tudo com surpresa.

– O que fazemos agora? – Sofia perguntou.

– Só podemos esperar – o dr. Marks respondeu, com um aceno de cabeça.

◆

Outras quatro horas se passaram. Sofia se manteve ao lado da cama de Fred, com Jane logo atrás. Ele não acordou. Rob, o jovem de camisa vermelha que havia acompanhado Jane ao hospital, apareceu à porta. A atriz foi até ele. Os dois conversaram, depois Sofia voltou para perto da escritora.

– Querem saber quando posso voltar para o *set*. Preciso ensaiar uma cena. Rob teve a bondade de me lembrar de que cinquenta pessoas estão me esperando e, se não há nada que possa fazer aqui, talvez eu deva ir, passar a cena e voltar. Ele também se lembrou de mencionar que meu contrato não prevê licença para acompanhar parentes doentes. – Sofia parecia arrasada – Mandei o garoto me dar um tempo. Não posso fazer nada por aqui, mas não vou deixar meu irmão sozinho.

– Eu fico – Jane disse.

– Tem certeza? – Sofia perguntou.

– Vá, sim. Faça o seu trabalho. Se Fred acordar, eu... você vai ficar sabendo imediatamente. Ficarei aqui até que volte.

– Obrigada.

Sofia beijou a testa de Fred e foi embora com o rapaz de camisa vermelha.

◆

Jane estava sentada à cabeceira de Fred.

As caixas continuavam zumbindo. A cabeça dele estava enfaixada. Fluidos passavam de sacos cheios para tubos e depois para os braços dele.

A mulher ruiva entrou no quarto. Deu uma olhada nas caixas, fez anotações com a pena com tinta embutida e sorriu para Jane.

– Vi você antes – Jane comentou.

– Sim.

– Eu não sou daqui. Me considero uma mulher inteligente e sensata, mas neste lugar, com todas essas caixas e tubos, me sinto uma ignorante.

A mulher voltou a sorrir.

– Sou a irmã Elizabeth. Enfermeira-chefe. – Como Margaret, a criada, ela falava com o sotaque de Leicestershire, caloroso e salgado como um bom ensopado de carne. A irmã Elizabeth foi até uma das caixas. Era de vidro e tinha uma espécie de acordeão dentro. Quando ele se comprimia, o peito de Fred subia. – Isto aqui respira por ele.

Jane assentiu, deslumbrada. A irmã Elizabeth apontou para outra caixa.

– Esse aparelho aqui monitora o coração dele.

Jane olhou para a caixa.

– O que é essa linha? – ela perguntou.

– Os batimentos cardíacos – a irmã Elizabeth explicou.

Jane sorriu. Uma partitura sinfônica de montes e vales subia e descia. O coração de Fred batia diante dos olhos dela.

– Seja sincera comigo, por favor – Jane pediu. – A senhora entrou, anotou informações das caixas nesse papel e não disse nada. Preciso saber. Ele vai morrer?

– Estamos fazendo tudo o que podemos – a irmã Elizabeth respondeu.

– Não duvido disso. Sei que, por protocolo, não pode prometer nada. Mas não sou daqui. Vocês o abriram e o costuraram depois. Viram o coração dele. Nunca testemunhei tamanho engenho e prodígio. Com toda essa magia, ele tem que ficar bem. Diga-me a verdade, minha boa senhora, ou ficarei louca.

A expressão da irmã Elizabeth se abrandou. Ela assentiu.

– A coisa não está boa. Mesmo se ele acordar, não temos como garantir que não sofreu nenhum dano cerebral. E não há nada mais a fazer.

– Como esses tubos e caixas mágicos podem não resolver? Sinto-me inútil. Queria que houvesse algo que eu pudesse fazer.

– Você pode segurar a mão dele – a irmã Elizabeth disse.

Jane riu.

– O que sou eu comparada a essas máquinas gloriosas? Como isso poderia ajudar?

– Não sei, mas ajuda – a irmã Elizabeth respondeu. – Sei o nome de todas as câmaras e artérias. Posso explicar o mecanismo de bombeamento, o ritmo sinusal, a fibrilação. Conheço cada músculo e cada válvula. Mas não sei lhe dizer como o coração funciona. De uma coisa eu sei: vi um paciente com câncer terminal se manter vivo para ver o irmão no Natal; vi uma mulher com esclerose múltipla que só morreu depois de ver a neta nascer; vi um homem com uma lesão na vértebra C4 se levantar da cadeira de rodas para entrar com a filha na igreja. Todos os médicos e enfermeiros sabem disso, lá no fundo. Os melhores sinais vitais são registrados durante o horário de visitação. Mais pacientes morrem entre três e quatro horas, no escuro, quando foram todos pra casa, do que em qualquer outro horário. As máquinas são capazes de fazer o coração voltar, mas não de fazer com que continue batendo. Só o amor é capaz disso.

Jane pegou a mão de Fred.

– Viu só? – a irmã Elizabeth disse, apontando para a caixa. – Os batimentos cardíacos dele já subiram.

Jane sorriu.

– Verdade?

A irmã Elizabeth assentiu e apontou para a caixa. O número no canto, que antes era 65, agora passara a ser 72.

– É o que acontece quando estamos com as pessoas que amamos.

– Ele não me ama – Jane disse. – Acabamos de ficar amigos. E eu o irrito.

– Não é isso o que a máquina diz.

Jane não soltou a mão de Fred pelas próximas oito horas.

43

QUANDO SOFIA VOLTOU, Fred ainda estava dormindo.

— Pode soltar a mão dele, Jane — Sofia disse.

— Não vou fazer isso até a irmã Elizabeth mandar — Jane garantiu.

— Eu falei com ela. Pode soltar. Você não tem que ir ao banheiro? Posso ficar segurando a mão dele até você voltar.

Jane soltou a mão de Fred e se retirou para ir ao banheiro, onde se afastou por um momento dos pensamentos relacionados a ele para se surpreender com uma dúzia de vasos brancos brilhando. Ela lavou as mãos sob uma torneira muito potente e voltou para o quarto de Fred. Ao chegar, parou à porta, enquanto Sofia sussurrava algo no ouvido do irmão e enxugava uma lágrima do rosto. Jane esperou até que ela voltasse a se recostar, então pigarreou para anunciar sua chegada. Sofia sorriu, enxugou o rosto e ofereceu a cadeira a Jane.

Sem nada para fazer ali e sem que houvesse qualquer sinal de que Fred despertaria, Sofia foi para *set* uma vez mais, prometendo retornar logo em seguida. Jane assumiu o lugar dela ao lado de Fred e pegou a mão dele mais uma vez.

Conforme o dia passava, a expressão de derrota retornava ao rosto das pessoas que trabalhavam no hospital. A irmã Elizabeth e o dr. Marks faziam visitas frequentes. Fred não acordava. Seus olhos permaneciam fechados.

Jane falou com ele.

— Fred. Não sei se pode me ouvir, mas sinto muito por tê-lo chateado.

As caixas apitaram e zumbiram.

— Entendo se não conseguir, mas, se pudesse encontrar forças para despertar, eu ficaria muito grata.

Jane devia ter corrido dele no dia em que haviam se conhecido. Preferia a ignorância a conhecer aquela dor. Ela deu um tapa na própria perna e disse a si mesma para se controlar. Havia vivido 28 anos sem aquele homem e poderia aprender a viver de novo. Então disse três palavras que nunca havia dito a ninguém, nem mesmo a sua irmã, seu querido pai ou qualquer outro homem. Três palavras tão clichês que chegavam a ser risíveis, mas tão cheias de significado que era mais seguro pronunciá-las a alguém dormindo.

– Eu te amo – ela disse.

Só podia ser sua imaginação, mas pareceu-lhe que Fred havia apertado sua mão.

Jane pegou no sono. Mas não o soltou.

◆

Jane acordou com a mesma sensação. Daquela vez, mais forte. Alguém apertava sua mão. Agarrava, na verdade. Ela deu uma olhada. Os olhos de Fred estavam abertos. Voltados para o teto.

Sofia entrou no quarto e o viu.

– Irmã Elizabeth! – ela gritou para o corredor.

O corpo de Fred se sacudia. Ele apontava para o nada. Seus olhos estavam arregalados.

– Ele não consegue respirar! – Sofia disse.

A irmã Elizabeth entrou no quarto e foi direto para a cama.

– Ele está respirando, fique calma – disse. – Isso é bom. Está tentando respirar sozinho. – A enfermeira se virou para Fred. – Sr. Wentworth, vou remover este tubo. Pode me ajudar?

Fred assentiu, com os olhos molhados. Ela o ajudou a apoiar a cabeça no travesseiro. Jane observou enquanto ele se debatia, confuso e em agonia. Sua expressão parecia aterrorizada.

– Vou puxar o tubo. Preciso que tussa.

Fred confirmou com a cabeça. A irmã Elizabeth começou a puxar o tubo depressa. Ele se engasgou, gorgolejou e soltou um gemido horrível. Uma lágrima escorreu de cada olho. Jane suspirou. Não aguentava mais aquilo. Um belo pedaço de tubo emergiu de sua garganta, viscoso.

– Bom trabalho – a irmã Elizabeth disse. – Continue tossindo.

Ela puxou um pouco mais, e Fred tossiu mais um pouco. O tubo saiu por completo, e ele voltou a relaxar na cama. Seu cabelo e seu rosto estavam suados. Seus olhos dispararam pelo quarto, mas ele não disse nada.

– Fred? – Jane chamou, mas ele não respondeu. Ela se virou para Sofia. – Será que ele não está bem da cabeça?

Sofia deu de ombros e falou:

– Fred. Se estiver entendendo, diz alguma coisa.

– Meu cabelo está espetado? – ele conseguiu perguntar, com a voz rouca, depois sorriu.

Sofia deu um tapa no braço dele, depois o abraçou.

– Você já disse isso.

– Cuidado. Não vá machucá-lo – Jane disse, fazendo Sofia ser mais cuidadosa com o irmão.

– É bom vê-lo de novo, sr. Wentworth – a irmã Elizabeth comentou, tocando o braço dele.

– Por favor... depois disso, pode me chamar de Fred.

Ela riu, então verificou as caixas e a papelada. Antes de sair, piscou para Jane.

Fred olhou para ela.

– Oi – ele disse.

– Olá, Fred. Está com dor? – ela perguntou.

– Não – ele disse. – Obrigado.

Jane esperou que Fred fizesse algum comentário quanto a ela ter se mantido a seu lado. Tinha ouvido o que ela dissera? Sabia de tudo? Acreditava que ela era a srta. Jane Austen, de Hampshire, filha de George e Cassandra Austen? Ou ainda pensava que era uma mulher daquela época, que inventava histórias só para magoá-lo? Sentia o mesmo que Jane? Em vez de responder àquelas perguntas, Fred permaneceu em silêncio. Ela se amaldiçoou por suas preocupações egoístas. Aquele homem tinha passado por uma provação. O que havia acontecido entre os dois devia ser a última coisa a preocupá-lo. Ele sorriu para ela e voltou a se virar para a irmã.

– Como está se sentindo? – Sofia perguntou. – Está com frio? Lembra que sentiu frio quando estava desacordado?

– Estou com um pouco de frio, sim – Fred disse.

– Deixa comigo – Sofia falou e saiu do quarto.

Ele se virou para Jane.

– Você ficou segurando minha mão.

Jane olhou para ele. Certa excitação começou a crescer dentro dela.

– Por que me disse aquelas coisas? – Fred indagou.

Jane não sabia ao certo a que ele se referia. Estava falando das coisas que dissera na piscina ou à sua cabeceira? Referia-se à revelação de sua identidade ou de seu amor? Fred certamente ouvira a primeira, mas ela não estava certa de que tinha ouvido a segunda também.

– Nas termas romanas, você diz?

– Claro – ele respondeu.

Era mais fácil falar daquilo.

– Eu não queria mentir para você – ela explicou. – Eu sou quem eu sou. – A lembrança fez Jane engolir em seco. – Não importa se acredita em mim. Sou quem sou – ela insistiu. – Essa é a verdade.

– Eu nunca disse que não acreditava em você.

Jane tentou fazer seu coração parar de martelar no peito.

– Você é Jane Austen.

Ela assentiu, pigarreou e se ajeitou na cadeira.

– Em certo sentido, eu sempre soube disso – Fred disse.

– É mesmo?

– Ou pelo menos que havia algo de estranho – ele respondeu e sorriu.

– De qualquer maneira, você não vai ter que se preocupar com isso por muito tempo. Partirei em breve – ela disse, com leveza, mas olhando para o rosto de Fred, para ver sua reação. – Sua irmã parece ter descoberto uma maneira de me levar de volta a 1803. Ela se mostrou destemida e me ajudou muito. Uma heroína e tanto.

– Sofia é mesmo uma boa pessoa.

– Logo irei embora. Tenho meus livros a escrever.

– Claro. Deve partir mesmo – Fred respondeu, assentindo. Uma pausa se seguiu. – Ou acha que poderia ficar um pouquinho mais? Sei que precisa voltar, mas Sofia vai me largar com uma garrafa de xerez e uma pilha de cobertores. Uma semana talvez?

Jane pensou a respeito.

– Acho que posso ficar mais uma semana. Para ajudar na sua recuperação.

Eles ficaram olhando um para o outro. Uma mistura de animação e medo tomou conta de Jane diante do modo como Fred a encarava.

– Tenho mais um pedido – ele disse.

– Minha nossa. Você é bastante exigente – ela comentou, tentando soar calma.

– Sou bem ditador quando quero.

– Diga qual é sua exigência então.

Ela tossiu.

– Quero fazer o que eu ia fazer antes.

Fred olhou para a boca de Jane, depois para seus olhos outra vez. Ela pigarreou.

– Receio que seja mais um pedido que uma exigência – ela comentou, com a voz rouca. – Não chega a ser um verdadeiro déspota.

Jane teve que se lembrar de respirar.

– Verdade. Mas isso é algo que não posso exigir. Só posso fazer se quiser também. Você quer?

Ela soltou o ar, devagar, e os olhos de ambos se encontraram. Jane desviou o rosto.

– Promete que seu coração não vai parar de novo? Com o esforço?

Fred riu.

– Prometo.

Jane engoliu em seco.

– Muito bem então.

Fred se inclinou para frente, devagar, e levou os lábios aos dela. Mesmo que Jane vivesse mais mil anos, mesmo que escrevesse uma centena de romances, sabia que não conheceria sentimento igual.

44

SOFIA VOLTOU AO HOSPITAL aquela tarde para visitar o irmão, o que fez Jane abandonar seu posto ao lado dele. Fred se despediu com um aceno e um sorriso amplo no rosto.

Sofia olhou em volta. Havia flores e cartões espalhados pelo quarto, além de bexigas e ursinhos dos alunos da escola.

— Você é tão legal, professor — ela disse para o irmão, imitando uma adolescente e dando um tapa no braço dele. Fred deu de ombros, sorriu e olhou para a porta. — Vejo que fizeram as pazes — Sofia comentou, apontando com a cabeça para porta pela qual Jane havia saído.

Fred parou de sorrir no mesmo instante.

— Do que está falando? — perguntou, com desdém e uma risada forçada que Sofia sabia que ele só dava quando tinha sido pego no pulo.

— Não se faça de bobo — Sofia disse. — E não fique pensando que *eu* sou boba.

— Não acho que você é nem um pouco boba — ele comentou. — Mas não sei do que está falando.

— Você gosta de Jane. É disso que estou falando.

— Até parece.

Fred cruzou os braços, como um adolescente. Os fios que saíam de seus braços se contorceram e fizeram um alarme disparar. Ele descruzou os braços e pediu desculpas à pessoa da equipe de enfermagem que já chegava.

Sofia riu e balançou a cabeça.

— Você faz aquela coisa dos cadarços sempre que menciono o nome dela.

— Que coisa? — Fred indagou, desdenhando outra vez.

– Você amarra os sapatos sempre que falo em Jane. Se inclina, desamarra os cadarços e amarra de novo. Fazia isso sempre que gostava de alguma menina na escola. Tipo a Molly Parson! Você amarrava os sapatos sempre que alguém dizia "Molly".

– Você inventa umas poucas e boas, Sofia, mas essa é demais...

Ele levou as mãos à cintura. Se sua intenção era aparentar seriedade, foi malsucedido, uma vez que ainda usava a camisola do hospital.

– Você passou o ano todo com os sapatos perfeitamente amarrados. Com dois, três laços.

– Quanta bobagem.

Sofia ergueu as duas sobrancelhas e apoiou o queixo na mão, como uma professora fazendo uma perguntava filosófica.

– Onde Jane está agora?

Fred inclinou a cabeça para a outra ponta da cama de hospital.

– Viu? Você olhou pros seus pés. Rá! Pensou em amarrar os cadarços, mas nem está de sapatos. Devia verificar essa compulsão de amarrar os sapatos pra esconder que está apaixonado.

– Cala a boca, Sofia.

– Também devia sorrir mais. Fica bem em você. Não te culpo, Fred. Ela é uma mulher incrível.

Ele engoliu em seco.

– Vocês brigaram, não foi? Mas agora fizeram as pazes. Fico feliz. Ela deve ter dito algo terrível para chatear você.

Sofia ergueu uma sobrancelha.

– Ela me disse que era Jane Austen – Fred contou, olhando para as próprias mãos.

– Ela é Jane Austen – Sofia contou e ficou esperando pela reação do irmão.

Fred levantou a cabeça na hora e fez menção de cruzar os braços.

– Não faz isso. O alarme vai disparar de novo – Sofia avisou.

Fred descansou os braços nas laterais do corpo e se ajeitou na cama.

– O que você sabe a respeito?

– Ela apareceu do nada, em meio a um monte de cortinas. – Sofia deu uma risada triste. – Foi uma bela cena. Você perdeu.

– Você é doida – Fred disse.

– Não posso negar – Sofia concordou. – Mas continua sendo verdade.

– Que cortinas? – Fred perguntou.

– Jane surgiu nos bastidores do salão comunitário de Bath, durante os ensaios para *A abadia de Northanger*. Você estava lá, aliás. Dançou com ela em seguida.

Fred assentiu e fez uma pausa.

– Quanto você tinha bebido?

– Nem uma gota – Sofia respondeu. – Só tinha respirado algumas vezes dentro de um saco, fora isso estava sóbria. Não foi um sonho, não foi uma alucinação. Até gostaria que tivesse sido. Preferiria não ter que ajudar uma autora do século XIX que viajou no tempo a voltar para casa. Já tenho o bastante com que me preocupar no momento, enquanto tento recuperar meu marido e com meu irmão levando choques por aí.

– Tem noção do absurdo que está dizendo? – Fred perguntou.

– Total. Mas o lance é: tenho certeza de que pensou sobre essa história toda muito mais do que está tentando aparentar. E, embora esteja fingindo que acha que sou louca, você já sabe que ela é Jane Austen. Só que vai precisar de um tempo pra aceitar isso.

Fred assentiu.

– Por que não me contou? – ele perguntou.

– Não é o tipo de coisa que se conta às pessoas: "Jane Austen se materializou na minha frente". A menos que queira que te coloquem em uma camisa de força. Só estou te contando isso agora porque você claramente está doidinho por ela.

Fred abriu a boca para protestar, então pareceu pensar melhor.

– Me avisa quando estiver de boa com tudo o que conversamos até agora, porque tenho mais a te dizer – Sofia falou.

Ele se virou para a irmã.

– Tá...

– Deixando essa história de Jane Austen de lado: você está apaixonado por ela?

Fred se ajeitou na cama.

– Ah. Eu...

Ele inspirou, mas não disse nada.

– Sei que tem algo rolando entre vocês, mas o que quero saber é: quão sérios são seus sentimentos?

– Hum – ele fez apenas e olhou pela janela.

– Sei que é chato tocar nesse assunto agora, tendo sido eletrocutado e tudo mais, e não quero te tirar da bolha do romance, mas, infelizmente, o tempo urge.

Ele franziu a testa para a irmã.

– Do que está falando?

– Você não precisa responder agora, mas, quer acredite ou não que Jane é Jane Austen, ela vai voltar pra casa. Para 1803. Vai cumprir seu destino de escritora, e não vai demorar muito.

– Quê? Eu não... Tá, quando? – ele perguntou, gaguejando.

– Assim que eu receber a ordem. Descobri uma maneira de mandar Jane pra casa. Tive ajuda de um rapaz muito simpático que usa cardigã, mas liderei a missão. Enfim, resumindo: ela vai voltar pra casa. A menos que...

– A menos quê? – Fred perguntou.

– A menos que tenha um motivo pra ficar.

Fred suspirou.

– Imagino que, com seu charme, tenha feito com que ela se apaixonasse por você, seu tonto. Tenho como mandar Jane de volta pra casa, e se você não tomar jeito é o que vai acontecer. Ela não vai esperar pra sempre. Nem pode. Embora eu deteste a ideia de apressar um relacionamento que ainda está se iniciando, que ainda é frágil, receio que, neste caso em particular, um empurrão seja necessário.

– Que tipo de empurrão? – Fred perguntou.

– Você precisa dar a ela um motivo para ficar – Sofia respondeu.

– Mas a gente mal se conhece.

– Eu sei. Em circunstâncias normais, seria contra gestos grandiosos e precipitados ou qualquer declaração. Quase sempre terminam em desastre, constrangimento e advogados. Sei bem disso. Mas não estamos falando de circunstâncias normais. Ela não é uma mulher normal. Então, se a coisa está indo nessa direção, de amor, casa, filhos e todo o lance de felizes para sempre, sugiro que diga a ela como se sente, o mais rápido possível.

45

SOFIA RETORNOU AO *SET*. Sentia que caminhava nas nuvens. O irmão havia acordado. Ela tinha recebido flores do diretor. As coisas não podiam estar melhores. Um dia, agradeceria a Jack pelas flores. Mas, primeiro, ia fazê-lo suar. Ela entrou no *set* e cumprimentou Derek com um aceno. Ele pareceu surpreso ao vê-la.

– Já voltou? Não ia passar a tarde toda no hospital?

– Está tudo bem. Fred melhorou e está com uma amiga. Senti que estava meio sobrando, então resolvi vir pra cá. Não gostou de me ver?

– Claro que gostei – Derek respondeu. – Vamos pro *trailer*.

Ele tentou afastá-la da área de filmagem. Ela notou que o maquiador olhava por cima do ombro.

– O que foi, Derek? O que está acontecendo?

– Nada – ele respondeu, mas deu uma olhada rápida na mesma direção antes de encará-la. Sofia se virou para ver do que se tratava. Jack e Courtney estavam perto da máquina de café. A mão dele estava na bunda dela. Não por acidente, não para tirá-la do caminho de um veículo que se aproximava. Ele a apalpava sem nenhum motivo em particular, além do fato de que queria. Courtney sussurrou algo no ouvido de Jack, que sorriu. Então os dois se beijaram. Na boca. Sofia piscou e começou a mexer no brinco.

Não era o primeiro beijo entre os dois. Courtney ficou na ponta dos pés apenas o necessário e Jack inclinou o pescoço na posição perfeita para que seus lábios se encontrassem com casualidade e exatidão em um ponto de intersecção praticado e conhecido. Eles já haviam feito aquilo antes, mas ainda não tinham se cansado. Era um daqueles beijos entre os dois extremos. Sofia piscou três vezes, mordeu o lábio e torceu para que ninguém reparasse.

– Sinto muito, srta. Wentworth – disse Derek.

Jack beijara Courtney da mesma maneira que costumava beijar Sofia. Segurando a bunda dela com a mão direita e inclinando a cabeça para a esquerda. Sofia se deu conta de que aqueles movimentos não eram reservados a ela. Eram movimentos genéricos do tendão e dos ossos, ditados pelo DNA dele, que fazia o mesmo com todas as mulheres. Ela parou por um momento, refletindo sobre a visão única à sua frente, do homem que havia beijado por dez anos beijando outra mulher. A maioria das pessoas nunca presenciava aquele tipo de coisa, de modo que Sofia tinha sorte. Jack fazia uma boa figura quando beijava alguém – uma ótima figura.

Sofia se deu conta das muitas pessoas no *set*, da equipe de câmera e do bufê, que reparavam nela. Não estava acostumada àquele tipo de olhar: de pena.

– Minha maquiagem não está boa, Derek – ela falou, com a voz controlada, então seguiu para o *trailer*, com a expressão neutra. Derek a seguiu. Assim que fecharam a porta, Sofia perguntou: – Há quanto tempo eles estão juntos?

– Não sei. Faz um tempo.

Sofia quis morrer.

– "Um tempo" não é muito tempo. Eles ainda podem terminar – ela disse, então sentiu o sangue gelar.

Sofia se lembrou de um momento seis meses antes. Quando voltou depois de uma filmagem em Praga, se deparara com uma mensagem de um número desconhecido no celular de Jack. Uma mensagem sexual bastante gráfica. Ela conseguira ficar três dias sem dizer nada. Quando finalmente perguntara a respeito, ele a acusara de bisbilhotar. Os dois haviam tido uma briga horrível, e uma semana depois Jack fora embora.

– Faz pelo menos seis meses – Sofia constatou, deixando a cabeça cair.

– Sinto muito mesmo – Derek disse. – E tem mais. Courtney está tentando fazer você ser mandada embora.

Sofia levantou a cabeça na mesma hora.

– Como assim? Isso é impossível. Ela não pode me demitir.

Derek balançou a cabeça.

– Só se fala disso no *set*. Courtney está dizendo pra todo mundo que você não trabalha, que não tem química nenhuma entre vocês e que não está rolando.

– A gente não tem química mesmo. E não está rolando. Mas o que ela pode fazer? Às vezes é assim mesmo, você contracena com alguém que trabalha melhor. Mas ela não pode simplesmente se livrar de mim. Eu é que vou me livrar dela. *Eu* sou a estrela. – A expressão de Sofia se desfez. – Ah...

– Ela é a estrela.

Sofia coçou o rosto.

– Ela é a estrela. – De repente, sentia-se exausta de novo. – Cansei disso.

Ela saiu com tudo do *trailer* de maquiagem e se dirigiu ao *trailer* de Jack.

No caminho, preparou um discurso. Ia dar uma bronca nele, mandá-lo controlar a amante e colocá-la na linha. Apontaria para o fato de que aquilo tudo não era nada profissional. No entanto, quando entrou no *trailer* dele e o viu sentado ali, o chamado do profissionalismo e o bem da produção lhe escaparam por completo. Tudo o que saiu da boca de Sofia pareceu fruto de carência e rejeição.

– Como pôde fazer isso comigo, Jack? – ela se ouviu dizer. – Como pôde me fazer de boba?

– Sinto muito, Sofe, mas aconteceu. Você sabe como é. A gente se apaixonou.

Ela revirou os olhos diante daquele clichê.

– Mas e quanto às flores? – Sofia perguntou, odiando-se no mesmo instante.

– Que flores? Ah, tá. Sei lá.

Ele deu de ombros e soltou uma risadinha triunfante e convencida.

Sofia olhou para Jack. Ali estava. Não teria percebido se não estivesse olhando bem na hora. Ela identificou algo de relance em seu sorriso. O que era? Ah, sim. Uma mistura de vitória e desprezo. Ainda era capaz de virar a cabeça de qualquer mulher e sabia daquilo.

Não precisava oferecer nada de si em troca, nem seu tempo nem seu afeto. Bastava mandar algumas flores que Sofia vinha correndo. Por que havia lhe mandado as rosas? Provavelmente nem ele sabia. Para irritá-la? Ah. Agora se dava conta de como tinha sido tola. Tinha sido porque o bibliotecário a abraçara.

Ela balançou a cabeça.

– Está feliz em jogar uma década de casamento pela janela?

– Não – ele respondeu. – Não estou feliz. Mas é sério com Courtney.

Sofia riu.

– Quão sério pode ser? Ela ainda é uma adolescente.

– Ela está grávida.

Sofia sentiu o almoço se revirar no estômago. Ela tropeçou e bateu contra a perna de Jack, que se inclinou para segurá-la. Suas roupas cheiravam a sabão caro. Uma empregada devia ter lavado. Sofia encontrou uma cadeira onde se sentar.

– Sofe? Fala alguma coisa.

Jack tocou o ombro dela, que estremeceu e afastou a mão dele. Sentia-se entorpecida.

– De quantas semanas? – Sofia perguntou, em um tom simpático, como uma colega de trabalho perguntando sobre alguém que ambos conheciam.

– Como? – Jack perguntou, parecendo confuso.

– De quantas semanas ela está grávida?

– Ah. Não sei. Doze, acho.

Ele deu um sorrisinho para o nada. Sofia imaginou o que poderia ter provocado aquele sorriso. Talvez Jack se recordasse de algum momento do pré-natal, de algum ultrassom, de Courtney o surpreendendo com roupinhas de bebê.

Muito tempo antes, Jack havia lhe dito que não queria filhos, mas ela mantivera a esperança de que mudasse de ideia. Achara que ele acabaria concluindo que Sofia era maravilhosa e que seria idiotice não ter uma família. Cada ano que se passava era um ano perdido. Parecia tarde demais para recomeçar com outra pessoa. Ela já havia investido tempo demais nele.

– Sofe? Você está bem? – Jack perguntou.

Sofia enxugou o nariz, depois olhou nos olhos dele.

– É porque ela é mais nova? Porque não tenho mais a mesma aparência de antes?

– Sofe. Você ainda é maravilhosa. Claro que não.

– Sei que sou, mas não foi isso que eu perguntei. É porque envelheci?

– Não faça isso consigo mesma – ele pediu.

– Uma resposta sincera seria ótimo – ela disse. – Eu mereço uma.

Jack assentiu.

– Certo. Você é mais velha. Não tem a mesma aparência de antes. Mas não é por isso.

Sofia ficou ao mesmo tempo grata e horrorizada pela honestidade dele.

– Então tá. E qual é o motivo?

Ela se inclinou para frente na cadeira, parecendo fascinada.

Ele suspirou.

– Tudo com você ficou muito difícil.

Sofia teve que rir. Embora tivesse sofrido com o relacionamento, o sucesso de Jack parecia inesgotável. Estava mais famoso, mais rico e mais requisitado do que nunca.

– E com ela? – Sofia quis saber.

– Tudo com Courtney parece fácil.

Sofia o encarou, com o rosto contraído em uma careta. De repente, Jack pareceu preocupado e se encolheu, como se estivesse pronto para ouvir umas poucas e boas.

– Você me odeia? – ele perguntou.

Ela se recostou na cadeira e ficou em silêncio. Avaliou o rosto dele, considerando como era bonito, quão atraente Sofia ainda o achava. Pensou em gritar: "Claro que te odeio, e ninguém vai me culpar por isso". Preparou algumas palavras naquele sentido, listando as vezes em que ele a decepcionara, refletindo sobre toda a mágoa que sentia, todos os motivos pelos quais Jack merecia seu ódio. Ela abriu a boca para dizer tudo aquilo, mas congelou por um momento e a fechou em seguida.

Finalmente, soltou o ar, exausta, e balançou a cabeça.

– Não. Não odeio você – Sofia respondeu. Era verdade. Ela se levantou e saiu do *trailer*, então atravessou o *set* com o rosto banhado em lágrimas. Estava cansada demais para se importar com quem a veria.

Se eles fossem o sr. e a sra. Butterworth, de Hockessin, Delaware, talvez tivessem ficado juntos. Se ela fosse professora do jardim da infância e ele tivesse uma loja de discos, se criassem abelhas no tempo livre, talvez tivessem uma chance. Se os pais de ambos os tivessem ensinado sobre os altos e baixos do casamento, se os tivessem ensinado a enfrentar as dificuldades, a enfrentar os anos de vacas magras, quando o sexo minguava, quando o cansaço predominava, quando o trabalho sugava, talvez tivessem sobrevivido, chegado ao fim dos 50 anos com o casamento abalado, mas em pé. Mas eles não eram o sr. e a sra. Butterworth de Hockessin, Delaware. Eram Jack Travers, diretor, e Sofia Wentworth, estrela de cinema. Não eram pessoas, eram deuses, que estavam acima de lavar a louça e discutir sobre em qual casa passariam o Natal. Quando as coisas ficavam difíceis para deuses, eles não perseveravam: faziam as malas e seguiam em frente, buscando a perfeição em outro lugar. Embora Sofia estivesse disposta a continuar tentando, Jack julgava que era mais fácil recomeçar com outra pessoa.

Ela não o culpava. Com o tempo, ele ia se cansar de Courtney também, quando a privação de sono e a decepção transformassem tudo o que agora era fácil.

Haviam tido dias gloriosos, especialmente no começo, quando pareciam estar sempre sob fogos de artifício. Mas, agora, doía-lhe constatar que a paixão e o êxtase que sentia com ele vinham de aceitar um elogio ou um toque gentil depois de dias sem um ou outro. O casamento de ambos havia terminado fazia anos.

Constatar aquilo, no entanto, não tornava nada mais fácil.

46

SOFIA FOI BUSCAR JANE NO HOSPITAL e a levou para passar a noite em casa. Contou sobre os acontecimentos do seu dia, e depois se sentou no chão da cozinha.

— Diga alguma coisa — Sofia pediu, quando Jane permaneceu em silêncio.

Jane balançou a cabeça. Em vez de falar, ela se sentou ao lado da amiga no chão. Sofia agradeceu o poder de deixar sem fala uma mulher que tinha tanto a dizer sobre variados assuntos. Tentou convencer a si mesma a não derramar mais lágrimas por Jack, mas constatou que era incapaz de impedir o fluxo e começou a chorar no chão, como uma tola. Jane tocou o ombro dela, o que só a fez chorar mais ainda.

Depois de um tempo, Jane disse.

— Seu bolso está vibrando — ela avisou.

Sofia pegou o celular e apertou os olhos cheios de lágrimas para a tela. Era Dave. Ela sentiu um aperto no coração, rejeitou a chamada e suspirou.

— Achei que fosse Jack — disse, com uma risadinha amarga. — Pensei que talvez ligasse para ver se eu estava bem. Sou uma idiota.

Ela enxugou o rosto.

— Você não é nada idiota — Jane a consolou.

— Nem tenho cara de aparecer no ensaio, Jane. Quando estávamos apenas separados, eu podia aguentar. Mas agora... — Ela balançou a cabeça. — Não irei ao *set* amanhã. Não vou dar a eles a satisfação de me mandar embora. Vou pedir demissão.

— Esse homem já arruinou seu casamento — Jane falou. — Quer que ele arruíne sua carreira também?

Sofia riu e ergueu uma sobrancelha.

– O que sugere que eu faça? Vá pra lá e... trabalhe?

– Algo do tipo.

Sofia riu, com tristeza.

– Mesmo se aparecesse, eu fico ridícula nesse papel. Alimentei a fantasia de que apareceria fabulosa no filme e partiria corações.

– Esse era seu objetivo? Partir corações?

Sofia deu de ombros.

– É o que eu sei fazer: gostosonas, mocinhas ingênuas, beldades excêntricas... – ela contou.

– Não sei exatamente sobre o que você está falando, mas me parece terrível – Jane disse.

– De qualquer modo, estou velha demais para esse tipo de personagem. Sei que ainda tenho uma boa aparência. Sei que posso fazer uma... mulher madura e bonita. – Seu rosto se contraiu numa careta. – Mas não posso mais fazer uma personagem de quadrinhos, entende? Não posso mais ser o interesse romântico do mocinho. Só que isso é tudo o que sei fazer, por isso continuo fazendo, e de quebra faço papel de boba. Não tem nada mais trágico do que uma mulher tentando fingir que ainda é jovem.

– Então para de tentar – Jane aconselhou.

Sofia se virou para ela.

– E faço o quê?

– Você diz que sempre interpreta suas personagens de determinada maneira. Sempre faz a jovem bonita que é o objeto do afeto masculino.

– Isso – Sofia confirmou, dando de ombros.

– Mas essa personagem é diferente?

Sofia fez que sim com a cabeça.

– Então interprete de maneira diferente.

– Não sei como. Em geral, só digo coisas fofas e doces. Agora minhas falas são ridículas, vazias. Não sei como fazer. Não tenho o que é preciso dentro de mim.

– Me diga o momento em que você foi mais feliz em sua profissão – Jane pediu.

Sofia ficou em silêncio. Ela pensou em todos os carpetes vermelhos, nos eventos para a imprensa, nas limusines e nos fãs gritando.

– Conhece uma cidade chamada Barrow? – ela perguntou.

Jane balançou a cabeça.

– É um lugar horrível. No norte. Quando eu tinha 19 anos, interpretei Cordélia em uma produção regional de *Rei Lear*, em um teatrinho de lá. O público era basicamente de velhinhos e um grupo de mineradores que acharam que seria uma noite de pôquer. Um homem pediu o dinheiro de volta antes mesmo que a apresentação começasse. – Sofia fez uma pausa para enxugar as lágrimas. – Eu estava pensando em como diria minhas falas. Era muito inexperiente, mas tentei me colocar no lugar de Cordélia. Meu pai tinha nos deixado, de modo que podia me aproveitar daquilo, mas, na verdade, não foi nisso que me inspirei. A voz e o andar dela vieram de dentro de mim. De um lugar mais profundo que recitais perdidos e cartões de aniversário. Vieram da minha imaginação.

– É de onde vêm as melhores coisas – Jane disse.

– Fiz o solilóquio final e morri nos braços de Lear. Então dei uma olhadinha na plateia. Todos me olhavam, arrebatados. Daria para ouvir um alfinete caindo. Era como se outra dimensão tivesse se aberto. Como se estivéssemos em outro plano. Meu figurino não passava de trapos e eu estava descalça. Dei outra olhada. O homem que havia pedido o dinheiro de volta continuava ali. Estava chorando. Depois me procurou e disse que ia ligar para a filha, com quem não falava havia vinte anos.

Jane sorriu.

– Muito bem. – Ela tocou o ombro de Sofia. – Você já tem as ferramentas de que precisa para interpretar essa personagem.

– Mas como? – Sofia questionou.

– Que tipo de coisa a sra. Allen diz?

– Minha primeira fala é: "Nenhuma de nós tem nada para vestir!". Meu figurino é ridículo. Tem um dia em que uso um chapéu em forma de navio.

– Que tipo de navio? Uma fragata? Uma escuna?

– Não sei. Talvez um rebocador. Sempre que erra um ponto no bordado, a sra. Allen anuncia a todos. Por que isso?

– As mulheres são famosas por pedirem desculpas – Jane comentou, dando de ombros. – É uma doença que nos aflige desde o nascimento.

– Ela é o alvo de suas próprias piadas – Sofia continuou. – Faz um monólogo de três minutos sobre musselina.

Jane coçou a cabeça.

– Quem é essa personagem que criei? – Ela falava consigo mesmo, mais do que com Sofia. – Talvez tenha sido baseada em alguém que conheci.

– Tipo quem? – Sofia indagou. – Será que é um retrato mal velado de alguma inimiga? Desembucha, Jane.

Jane refletiu por um momento.

– Estou tentando pensar em todas as mulheres que conheço. Tenho uma vizinha, Lady Johnstone, que é bastante cruel. Talvez eu tenha baseado essa personagem nela. A sra. Allen é cruel?

Sofia inclinou a cabeça.

– Não. Ela não é nem um pouco cruel. É mais... triste.

– Ah. Então ela é triste. – Jane ofereceu um sorriso pesaroso. – Conheço essa personagem.

– Quem é ela?

Jane olhou para o chão. Quando conversavam, Sofia costumava ver o topo da cabeça da escritora, porque era bem mais alta do que ela. Agora, com ambas sentadas, Sofia podia ver bem seu rosto. Ela era menor e mais bonita do que seu retrato na *Jane Austen Experience*. Seus olhos grandes e gentis estavam focados na meia distância, entre a · porta e a parede. No que pensava o tempo todo? Só Deus sabia. Jane ficava com aquela expressão com bastante frequência.

– Quem é ela, Jane? – Sofia voltou a perguntar.

– Ninguém – Jane respondeu. – Uma mulher qualquer. – Ela sorriu. – O que aprendi aqui não foi como as coisas mudam, mas como permanecem iguais. As mulheres falam mais, deixam mais pele à mostra. Sejam mães ou lavadeiras, criadas ou duquesas. Enquanto cerzem meias e sovam pão, sua mente vaga e seu coração canta. As águas são profundas por baixo das máscaras que usamos. Não posso afirmar com certeza, mas imagino que sua personagem leva uma segunda vida dentro de si e esconde alguma tristeza por trás de sua tagarelice sobre o preço dos tecidos.

Sofia assentiu e se sentou.

— Então como interpreto suas falas ridículas?

— Suas falas ridículas se devem ao fato de mulheres de certa idade serem ridículas. Porque são consideradas assim por homens inteligentes e de bom senso. De onde venho, o valor da mulher está em sua fertilidade e em seu dote. Agora, seu valor parece estar em sua aparência. Ninguém menciona o cérebro. Às vezes mencionam o coração, mas nunca o cérebro. Envelhecer é um privilégio negado a muitos, no entanto, para as mulheres parece ser uma maldição. Ela é uma mulher que envelheceu. Portanto, interprete-a assim. Com toda a dignidade e humilhação que isso envolve. Com toda a felicidade de ter sobrevivido e a tristeza pelo fim da juventude. A desonra pela extinção da beleza e a graça de saber desse fato. — Jane se virou para Sofia. — Quando a conheci, fiquei deslumbrada. Você caminhava por esta nova Bath com vivacidade e esplendor.

— Sinto muito por te decepcionar — Sofia disse.

— Você me parece ainda mais magnífica agora, no chão da cozinha, abrindo o coração. Isso não poderia ser uma libertação, em vez de uma tragédia? Sem a ornamentação, a oportunidade em si se apresenta.

— Que oportunidade?

— A oportunidade de dizer a verdade. Você já foi a joia. Já foi o desejo dos outros. Agora pode ser livre.

Sofia enxugou uma lágrima e balançou a cabeça.

— Para fazer o quê?

Jane sorriu.

— Para fazer o que veio fazer neste mundo.

47

SOFIA ESPERAVA SOZINHA, em seu vestido verde.

– O que está acontecendo? – ela perguntou a Derek. – Estou esperando há meia hora. O suor vai estragar minha maquiagem natural.

Derek deu de ombros e prometeu descobrir.

Era a última semana de ensaios. Sofia continuava esperando que a demitissem. A programação do dia contava com uma conversa importantíssima entre a sra. Allen e Catherine Norland, antes de se juntarem a um evento noturno. Havia vinte figurantes reunidos na praça atrás da Pump Room. No dia da filmagem, seriam quatrocentos.

Derek voltou e sussurrou para Sofia:

– É a Courtney. Ela não quer sair.

Sofia sorriu.

– Ela está no *trailer*? Está dando um chilique? – Sofia se dirigiu a Jack. – Sr. Travers, é melhor ir verificar o que está acontecendo com sua estrela.

O diretor balançou a cabeça.

– Ela vai vir quando estiver pronta.

– Estamos todos aqui. Sei que não dá pra ensinar a se produzir um filme, mas também sei que tem um monte de gente esperando. E sabe aquele foco de luz enorme no céu? – Ela apontou para o sol. – Sei que gosta disso. Depois que passa, não tem como trazer de volta.

Derek e alguns figurantes deram risada. Jack revirou os olhos e foi para o *trailer*, mas voltou sem Courtney.

– Ela não quer sair – ele sussurrou para Sofia.

Ela reprimiu um sorriso.

– Diga que tem um contrato. Não temos como ensaiar a cena sem Courtney.

– Ela disse que não se importa.

– Então usa o seu charme.

– A gente brigou – Jack revelou.

Sofia mordeu o lábio e sorriu.

– Desculpa por não derramar uma lágrima.

– Você tem que falar com ela – Jack pediu.

– Eu? Ela me odeia mais do que odeia carboidrato. Não vai ajudar em nada.

– Só vai lá e fala com ela. De mulher pra mulher.

– Tem objetos cortantes no *trailer*?

– Por favor, Sofe.

Jack parecia arrasado.

Sofia suspirou, passou sua sombrinha para Derek e ergueu a saia do vestido.

– Pelo bem da produção, vou falar com ela. – Sofia seguiu para o *trailer* e bateu na porta. Ninguém respondeu. Ela deu uma olhada pela janela. – Courtney?

– Vai embora! – ela gritou de lá de dentro, com a voz rouca e abafada.

Sofia suspirou.

– Você está bem? – ela gritou, tentando ver lá dentro, apesar das cortinas fechadas.

– Estou ótima, obrigada – Courtney disse, do outro lado da porta. – Agora vai embora, por favor.

– Temos que começar o ensaio. Os figurantes já estão aí – Sofia respondeu.

– Não vou sair.

– Tá. E o que eu digo pra todo mundo? Que você está treinando seu giro do bastão? Que está escrevendo um discurso pra ONU?

– Você adoraria isso.

– Preferiria que você viesse ensaiar.

Courtney não respondeu, só soluçou. Sofia fez uma careta.

– Isso é você ou seu gato sendo torturado?

– Me deixa em paz!

– Eu adoraria poder fazer isso, querida. Infelizmente, me mandaram vir te buscar. Então ou você me deixa entrar e ver o que está acontecendo ou vou continuar a mandar insultos através da porta. Tenho muitos e sou capaz de falar por horas. A escolha é sua.

A porta se abriu, e Sofia entrou. O *trailer* estava repleto de sedas laranja e vermelhas, estatuetas douradas e velas.

– Parece que Gandhi vomitou aqui – Sofia comentou. Courtney estava encolhida em um canto, com os olhos vermelhos. – Você sabe que está misturando religiões diferentes, né? Este é Ganesha, aquele é Buda. – Ela apontou para as estatuetas douradas. – Não acho que devam se misturar. Poderia culminar no apocalipse.

– Cala a boca. Não precisa tirar sarro de mim só porque não estudei em Oxford.

– Eu também não estudei em Oxford. Fui para um reformatório para filhos de alcoólatras sonhadores. Ainda assim, sei diferenciar comida indiana e chinesa. Mas admiro seu pragmatismo. É melhor apostar em diferentes divindades, nunca se sabe quem vai se sobressair. – Sofia pegou um incenso. – Este lugar é a cara do Jack. Ele também se confundia um pouco com idolatria religiosa.

– Ele sempre faz isso?

O chão estava repleto de lencinhos de papel amassados. Courtney pegou um e assoou o nariz.

– Sempre faz o quê? – Apontando para a bola de papel úmido na mão de Courtney, ela acrescentou: – Não sei se isso estava limpo.

– Ontem à noite, minha agente me mandou a primeira versão de *Seca até o osso.*

Sofia deu de ombros.

– O que é isso?

– Meu novo filme. Uma biografia de uma comediante que morreu em decorrência de um distúrbio alimentar. Parece idiota, eu sei.

Ela deixou o lencinho, usado a ponto de se desintegrar, de lado e assoou o nariz na manga.

– Por mais que eu queira concordar com você, parece legal – Sofia disse.

– Também achei isso. O roteiro parecia ótimo. E gostei de fazer o papel.

– Qual é o problema então?

– Mostrei a versão pro Jack. Ele assistiu por quinze minutos e não disse nada depois. Eu estava toda empolgada pra mostrar. Nunca tive um papel parecido. É coisa fina, sabe? Precisei decorar uma porção de falas. Jack passou a tarde toda em silêncio, trabalhando no computador. Achei que estava procurando alguma coisa para mim, técnicas de atuação ou referências cinematográficas. Mas ele estava se comprando um Rolex no eBay, que nem o que o Warren Beatty usava nos anos 70. Insisti que me dissesse o que tinha achado do filme. E ele disse: "Acho que você devia fazer uma plástica no nariz".

Sofia deu uma olhada no nariz de Courtney.

– Para de olhar pro meu nariz! Para!

– Eu nunca tinha reparado nele – Sofia comentou.

– Você acha que Jack tem razão – Courtney disse, fungando.

– Pra ser sincera, é grande mesmo. Tem um calombo em cima em que eu não havia reparado. Interessante.

– Você está adorando isso.

– Me deixa terminar. Seu nariz tem esse calombo e é meio largo. Também é comprido e elegante. Antigamente, chamavam narizes como o seu de "patrício". Cai bem com seu rosto. Te dá personalidade. E é bem bonito. Carreiras terminam por causa de plástica no nariz.

– Você diz isso porque quer que eu me dê mal.

– Não quero que se dê mal. Estou te dizendo a verdade sobre o seu nariz. Se mudar, vai parecer com qualquer outra estrelinha. E você não é uma estrelinha, querida. Você é uma estrela de verdade.

– E por que Jack disse isso?

Sofia suspirou.

– Ele é um diretor. Diretores são ligados no visual. Apontar falhas físicas faz parte do trabalho dele.

Courtney assentiu, ainda soluçando.

– Mas ele é meu namorado. Não foi nada legal da parte dele ter dito isso.

– Não. Não foi mesmo.

Sofia se levantou e foi para a porta. Não podia culpar Courtney por querer proteger a pequena vantagem que tinha. Ela própria já havia feito o mesmo, e faria de novo se ainda pudesse. Antes de sair, no entanto, hesitou.

– O que foi? – perguntou Courtney.

– Ele me disse algo parecido uma vez – Sofia contou.

– É mesmo?

Ela confirmou com a cabeça.

– Antes do primeiro *Batman* sair. Fomos a uma pré-estreia e ele me disse que seria melhor eu emagrecer um pouco.

– Aquele filme é ótimo – Courtney disse. – E você estava linda. Agora me sinto péssima em relação a *Seca até o osso*. Achei que fosse bom, mas agora me parece uma porcaria.

– Pelo contrário. Pelo que me contou, acho que vai ser um sucesso. Agora vamos trabalhar?

Courtney balançou a cabeça.

– Todo mundo vai rir de mim. Vou ser a atriz difícil.

Sofia se virou para ela.

– Você é uma atriz difícil. Esse trabalho é difícil. Eles não conseguem fazer o que fazemos. Então é só mandar todo mundo às favas.

Courtney respirou fundo, usou um último lenço e reuniu suas coisas, então as duas foram para o *set*. Era uma cena importante entre Catherine Norland e a sra. Allen – mais importante para a personagem de Courtney, mas a personagem de Sofia não saía do lado dela até o fim. Sofia não gastou nenhuma energia extra tentando atrapalhar Courtney, não acrescentou falas, não improvisou, não revirou os olhos. Só deu as deixas de Courtney e jogou limpo. Era uma ótima cena. A experiente coadjuvante e a jovem heroína eram uma dupla fabulosa. Quando Jack deu fim à cena, algo estranho aconteceu: a equipe aplaudiu. Courtney se curvou, animada. Sofia revirou os olhos, mas se curvou também.

Era tudo culpa de Jane. Ela havia transformado Sofia em uma boa pessoa.

◆

O dia se aproximava do fim, mas Courtney tinha uma última cena para ensaiar. Sofia começou a se dirigir para o *trailer* de maquiagem, evitando a linha de visão da outra atriz.

– Não, tudo bem. Fica, por favor – Courtney pediu.

Sofia deu de ombros e ficou.

Depois da cena, o dia de trabalho foi encerrado. A equipe arrumou tudo. Os caminhões com o equipamento de câmera e iluminação foram embora. Todo mundo foi para Londres. Em algumas semanas, voltariam para o primeiro dia de filmagem. Sofia não achava que ia se juntar eles – a trégua com Courtney não significava que não iam demiti-la. Até que um técnico a encontrou e lhe entregou a programação do primeiro dia.

Ela agradeceu e se despediu. Olhava para a folha em choque. Era mesmo a programação do primeiro dia. Iria mesmo interpretar a sra. Allen. E não só aquilo: agora sabia como interpretá-la e tinha uma excelente companheira de cena, um figurino hilariante e um diretor razoável comandando o *show*. O filme talvez não fosse a bomba que Sofia previra.

No entanto, quase que de imediato, ela se deu conta, horrorizada, de que tinha outros motivos de preocupação.

Sofia havia encorajado o irmão a fazer uma declaração grandiosa para Jane, a revelar seus sentimentos por ela e convencê-la a ficar. Era o que Sofia queria, era o que Jane e Fred mereciam. Mas, se os dois ficassem juntos, os romances que vinham desaparecendo um a um de seu armarinho de bebidas continuariam desaparecendo até que não restasse nenhum.

E, se os romances de Jane Austen não existissem mais, *A abadia de Northanger*, o filme em que Sofia trabalhava, tampouco existiria.

A pequena pérola em que começava a ver potencial desapareceria. A ideia a deixou tensa. Ela se repreendeu pelas exigências hipócritas que havia feito a Jane, por ter ordenado que ficasse em casa, por tê-la assustado com aquela história de que, caso não voltasse a sua época, nunca escreveria seus livros. Agora, Sofia tinha encorajado Fred a dar início justamente àquilo contra o que havia alertado Jane.

Estremeceu diante de sua própria tolice. Não apenas podia ter interrompido a carreira de uma escritora pioneira e uma das mais celebradas e importantes da história, como também podia ter destruído sua própria carreira de atriz.

Sofia procurou não entrar em pânico. Talvez Fred não se declarasse. Talvez Jane o recusasse. Sabia que talvez Jane lhe pedisse conselhos naquele sentido. Esperava ter a força necessária para fazer a coisa certa, mas não tinha nenhuma certeza daquilo.

48

DEPOIS DE UMA SEMANA NO HOSPITAL, Fred pôde voltar para casa. O prato de sopa do almoço desceu para seu estômago e depois voltou. Jane limpou o chão.

– Desculpa por isso – ele disse.

– Não se preocupe. Você é humano e está doente. Agora vamos para o banheiro. Depois nos preocupamos com o restante.

Ele não conseguia se virar sozinho. Sofia estava sempre no trabalho, de modo que era Jane quem cuidava dele. Fred estava certo quando dissera que talvez precisasse de ajuda. Uma simples ida ao banheiro exigia três lenços para secar o suor de sua testa. O menor movimento envolvia o máximo esforço. Jane ia e voltava do sofá o tempo todo. Antes, Fred era alto e forte. Agora, sua coluna ficava aparente sob a pele e seus ombros estavam sempre caídos.

Seis dias se passaram sem que ele fizesse qualquer comentário relacionado ao que acontecera no hospital. Jane se perguntava se Fred pensava naquilo. Ela pensava, constantemente. Nenhum outro pensamento devia ter ocupado tanto sua mente antes. A negligência dele era compreensível, visto que havia sofrido um acidente quase fatal que exigira que máquinas respirassem por ele, mas aquilo não a impedia de estar sempre consciente do assunto. A aparente amnésia de Fred a aterrorizava. Jane se atormentava especulando sobre o que motivava seu silêncio. Talvez tivesse se saído tão mal, tivesse se comportado de maneira tão amadora, que ele tentava esquecer tudo. Sim, provavelmente era aquilo. Fred não demonstrava nenhum sentimento por Jane a não ser agradecimento por seu papel de enfermeira, parecendo tê-la destacado para o simples papel de ajudante, nem mesmo amiga. Ou melhor: de alguém que cuidava das refeições e atendia a suas funções corporais.

– Tenho uma confissão a fazer – Fred disse em uma manhã, com o rosto sério.

– Precisa usar o banheiro?

Jane se levantou.

– Não, obrigado. O que eu ia dizer é que nunca li um livro seu.

Ela voltou a se sentar. Encarou-o enquanto absorvia o que ele havia dito.

– Está me dizendo que nunca leu um romance de Jane Austen? – ela perguntou.

Fred confirmou com a cabeça.

– Isso. Sou uma pessoa terrível.

– Como ousa? – Jane brincou, em um tom de ultraje fingido, embora sentisse certo ultraje real também. Ela associou aquilo ao fato de Fred ignorar o que havia se passado entre ambos no hospital, o que a deixou agitada, cheia de emoções reais e falsas.

– Eu devia ter lido *Emma* na escola, mas em vez disso assisti ao filme.

Ele se encolheu, como se preparado para levar um tapa.

– Eu bateria em você se não estivesse à beira da morte. Não é professor de Literatura Inglesa?

– Sou.

– Fui levada a acreditar que meus livros fazem parte do currículo escolar.

– E fazem mesmo.

Fred fez uma careta.

– E o que acontece então? Você não os ensina?

Ele deu de ombros.

– Não ensino todos os livros do currículo. Nunca precisei ensinar um livro seu, por isso nunca li.

– E nunca pegou um para ler por prazer?

Fred riu.

– Não. Desculpa, me sinto péssimo.

Jane cruzou os braços.

– Pois deveria fazer isso. Ouvi dizer que são obras de arte.

– Não duvido – ele disse. – Quero ler.

Ela abriu bem os ombros.

– Pode fazer isso quando quiser. Estão todos trancados no armarinho de bebidas.

– Que tal agora? – Fred sugeriu. – Tem uma chave na gaveta. Não conta pra Sofia.

Jane foi pegar um de seus romances. Estava animada de fazer aquilo por Fred. Não iria lê-lo, para não apagar a si mesma e o universo, como Sofia alertara, mas poderia pelo menos cheirar as páginas.

Ela parou diante do armarinho de vidro, dentro do qual antes havia seis livros. Depois cinco. Antes de Fred ir para o hospital, já eram quatro. Agora havia apenas três. Outro livro seu havia se juntado aos desaparecidos.

Jane voltou para a sala.

– E o livro? – Fred questionou.

– Não temos tempo. Você precisa fazer seus exercícios – ela respondeu e não tocou mais no assunto.

Jane estava furiosa. Seus romances continuavam desaparecendo, e para quê? Ele não se declarava. Não demonstrava nenhum sinal de consideração por ela, só parecia agradecido pelo fato de que tinha uma criada. Agora, com o desaparecimento de mais um exemplar, Jane se sentia cada vez mais tola por continuar ali. A sra. Sinclair a havia levado a seu verdadeiro amor, mas aquilo não queria dizer que Fred retribuía seus sentimentos. Jane havia entregado seu coração a alguém que não sentia o mesmo afeto, e o preço a pagar era o desaparecimento do trabalho de sua vida do mundo.

Jane se perguntou o que estava fazendo ali. Encontrava-se no limbo. Sua posição era indigna. Era a única envolvida naquela história de amor, em que desempenhava ambos os papéis. Quanto mais tempo permanecesse ali, esperando por uma declaração que nunca viria, mais ridícula pareceria.

Ela diria a Sofia para conseguir a carta. Já era tempo.

◆

– Coloque as letras sobre o tabuleiro, por favor, ou será punido – Jane disse, com severidade.

– Estou aprendendo palavras com Jane Austen – Fred respondeu, sorrindo. – Deveria ser um privilégio, mas é só irritante.

Os dois estavam na mesa da cozinha. Entre eles havia um tabuleiro com uma superfície branca, sobre a qual se encontravam letras do alfabeto pintadas em cores fortes. Um L azul, um M vermelho. Aquela era uma ferramenta de ensino para crianças. Atrás de cada letra havia um ímã.

Tratava-se de um exercício de reabilitação, resultado de uma conversa que Jane e Sofia haviam tido com a equipe médica antes de Fred deixar o hospital.

– A eletricidade fritou algumas partes do corpo dele – uma enfermeira explicara. – A memória pode ter sido prejudicada. Vamos passar uma lista de exercícios que devem ser feitos diariamente.

– Parece bastante trabalhoso – Sofia dissera, com uma careta.

– A terapeuta ocupacional só vai ter horário no mês que vem.

– Eu pago o dobro – Sofia dissera.

A enfermeira parecera chocada.

– Não se pode subornar uma profissional da saúde!

– Posso fazer o que eu quero – Sofia argumentara. – Sou uma celebridade!

Ela havia apontado para o próprio peito naquele momento, como se esse título estivesse estampado ali.

Jane baixara o braço de Sofia, que se encontrava perigosamente perto do rosto da enfermeira.

– Não será necessário. Quais são os exercícios? Ficarei feliz em ajudar até que a professora de linguagem esteja disponível.

– Não são exercícios fáceis – a enfermeira protestara. – Você é boa em inglês?

– Tenho habilidades suficientes – Jane garantira.

A enfermeira passara a Jane uma lista de exercícios, que ela vinha fazendo diariamente com Fred desde que ele voltara para casa. Agora, que estava claro que ele não retribuía seu afeto, Jane estava arrependia de ter aceitado a tarefa. Prosseguiria com os exercícios, porque a recuperação dele era importante, mas ia fazê-lo com a frieza de uma governanta.

– Lembre-se da palavra que mencionei antes e escreva no tabuleiro – ela mandou, mas ele nem se moveu. – Esqueceu qual é?

– Fala as regras de novo?

Jane revirou os olhos.

– Forneci a você uma lista de pares de palavras. Lembra-se disso?

– Não sei. Afinal, minha memória já era.

Ele riu.

Jane fez cara feia.

– Forneci a você uma lista de pares de palavras: bola/árvore, por exemplo, triângulo/castiçal. Sua tarefa é recordar quais eram esses pares. Quando digo "bola", você deve se lembrar de "árvore" e compor a palavra no tabuleiro.

– Você não disse "castiçal" – Fred falou.

– Disse, sim – Jane retrucou.

Ela notou que ele ria.

– Talvez eu tenha me esquecido.

Fred claramente não compartilhava da determinação dela de executar o exercício de maneira fria e profissional.

– Também se esqueceu do próximo par? Que palavra corresponde a "garrafa"?

– Na verdade, dessa eu me lembro.

– Ótimo. Então por que não escreve?

– Porque não sei como. A palavra é "descanto", certo? Nem sei o que significa.

Ele sorriu e coçou a bochecha.

– Descanto? Uma melodia por cima de outra. Fico surpresa que tenha sobrevivido até hoje.

– Você parece uma professora rabugenta – ele disse.

– Sou uma professora rabugenta. E você é um aluno insolente. Posso relevar sua perda de memória, mas não seus problemas com grafia.

Fred escolheu algumas letras e as posicionou no tabuleiro.

Jane conferiu as letras – D-E-S-C-A-N-T-O – e assentiu, de má vontade.

– Correto. Próxima palavra: "pedra".

O par era "terrível".

Fred pegou as letras e as posicionou no tabuleiro.

– Não. "Terrível" é com "rr".

– Você devia escolher palavras mais fáceis – Fred pediu. – Eu já não sabia escrever "terrível" antes do acidente.

Ele voltou a sorrir, para mostrar a Jane que estava brincando. Claro que um professor de Literatura saberia escrever aquelas palavras.

Jane ficou ultrajada. Como ele podia sorrir enquanto ela morria por dentro? Jane ignorou o comentário.

– Próxima palavra: "bugiganga".

Seu par na lista era "capelo".

– Posso tomar um copo de água? Minha garganta está seca.

– Escreva a palavra direito e a água virá até você. Como magia.

– Eu tomei um choque! Cozinhei por dentro! Estou implorando: pega um copo de água pra mim.

Fred colocou um O magnético no tabuleiro, oferecendo um meio-termo.

Jane foi pegar a água. Ela voltou com uma jarra e olhou por cima do ombro dele. Fred tinha colocado mais duas letras. O rosto de Jane se contraiu.

– Não. Está incorreto. Você colocou um S. – Ela estreitou os olhos para ele. – Está fazendo isso só para me irritar?

Fred acrescentou mais letras, animado.

– Você colocou um S, quando deveria ser um P – Jane insistiu. – C-A-P, e não C-A-S.

Fred a ignorou e acrescentou outro A. Jane ficou olhando para o que se formava no tabuleiro. As mãos de Fred tremiam enquanto ele trabalhava. Jane prendeu o ar e ficou observando. Veio um C, depois um O, depois um M...

CASA COMIGO

Jane engoliu em seco. Quando virou a cabeça, Fred não se encontrava mais na cadeira. Ela o encontrou no chão, ajoelhado à sua frente.

– Pode pegar algo no meu bolso? – ele pediu.

Jane fez como ele havia pedido.

– O outro bolso.

Ela tirou uma caixinha do bolso da calça de Fred.

– Abre – Fred pediu.

Ela abriu. Havia um anel lá dentro, um anel que já havia visto. Jane deu um passo para trás, chocada. Uma pedra de um azul cremoso brilhava sobre a aliança de ouro. Ela sentia o mesmo que sentira quando o vira na pintura, só que com mil vezes mais potência.

— Era da minha mãe – Fred contou. Jane assentiu. – Gostou?

— É lindo – foi tudo o que conseguiu responder. Por motivos desconhecidos, Jane pensou em sua própria mãe. A reviravolta a espantou, mas quando olhou para o rosto de Fred, ela soube que ele vinha pensando naquilo, vinha preparando aquilo, a manhã toda. Sua mente acelerou com a declaração. Seu coração martelava no peito.

— É tão repentino – ela disse para ele. Embora quisesse aquilo, o choque e a rapidez a forçaram a protestar. – Faz pouco tempo que nos conhecemos. Na verdade, mal o conheço, e senhor mal me conhece.

— O que mais precisa saber? – ele perguntou.

Jane ficou em silêncio. O esforço de se ajoelhar o fazia suar. Mechas de cabelo grudavam na testa dele. Jane as penteou de lado.

— Só está me dando essa aliança para me impedir de ir embora? Posso ficar e cuidar de você o quanto precisar. Ajudarei em sua recuperação. Não precisa me dar isso para que eu fique.

— Não preciso que fique para me ajudar. E não te dei a aliança por causa disso. Quero que fique, não como cuidadora, mas como minha esposa. Eu te amo.

Jane soltou o ar.

— Eu também te amo – ela disse.

Fred sorriu, mas o sorriso logo deixou seu rosto. Ele parecia esperar que ela dissesse mais.

Jane sentiu os pelos da nuca se arrepiando. Seus olhos se encheram de lágrimas.

— Tem certeza? – ela perguntou.

Os joelhos dele tremiam.

— Sinto que conheço você desde sempre – Fred disse. – Você penetra minha alma. Sim, eu tenho certeza. Quer se casar comigo?

As palavras eram tão lindas e soaram tão sinceras que a resposta só podia ser uma.

— Quero – Jane falou. Fred sorriu para ela, que o abraçou e o ajudou a se levantar.

Parte 3

49

O DIA DO BATIZADO DE MAGGIE CHEGOU. Fred era o padrinho. Jane e Sofia chegaram cedo à St. Swithin's, carregadas de flores para a cerimônia. Jane usava um vestido amarelo que Sofia havia comprado para ela, como presente de noivado. Fred dissera que ela estava linda e lhe dera um beijo na bochecha.

– Tenho que mostrar uma coisa a você – Jane disse a Sofia enquanto as duas decoravam o altar com flores. Ela conduziu a amiga à nave transversal da igreja. – Quase me esqueci disso. Você vai gostar.

Elas deram a volta, e Jane apontou para a parede de mármore branca e cinza.

Sofia apertou os olhos para o mármore.

– O que eu deveria estar vendo? – ela perguntou. – Um belo trabalho de alvenaria? Jane?

Jane olhava para a parede, em um silêncio horrorizado.

– Posso ir agora? – Sofia indagou. – Estamos olhando para uma parede em branco.

– Tinha uma placa aqui antes – Jane comentou.

– Tem um monte de placas aqui – Sofia respondeu, apontando para as placas de latão e bronze que enchiam a parede. – Acumulando pó.

– Não. Tinha uma placa bem ali – Jane disse, apontando para um espaço livre no mármore.

Sofia se virou para Jane, de repente atenta.

– O que dizia?

– "Jane Austen rezou aqui."

◆

As duas deixaram a igreja quando os outros convidados estavam chegando. Sofia deu a desculpa de que queria pegar um chapéu maior, no que por sorte Fred acreditou, muito embora o chapéu que ela estava usando já fosse quase do tamanho de uma roda de carroça. Elas foram para casa, prometendo voltar antes que a cerimônia começasse.

– Talvez eu tenha imaginado a placa – Jane comentou, com futilidade, enquanto atravessavam o jardim da igreja. Ela torcia para que fosse verdade, mas não acreditava naquilo.

– Talvez – Sofia disse.

As duas trocaram poucas palavras. Sofia parecia saber a razão de Jane querer voltar para casa: queria verificar o conteúdo de certo armarinho de vidro.

Quando viraram na Gay Street e não podiam mais ser vistas pelos outros convidados, começaram a correr. A cada passo, o medo de Jane crescia. Elas chegaram arfando e sem fôlego. Sofia se atrapalhou com a chave. Jane, mais calma, a pegou dela e abriu a porta. As duas correram até o armarinho de bebidas da sala.

Onde antes havia seis romances, depois cinco, depois três, agora não havia nada.

Sofia se sentou no chão e levou a cabeça às mãos.

– Seus livros desapareceram!

Jane se juntou a ela no chão.

– Porque eu não os escrevi.

Sofia foi procurar outro chapéu no quarto. Jane ficou olhando para a parede até ela voltar.

– Sinto muito mesmo, Jane.

Jane deu de ombros.

– O que esperávamos? Que eu ficasse aqui e depois voltasse pra casa e publicasse meus livros? Jane Austen não pode escrever romances naquele mundo ficando nesse. Você estava quase certa. Posso não ter destruído o universo, mas destruí a mim mesma.

◆

Sem nada que pudessem fazer e considerando que esperavam por elas, Jane e Sofia voltaram para a igreja. No caminho, passaram pelo edifício onde haviam visitado a *Jane Austen Experience*. Agora abrigava uma confeitaria.

Elas pararam na biblioteca, só para dar uma olhada. A mesma pessoa que as havia atendido da primeira vez se dirigiu a elas.

– Você tem alguma coisa de Jane Austen? – Sofia perguntou.

A bibliotecária se virou para sua máquina.

– Como se escreve?

–A-U-S-T-E-N – Jane soletrou, com uma voz digna de pena.

A mulher digitou o nome.

– Não aparece nenhuma escritora com esse nome.

Sofia mordeu o lábio.

– Ah, Jane.

Jane apenas assentiu. Elas agradeceram e foram embora.

Para ter certeza absoluta de que não se tratava de um pesadelo perverso, Sofia usou sua caixa de aço, ou seu celular, para falar com seu agente.

– Max, tudo certo para as filmagens de *A abadia de Northanger* na semana que vem? – ela falou para o aparelho.

– A abadia de quê? – a voz ao celular perguntou. Sofia baixou a cabeça.

– O filme de Austen. Que vai ser feito em Bath – ela disse, com a voz fraca.

– Nem sei o que é – a voz respondeu. – Do que está falando? – Ele fez uma pausa. – Você está bem?

Ela assentiu, mas não disse nada.

– Sofia? – a voz a chamou. – Quem é Austen? É um escritor? Precisa de um agente?

Sofia guardou o celular no bolso, e as duas seguiram em frente.

– Acho que já está bem claro – Jane disse. – Podemos nos dar por satisfeitas. Jane Austen se foi.

– O que você vai fazer? – Sofia quis saber.

– Não sei – ela respondeu e falava a verdade.

– E quanto a Fred?

– O que tem ele? O que acha que eu deveria fazer?

– Você tem duas opções. Pode voltar ao seu mundo e escrever seus livros ou pode ficar aqui e ser feliz com Fred. Tenho que ser franca:

você nunca voltar pra casa para escrever seus livros seria um desastre pra mim. Se decidir ficar, vai ser o fim de tudo: dos livros, dos museus, do seu legado... – Ela soltou uma risada triste. – Dos filmes também, o que significa que provavelmente vai ser o fim da minha carreira também. Como falei, um desastre.

Jane inspirou fundo.

– Minha nossa. Você vai perder seu papel. Sinto muito.

Sofia deu de ombros.

– Não tem problema. Há coisas mais importantes.

Ela sorriu para Jane.

– Que uma mulher sendo bem-sucedida em sua profissão? Poucas coisas são mais importantes para mim – Jane disse, erguendo o queixo.

Sofia pegou o braço dela e pigarreou.

– Se voltar pra casa, vai escrever seus livros, mas, por outro lado, vai partir o coração de Fred. E vai sair de coração partido também. É um belo dilema. Ajudei?

Jane baixou a cabeça.

– Jane. Você ama Fred?

Ela olhou para o chão.

– Nunca me senti assim.

Sofia suspirou.

Jane encolheu os ombros. Não podia escolher.

– Posso ter mais um pouco de tempo para decidir?

– Se decidir ficar, tem o resto da vida.

Elas continuaram andando em direção à igreja.

– Saberei o que fazer quando o vir – Jane disse, confiante, mas se sentiu tomada pelo medo logo em seguida, e se arrependeu. De repente, não queria mais vê-lo e ser forçada a decidir. Sentia-se pressionada. Ao mesmo tempo, já havia se preparado antes para deixá-lo, de modo que poderia fazê-lo de novo. Não seria tão ruim assim.

Mais rápido do que Jane esperava, chegaram à igreja, entraram e avançaram pelo corredor. Fred estava perto do altar, segurando a bebê. Ele acenou para Jane, com uma tensão no rosto. Sabia que havia algo de errado. Era inteligente demais para não saber.

– O que aconteceu? – ele perguntou quando Jane se aproximou.

Fred ninava Maggie em seus braços. A bebê tocou o rosto dele e soltou um ruidinho. Gostava do padrinho. Fred seria um pai maravilhoso.

Uma estranha sensação tomou conta dela, tão rara que a desarmou. O que era aquilo? Ah. Felicidade. Um mundo se fechava para ela, mas outro se abria. Não era mais uma observadora, que escrevia sobre os outros. Deixara a pena de lado e começou a viver.

– Absolutamente nada – Jane disse afinal, pondo-se ao lado de Fred.

– Vai me deixar? – ele perguntou, com a voz trêmula.

Jane olhou para ele e inspirou fundo.

– Não vou a lugar nenhum – ela respondeu.

Não lhe contou sobre os livros desaparecendo, e já havia pedido a Sofia que não dissesse nada. Não havia por que entrar naquele assunto, porque ela já tinha tomado sua decisão. Preferiu se voltar para o futuro e as alegrias que traria, ali, no século XXI, com o homem com quem ela ia se casar.

50

O VIGÁRIO CHEGOU e deu as boas-vindas a todos. A cerimônia teve início. Jane e Sofia se sentaram no primeiro banco. Fred, de terno azul, ficou próximo à pia batismal, com Maggie nos braços. Sofia soltou um soluço de choro. Jane enxugou uma lágrima.

O vigário benzeu Maggie.

– Eu te batizo em nome do Pai, do Filho e do Espírito Santo.

Jane sorriu. Seu pai havia dito as mesmas palavras inúmeras vezes.

– Amém – Fred disse.

O vigário despejou água benta sobre a cabeça de Maggie. Um menino cantou "Amazing Grace", como faziam na época de Jane. Depois, o vigário convidou todos ao altar para tirar algo que Jane aprendera que se chamava foto. Fred a chamou, e ela assumiu seu lugar ao lado dele.

A bebê, que tinha pegado no sono, acordou com as conversas e o agito. Resmungou como um filhote de urso, depois ameaçou chorar. A congregação ficou tensa. O clima sagrado tão cuidadosamente criado pelos cânticos e pelas palavras ameaçava se desfazer com as lágrimas não programadas. Fred parecia em pânico. Jane pegou Maggie dele e a ninou, como que por instinto.

Maggie sentiu o movimento e se acalmou. Jane fez o melhor que pôde, sorrindo para ela. As crianças adoravam seu rosto redondo e rosado. Jane era capaz de tirar um sorriso até mesmo do bebê mais agitado e afligido por cólicas. Ela era a Travessa Tia Jane, amada pelos pequenos. Não havia por que ser diferente com aquele espécime do século XXI.

A bebê jogou a mão para trás. Olhou para Jane, gorgolejou e sorriu, de repente hipnotizada, parecendo prestes a rir. Jane ouviu sua própria inspiração enquanto Maggie arfava e sorria. Era o som mais doce que já lhe havia entrado pelos seus ouvidos.

Algo despertou dentro de Jane. Ela sentiu uma pontada de amor nas profundezas da alma, uma força imparável, além do conhecimento. Haveria truque mais convincente em toda a natureza?

Jane costumava ficar com inveja quando a mãe escrevia suas receitas em verso. A sra. Austen era capaz de criar frases que deleitavam a todos com sua engenhosidade. Ela adorava ler, mas só o fazia tarde da noite, depois que todas as meias tinham sido cerzidas e todas as cartas, respondidas. Na maioria das noites, não conseguia. A mãe havia lido metade dos livros de Jane, apesar de ter o dobro da idade. Aquilo fazia sentido, uma vez que Jane tinha quatro vezes mais tempo. Ela balançou a cabeça diante da obsessão da mãe pelos filhos. A sra. Austen se matava para ajudar Henry a encontrar as cortinas certas para o banco e ouvia os terríveis sermões de James durante horas. Agora Jane sabia o motivo: o sorriso do próprio filho era o que havia de mais importante.

Ela se imaginou com um bebê, que a secaria gloriosamente. Jane o alimentaria, acordaria quando ele acordasse, sentiria orgulho de ser a única capaz de acalmá-lo. Tal orgulho a hipnotizaria e ocuparia todo o seu tempo. Aquela vidinha engoliria todo o resto, assassinando o desejo de nutrir qualquer outra coisa.

– Você tem um talento natural – Fred comentou, e ela assentiu.

Jane devolveu Maggie a ele. O noivo a olhou com curiosidade, parecendo não entender por que Jane a devolvia quando ambas estavam se divertindo. A congregação sorriu, satisfeita com como Jane havia acalmado a criança. Fred a olhou com amor e admiração. O perfume do incenso da igreja, de especiarias, místico, começou a embrulhar o estômago de Jane. Ela se forçou a sorrir e engoliu a bile que subia por sua garganta.

◆

Na manhã seguinte, Sofia cumprimentou Jane com animação.

– Hoje, vamos ver vestidos de noiva.

Jane protestou e balançou a cabeça, rindo.

– Não, muito obrigada.

– Por que não? Vai ser divertido! – Sofia insistiu. – É a melhor parte de ficar noiva.

– Sofia, faz só dois dias que estou noiva. Não preciso do vestido ainda.

– É aí que você se engana. Esta é a hora certa. Vestidos de noiva demoram meses pra ficar prontos, e as costureiras são como as guardiãs dos seus sonhos. É melhor entrar logo em contato, ou vai ficar pra trás. – Ela virou o café e pegou sua bolsa gigante. – Já está decidido, Jane. Vai ser mais fácil se não resistir.

Sofia a puxou para a porta da frente, e as duas foram para a rua.

Um rapaz de boa aparência acenou para elas quando chegaram ao centro.

– Este é o Derek, meu conselheiro – Sofia disse. – Ele vai nos ajudar a encontrar os melhores vestidos do mundo.

Ele estendeu a mão e sorriu. Jane a apertou.

– Derek, quando entrarmos e começarmos a experimentar opções, seja sincero se ficarmos horríveis – Sofia pediu.

– Sim, srta. Wentworth. Mas tenho certeza de que vão ficar lindas.

Eles passaram por cinco lojas de vestido em seis horas, mas terminaram de mãos vazias. Jane estava exausta. Havia provado dezenas de opções, todas lindas, mas nenhuma à altura dos padrões de Sofia.

– Já fomos a todas as lojas de Bath – Sofia disse, consternada. – Acho que vamos ter que pegar um voo pra Paris. Tenho amigos lá.

Jane implorou para que voltassem para casa, de modo que pudesse dar um descanso aos pés, mas Sofia se lembrou de uma última loja.

– É um lugar antigo.

Ela arrastou Jane e Derek por uma viela, ignorando seus protestos, e virou a esquina na Westgate Street. Então parou e apontou para uma fachada.

– Aqui está.

Jane arfou diante da visão.

– Já estive aqui antes.

A placa havia mudado, mas o nome permanecia o mesmo: Maison Du Bois. Era a loja em que a sra. Austen havia lhe comprado um vestido. Ainda se via a concessão real no brasão de bronze à porta.

– Vamos entrar?

Jane assentiu, ávida, e eles entraram.

A loja continuava igual. Rosas brancas de gesso ainda se alinhavam no teto, cornijas de latão ainda cobriam cada superfície, os gabinetes de vidro ainda brilhavam. Os vestidos tinham mudado, mas a loja de duzentos anos atrás era igual àquela de que Jane se lembrava. Os vendedores ainda usavam gravata vermelha, embora a maioria fosse de mulheres agora. Sofia pediu que lhes trouxessem seu melhor vestido. Uma vendedora fez um aceno de cabeça e correu atrás de uma fita métrica.

Ela mediu Jane e entregou uma taça de champanhe a cada um. Outra vendedora apareceu com um vestido em um cabide de seda, para Jane provar.

Uma delas a ajudou a se vestir.

– É estilo *art déco*. O molde é cortado no viés do crepe de seda.

Quando voltaram para Sofia e Derek, Jane viu seu reflexo no espelho. Era como se um anjo branco a olhasse de volta.

– O que é essa coisa úmida saindo dos meus olhos? – Sofia perguntou, sorrindo para Jane.

– Que cor é essa? – Jane quis saber, ainda olhando para o espelho. Os vestidos de noiva de seu mundo costumavam ser azuis, com listras douradas, creme ou limão.

– Marfim. A cor perfeita para um casamento em maio – a vendedora respondeu.

– Todos os vestidos são brancos – Jane comentou.

– Sim. São vestidos de noiva – a mulher disse.

– Os vestidos de noiva agora são todos assim – Sofia explicou a Jane. – O branco representa pureza. Simboliza a virgindade da noiva.

– Ah. Entendi – Jane disse, corando.

– Gostamos de fingir.

– Sim...

Jane baixou a cabeça.

– Como está se sentindo nesse vestido? – uma vendedora perguntou a Jane.

Ela deu de ombros e voltou a se olhar no espelho. Como se sentia? O lindo vestido marfim parecia flutuar sobre seu corpo. Embora sua vida até ali tivesse se voltado a procurar por um marido, nunca pensara no que acontecia depois que o prêmio era alcançado. Nunca havia se imaginado em um vestido de noiva, ou a si mesma como esposa.

– Triunfante? – Sofia sugeriu. – Você está estonteante. Fred vai amar. – Ela piscou para Jane, então se virou para a vendedora. – Agora, o meu vestido de madrinha. Se vamos seguir nesse estilo *art déco*, quero que o meu seja bem *O grande Gatsby*. A versão dos anos setenta, digo. Quero classe. Broches de diamante. Brincos de pérola. *Bonnie e Clyde*. Me traga isso.

A vendedora saiu correndo. Sofia a seguiu, dando mais instruções.

Jane ficou olhando para sua imagem no espelho.

– Você está mesmo linda – Derek disse. – Sem exagero.

Ele sorriu e acenou com a cabeça para Sofia, do outro lado da loja.

– Obrigada – Jane respondeu. – Você é casado, Derek?

– Faz quatro anos – ele respondeu, com um sorriso, e ergueu a mão para mostrar a aliança dourada no dedo.

– Parabéns. Sua esposa usou algo desse tipo no casamento de vocês? – Jane perguntou, apontando para o vestido.

– Meu marido, na verdade.

– Ah – ela disse e inspirou fundo, com os olhos fixos em Derek.

– Ele queria usar algo do tipo, mas eu o convenci a desistir – Derek contou, simpático, e deu risada.

A cabeça de Jane girava.

– Você se casou... com um homem?

– Isso. Você está bem?

– Tio Anthony – ela disse, tão sobrepujada pelos sentimentos que se viu arfando.

– Como?

– Eu tinha um padrinho chamado Anthony. Um amigo da família. Eu o adorava. Ele era advogado e um homem muito hábil.

Escrevia cartas excelentes. Sua presença em bailes era sempre requisitada. Ele tinha um amigo, um cavalheiro chamado Matthew. Um dia, alguém da vizinhança... o surpreendeu com Matthew. Ele não conseguiu mais advogar. Os dois se mudaram do país. Proibiram-me de escrever a ele. Seu nome nunca mais foi mencionado por nenhum de nós.

– Que pena – Derek disse. Parecia surpreso, estudando Jane com outros olhos.

Ela sorriu para ele.

– Já ouviu falar nesse tipo de coisa?

Derek deu de ombros.

– Meu pai nunca mais falou comigo, depois que contei.

– Minha nossa.

– Mas vivo com o homem que amo.

Ele sorriu.

Jane voltou a olhar para seu reflexo no espelho. As vendedoras a fizeram subir em um pedestal, para que pudessem ver direito o comprimento do vestido. Ela se sentiu como uma estátua.

– Tio Anthony ficou com o amigo dele – ela disse. – Acho que eram felizes. – Ela se forçou a sorrir, com ânimo. – Desejo a vocês arbítrio e alegria na vida. Estão vivendo como escolheram, independentemente do que os outros possam pensar. Que o restante de nós tenha ao menos metade da coragem de vocês.

– Ah. Obrigado – Derek disse, com um sorriso.

Sofia e a vendedora voltaram.

– E aí, o que achou?

Jane enxugou uma lágrima. Derek também. Todos na loja murmuraram.

– Olha só pra ela. Está tão feliz – alguém comentou.

– A mãe da noiva aprovaria? – alguém perguntou.

– Não sei. O que acha, Jane? – Sofia perguntou, com suavidade.

– Acho que ela ficaria feliz – Jane respondeu.

– Cadê ela? – uma vendedora perguntou.

– Não está aqui – Sofia respondeu, com a voz firme, evitando quaisquer outras perguntas relacionadas. Jane evitou os olhos dela.

– Vamos tirar uma foto para sua mãe.

Colocaram um véu na cabeça de Jane e lhe deram uma flor. Ela fez pose para a foto. Derek pegou sua mão e a apertou. Jane se viu enxugando outra lágrima.

51

NA MANHÃ SEGUINTE, Fred entrou pela porta da frente com uma pilha de envelopes.

— O que é isso? — ele indagou, segurando um envelope diante do rosto de Jane.

— Parece ser o correio — Jane respondeu. Ela leu o endereço na frente do envelope. — É uma carta. Endereçada a você.

— Da Blackheath James — Fred falou.

— Se você diz...

— Por que estou recebendo uma carta de uma editora? — ele perguntou, com os olhos arregalados. — Não mandei nada a ninguém.

— No entanto, aqui estamos — Jane falou. Ela ergueu o queixo e não disse mais nada.

Fred voltou a olhar para o envelope.

— Como pode ter feito isso? — ele questionou, parecendo ultrajado, mas sem tirar os olhos sonhadores do envelope.

— Não vai abrir? — Jane perguntou.

— Vou jogar no lixo.

Ele fez o que disse, embora, na verdade, sua ação tenha se aproximado mais de depositar o envelope cuidadosamente ali, sem entrar em contato com os restos de comida.

— Não está nem um pouco curioso quanto ao conteúdo? — Jane quis saber.

— Não.

Ele olhou para o lixo, pesaroso.

— Parece tolice, deixar essa carta aí, fechada — disse Jane.

Fred andou de um lado para o outro. Então pegou o envelope, pigarreou e o abriu.

– Leia em voz alta – Jane pediu. Ela inspirou e mordeu o lábio. Torcia para ter sido sábia quando enviara um trecho do livro dele para avaliação.

– "Caro senhor, obrigado pelo envio de seu manuscrito. Gostaríamos de recebê-lo por completo. Por favor, ligue para o número abaixo quando puder." – Fred se sentou. – Eles gostaram.

– São humanos, afinal de contas – Jane disse. Ela enxugou o suor da testa e agradeceu a qualquer deus que pudesse estar ouvindo por sua misericórdia. As editoras eram tão caprichosas naquele tempo quanto no dela.

– Não acredito.

Fred parecia ao mesmo tempo confuso e descrente.

Jane balançou a cabeça.

– Não consegue ver o que eu vejo? – ela perguntou. – Você é brilhante. O livro é maravilhoso.

Fred a abraçou.

– Obrigado – ele sussurrou, depois a soltou. – Mas nem terminei de escrever! – Fred disse então, em pânico.

– Ah, sim. Isso pode ser um problema.

Jane começou a entrar em pânico também. Tinha se esquecido daquela parte quando mandara a primeira metade do livro.

– Isso é um desastre – Fred exclamou. – O que vou fazer?

– Vai terminar – ela respondeu.

– Mas quando? Como? Tenho um emprego. – Ele fez uma pausa. – Vou ter duas semanas de recesso na escola, mas só isso.

– Quantas palavras você ainda precisa escrever para terminar o livro? – Jane perguntou.

Ele engoliu em seco.

– Umas cinquenta mil.

– Cinquenta mil palavras – Jane repetiu, parecendo preocupada. Ela procurou se recompor assim que viu a expressão de Fred. – Não se preocupe – disse, animada. – Quantos dias de recesso você disse que tem?

– Catorze, contando os fins de semana.

– Muito bem. Cinquenta mil palavras em catorze dias. Isso dá... – Ela inclinou a cabeça. – Umas três mil e quinhentas palavras por dia.

Ele riu.

– Vou acreditar em você.

– Acha que consegue? Escrever três mil e quinhentas palavras por dia durante duas semanas?

– Não.

Fred voltou a rir.

– Por que não tenta? – Jane fez uma pausa. – Posso ajudar. Se quiser.

Ele riu uma terceira vez.

– O que foi? – ela perguntou.

– Jane Austen vai me ajudar a escrever um livro.

◆

As duas semanas de escrita tiveram início. Ironicamente, a maior contribuição de Jane não consistiu em dar conselhos sobre as personagens ou ajudá-lo com os diálogos. Ela não ajudou a estruturar o manuscrito nem o dividiu em capítulos. O que fez foi cozinhar e limpar a casa para ele.

Jane fazia o café da manhã, o almoço e o jantar. Abastecia Fred de café preto e de roupas limpas. Assumiu as intermináveis tarefas do lar, como espanar o pó, varrer e lavar as roupas. Aprendeu sozinha a usar os aparelhos da cozinha. Nunca havia tido dias tão cheios. Aquilo a divertia. Em sua antiga vida, não era a rainha da domesticidade, mas agora era. Dar conselhos quanto à escolha de palavras e frases talvez parecesse a maneira óbvia de um escritor ajudar o outro, mas Jane sabia que não era o caso.

Em sua antiga vida, a única tarefa doméstica que executava era preparar o café da manhã, o que ocupava dez minutos de seu dia. Ela colocava a comida, a louça e os talheres na mesa. Não precisava nem limpar depois: era Margaret, a criada, quem fazia aquilo.

Passava as horas entre o café e o almoço caminhando pelo campo, escrevendo e editando seus textos. À tarde, tomava chá com Cassandra e a mãe, depois caminhavam até a cidade. Então vinha o jantar, depois do qual ela e os pais iam a uma peça ou a uma reunião. Jane raramente recebia convites. Cassandra era quem carregava o brilho da simpatia e das boas maneiras, e era bem recebida em bailes e festas. Jane era insolente e se recusava a se relacionar com pessoas tolas. Preferia ficar em casa, com o que a família concordava. No lar silencioso, escrevia um pouco mais.

Jane passava os dias agradando apenas a si mesma, caminhando, pensando e escrevendo. Levara quatro anos para escrever e revisar *Primeiras impressões*. Trabalhara nele consistentemente, todos os dias. Contava com aqueles momentos sozinha e ficava irritada quando uma companhia aparecia ou a boa educação impedia a reclusão. Ela não bordava almofadas nem cerzia meias. Não cuidava de marido nem criava filhos. Passava a maior parte do tempo sozinha. Era nesses momentos que sua mente dava os maiores saltos: quando o silêncio e a solidão a deixavam livre para vagar.

Tais eram as condições necessárias para se escrever bem: horas passadas sozinha. Não gastar seu tempo lavando roupa ou fazendo outras tarefas domésticas, não desperdiçar seu cérebro com coisas servis. Portanto, agora, Jane assumia tudo aquilo, para liberar Fred de tal fardo. Todo grande escritor tinha uma grande mulher atrás de si. Jane havia lido bastante biografias de autores para saber que aquilo era verdade.

Fred não era tão rápido quanto ela. Jane nunca havia testemunhado outro escritor trabalhando, mas notava que ele demorava mais do que ela para escrever. A intuição de Fred não lhe dizia onde cada palavra devia ir. Também lhe faltava determinação, algo que Jane tinha de sobra. Ela prosperava sobre o terror e a dúvida. Sabia que nunca deixaria de escrever, apesar da rejeição, apesar da censura. Ele fazia intervalos frequentes para cortar lenha, tentava ajudar com as tarefas da casa. Tudo bem, cada escritor trabalhava de um jeito. Ela pediu algumas vezes para ver o que Fred havia escrito, mas ele a repreendeu e a mandou embora. Jane riu e foi cuidar da casa, deixando-o sozinho.

Ao fim de duas semanas, chegou a hora da verdade. Jane aguardou pacientemente na cozinha até que ele saísse do quarto. Fred apareceu duas horas depois do combinado, mas ela não se importou, porque a mente tinha seu próprio tempo. Ele foi até a mesa, parecendo exausto, e lhe entregou as páginas. Jane as folheou, ávida. Fred coçou a cabeça, mas não disse nada.

– São só cinquenta – Jane disse, verificando se eram frente e verso. Não eram.

Fred não disse nada.

– Quantas palavras você escreveu? – ela perguntou.

– Dez mil – ele disse. – Mais ou menos.

– Você precisava de cinquenta mil.

– Eu sei.

– O que aconteceu?

– Não escrevi – Fred disse, bravo, então cruzou os braços.

Jane balançou a cabeça.

– Não entendi. Por que não?

Ele ficou mudo.

– Fred? – Ela começava a entrar em pânico. Não parecia fazer sentido. – Por que não me disse que estava com dificuldade? Antes de chegarmos a esse ponto?

– Porque eu sabia que você ia ficar brava – ele falou.

– Não estou brava – ela disse, rindo.

– Está, sim! Está brava e está me julgando. Você me obrigou a fazer isso.

– Não é verdade. Não obriguei você.

Jane não conseguia acreditar no que tinha ouvido.

– Você mandou o manuscrito à editora – Fred disse, com uma risadinha de escárnio. – Não te pedi pra fazer isso.

– Achei que ia gostar. Mas você desperdiçou a oportunidade.

Ele olhou feio para ela.

– Eu não queria escrever mais. Não estava funcionando mesmo.

Ela foi mais branda.

– Sei que é difícil, mas é só um obstáculo na estrada. É o momento de...

– A hora mais escura é a que precede a alvorada, já sei – ele disse, com crueldade.

Jane apertou os olhos e começou a ser cruel em pensamento também. Lembrou-se de quando Fred era pequeno e percorrera trezentos dos mais de mil e duzentos quilômetros da caminhada que atravessaria o país. Admirava sua coragem, mas também pensava: *Eu teria seguido em frente. Nada nem ninguém me impediria de concluir o trajeto.*

– Não pode ficar bravo comigo por ter fracassado – Jane disse, dando-se conta logo depois de que talvez tivesse ido longe demais.

– Vou embora daqui – ele avisou, já se levantando e pegando o casaco.

– Espere, Fred. Desculpe.

– Não sei o que quer de mim – ele falou, vestindo o casaco. – Não sei se posso te dar o que você quer.

Ela perdeu o ar, horrorizada tanto com as palavras quanto com o tom dele.

– Não quero nada de você – Jane disse, baixo.

– Não acredito nisso. Acho que você quer muitas coisas que não posso te dar.

– Aonde está indo? – ela perguntou, mais e mais desesperada.

– Embora daqui – ele disse e saiu.

◆

A raiva de Jane demorou horas para passar. Mas passou antes que Fred voltasse para casa. Ela ficou na cozinha, inerte, olhando para a porta. Começou a se preocupar que talvez ele não retornasse. Foi tomada pela dor, uma dor que não havia sentido antes. Nunca brigara com alguém daquele jeito. Nunca brigara com um homem que amava. Sentia-se destroçada, incapaz de focar no que quer que fosse senão o fato de que o queria em casa. Outra hora se passou sem qualquer sinal dele.

O sumiço de Fred a deixou preocupada. Jane foi ao chão. Seu corpo pareceu se desfazer em uma pilha de ossos e pele. Ela ficou olhando para as páginas na mesa, as que ele havia escrito, e sentiu vergonha. Era só um livro, mas Jane o tinha pressionado. Agora se arrependia: o que eram palavras em comparação com a partida dele?

Então era aquilo o amor, uma urgência horrorosa e tremenda, algo terrível e doce, doloroso e violento. Nada importava senão a volta de Fred para casa.

Jane era sua escrava, e de bom grado, constatou. Ela viu uma imagem de sua vida à sua frente. Passaria grande parte de seu tempo em um estado de fluxo, se perguntando em que pé estavam, se ele iria embora, se faria o que ela havia dito, se a magoaria. Ele viria em primeiro lugar. Ela seria capaz de atear fogo em si mesma para mantê-lo aquecido. Passaria uma parte de sua vida tentando fazê-lo feliz, e seu sucesso naquele sentido dependeria totalmente dele. Entregaria seu coração a outro ser humano. Se ele voltasse, ela prometeria amá-lo todos os dias. Não faria nada mais de importante na vida.

◆

Então a porta se abriu, e Fred entrou. Ele tirou o casaco e o pendurou. Virou-se para encarar Jane. Alívio e alegria tomaram conta dela. Jane nunca havia visto nada tão maravilhoso quanto Fred entrando pela porta. Ele olhou para ela e sorriu.

— Desculpa — disse.

— Ah, Fred — ela falou. — Também peço desculpas.

Jane correu para ele, e os dois se abraçaram.

— Achei que nunca mais veria você.

Ele a abraçou. Ela se demorou no calor de Fred, que pareceu responder àquilo. Jane sentiu seus braços mais firmes em volta do corpo. Uma sensação diferente tomou conta dela, que enterrou a cabeça no ombro dele.

Fred se afastou primeiro. Sua respiração estava entrecortada. Ele olhou para o chão. Parecia incapaz de olhar para ela.

— No que está pensando? — Jane perguntou, investigando o rosto dele.

Fred ergueu o rosto e olhou nos olhos dela, depois balançou a cabeça.

— Você não quer saber no que estou pensando — ele respondeu.

Jane olhou para ele. Pegou sua mão e o levou até o quarto.

Lá dentro, ela levou os dedos a um botão. Ele a impediu com uma mão.

— Tem certeza? — perguntou.

Jane tinha sido avisada desde o berço que seria banida da sociedade se conhecesse determinadas coisas fora do casamento. Uma morte em vida a aguardava. As mulheres que condescendiam com uma união não santificada não eram gente e tornavam-se alvo de doenças e desprezo como punição. Era algo terrível, certamente. Jane olhou no rosto de Fred, feliz por tê-lo de volta.

– Nunca mais me pergunte isso – ela falou.

A hora seguinte se passou em segundos. Uma série de momentos tinha sido impressa na cabeça dela.

O modo como Fred dissera seu nome, com a sobrancelha franzida.

Ele se inclinando para desamarrar as botas delas. Seus nós dos dedos roçando o osso na base do pescoço dela. O cheiro atrás de sua orelha, que Jane sabia que estava ali por conta dela. O peso dele.

Perto de fim, Fred olhou para ela. Do mesmo modo daquela primeira vez em que haviam dançado juntos. Antes, Jane não sabia o que significava; tampouco agora. Parecia algo estrangeiro e masculino, cheio de vergonha e desejo. Ela teve certeza de que passaria a vida toda sem entender.

– O que foi? – Fred perguntou a ela, depois engoliu em seco.

– O modo como está me olhando agora. Vou me lembrar disso para sempre.

◆

Depois, Fred a abraçou, e ela ficou deitada ao lado dele na cama.

– Tudo bem? – Fred perguntou.

Jane assentiu e sorriu.

– Não devíamos ter feito isso.

– Devíamos fazer isso, e apenas isso, pelo resto de nossas vidas – ele disse, abraçando-a com mais força. Jane se sentiu sufocada e recostou a cabeça.

◆

A ideia lhe veio à cabeça um domingo à noite, como costumava acontecer. Jane passou algum tempo em silêncio.

– Está tudo bem? – Fred perguntou.

Ela insistia que sim, que nunca se sentira melhor.

– É a terceira vez que você diz isso. Me fala qual é o problema – Fred insistiu.

Jane saiu com um sorriso, não querendo entrar naquele assunto. O cabo de guerra já durava dias. Ela insistia em sua felicidade e tranquilidade diante da desconfiança e da preocupação dele de que fosse o oposto. Quando lhe serviu o jantar, pareceu mais jogar o prato na frente do dele do que colocá-lo ali. O prato quebrou ao bater contra a mesa.

– Chega – Fred pediu, limpando a comida que havia caído na toalha. – O que está acontecendo, Jane? Não vou sair daqui até que me diga.

– Não quero fazer o seu jantar! – ela exclamou. – Por que está rindo?

– Também não quero que me faça o jantar – ele respondeu. – Você é uma péssima cozinheira.

Fred voltou a rir.

– Todos os meus livros desapareceram – ela disse, taciturna, sem olhar para ele.

– Ah, Jane... – Fred pegou a mão dela e assentiu, como se tudo fizesse sentido agora. – Sinto muito. – Ele puxou uma cadeira para que ela se sentasse e se ajoelhou à sua frente. – Olha, tenho feito minha própria comida e lavado minhas próprias roupas nos últimos vinte anos. Você não precisa fazer nada da casa.

– E o que devo fazer então?

– Escrever – ele disse. – Escreva novos romances.

Ela riu e admitiu que nunca havia considerado a possibilidade.

– Sim. Por que não? Eu poderia escrever aqui.

Os dois se abraçaram, e ela sentiu um calor se espalhando por dentro do seu corpo.

Fred lhe deu papel e uma pena com tinta embutida, então perguntou:

– Ou prefere usar meu laptop?

Ela franziu a testa para ele, que lhe explicou do que se tratava. Jane inspirou fundo, maravilhada com a descrição, mas depois balançou a cabeça e agradeceu.

– Papel em branco e uma pena serão ferramentas modernas o suficiente no momento – ela disse. Poderia experimentar o novo objeto depois. Quando Fred se dirigiu à porta, ela lhe perguntou: – Quando vai voltar?

– Vou demorar algumas horas – ele disse.

Jane agradeceu, e ele partiu. Ela sentiu certo orgulho, agora que era sua vez. Ia mostrar a Fred como se fazia.

Sentou-se na cadeira e pousou a pena sobre o papel. Sorriu. Sobre o que escreveria? As possibilidades eram infinitas. Ela riu. Recorreu à sua mente, mas a encontrou vazia. Não importava. A inspiração demorava a chegar. Ela ficaria ali até pensar em alguma coisa.

Uma hora depois, continuava na mesma posição. A página em branco parecia zombar dela. O que estava acontecendo? As palavras sempre lhe vinham lentamente, mas depois de uma hora Jane costumava ter algo a mostrar. Não conseguia pensar em uma única frase, não tinha nada de divertido a dizer.

Outra hora se passou, e a nova verdade se viu confirmada. As ideias pulsantes que antes enchiam seu cérebro tinham ido embora. Não restava nenhuma história ali.

Ouviu os passos de Fred se aproximando da porta da frente. Entrou em pânico. Horas se passaram sem que tivesse escrito o que quer que fosse. Fora severa com ele pelo mesmo crime. Sentia-se agitada. Quando Fred abriu a porta, Jane se forçou a sorrir.

Ele olhou para ela, esperançoso.

– Como foi? – perguntou, tirando o casaco para pendurá-lo.

– Muito bem. – Parecia-lhe mais fácil mentir do que dizer a verdade. – Obrigada, Fred – acrescentou, genuinamente agradecida. Sentia-se culpada por não ter aproveitado seu tempo. Ele a abraçou, ainda que Jane se considerasse uma terrível preguiçosa naquele momento. Fred disse a ela para continuar escrevendo e se retirou, prometendo que não a perturbaria pelo resto da noite. Jane agradeceu e o viu ir embora.

O fato de que ele havia tido dificuldade em escrever já era ruim o bastante. Mas o fato de que Jane parecia incapaz de fazê-lo era intolerável. Quando se deitara com Fred, ela se sentira tomada por dois sentimentos opostos. O primeiro, caloroso, lhe oferecera grande alívio e calma. O segundo fora um medo que não conseguira afastar. O ato não tinha feito o demônio dentro dela sossegar. Na verdade, o oposto acontecera. Criara uma nova necessidade dentro dela, uma sede que rivalizava com todas as outras. O ato tampouco a inspirara, Jane notara com curiosidade e horror. Agora, confirmava aquilo. Sua mente permanecia vazia. Sua comunhão com o sonho do mundo tinha se encerrado. Naquelas condições, não era uma escritora. Sempre seria assim? Ela nunca mais conseguiria escrever? Certamente as coisas acabariam mudando.

A constatação se insinuava dentro dela enquanto as lembranças vinham. A preocupação que surgira nos últimos dias, a onda de medo e confusão na loja de vestidos, no batizado, na cama, agora se via concretizada. Jane havia deixado de lado o alerta da sra. Sinclair em Cheapside. Tinha diminuído aquilo como teatro, uma declaração portentosa para passar a impressão de profundidade. Agora se dava conta: o contrato que havia assinado, o acordo que havia feito. O destino que havia escolhido para si mesma. *Está disposta a abrir mão disso?* Jane agora compreendia a escolha que aquelas palavras envolviam e piscou diante do que havia feito. Em seguida, fechou os olhos.

Jane encontrava prazer na vida fazendo algo bem, o que talvez compartilhasse com muitas outras pessoas. Ela se perguntou se podia se negar aquilo que lhe vinha com mais naturalidade, aquilo que a animava, pelo resto de sua vida. Pensou no calor que a inundara depois do que acontecera com o sr. Withers, quando entrara no fluxo da escrita, quando fora tomada pelo terror e pela glória. Seria feliz com Fred, mas nunca sentiria *aquilo*. Então outro pensamento lhe ocorreu, de sua porção mais astuta e desagradável, aquela qual Jane se odiava por ter, mas cuja honestidade não podia deixar de admirar. Separar-se de Fred lhe permitiria ser ela mesma, e Jane ainda poderia tirar proveito daquela dor.

O amor de um pelo outro não estava em dúvida. Eram ambos boas pessoas. Mas ela não podia viver ali, e ele não podia viver no passado. Jane não podia ser escritora e esposa ao mesmo tempo.

Ela passou aquela noite na cama de Fred. Se possível, foi ainda melhor do que da primeira vez. Ele a abraçou depois, sem dizer nada. Estava acabado, e ela sabia que Fred também sabia, por causa da força desesperada que punha naquele abraço, como as pessoas faziam quando sabiam que seria o último. Pela manhã, ela disse que precisava de ar fresco, vestiu-se rapidamente e deixou a casa.

52

JANE PERAMBULOU POR BATH, sem ter nenhum lugar em particular aonde ir. Quando encontrou um relógio, entrou em pânico ao descobrir que horas haviam se passado. Logo Fred estaria procurando por ela. Jane adentrou um trecho de grama. Quando se virou, ficou surpresa ao se deparar não com Fred, mas com Sofia, que se aproximava com um sorriso no rosto.

– O que está fazendo aqui? – Jane perguntou. – Como me encontrou?

Sofia deu de ombros e sorriu.

– Achei que pudesse precisar disso. Está esfriando.

Ela entregou um casaco a Jane, que o vestiu. As duas caminharam em silêncio, até chegar a um aglomerado de árvores. Era ali, na natureza, que aquele mundo parecia mais próximo ao dela.

– Eu nunca me caso, não é? – Jane perguntou depois de um tempo.

– Como assim? – Sofia questionou. – Você já tem o vestido. Já tem a aliança.

– Se eu voltar a 1803, digo. Eu nunca me caso.

Jane parou de andar e ficou esperando pela resposta.

Sofia suspirou.

– Como vou saber? – ela perguntou. – Que pergunta ridícula.

Embora, pela maneira como rira e movimentara a mão, Jane sentisse que Sofia já esperasse pela pergunta.

– Você tinha todos os meus livros, antes que eles desaparecessem – Jane disse. – E contou que aprendeu sobre mim na escola. Vai me dizer que não tem ideia da biografia de Jane Austen?

Sofia não disse nada.

– Me diga o que acontece comigo – Jane pediu.

– Tudo mudou agora que você decidiu ficar. De que adianta saber? – Sofia questionou. – Por que torturar a si mesma e a todo mundo?

– Não consigo evitar – Jane respondeu. – Já fiz minha pergunta. Por favor, me diga. Me diga o que aconteceu com a Jane Austen sobre quem você aprendeu.

Sofia se sentou em um banco do parque. Jane se juntou a ela e aguardou.

– Tá. – Sofia olhou para o céu. – Como eu disse, tudo mudou agora que você decidiu ficar aqui, nesta época. Mas posso te dizer o que eu sei.

– Obrigada.

– A Jane Austen sobre quem aprendi e cujos livros li nunca se casou.

Jane inclinou a cabeça. Já esperava aquilo. O que não embotava seus sentimentos.

– E nunca teve filhos – Sofia acrescentou, com a voz falhando.

– Entendo – Jane disse, forçando um sorriso.

– Mas ela foi uma das maiores escritoras da língua inglesa.

As duas ficaram olhando para frente. Sofia tocou o braço de Jane, parecendo sentir para onde a conversa ia.

– Jane. Você não vai ser famosa durante a vida. Vai ter algum conhecimento, sim, mas não vai ser celebrada como agora. Nunca vai saber o que vai se tornar.

Jane assentiu e olhou para o chão.

– Mas vou escrever.

Sofia suspirou, com um sorriso triste no rosto.

– Mas vai escrever.

◆

O crepúsculo chegou. Depois de um longo tempo só olhando e suspirando, Sofia falou:

– Você tem que voltar.

– Não posso escrever meus livros aqui? – Jane indagou.

– Pode? – Sofia devolveu a pergunta.

Jane já sabia a resposta. Ela suspirou.

– Devo ser infeliz para escrever? Isso não é vida.

– Poderia ser feliz de outra maneira?

Jane franziu a testa.

– Odeio lá – ela disse, encolhendo-se diante da lembrança de como todos haviam ficado felizes quando o casamento com o sr. Withers parecera iminente. Como poderia lhes dizer que não ia se casar, e sim escrever? Jane não suportaria aquela conversa. Escolhendo a solteirice, seria renegada, como tio Anthony havia sido. – Eu não me encaixo na minha época.

– Tem algo de especial na maneira como você não se encaixa – Sofia disse. – Você é responsável por mais do que livros.

– Não vejo como. Não vejo um caminho.

Embora tivesse visto e pegado na mão seus livros impressos, ela era incapaz de entender como voltaria àquele lugar e faria as coisas acontecerem. Parecia um papel para alguma outra Jane.

– Não há caminho – Sofia disse. – Você vai abri-lo. E vai deixá-lo para outras. Pode protestar agora, mas vejo no seu rosto que já está pensando em todas as coisas que quer escrever.

– Vou ser infeliz – Jane declarou.

– Sim – Sofia disse. – Você vai acordar às três da manhã, aterrorizada, e escrever até o fim do dia para afugentar os demônios. Vai escrever para que pessoas felizes e entediantes possam comprar seu livro e escapar por um tempo. Vai escrever pra que elas sintam que viveram. Vão consumir sua dor e te pagar por isso. Haverá uma troca. E você viverá mais do que a maioria das pessoas juntas.

– Mas não terei amor.

Sofia balançou a cabeça.

– De modo algum – ela sussurrou, então sorriu e enxugou uma lágrima. – Você vai levar esse amor consigo pelo resto da vida. Vai usar seu coração partido para escrever sinfonias.

O último raio de sol se escondeu no horizonte. Uma brisa soprou, fazendo Jane estremecer. Ela fechou o casaco que Sofia havia lhe levado.

– Certo.

– Certo? – Sofia repetiu.

– Me leva para casa – Jane pediu.

– Tem certeza? – Sofia perguntou. Ela pegou a mão de Jane e a beijou, depois enxugou outra lágrima. – Pode levar Fred com você.

Jane se recostou no banco. Pensou em Fred, que não tinha ido atrás dela, ainda que horas tivessem se passado. Sofia devia ter lhe dito algo para que ele não interferisse. Jane se perguntou o que exatamente. Talvez uma mentira caridosa que o manteria na ignorância por um pouco mais de tempo; talvez a verdade.

– Não posso – Jane disse.

– Não – Sofia concordou. Elas voltaram para casa enquanto o sol cinza se punha atrás das colinas de Bath.

◆

O retorno às velhas regras era a melhor tática. Jane ficava dentro de casa, para não se contaminar ainda mais com o mundo moderno. Tudo para melhorar suas chances de conseguir voltar.

– Você precisa aceitar que talvez o estrago já esteja feito – Sofia disse a ela. – Que talvez seja tarde demais para voltar a 1803.

Ela pegou a bolsa e dirigiu-se à porta.

Jane assentiu e perguntou:

– O que vai fazer?

– Perturbar alguém que merece coisa melhor – ela disse.

53

SOFIA ESTAVA ESPERANDO na frente da biblioteca da Universidade de Bristol.

— Oi, Dave — ela chamou quando ele passou por ela para entrar.

O bibliotecário deu meia-volta, mas não sorriu.

— O que está fazendo aqui?

— Preciso de ajuda — Sofia disse.

— Desculpa, mas não vai rolar — ele falou e correu para dentro.

Ela correu atrás dele.

— Preciso de ajuda, Dave. Por favor!

— De jeito nenhum. Te liguei umas cem vezes, e você nunca me atendeu. Não pode fazer isso com as pessoas.

— Não foram cem vezes — Sofia o corrigiu. — Mas foi um número alto. Desculpa.

— Você é muito mal-educada.

Dave entrou por uma porta com uma placa que dizia *Restrito a funcionários.* Sofia ficou esperando, mas ele não voltou a aparecer. Então ela entrou, batendo com a porta nele sem querer. Aparentemente, Dave tinha ficado ali, olhando. Agora, fingia fazer uma xícara de chá.

— Dave. Eu me comportei muito mal.

— Acreditei em você quando ninguém mais acreditou. Quando me disse que Jane Austen estava morando na sua casa, sem nenhuma prova, sem nada. Devo ser um idiota por isso, mas acreditei em você.

— Eu sei.

— Sabe quantas ligações fiz à Sotheby's para tentar conseguir aquela carta? Falei com um homem de gravata-borboleta.

– Sinto muito. Pode ligar pra ele de novo? – Sofia lhe lançou um olhar suplicante. Dave resmungou e fumegou, derramando chá sobre a bancada. – Você não merecia nada daquilo. Mas Jane precisa da sua ajuda.

Ele pigarreou e balançou a cabeça.

– Desculpa, mas não vai rolar.

– Tá, então me responde só uma coisa e eu vou embora.

– Beleza – Dave disse, um pouco rápido demais.

– Se Jane Austen tivesse que escolher entre o coração e a pena, o que ela faria?

Ele suspirou.

– Você é bem esperta. Tenho um fraco por conjecturas literárias.

– Imaginei. O que acha?

Ele deixou o chá de lado.

– Acho que, por um momento, ela escolheria o coração – Dave respondeu, cruzando os braços. – Depois, com muita tristeza, acho que escolheria a pena. – Sofia baixou a cabeça, fazendo-o perguntar: – O que aconteceu?

– Exatamente o que você disse – ela respondeu, chateada. – Jane escolheu a pena.

Dave se recostou na bancada e assentiu, pensativo.

– Ela quer voltar a 1803 – Sofia contou. – Só espero que não seja tarde demais pra isso. Você disse que a sra. Sinclair escreveu uma carta a Jane em 1810. Onde ela está?

Eles foram para as estantes, dar uma olhada no volume da Sotheby's. Dave arfou quando abriu na página em questão.

– Sumiu. – Ele mostrou para Sofia. Estava falando a verdade. A carta da sra. Sinclair não constava mais nos registros. – Não consigo acreditar! Tenho certeza de que era nesta página.

– Bem-vindo ao meu mundo – Sofia comentou.

– O que aconteceu? – ele perguntou.

– Andou dando uma olhada nas prateleiras com os livros da Jane Austen?

Ele olhou para cima, como se pensasse a respeito.

– Na verdade, não.

– Sabe alguma coisa sobre viagem no tempo?

– Posso ter lido uma ou outra coisa a respeito. – Dave tossiu, inquieto. Sofia ficou aguardando enquanto tirava suas próprias conclusões. De repente, ele pareceu chocado. – Ah, não.

– Ah, sim. Jane se apaixonou pelo meu irmão e aceitou seu pedido de casamento.

– Se ela se casar com ele e ficar aqui, nunca vai voltar para escrever seus livros. Por isso eles desapareceram.

– Pois é. E as cartas?

– Ela não é mais Jane Austen. Não é mais famosa. Suas cartas e sua correspondência pessoal não têm valor. Ninguém as coleciona. Por isso sumiram também.

Sofia se sentou ao lado dele.

– O que podemos fazer? Ainda temos alguma chance de mandar Jane de volta?

– Não sei.

Ele coçou a cabeça.

– É ruim assim? – Sofia perguntou.

– Não é bom – ele disse. – Espera aí. Como ainda me lembro de Jane Austen então? Se os livros e os filmes dela não existem mais?

– Nem mesmo a bibliotecária que visitei se lembrava dela – Sofia acrescentou.

– Então ninguém se lembra dela, mas nós lembramos. Por quê?

Sofia assentiu.

– Não fomos atingidos, de alguma forma. Vai ver que é porque sabemos que ela está aqui.

Dave se levantou.

– Talvez eu possa ajudar. Só que vou precisar de mais informações.

– Sobre Jane? – Sofia perguntou. Ele assentiu. Ela pegou seu braço. – Vamos.

– Aonde?

– Quero que você conheça uma pessoa.

◆

Sofia o levou à casa de Fred.

– Você deve ser Dave – Jane disse, oferecendo a mão para que ele a apertasse.

– É você – Dave comentou, sem ar. – É ela – ele disse a Sofia.

– Dave. Jane Austen.

Ele apertou a mão de Jane.

– Preciso me sentar. – Sofia pegou uma cadeira para ele, antes que desmaiasse. – Extraordinário! – Dave exclamou, quando recuperou o dom da fala. – Você é a cara dela.

– Sim – Jane disse, então sorriu. – Pode me ajudar a voltar para casa, Dave?

– Não sei – ele respondeu.

– Você é um detetive? – ela perguntou.

– Não. – Ele abriu o peito para falar. – Sou um bibliotecário.

– Quer me perguntar alguma coisa?

Ele fez que sim com a cabeça.

– Sim. O que você mais ama na escrita?

Jane sorriu.

– Relacionada à viagem no tempo, Dave – Sofia o cortou.

– Tudo bem, Sofia – Jane disse, voltando a sorrir para Dave. – O que eu mais amo na escrita? O fato de que pega uma cadeira e lhe dá alma. De que conta a verdade através de uma mentira. Acrescenta uma voz ao sonho do mundo.

Ele sorriu para ela, parecendo que ia escorregar para o chão, depois tocou sua mão.

Os olhos de Jane se encheram de lágrimas.

– Pode me ajudar a voltar?

– Gostaria de poder dizer que sim.

– Qual é a dificuldade?

– Seus livros não existem mais. Jane Austen, a escritora, não existe mais. Seus registros públicos não existem mais. Nossa esperança é a carta que a sra. Sinclair escreveu pra você. Nossa única esperança.

Jane franziu a testa.

– Não chega a ser ideal.

– E como vamos encontrar a carta da sra. Sinclair? – Sofia perguntou.

– Não sei – Dave respondeu. – Jane Austen não é mais uma cele-bridade, portanto sua carta se perdeu com o tempo.

– Mas a sra. Sinclair ainda a escreveu, não? Ainda entrou em contato com Jane.

Dave fez uma pausa.

– Imagino que sim – ele respondeu, dando de ombros.

– Alguém poderia ter guardado essa carta? – Sofia perguntou.

– Na ínfima possibilidade de que a carta tenha sobrevivido, só pode ter sido de uma maneira. – Ele deu uma risada sombria. – É tão improvável que vão rir de mim quando eu falar.

– Vamos ver – Sofia disse.

– Jane Austen, a escritora, desapareceu. Mas Jane Austen, a filha do pároco, não. As pessoas se escreviam cartas naquele tempo. Uma porção delas. Certas famílias tinham o costume de guardá-las como herança. As cartas de Jane podem fazer parte da coleção de alguém. Mas, mesmo que por algum milagre seja o caso, para encontrar a carta seria preciso ir atrás de todos os Austen do país, muitos dos quais nem carregam mais esse sobrenome. Uma dessas famílias pode ter guardado as cartas dela. Como o nome Austen não é mais famoso, essas pessoas não vão fazer ideia do motivo de estarmos entrando em contato. Temos tipo uma chance em um milhão. Seria como procurar uma agulha no palheiro. Aonde vamos? – Dave perguntou a Sofia, que havia se levantado enquanto ele falava e já o arrastava para a porta da frente.

– Fica aqui, Jane – ela disse, saindo. Jane assentiu.

– Aonde vamos? – Dave voltou a perguntar, enquanto Sofia o levava para o carro.

– Londres.

– Atrás do quê?

– Uma chance em um milhão.

◆

Dave pegou a estrada com o fusca.

– Você é um péssimo motorista – Sofia comentou.

– Desculpa. Estou indo rápido demais? – ele perguntou.

– *Devagar* demais.

Um homem dirigindo uma perua xingou pela janela ao ultra-passá-los. Eles dirigiram em silêncio por algum tempo. Sofia se virou para a janela enquanto avançavam pela M4, desejando que o carro antigo fosse mais rápido. Duas horas e vinte e sete minutos depois, chegaram a Notting Hill. Dave estacionou diante de um conjunto de casas conjugadas brancas, ao estilo georgiano.

– Parece um lugar caro – ele comentou, apontando para a fachada grandiosa.

– E é – Sofia disse, dando-se conta de que logo ia perdê-lo e re-virando os olhos.

– Quer que eu vá com você?

– É melhor eu ir sozinha – Sofia disse. – Volto logo.

Ela saiu do carro e bateu na porta da frente.

◆

– O que você quer?

Jack Travers estava à porta da casa que havia sido comprada com os rendimentos de Sofia, usando um agasalho de marca.

– Eu assino os papéis do divórcio – Sofia disse. – Com duas condições.

Ele abriu os ombros, como fazia quando se preparava para ouvir outra pessoa.

– Quais?

– Primeiro: sempre que houver um papel que julgue perfeito pra mim, me ofereça.

– Feito – Jack disse. – Você é uma atriz talentosa, Sofe.

– Sou, sim.

– E a segunda? – perguntou Jack.

– Tem uma caixa de cartas no sótão. Preciso delas.

Jack franziu a testa.

– Por quê?

– Ainda estão aqui ou não?

– As cartas velhas e empoeiradas, guardadas em uma caixa de sapatos? Ainda estão.

– As cartas que sua mãe te deixou – Sofia disse.

Jack assentiu, irritado.

– Eu sei. Mas qual é a pegadinha?

– Não tem pegadinha – Sofia garantiu.

– Até parece – Jack falou. – Você vai me dar metade do seu dinheiro e pensão em troca de algumas cartas? Só pode ser um truque. Elas devem valer alguma coisa.

Ele coçou a cabeça.

– Elas são inúteis.

– Por que você quer então?

Sofia franziu a testa, procurando por uma resposta.

– Sempre gostei delas. Me lembram de nós. Velhas cartas de amor... vai saber o que contêm. É romântico. Elas vão tornar mais fácil me divorciar de você.

Ela tentou não vomitar.

Jack suspirou e a olhou com melancolia.

– Tá bom.

Eles trocaram um aperto de mãos.

– Você me dá? – Sofia perguntou.

Jack arregalou os olhos.

– Está falando agora?

– Por que não?

Jack deu de ombros.

– Pode pegar.

Sofia subiu correndo para o sótão. Encontrou a caixa de sapatos, beijou-a e voltou para baixo.

Jack ficou esperando na porta.

– Achou? Ótimo. Acha que nos saímos bem, Sofe? Que fizemos bem um ao outro?

Ele parecia hesitante. Sofia sorriu.

– Nos saímos bem – ela disse.

Jack assentiu.

– Tivemos bons momentos – ele falou.

– Aquela vez das frutas – Sofia lembrou.

Ele riu.

– Ou aquela vez em que estávamos três dias atrasados com o *Batman* e a ginasta turca se mandou do *set*.

– Coloquei uma peruca e conseguimos gravar.

– Você salvou o filme.

– Nós salvamos o filme – Sofia disse.

Jack sorriu para ela.

– Você está linda. Bebe alguma coisa? Podemos nos lembrar dos velhos tempos.

– Outra hora – ela disse.

– Então acho que é um adeus.

– Se cuida, Jack. A gente se vê,

Sofia tocou o braço dele, permitiu-se respirar fundo uma única vez e foi embora.

54

ELA SE JUNTOU A DAVE NO CARRO.

– Tudo bem? – ele perguntou, parecendo nervoso.

– Tudo ótimo – Sofia respondeu. Ela lhe entregou a caixa de sapatos. – Espero que esteja aí. Acabei de aceitar um acordo de divórcio por isso.

Dave inspirou fundo, olhando para ela. Então assentiu, parecendo precisar de um minuto ou dois para se recompor.

– Você está aí, Dave? – Sofia perguntou.

– Sim. – Ele soltou o ar. Voltou-se para a caixa de sapatos. Abriu a tampa e olhou lá dentro. Cheirava a baunilha e amêndoas, o que o deixou chocado. – Que cara idiota. A lignina e a celulose devem ter se desfeito. Isso deveria ter sido preservado corretamente.

– Jack não sabe que são as cartas de Jane Austen, lembra? – Sofia perguntou.

– Mesmo assim. São centenárias. Cartas de seus antepassados. E estão em uma caixa de sapatos.

Havia trinta folhas amarelas de diferentes cores e tamanhos lá dentro. Dave pegou a primeira com todo o cuidado.

– É de Jane? – Sofia quis saber.

Cada centímetro da folha quadrada estava coberto por uma caligrafia marrom.

Dave assentiu.

– É a letra dela. Eu reconheceria em qualquer lugar. Está vendo os volteios alongados e a inclinação dos...

– Desculpa interromper, Dave, mas estamos com pressa.

– Claro. Desculpa. A caligrafia dela é linda.

– Elogiar Jane Austen por sua caligrafia é como elogiar Sylvia Plath por seus talentos culinários – Sofia disse. – O que a carta diz?

– É para a irmã. "Minha querida Cass, outro grupo frívolo ontem à noite... A srta. Langley é como qualquer outra moça baixinha de nariz grande e boca larga, com um vestido elegante e o colo à mostra."

Sofia sorriu.

– Ela é tão espirituosa... Mas continua.

– "Bath não passa de vapor, sombra, fumaça e confusão. Não consigo encontrar ninguém agradável."

Ele leu as frases a seguir em silêncio.

– E aí? Encontrou algo interessante? – Sofia indagou, virando o pescoço para ler.

– Pelo contrário – Dave respondeu, deixando a carta de lado.

– Qual é o problema? Seus olhos estão turvos? Se controla. Não temos tempo.

– É tão triste – Dave disse. – Jane odeia Bath. Tem certeza de que quer enviá-la de volta para um lugar que faz com que se sinta assim, só para que escreva alguns livros?

Sofia se recostou no banco do carro. Sabia o destino que aguardava Jane em 1803. Ela seria alvo de escárnio e viveria só.

– Sim – respondeu. – Jane levará uma vida triste, mas vai se fazer com isso.

Dave assentiu e foi passando as cartas com delicadeza, lendo o início de cada uma antes de entregá-las a Sofia.

– E se não estiver aqui? – ela perguntou, baixo.

– Então será o fim de Jane Austen – ele respondeu, curvando a cabeça e continuando a ler. A carta seguinte era de Jane para seu irmão James, recusando o convite para a festa de aniversário dele. A outra era para seu irmão mais novo, Frank, em agradecimento a um par de meias de seda. – Faltam só duas – Dave disse, já olhando a próxima. – Essa é da mãe de Jane. Está insatisfeita com alguma coisa.

Ele entregou a carta a Sofia, que deu uma olhada e concordou.

– E a última? – Sofia perguntou, ansiosa.

Dave pegou a carta.

– Ainda não vi essa caligrafia.

Ele leu em voz alta.

18 de junho de 1810

Cara srta. Austen,

Como está sua saúde? E como estão seus pais? Envio anexa uma receita de sopa de repolho que pode ajudá-la com suas queixas estomacais.

A vida na capital pode ser enfadonha, mas, se deseja dar umas boas risadas às minhas custas, talvez fique satisfeita em ouvir sobre minha excursão recente ao tribunal. Uma disputa corrente com alguém hostil da vizinhança fez com que eu fosse levada a julgamento. O tribunal irrompeu em risos quando essa pessoa me acusou de bruxaria. Nem o magistrado se conteve. Notando isso, decidi me aproveitar. Confirmei que era mesmo uma bruxa, soando como uma lunática. Quando o advogado da acusação me pediu exemplos de minha bruxaria, prossegui com a farsa e apresentei uma lista de meus negócios malignos diários. Revelei feitiços ao juiz e até dei conselhos sobre como lançá-los. Mencionei, por exemplo, que para reverter qualquer feitiço era só o repetir, acrescentando ao sangue do talismã o sangue do objeto.

A tática funcionou. O juiz pareceu ter pena de minha insanidade flagrante. Minha sentença foi mais branda do que o esperado, e passei a tarde celebrando. A pena envolve viajar para uma terra distante. Escreverei de novo quando chegar, mas, no meio-tempo, talvez possa ler esta carta de novo para se divertir, caso se encontre presa dentro de casa, em uma tarde chuvosa. Os repolhos já cozinharam, e casa começou a feder.
Atenciosamente,
Emmaline Sinclair

Sofia sorriu. Dave deixou a carta de lado, deu a partida no carro e voltou para Bath o mais rápido que os pneus carecas permitiam.

◆

– Se precisar da minha ajuda para devolver quaisquer outros autores perdidos a sua própria época, é só dizer – Dave falou quando eles voltavam.

– Não conheço nenhum outro autor, sinto muito – Sofia disse.

– Ou talvez a gente possa sair pra beber alguma coisa um dia – ele soltou.

Sofia riu e virou a cabeça para ele.

– Por que nunca me disse que sou linda? – ela perguntou, de maneira acusatória.

As sobrancelhas dele se ergueram na hora.

– Como?

Ela engoliu em seco, sabendo que talvez aquilo tivesse soado um pouco estranho. Tinha bons motivos: estava um pouco chateada por ter aberto mão de sua casa e de seu casamento com Jack em troca de uma caixa de cartas. Sofia decidiu expressar sua raiva irracionalmente, descontando no homem ao seu lado, que até então fora tão bonzinho e prestativo que chegava a irritar.

– Por que nunca me disse que sou gostosa?

Dave mudou de pista.

– Você é gostosa. E é linda.

– Então por que não disse nada disso antes?

– Porque são as coisas menos interessantes a seu respeito.

Sofia ficou olhando para a estrada.

– Ah.

O fusca produziu um som metálico. Dave verificou o painel.

– Isso acontece às vezes – ele explicou. – É um carro bem velho.

– Jura?

– Quando faço assim, costuma parar.

Dave mexeu em uma das peças de aparência jurássica que despontavam do volante. Como prometido, o ruído cessou.

Sofia pensou no que diria para recusá-lo. Seria gentil, mas também direta, porque ele merecia aquilo.

– Olha, Dave, você é um cara ótimo – ela começou a dizer.

Ele assentiu, parecendo resignado. Soltou o ar que vinha segurando, bem devagar.

– Eu entendo, não tem problema. Não precisa se explicar – Dave falou e continuou dirigindo.

Sofia podia sair com alguém que era legal com ela? Parecia tão pouco glamouroso e entediante.

– Tá – ela disse.

– Tá?

– Tá, vamos beber alguma coisa – ela respondeu.

Dave manteve os olhos na estrada. Uma senhora dirigindo um Morris Minor ultrapassou o fusca e gritou sugestões de como Dave podia se sair melhor na direção. Ele só acenou para ela, com o maior sorriso que Sofia já vira no rosto.

55

SOFIA MOSTROU A JANE A CARTA da sra. Sinclair. Jane a leu e suspirou.

– Sofia. Você é inacreditável. Acho que pagou uma fortuna por isso.

Ela tocou o braço da amiga, que tossiu.

– Não importa. Temos trabalho a fazer. Vou pegar seu vestido.

Jane ficou tensa.

– Quer que eu volte agora mesmo?

– Você estava pensando em outro momento? Achei que estávamos correndo contra o relógio.

– Acho que estamos mesmo. Claro.

Jane virou a cabeça para olhar para a casa.

– Cadê o Fred? – Sofia perguntou. – No trabalho?

Jane assentiu.

– Se eu for agora, não precisarei me despedir.

Sofia assentiu.

– Quer esperar?

Jane olhou para a porta.

– Não.

– Vou pegar seu vestido.

◆

Uma hora depois, Jane já estava com seu vestido de musselina branca. Tinha colocado as botas e as luvas marrons, a touca e a peliça, prendido o cabelo em um coque grego e enrolado as mechas que emolduravam o rosto.

Sofia inspirou fundo quando a viu.

— Minha nossa — ela disse.

— Estou diferente? — Jane perguntou, preocupada.

— Você está igualzinha a quando nos conhecemos — Sofia garantiu.

— Ótimo.

— Talvez um pouco mais alta. — Ela respirou fundo. — Está pronta?

— Estou — Jane disse.

As duas se viraram para a porta.

— É o Fred! — Sofia exclamou, apontando pela janela. — O que ele está fazendo aqui? — Fred se aproximava pelo jardim. Jane congelou. — Corre, depressa!

Era tarde demais.

Ele entrou, parecendo confuso.

— Fred! — Sofia disse, em um tom animado. — O que está fazendo aqui?

Ela e Jane acenaram com a cabeça, em um cumprimento desconfortável.

Fred olhou para Jane, que usava touca, botas e peliça, e qualquer sorriso se esvaiu de seu rosto.

— Por que está vestida assim? — ele indagou. Ela se virou, sem responder. — Jane. O que está acontecendo? Ninguém vai me dizer o que está acontecendo?

Jane balançou a cabeça. Finalmente, virou-se para ele.

— Estou indo para casa, Fred.

Ele recuou e trombou com a cadeira da cozinha. Então se virou e foi embora.

— Fred — Jane o chamou. — Volte!

Ele continuou atravessando o jardim.

Sofia pegou o braço de Jane.

— É melhor assim.

Ela assentiu.

◆

As duas foram para os bastidores do salão comunitário. Jane assumiu seu lugar entre as cortinas pretas, onde tinha aparecido à amiga pela primeira vez. A visão de Fred se aproximando, da expressão no rosto dele, ainda a assombrava. Ela se virou para Sofia.

– Faltam-me palavras – Jane disse. – O que é raro comigo.

– Não há o que falar nesta situação, Austen.

Elas se abraçaram. Então Sofia leu em voz alta:

– "Para reverter qualquer feitiço era só o repetir, acrescentando ao sangue do talismã o sangue do objeto." – Ela deu de ombros e passou um alfinete a Jane. – Vamos tentar.

Jane espetou o próprio dedo, depois tirou o pedaço de seu manuscrito do bolso. Pingou o sangue no papel e engoliu em seco.

– *Leve-me ao meu verdadeiro amor* – ela disse.

– Adeus, Jane.

– Adeus, Sofia.

Jane fechou os olhos e aguardou que a poeira viesse, como antes. Nada aconteceu.

Ela abriu os olhos.

– Continuo aqui.

Sofia releu a carta.

– Como assim? Você repetiu o feitiço e acrescentou uma gota de sangue. Não estou entendendo. – Ela passou o papel a Jane. – O que deu errado?

– "Acrescentando ao sangue do talismã o sangue do objeto" – Jane leu em voz alta, então franziu a testa. – Este é o talismã, certo?

Ela mostrou o pedaço de manuscrito em que a sra. Sinclair havia anotado o feitiço.

– Certo.

– E eu sou o objeto – Jane disse, apontando para si mesma.

– Isso – Sofia confirmou.

Elas ficaram em silêncio por um momento. Jane repassou tudo mentalmente. *Leve-me ao meu verdadeiro amor.*

– Não – ela disse. – Eu não sou o objeto.

– Não é? – Sofia perguntou. – Então quem é?

– Jane – disse alguém atrás delas, uma figura se aproximando na escuridão.

– Ele – Jane concluiu.

◆

– Como sabia que estaríamos aqui? – Jane perguntou a Fred, sentindo-se ao mesmo tempo aliviada e triste em vê-lo.

– Imaginei.

Ele viu o sorriso no rosto de Jane e seus olhos se encheram de esperança

– Não tenho o direito de pedir isso, mas se tiver a bondade de me doar uma gota de sangue...

A expressão de Fred se desfez. Ele balançou a cabeça.

– Não. Vim impedir você. O que vai acontecer se eu não te der meu sangue? – Fred perguntou.

– Não poderei voltar a 1803 – Jane contou.

– Ótimo. A gente se vê em casa – Fred disse e foi embora.

– Não, Fred, volte! – Sofia gritou, mas era tarde demais.

◆

Jane estava sentada no chão, com os braços cruzados. Sofia andava de um lado para o outro, bolando um plano atrás do outro.

– Posso me oferecer pra fazer a barba dele – ela sugeriu. – Depois, sem querer querendo, fazer um cortezinho e recolher o sangue que por acaso sair.

– Não acha que segurar uma lâmina contra o pescoço dele seria um pouco perigoso? – Jane perguntou. – Já te vi descascando uma laranja. Suas habilidades deixam a desejar.

– É mesmo. E olha que tenho arremesso de facas no meu currículo. Vai entender. – Sofia deu um tapa na parede. – Acho que devemos voltar ao plano em que tiro o sangue dele durante o sono. Posso fazer um curso na internet. É só esperar que ele entre no sono profundo, enfiar uma agulha no braço dele e tirar algumas gotas. Não vão fazer falta.

– E como acha que vai conseguir pegar uma veia sem que Fred perceba? – Jane perguntou.

– Vou fazer um belo jantar pra ele, com um peru cheio de sedativos.

– Você sabe fazer peru? – Jane perguntou.

– Não exatamente. Mas ele nem vai notar, por causa dos sedativos.

– Não – Jane disse. – Nada disso vai funcionar.

– Por que não? A ideia do peru é ótima.

– Porque todos os planos envolvem roubar o sono de Fred. Não posso fazer isso. Vamos pra casa, Sofia. Se ele não vai me ceder seu sangue, talvez eu não deva partir.

Elas se levantaram e foram para a porta.

– Jane – Fred disse, reaparecendo.

– Fred! – ela exclamou, indo até ele. Um alívio voltou a tomar conta dela. Vê-lo deixava tudo mais claro. – Sempre que você se vai, meu coração se despedaça. Não quero te deixar de novo. Vou ficar.

Jane sorriu.

Ele pegou o alfinete dela e furou a ponta do próprio dedo. Uma gota vermelha se formou ali.

– Não, Fred. Você não me ouviu? Eu disse que vou ficar. Com você.

– Não é o que eu quero – ele falou, então ergueu a mão e a ofereceu a Jane.

Ela hesitou. A gota de sangue se projetou e acabou se transformando em um filete, que ameaçava escorrer. Jane a recolheu com o pedaço de manuscrito. O sangue dele se misturou com a mancha amarronzada do sangue dela e se tornou um só.

– Obrigada, Fred – Jane disse, com a voz rouca. Ela olhou para as próprias mãos, tirou a aliança com a pedra turquesa e a entregou a ele. – Dê a alguém que mereça.

Fred balançou a cabeça.

– Esse anel pertence à minha esposa.

Jane assentiu e enxugou os olhos.

– Como as pessoas se despedem em 2020?

– Como sempre se despediram. Com um abraço. Dizendo que logo vão se ver. Mesmo que não seja verdade – Fred concluiu, com a voz falhando.

– Uma típica despedida inglesa – Jane disse, com a voz falhando também.

Ela o abraçou. Seu corpo produziu ruídos baixos, suspiros uivantes que Jane nunca tinha ouvido saírem dela. Destruiria a ambos ficando. Aquilo não tornava nada mais fácil.

– Nos vemos em breve – Jane conseguiu dizer, mas as palavras saíram lúgubres.

Sofia soluçou.

– Foi legal, não foi? – Fred sussurrou no ouvido dela.

– Foi, sim – Jane sussurrou de volta.

Jane se afastou e foi até as cortinas, com o pedaço de manuscrito em mãos.

– Leve-me ao meu verdadeiro amor – Jane disse, então fechou os olhos. Nada aconteceu.

Fred sorriu e enxugou os olhos.

Tudo escureceu. Neve começou a cair.

– Fred – Jane o chamou. Ele levantou a cabeça na mesma hora. Lágrimas banhavam seus olhos. – Se quiser me ver um dia, é só me procurar e vai encontrar. Entende? Estarei sempre com você.

Ele assentiu.

A neve caía mais forte agora. O cômodo girava.

– Diga que vai procurar por mim – Jane pediu. – Prometa.

– Eu prometo – ele falou, mas balançava a cabeça, confuso. – Vou procurá-la.

Ela se transformou em poeira e desapareceu.

56

JANE ABRIU OS OLHOS. Encontrava-se sentada no chalé do lenhador.

A escuridão recaía sobre o bosque lá fora. O luar iluminou seu caminho até a cidade. Jane caminhou por entre as árvores, sobre um manto de folhas de pinheiro. Quando chegou aos limites do bosque, olhou adiante. A silhueta de Bath se erguia à distância. Os edifícios da Crescente Real e do Circo perfuravam o céu. Ela viu o domo da Pump Room, próxima ao rio. As chaminés exalavam fumaça.

Chovia. Os cachos de Jane grudaram na testa. Sua peliça ficou ensopada. Ela chegou à abadia de Bath, no centro da cidade, atravessou a Pulteney Bridge e caminhou até sua casa. Quando chegou à esquina, parou e ficou olhando.

Havia uma multidão reunida diante da Sydney House. Lady Johnstone perambulava por entre as pessoas reunidas, sorrindo e fofocando com todos. Lágrimas marcavam o rosto da sra. Austen, que falava com um guarda. Jane arfou, em choque. O tempo não havia se passado ali.

Ela inspirou profundamente algumas vezes, torcendo para que fosse o suficiente para fazer o que estava prestes a fazer. Então se virou para a multidão e seguiu em sua direção. Ouviram-se sussurros e risadas. As pessoas apontavam para ela e a encaravam. O guarda parou de escrever em seu bloco.

– Por onde foi que andou, senhorita? – ele perguntou.

As pessoas pediam silêncio umas às outras, parecendo aguardar pela resposta de Jane com a respiração em suspenso. Ela o ignorou e entrou na Sydney House. A sra. Austen a seguiu.

Uma vez lá dentro, Jane se preparou para o ataque da mãe. Que nunca veio. A sra. Austen se ajoelhou.

– Menina tola – ela conseguiu dizer, entre soluços de choro, então abraçou Jane.

– Sinto muito, mamãe.

A sra. Austen acompanhou Jane até a antessala.

– Você está ensopada.

Ela chamou a criada e pediu que buscasse um pano para secar o cabelo da filha.

– Fico feliz que tenha voltado em segurança, Jane – uma voz de homem disse. Ela ergueu o rosto. O reverendo Austen estava recostado à moldura da porta. Seu cabelo branco na altura do pescoço estava solto e molhado. Sua bota esquerda não tinha sola. Uma vez na vida, pareceu ter mais que seus 70 anos.

Jane correu para ele.

– Papai! – ela exclamou e começou a chorar em seu ombro, quase o derrubando.

– Fique calma, minha menina – ele disse, contraindo o rosto. – Está tudo bem.

O pai lhe deu alguns tapinhas na cabeça. A culpa assolava Jane.

– Sinto muito, papai. O senhor saiu na umidade e no frio.

– Não se preocupe, Jane. Estou bem.

Sua mão tremia quando ele puxou uma cadeira para se sentar.

– O senhor não devia ter saído para procurar por mim. Outros podiam tê-lo feito.

– Eu não deixaria esse tipo de tarefa para os outros – ele disse, sorrindo.

– Ah, papai – Jane disse e o abraçou.

A sra. Austen suspirou.

– Jane, minha querida, você não precisava ter fugido. O sr. Withers magoou todos nós. Entrei com uma reclamação séria contra aquela casamenteira. Mas nem tudo está perdido. Há outros homens por aí. Vamos ajudá-la a encontrar um marido.

– Não quero um marido, mamãe.

– Eu sei, mas, quando a hora chegar, quando se sentir melhor, vai querer.

Jane assentiu.

– Não vou me casar, mamãe.

– Vai, sim, Jane.

– Não vou. Ouça bem, mamãe. Já me decidi. Sinto muito.

A sra. Austen levou uma mão ao peito e choramingou:

– Santo Deus, George. Ela ficou maluca.

Margaret, a criada, entrou com o pano para secar o cabelo de Jane.

– Esqueça, Margaret – a sra. Austen disse. A criada assentiu e recuou. A sra. Austen olhou feio para a filha. – Por favor, esclareça o que disse. Suas últimas palavras não fizeram nenhum sentido.

– Não vou me casar. Nem agora nem nunca.

A sra. Austen se levantou e se sentou. Então se levantou de novo.

– E como pretende sobreviver sem marido? – ela perguntou.

– Como escritora.

– Escritora! Chame o médico. Nossa filha está maluca. Quem a sustentará, Jane?

– Não esperarei nada. Ficarei feliz passando fome até garantir meu próprio sustento.

– Garantir seu próprio sustento? Que tolice é essa? Jane, você não pode fazer isso. Preciso lembrá-la de que é uma mulher?

– Posso, sim, mamãe. Já vi ser feito.

A sra. Austen apertou os olhos diante do tom de voz da filha e avaliou seu rosto.

– Tem algo de diferente em você – ela declarou. Jane entrou em pânico. Havia tido o cuidado de deixar o cabelo e o vestido idênticos a antes. – Veja, George.

O reverendo Austen reparou na filha.

– Não noto diferença nenhuma.

– Eu noto – disse a sra. Austen. – Ela mudou.

– Ainda sou sua filha – Jane disse.

A sra. Austen coçou a testa.

– Eu sempre disse que você era esperta demais para seu próprio bem.

– Herdei muitas de minhas características de minha mãe.

– É uma pena que tenha nascido mulher – a sra. Austen sussurrou. – Mas paciência. Deve lidar com isso.

Jane pegou a mão da mãe.

– Não seria mais feliz sabendo que tem uma filha realizada, em vez de uma que apenas se casou?

– Realizada? Do que está falando? Não pode ter pensado direito nisso, Jane.

– Pelo contrário, mamãe. Pensei a respeito mais de uma vez. Pedirei a Henry por um pequeno fundo de investimentos para pagar as despesas com o quarto e a alimentação enquanto reescrevo meu manuscrito.

A sra. Austen riu.

– É um absurdo! Henry não financiará seu plano tolo.

– Henry adora planos tolos, mamãe. E ele fará isso porque, assim como a senhora, sabe que será um bom investimento.

– Não sei de nada disso – a mãe garantiu. – Mandamos seu livro a Cadell. Ele já deu sua resposta.

– Antes de jogar meu manuscrito no fogo a senhora o leu, não foi?

– Não me recordo. – Ela fez uma longa pausa, depois deu de ombros. – E se tiver lido?

– Olhe nos meus olhos e diga que não serei capaz de fazer isso. Então me casarei com quem quiser e não tocarei mais no assunto.

O som das conversas na rua de repente pareceu mais alto. Uma pequena multidão se mantinha ali, murmurando e especulando. Ainda era possível ouvir a voz de Lady Johnstone. A sra. Austen foi fechar a janela, e o silêncio voltou a reinar na casa. Finalmente, o reverendo voltou a falar:

– Jane, minha querida, sei que escrever é tudo para você, mas nunca se casar, viver sozinha, sem companhia... seria algo muito triste. Não sabe do que está abrindo mão.

Jane inspirou fundo e se virou para ele.

– Papai, sei que pode parecer não ser o caso, mas sei do fundo coração do que estou abrindo mão – ela disse.

Ele a encarou com tristeza. A sra. Austen franziu a testa e se sentou.

– É um risco grande demais, Jane.

– Assim como tudo o que importa no mundo, mamãe.

A sra. Austen encarou a filha. O silêncio voltou a recair sobre o cômodo.

Margaret voltou a entrar.

– Senhora. Ah. Minha nossa. Perdão.

Ela notou as expressões ao redor e concluiu que tinha interrompido uma discussão importante. Curvou-se em um pedido de desculpas e se virou depressa para sair.

– O que foi, Margaret? – perguntou a sra. Austen.

A criada parou e se dirigiu a ela com delicadeza.

– A cozinheira quer saber se, considerando que a srta. Jane voltou, a sra. Lindell virá amanhã? Se for o caso, talvez devesse comprar um frango na Stall Street, apesar do preço. A sra. Lindell se incomodou com o que servimos da última vez, de gosto forte e ainda com chumbo grosso.

– Achei que estava ótimo – o reverendo murmurou.

O cômodo voltou a ficar em silêncio. A sra. Austen não tirou os olhos da filha. Margaret fez menção de sair outra vez, mas parou quando a mulher começou a falar.

– Diga à cozinheira que qualquer ave que o reverendo Austen caçar será o suficiente. – A sra. Austen abriu bem os ombros. – Se Jane vai ser uma solteirona, não podemos alimentar a casamenteira com frango comprado fora.

Margaret assentiu e saiu, com um sorriso no rosto. Os olhos de Jane se encheram de lágrimas.

– É mesmo, sra. Austen? – disse o reverendo.

– Amo a senhora, mamãe – Jane sussurrou, pela primeira vez.

A sra. Austen enxugou uma lágrima dos olhos.

– E agora? – ela perguntou.

Jane sorriu e deu de ombros.

◆

Jane olhava para a parede. Seis semanas haviam se passado desde que retornara a sua própria época. Andava com insônia. Toda noite, dizia a si mesma:

– Hoje dormirei, porque estou muito cansada.

Mas o relógio dava onze horas, meia-noite, uma, e ela não pegava no sono. Às duas, costumava se levantar, beber um chá e dar uma caminhada. Às três, voltava para a cama, tão desperta e com os olhos arregalados quanto se tivesse passado uma semana descansando. Às quatro, sustentava os problemas do mundo sobre seus ombros. Às cinco, aceitava que não dormiria aquela noite. Às seis, tirava um cochilo, só para ser despertada às sete pelo movimento na casa e passar o resto do dia como uma assombração ambulante.

Chorava por horas seguidas, com suspiros suaves no chão do quarto ou lamentos furiosos contra os troncos das árvores. Coisas lhe fugiam à mente. Esqueceu-se de como ele respirava, esqueceu-se da curva de seus dedos. A dor no peito de Jane se recusava a sumir. Na escuridão, enquanto o restante da casa dormia, ela encarava o teto e pensava em Fred. A enormidade do que havia feito a dominava.

Por que seu coração inexperiente havia se apaixonado? Antes de conhecê-lo, a dor era sempre tolerável para Jane. Ela podia se sentir solitária, mas aquilo era um paraíso em comparação. O amor sobre o qual havia lido envolvia apenas dias de verão, fogos de artifício e amêndoas com mel. Agora que havia sentido na própria pele, sabia que se tratava de mentiras escritas por homens para vender volumes de poesia. O amor não se resumia a botões de flores e prados verdes. O amor era mais parecido com o láudano. No primeiro momento inundava o sangue e eliminava qualquer dor que já se tivesse sentido. Depois deixava um buraco mais profundo do que aquele que pretendia preencher.

Ela caminhou até o Black Prince para comprar uma passagem para Londres. Visitaria a sra. Sinclair. Obteria um novo feitiço para poder abraçá-lo mais uma vez.

– Uma passagem para Londres, por favor – ela pediu ao cocheiro.

– São seis xelins – o homem respondeu, estendendo a mão. – Bem-vinda de volta, senhorita.

– Como disse? – Jane perguntou, olhando-o com curiosidade.

– A senhorita já viajou em minha carruagem – ele explicou.

Jane deu um passo atrás e enxugou os olhos. Pediu que o cocheiro esperasse um momento, mas não voltou. Foi até a Pump Room e ficou olhando para a fachada amarelada, pensando na noite em que Fred a havia levado ali. Ela se sentou em um banco de pedra e chorou até seus olhos ficarem vermelhos. As pessoas que passavam por ela não perguntavam sobre seu bem-estar. Uma mulher chorando na frente da Pump Room não surpreendia ninguém.

Quando não tinha mais lágrimas, ela se levantou e voltou para casa. Subiu na cama e tentou dormir.

Acordou às três da manhã, quando a escuridão tomava conta. Não seguiu sua rotina de sempre. Só se levantou da cama e se sentou à escrivaninha. Pegou sua pena e segurou firme, até seus nós dos dedos ficarem brancos, então começou uma nova história.

57

SOFIA IRROMPEU NO QUARTO de Fred e deu um chute no pé dele.

— Ai — Fred fez. Estava deitado no chão, com a cabeça coberta.

— Este lugar cheira a cerveja — ela disse, depois chutou uma garrafa vazia da bebida, que saiu rolando pelo piso de madeira.

— Posso ajudar com alguma coisa? — Fred perguntou.

Ele tinha ficado do mesmo jeito quando a mãe morrera. Sofia sabia como era. Fred desabava e demorava anos para se recuperar.

— Por que deu seu sangue a Jane? — ela questionou, voltando a chutá-lo.

— *Ai*. Não sei.

Fred tirou o cobertor do rosto.

— Você podia ter se recusado e a mantido aqui. Ela ficaria bem. Aliviada, até. Mas você a mandou de volta. Por quê?

— Não sei.

— Porque sabia que ela só seria feliz fazendo o que mais amava. E você a amava a ponto de abrir mão dela.

Fred deu de ombros.

— Tanto faz.

— Jane não ia querer isso.

— Xiu — ele resmungou.

— Tá, então ela foi embora. Também tenho saudade. Você pode beber até morrer, vejo a graça nisso. Posso até te dar umas dicas de como fazer isso. Também pode arranjar um passatempo, tipo pescar ou guardar suas unhas cortadas em um pote. Ou pode ficar se lamentando pelo que Jane Austen fez a você e levar uma vida mais ou menos. Ou nem mesmo viver, só respirar. Uma ótima opção. É o que quer?

Fred revirou os olhos.

– Não.

– Ótimo. Não vamos fechar essa porta, mas podemos deixar a opção de lado pelo momento. E tem outra.

– Qual? – Fred murmurou.

Sofia se sentou no peitoril da janela.

– É sentimental, de mau gosto e piegas. Você nem vai querer ouvir.

Fred gemeu.

– Eu quero ouvir, sim – ele disse, relutante.

Ela pigarreou.

– Então tá. Aí vai. Você pode honrar a memória dela.

Fred olhou nos olhos da irmã.

– Tipo, você viu o sol, e foi lindo. Pode ter passado, o que é triste, mas algumas pessoas passam a vida inteira sem ver. Você pode agradecer o universo por ter lhe mostrado o sol e prestar o mesmo serviço que prestei a ela a si mesmo. Pode parar de fazer cara feia porque Jane foi embora e sorrir em reconhecimento ao fato de que ela passou pela sua vida. – Sofia fez uma careta. – Cafona, né?

– Horroroso – Fred respondeu.

– Bom, essas são suas opções. Você pode virar um bêbado triste e imprestável ou sorrir e seguir em frente. O que vai escolher?

– Provavelmente a segunda opção – ele resmungou.

– Excelente!

Sofia ergueu os dois polegares em sinal de positivo.

– Dói – Fred disse, em uma voz mais suave.

Ela franziu a testa e se sentou ao lado dele no chão.

– Ainda vai doer amanhã. E no dia seguinte. Aí você vai acordar uma manhã e vai doer menos do que no dia anterior. Aguenta até esse dia.

Fred assentiu. Ele se levantou do chão e foi até a porta.

– Aonde vai? – Sofia perguntou.

– Pôr a segunda opção em prática – ele respondeu.

– Não vai me dar um abraço? Depois desse discurso épico?

Fred revirou os olhos e abraçou a irmã.

– Obrigada.

– Foi muito nobre da sua parte abrir mão dela – Sofia sussurrou no ouvido dele.

◆

O primeiro dia de filmagem chegou. Sem que ninguém além de Sofia percebesse, *A abadia de Northanger* tinha voltado a ser produzido. Ela entrou no *trailer* e cumprimentou seu querido amigo.

– Nada de maquiagem hoje, Derek – Sofia anunciou, dando um abraço nele. – Esqueça o corretivo. Jogar fora todas as poções e unguentos. Hoje, vou sair de cara limpa.

– Está se sentindo bem, srta. Wentworth? – Derek perguntou.

– Estou, sim.

– Tem certeza de que não posso retocar esse pé de galinha?

– Pode deixar, Derek. Esquece o gesso. Vamos mostrar esse castelo em ruínas como ele realmente é.

O rosto de Derek se contraiu.

– Mas tivemos momentos tão bons com a maquiagem natural... – ele sussurrou, em um tom reverente.

– Sim. Mas agora acabou. Beba alguma coisa. Você vai precisar.

Depois que Derek havia removido tudo o que ela usava de maquiagem, Sofia colocou o vestido de veludo verde-limão. Linhas de expressão pontuavam seu rosto exposto. Ela tinha semicírculos escuros sob os olhos. Sua pele, antes suave e uniforme, agora tinha manchas vermelhas.

– Pronto, Derek. O que me diz agora?

Ele tinha uma estranha expressão no rosto. Como se estivesse feliz e triste ao mesmo tempo.

– É possível que você esteja ainda mais encantadora que antes.

Derek enxugou uma lágrima.

– Ambos sabemos que isso não é possível, Derek, mas aceito o elogio.

Sofia foi para o *set*. Jack olhou para ela.

– Quase não reconheci você – ele disse.

– Bom, essa é a minha aparência real – Sofia disse. – É um problema pra você?

– Não – Jack respondeu apenas, depois a conduziu até o lugar dela.

Assim que a gravação teve início, Sofia fez seu monólogo de três minutos sobre musselina. Interpretava cada frase que devia ser grandiosa de maneira contida. E interpretava cada fala que devia ser contida de maneira grandiosa. As palavras que antes pensara em gritar, agora sussurrava com um sorriso amplo. Seu vestido verde-limão, que poderia ser alvo de zombaria – e talvez fosse mesmo –, acrescentava algo bobo da corte shakespeariano e de sabedoria trágica a sua personagem, além de ironia e uma pitada de tristeza. Quando chegou o momento da frase imortal, "nenhuma de nós tem nada para vestir!", ela a proferiu com resignação, como se a personagem viesse dizendo aquilo havia anos, ainda que o filme não mostrasse, e repetir aquilo agora a deixasse à beira de um desespero educado.

Sofia não foi rabugenta ou amarga, não foi agressiva, não fez uma paródia pobre, não recorreu a truques, não desdenhou ou riu. Disse a frase com olhos sábios, acumulando lágrimas. Poderia ser uma mulher tendo um colapso nervoso, poderia estar cansada de tudo aquilo. Como saber com certeza? Com a ajuda de suas olheiras, da papelada do divórcio e dos conselhos da autora da história do filme, naquele dia, Sofia transformou a sra. Allen em uma personagem tridimensional.

Quando voltou para casa aquela noite, ela se serviu uma bebida. Deu adeus à sua carreira, que havia lhe rendido milhões e sido boa enquanto durara. Enxugou uma lágrima que rolava pelas rugas em torno de um olho em lembrança à sua amiga. Ninguém mais a trataria como uma estrela. Nenhuma revista a nomearia a mulher mais bonita do mundo. Ela fez um brinde e foi para a cama.

◆

Alguns meses depois, Sofia estava desfrutando de uma tarde tranquila estirada no sofá quando o telefone tocou. Era Max Milson.

– Está sentada? – o agente dela perguntou.

– Estou deitada. Serve?

– Você foi indicada a melhor atriz coadjuvante – disse Max.

– Em que premiação?

– O Oscar! Pela sra. Allen de *A abadia de Northanger*. Pode estourar o champanhe!

Sofia se engasgou com a bebida. Já estava tomando um *prosecco*, o que era próximo o bastante.

– Como isso aconteceu? – ela balbuciou ao telefone.

– Não sei direito como funciona, mas acho que a Academia faz uma lista de pré-indicados e depois consulta seus membros.

– Não – ela o interrompeu. – Como posso ter sido indicada? Faço uma velha caída! Estive em uma série de filmes em que era *sexy*, linda, promíscua, e nenhum me rendeu nada. E agora sou indicada por usar um saco verde-limão? Isso não é nada bom.

– É bom, sim – Max disse. – Você se saiu bem, Sofia. Foi verdadeira.

– Não aceito a indicação – ela disse, bufando.

– Claro que aceita. Todo mundo vai puxar seu saco, e você vai ganhar um monte de coisa grátis.

– Tá. Eu aceito a indicação.

Sofia desligou o celular e sorriu.

As semanas seguintes se passaram em um borrão de mensagens e ligações para dar os parabéns e visitas de pessoas da indústria. As mensagens vinham de gente de quem ela preferiria receber ligações, as ligações vinham de gente de quem ela preferia receber mensagens, e as visitas eram de gente que ela esperava nunca mais ver. Desde os 4 anos de idade, Sofia treinava seu discurso no Oscar todas as noites no banho. A princípio, optava por uma versão alvoroçada, cheia de lágrimas, em que agradecia a todo mundo que já a havia ajudado, incluindo suas Barbies e seu escova de cabelo. Conforme ficara mais velha, o discurso evoluíra para algo mais rancoroso, em que nomeava todo mundo que a havia colocado para baixo e agradecia a todos por absolutamente nada. Por fim, quando subiu ao palco naquele mês de fevereiro para receber seu Oscar de melhor atriz coadjuvante por *A abadia de Northanger*, seu discurso consistiu em cinco palavras.

– Isto é pra você, Jane – ela disse e foi embora. A multidão ficou em silêncio, chocada e com a expressão congelada em olhares nada edificantes, de modo que não teve escolha a não ser aplaudi-la de pé.

58

FRED SUBIU A PRAED STREET, em Paddington, para pegar o trem de volta a Bath. Estava a caminho da estação quando algo chamou sua atenção. Havia pilhas de livros na vitrine empoeirada de um sebo. Fred riu, lembrando-se de quando Jane o havia provocado por nunca ter lido um livro seu. Ele entrou no sebo. Consistia em um cômodo bagunçado, com livros do chão ao teto. Um homem amarrotado se aproximou, com um crachá que indicava que seu nome era George.

– Atrás de algo para ler no trem? – ele perguntou.

– Você tem alguma coisa de Jane Austen?

George sorriu.

– Tenho, sim.

Ele acompanhou o cliente até a estante de clássicos.

Fred deu uma olhada nas lombadas. Jane era autora de diversos livros.

– Qual recomenda? Desculpa se é uma pergunta idiota.

– Nem um pouco. Sempre me perguntam isso, e fico feliz em ajudar. – George arregaçou as mangas da camisa. Escolheu um volume e o folheou, sem pressa. Franziu a testa, então pegou outro e bateu na capa. – Este aqui.

Fred pegou o livro.

– *Persuasão* – ele leu, em voz alta.

– Não é chamativo como *Orgulho e preconceito* e *Emma*, que são vigorosos e espirituosos. Nesses, Jane está se mostrando. Mostrando por que é a melhor escritora de todos os tempos – George disse. – Este Jane escreveu mais velha. É mais tranquilo. Seu último livro.

– Fred franziu a testa e ficou em silêncio. George perguntou: – Tá tudo bem?

– Sim. É que... ela morreu.

– Ah, sim – George confirmou. – Austen morreu há muito tempo. – Ele deu um tapinha na capa. – Experimenta este. É a verdadeira Jane.

Fred folheou as páginas.

– Do que trata? – ele perguntou.

– Arrependimento – George respondeu, com um sorriso triste. Fred assentiu.

– Vou levar.

– Ótimo. – George conduziu Fred ao caixa. – Se gosta de Austen, talvez queira assinar nossa *newsletter*. Às vezes fazemos clubes do livro e noites dedicadas a ela.

Fred sorriu.

– Pode ser.

– Ótimo. Qual é seu sobrenome?

– Wentworth – Fred disse.

George escreveu o nome com o teclado empoeirado.

– E seu primeiro nome?

– Fred.

George parou de digitar e olhou para ele.

– Seu nome é Frederick Wentworth?

– Algum problema? – Fred perguntou.

George sorriu e entregou o livro a ele.

– Não. Espero que goste do livro.

◆

Fred pegou o trem de volta para Bath. Sua reunião havia terminado às três, e a princípio ele se vira cercado de alunos e turistas. A maioria desceu em Maidenhead, e o vagão ficou vazio. Ele encontrou um assento livre perto da janela. Pegou seu exemplar de *Persuasão* e abriu na primeira página.

A luz da tarde entrava pelo vidro. A paisagem do campo passava depressa lá fora.

Sir Walter Elliot, de Kellynch Hall, em Somersetshire, era um homem que nunca lia nada para se entreter que não o livro de registro de baronetes.

Fred franziu a testa. Era um romance lento e antigo, o tipo de texto do cânone que se era obrigado a ler na escola. Os alunos sempre reviravam os olhos para ele quando escolhia um livro parecido. Ele emperrava nas palavras arcaicas e nas frases longas. Procurou por "baronete" no Google. Leu mais alguns parágrafos e percebeu que sua mente se perdia durante longos trechos, sem registrar nada. Ele largou o livro e olhou pela janela. Os campos passavam depressa, em um borrão verde-esmeralda.

Ele voltou a pegar o livro e se forçou a seguir em frente. Leria dez páginas. A seguinte foi lida com os dentes cerrados, e ele soltou um suspiro aliviado ao chegar à última palavra. Então soltou o ar e assentiu. Podia fazer aquilo. Estava determinado a perseverar, por Jane. Foi para o início da página seguinte. A primeira frase pareceu mais fácil, agora que sabia o que esperar em termos de ponto e vírgula e orações. Ela escrevia na passiva, de modo que o significado não ficava claro de início. Esperava até o último momento para revelar suas intenções. Era uma técnica para a qual todos franziam a testa na atualidade. Todos os gurus ensinavam a colocar o principal na frente, para que todos vissem. Quanto mais confortável Fred se sentia com o estilo, mais claro ficava seu objetivo. Cada frase vinha com uma surpresa. Ele continuou lendo sobre Sir Walter Elliot.

Fred sorriu. Um belo arranjo de palavras, inteligente e divertido, finalmente se revelou. Jane definia um personagem em poucas linhas. Fred não o conhecia, mas conhecia inúmeras pessoas como ele. O segundo capítulo foi lido na metade do tempo. No terceiro capítulo, uma transformação ocorreu. A meta das dez páginas foi esquecida. Em vez de se forçar a persistir no trabalho de Jane só porque a amava, ele se esqueceu de que ela era a autora do livro e lia simplesmente para descobrir o que aconteceria a seguir. Fred sorriu. Droga. Algo de que desconfiava havia muito tempo tinha se confirmado. Ele estivera na presença da grandeza. Devia tê-la deixado entediada.

Ele sentiu que alguém o olhava e levantou a cabeça. Havia uma mulher que lhe parecia familiar no assento à frente. Tinha um livro nas mãos. Também lia *Persuasão*.

– Simone, não é? – ele perguntou. – Do St. Margaret's. Ala.

– Isso – ela respondeu, e os dois trocaram um aperto de mãos. – Está gostando? – Simone perguntou, apontando para o livro.

– É bom, não é? – Fred comentou. – Inteligente.

– Ela é a melhor – Simone respondeu, com um sorriso.

O trem parou na estação de Reading.

– Aproveite – Simone disse. – Eu fico aqui.

Ela desceu e acenou para ele conforme o trem se distanciava. Ele acenou de volta.

Fred continuou lendo enquanto o trem seguia para Bath.

A próxima parte continha uma descrição da filha do meio, Anne Elliot. Ela era uma solteirona inteligente e obediente, que vivia à mercê financeira do pai extravagante. Mais adiante ela se revelava uma tia devotada e boa ouvinte. Havia rejeitado um rapaz que a amava na juventude, e agora, mais velha, se arrependia daquilo. Ao fim do capítulo, Fred olhou pela janela. O mar de campos verdes passava. Tratava-se de um livro triste.

Ele virou a página. Outro personagem foi introduzido, um capitão da Marinha. Fred voltou a olhar pela janela, pensando no amor de Jane pelos irmãos que viviam no mar. Seus olhos retornaram à página e se concentraram em duas palavras.

O livro foi ao chão com um baque, que ecoou pelo vagão e assustou um operário cochilando. Fred se desculpou com um aceno de cabeça. Pegou o livro de volta e conferiu as palavras.

O nome do capitão era Frederick Wentworth.

Fred soltou o ar. Leu depressa e virou a página. A seguinte não continha texto, só uma ilustração em preto e branco do capitão. Ele usava um uniforme da Marinha do rei Jorge e o cabelo preso com uma fita na altura dos ombros. Não tinha barba, mas suas costeletas eram compridas. Ignorando as dragonas e o cabelo comprido, Fred encarava seu próprio rosto.

Enxugou os olhos. A semelhança da imagem com seus próprios traços o assustou. Compreendia como aquilo podia ter acontecido.

A mulher com memória fotográfica devia ter descrito cada curva em sua pele e cada protuberância em seu nariz a sua amada irmã Cassandra, que o havia reproduzido fielmente no desenho, com a mão firme. No entanto, algo mais o desarmou, além da precisão das feições. Na ilustração, Fred sorria. Não era um sorriso amplo, mostrando os dentes. Sua boca permanecia fechada, com os lábios colados. O sorriso estava mais em seus olhos, calorosos, que pareciam brilhar. Era um olhar de absoluta adoração, que ele havia dirigido a uma única pessoa. Ela prometera que ia se lembrar daquela expressão para sempre e tinha mantido sua palavra.

59

JANE ENTROU NA FORSYTH'S, uma loja da Stall Street que vendia selos e papelaria. O próprio Forsyth estava no balcão, lendo o jornal. Jane apoiou o saco de açúcar na bancada. Para sua sorte, tinha sobrevivido à viagem desde o século XXI, junto com uma caneta esferográfica que ela havia enfiado no bolso no último minuto, a qual fora usada de maneira tão prolífica nos dias anteriores que a tinta quase acabara.

– Quanto me dá por isso? – Jane perguntou.

Forsyth tirou os olhos do jornal. Enfiou um dedo no saco e provou os cristais brancos.

– Dez xelins – ele respondeu, aparentando desprezo.

– Vejo que é versado na arte da pechincha – Jane disse.

O homem cruzou os braços.

– Quinze.

Jane bufou.

– Talvez a Buxton's tenha mais interesse.

– Talvez – Forsyth disse, dando de ombros.

Jane pegou o saco para ir embora.

– Está bem. Vinte xelins – Forsyth disse a ela.

– Oitenta – Jane retrucou, virando-se para ele.

– Sessenta.

Jane sorriu.

– Fechado.

Ela saiu da loja apalpando as notas. Em termos relativos, Forsyth havia lhe pagado cerca de trezentas vezes mais do que ela pagara pelo açúcar no século XXI. Ela estufou o peito, orgulhosa de sua primeira negociação. Sessenta xelins comprariam tinta e papel para um ano.

Jane alongou a mão direita. Tinha escrito quatro horas direto aquela manhã e estava ansiosa para voltar para casa. A mãe havia lhe feito um serviço com sua piromancia. Jane se lembrava de *Primeiras impressões* palavra a palavra. No entanto, quando chegara a hora de reescrever seu romance, hesitara em mantê-lo igual. Desde muito nova, atacava e reprendia o mundo com sua prosa. Seus personagens sempre tinham um fim violento, farsesco, eram diretos e inteligentes. Agora, ela escrevia com muito mais simpatia por suas heroínas. Os triunfos delas vinham não às custas de companheiros tolos, mas de itens curiosos, como seu talento ou sua dignidade. As piadas permaneciam: ela ainda ria de tudo, porque o mundo lhe fornecia material demais para que não fosse assim. Mas ela não ria do amor. O coração mole de Jane estava se revelando.

Havia duas jovens na rua, que riram de Jane por trás das mãos com luva de renda. Depois do que acontecera com Withers e do seu sumiço temporário, as mulheres de Bath a tacharam de histérica. Considerando o comportamento dela, suas afirmações talvez tivessem algum fundamento. Jane não recebia mais convites, e as pessoas apontavam para ela na rua. Jane acenou para as duas mulheres, o que pareceu deixá-las confusas, e seguiu em frente.

Ela virou a esquina e sorriu para si mesma. Enfiou a mão no bolso. Tirou o anel de ouro com a pedra turquesa do dedo do meio e o passou para o outro. Cerrou a mão em punho.

Tinha tomado a decisão certa? Claro que sim. Ela se inclinou para amarrar a bota e enxugou os olhos com a mão trêmula.

Quando, treze anos depois, Jane morreu no sofá da sala de visitas de uma casa alugada de Winchester, a última coisa que lhe passou pela cabeça foi Fred pegando sua mão pela primeira vez para dançar com ela.

Mas, agora, Jane virou na Bennet Street e atravessou a praça. Uma multidão entrava no Wood's Rooms, para a reunião daquela noite. Casais aguardavam à porta principal, de braço dado. Um trio de senhores discutia a França. Um bando de moças fofocava esperançosa sobre seus interesses românticos mais recentes. Jane passou por eles e pegou a Pulteney Bridge, com o rosto aquecido pelo sol no céu cor-de-rosa e amarelo.

Agradecimentos

LI *ORGULHO E PRECONCEITO* pela primeira vez aos 15 anos. Fiquei chocada quando descobri que a autora daquela história de amor tão engenhosa nunca havia se casado ou tido filhos. Foi assim que *Jane apaixonada* nasceu. Gostaria de agradecer às pessoas que me ajudaram a transformar essa ideia em um romance.

A quatro autores que venero: Posie Graeme-Evans, Graeme Simsion e Markus Zusak, por serem generosos com seu tempo e por sua sabedoria e bondade; e a Caroline Overington, por me dar o melhor conselho de todos. A Chris Urquhart e Liz Burke, por terem dado início a tudo isso.

Às minhas primeiras leitoras: Madeline Burns e Charlotte Laurence, por terem criticado os primeiros capítulos que escrevi; Lucy McGinley, por ter sugerido pontos-chave da trama e dado lógica à questão da viagem no tempo; Sally Youden, por acrescentar algumas das frases mais engraçadas. A Eloise Givney e David O'Donnell, que leram o manuscrito completo não apenas uma, mas duas vezes, acrescentando pérolas em ambas. A David Givney, por me mostrar como os carrinhos de emergência chacoalham e dar vida às cenas no hospital. A Dominic Givney, por me dizer que eu era capaz.

A Jane Givney, por sempre me encorajar a escrever.

A Tania Palmer, por contribuir com sua experiência legal, e a Cathie Tasker e o Australian Writers' Centre, por me ajudarem na transição da escrita de roteiros para romances. A Grace Wirth, por me mandar uma caneca da Jane Austen.

A Daniel Lazar, por defender um público maior para *Jane apaixonada* e fornecer um excelente *feedback*.

A Jeanne Ryckmans, por ser uma defensora apaixonada deste livro e deixá-lo em boas mãos.

A Ali Watts, por dar mais profundidade e sentimento à história. A Amanda Martin, por deixar os capítulos e frases mais redondos e transformar um manuscrito em um romance. A Penelope Goodes, por acrescentar precisão e refinamento. A Kimberley Atkins, por dizer que Jane Austen tirava sarro de tudo, menos do amor.

E ao meu marido, David, por ser meu Fred Wentworth. Você penetra minha alma.

Este livro foi composto com tipografia Bembo Std e impresso
em papel Off-White 80 g/m² na Formato Artes Gráficas.